KB273399

한국 극작워크숍 9기 작품집

천사가 지나간다

한국 극작워크숍 9기 작품집

천사가 지나간다

이재명 · 김태수 엮음

김숙종 | 최원종 | 이오 | 이시원 | 김성민 | 고려산 | 김미정 | 한숙희

평민사

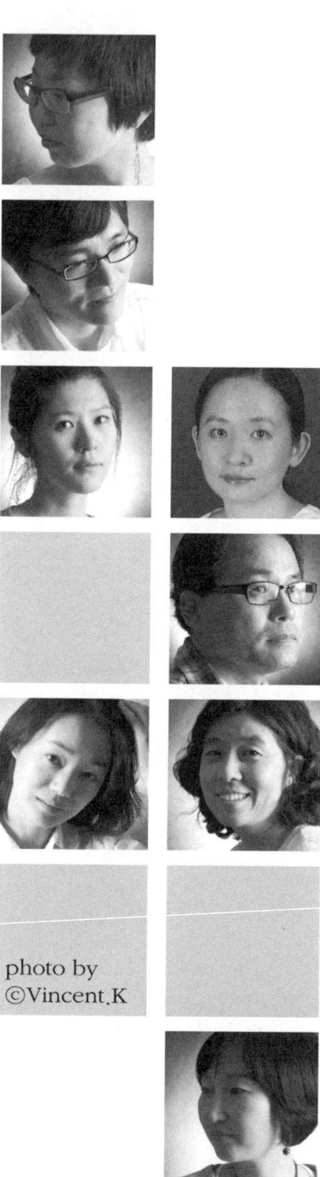

photo by
©Vincent.K

차 례

한국극작워크숍 9기를 마치며

이재명 (한국극작워크숍 대표, 명지대 교수)

내가 한국극작워크숍과 인연을 맺은 것은 1992년 여름 7기 지도강사에 중간합류 하면서부터였다. 그 다음 8기에는 이제 막 건강에서 회복하셨던 한상철 교수님이 계셨기에 나는 그저 한 교수님을 돕는다는 입장에서 적극적으로 참여하였다. 이제는 다른 분들이 한국극작워크숍을 이끌어야 되지 않을까 하는 생각이 앞선 나는 한동안 이들을 돌보지 않았다. 물론 개인적으로 2001년 1년간의 미국 안식년과 그 이후 한동안 몰입했던 컨텐츠 산업에 대한 준비 작업(아무런 성과도 못 거두고 헛심만 쓰고 말았지만), 그리고 2003년과 4년에 걸친 학술진흥재단 연구과제로 수행했던 "해방전 희곡 및 시나리오 발굴 정리" 사업이 마무리되자, 몇 친구들이 내게 다가왔다. 8기 수료 이후 대학로에서 가장 열심히 창작활동을 펼치고 있던 선욱현, 차근호, 그리고 이제 9기를 형성할 고려산 등이 개인적으로 만날 때마다 한국극작워크숍 9기를 다시 시작해야 하지 않겠냐고 하였다. "그래, 다시 해 보자!"고 나섰을 때 이미 이들은 만반의 준비를 갖추고 있었다.

2005년에 시작된 한국극작워크숍 9기는 이처럼 준비 기간이 비록 길긴 했지만, 상당한 열의 속에 시작할 수 있었다. 한국극작워크숍의 대표를 맡게 된 나는 같이 이끌어갈 지도 강사진을 구성하기 시작했는데, 먼저 창작극에 많은 애정을 가지신 고참 연출가 김태수 형께서 지도 강사직을 흔쾌히 수락해 주셨고, 공연활동이 활발했던 극작가(겸 연출가) 선욱현과 차근호가 선배로서 같이 참여하여 후배들을 격려하며 창작 비법을 전수하기로 하였다. 이와 같이 한국극작워크숍 9기의 지도강사진은 예전에 없었던 체제로서, 연극 평론가와 현장 연출가, 극작가가 함께 이끌어가게 되었다. 앞으로도 한국극작워크숍의 지도 강사진은 이렇게 되는 게 가장 이상적이지 않을까 생각한다.

　최원종, 김재엽, 김민정, 이윤설, 김성민, 최명숙, 성금호, 김숙종, 이오, 고려산, 김수정 등으로 시작된 9기는 활동 초기부터 남다른 열정을 쏟았다. 사실 이들은 이전 기보다 개성이 강한 편이었다. 공연 현장을 잘 모르는 순수 문학파가 있는 한편, 이미 연출가로, 연기자로 공연 현장을 누비는 현장 경력자들이 많았다. 이들은 먼저 인간적으로 가까웠던 것같다. 지방에서 열린 동료의 혼인식에 기꺼이 참석하고, 동료의 공연이나 수상식장에 같이 몰려다녔다. 지극히 적은 예산이나마 문화예술위원회로부터 받은 지원금으로 신작희곡낭독회를 진행할 때에도 열성적이었다. (그럼에도 엠티는 단 한 번밖에 가질 못했다. 그것도 9기를 마무리하는 시점인 2007년 여름 을왕리 해변에서)

　극작워크숍을 진행하는 동안 이들은 서로 다른 관점과 입장에도 불구하고 너나 할 것 없이 적극적으로 자신의 창작물을 발표하고는, 동료들의 날카로운 지적과 지도 강사들의 애정 어린 비판을 흔쾌히 수용하였다. 서너 차례에 걸친 동료들의 집중적인 지적을 거치면서 발표자의 신경이 꽤나 날카로와졌을 텐데도, 발표자에 따라서는 이런 자극과 비판을 즐기는 듯하였다. 발표 작품의 부족한 부분에 대한 창의적인 개선안 등이 곁들여진 비판을 수용하면서, 다시 멋진 작품으로 완성시키겠노라는 의지를 불태우는 듯했다. 그만큼 이들은 극작 워크숍 활동에 자발적이었고 적극적이었으며, 또한 흡인력이 강했었다. 그 결과 이들의 창작물은 공연 현장에서 꽤나 인정받을 수 있었다.

　이제 이들은 한국극작워크숍 9기라는 팀을 떠나 각 개인으로 공연 현장에 맞서게 되었다. 얼마나 잘 버텨낼지, 아니면 얼마나 오래 살아남을지, 이들을 격랑 속으로 떠나보내는 내 마음은 심히 불안하기만 하다. 하지만 오늘 내 손에 쥔 이 한 권의 작품집을 통해 미루어 보건대, 당당히 우리 연극계의 한 축을 맡아 주리라 의심치 않는다. 9기 동인들, 그동안 수고 많았다!

너희가 문제의식이 있느냐?

김태수(연출가, 극단 완자무늬 대표)

사실은 나는 이랬다. 너희들은 정말로 하고 싶은 얘기가 있어서 극/글을 쓰는 거냐고. 이게 극작 워크숍 몇 년 동안 내가 갖고 있던 지표였다. 솔직하게 얘기해봐. 정말로 니가 하고 싶은 얘긴 뭐야. 아니 그것 말고 톡 까놓고 말해서 하고 싶은 얘기가 뭐냐구? 아니 니 속에서 나오는 말 한마디가 있을 거 아냐. 글을 쓰게 하는 동기가 뭐냐구. 그 니 마음 속/뿌리/핵심/궁극적으로 쏟아져 나오는 한마디, 그게 뭐야. 그게 있을 거 아냐.

그러니까 다음과 같은 말,

'에이, 시팔! 세상이 뭐이래?'

'그래, 세상은 참 이래서 살아 볼만한 거야!'

이런 말을 뱉어내게 하는 그 무엇!

워크숍 기간 내내 이 물음에 시원하게 솔직하게 자신의 속을 보여주는/답하는 작가는 없었다. 이게 어려운 것 같다. 자신의 속내를 명쾌하게 정리할 수 없는 작가들/습작생들은 소비적이고 소모품생산자들일 뿐이다.

작가란 뭐고 작품이란 뭔가. 내가 본 인생이고 내가 정의하고픈 인생 아닌가. 나는 인생을, 사회를, 삶을 이렇게 본다에서 출발하지 못하고 작가라는 이름을 얻으려고 자판을 두드리는 전말이 뒤바뀐 행태들이 난무한다. 쓰여진 글을 보면 그 속내가 훤히 보인다. 하고 싶은 얘기가 없으면 하지마라, 쓰지 마라, 그리고 세상을 얘기해라, 사회를 얘기하라, 개인 사소설 같은 연애 나부랭이는 누구나 다 쓸 수 있다. 누구나 다 똥은 싼다. 그런 글쓰기는 대상에서 제외다. 개인 취향도 사적인 것은 우물 안 개구리나 고슴도치도 지 새끼는, 이런 식의 얘기지 특이하고 개성 있는 창조적 대열과는 거리가 멀다. 제발 세상이 걱정이 되어 글을 써라. 세상이 사랑스러워 글을 써라. 제발 세상에 화가 나서 펜/자판을 두드려라. 한마디라도 자신의 얘기를 해라. 쥐새끼도 밟으면 찍 하는 것처럼! 그런 소리를 내라!

우리처럼 역사적으로 많은 소재를 가지고 있으면서도 그 소재를 이용하지 못하고 있는 것은 우리가 열정과 공부가 부족해서다. 소재를 찾자면 그렇다는 얘기다. 자신의 감성/재주/필만 믿고 그 잔재주를 앞세워 밑도 끝도 없는 감나무 밑에 누워 떨어지는 감을 기다리는 식의 하늘만 쳐다보지 말고, 발로 뛰고, 눈으로 확인하고, 몸으로 느끼고, 할 일이 태산 같다.

워크숍 내내 새내기 작가들한테 많은 상처를 줬다. 주지 않을 수가 없었다. 조금이라도 겉멋이 남아 있거나, 사적이거나, 채집식 이야기 나열이거나, 상상이 아니라 망상/공상이거나 하는 것들이 조금이라도 보이면 가차 없이 그 싹을 자르고 싶었다. 잘 쓰고 못 쓰고의 차이가 어디 그리 쉽게 금을 그을 수 있겠냐마는, 쓰는 이의 진정성과 솔직성 토대 위에 그리는 창조적 상상의 창작 작품 속에선 우리의 가슴을 두드리는 호흡을 찾아 낼 수 있기 때문이다.

이미 이 세상을 등진 선배 작가 엄인희의 글쓰기에 대해 말했다. 그 작가는 아침에 일어나면 책상 앞에 앉아 우리 판소리 대본을 30분 동안 베껴 쓰기를 했다고. 이 글쓰기의 태도에는 많은 이야기들이 숨어있다. 물 한 그릇 떠놓고 매일 치성을 드리는 우리 어머님의 마음을 닮았다. 또 우리 선조들의 삶이 말 한 마디 한 마디가 되어 곳곳에 녹아있으니 그 안에 녹아있는 보물들은 우리가 캐내기 나름이다. 또 하나 우리말의 사랑이고 우리글의 사랑이다.

전제를 세우라고 말했다. 앞에서 얘기한 그 글을 쓰게 한 자극제/원동력은 무엇이냐? 칼보다 강하다는 글을 쓰게 한 동기를 문장 하나로 만들어놓고 들여다보고, 과연 이런 이야기는 할 만하다, 아니 꼭 해야한다하는 믿음과 신념이 있어야 글쓰기에 힘이 붙고 필력이 굽이치는 파도처럼 그 위력을 과시할 것 아니냐는 몰아 부침이었다. 전제가 뭔지도 모르면서 공부하면 된다. 전제를 몰라도 글을 쓸 수 있지 않느냐고 반문할 수도 있다. 그러나 여기서 하는 이야기는 세상에서 말하는 좋은 작품들이란 그 전제가 분명하고 깊이 있을수록 훌륭한 작품의 대열에 끼어 있더라는 말이다.

공연 대본을 쓰지 마라. 문학 작품을 써라. 이때 조명이 어떻고 음악이 흐르고 효과가 어떻고 하는 등의 작품을 만드는 스텝의 영역을 침범하지 말고, 그 사람들에게 다양한 상상의 날개를 펼 수 있는 작품을 써라. 매번 그런 말을 쏟아냈다. 써온 작품들의 수준을 보면 정말 좋은 작품들을 읽고 충격이랄까 영향을 받은 흔적을 찾아 볼 수 없기 때문이었다. 만화와 영상과 개그 콘서트와 TV드라마의 영향 아래 있다는 의혹이 짙기 때문이다. 좋은 무대 바람직한 무대를 볼 기회가 없어서이기도 하겠다.

세상에는 좋은 말들이 훌륭한 조언들이 쌔고쌨다. 그러나 그 많은 것들도 목말라하는 자들의 것이다. 등 따시고 배부른 자들은 찾지 않는다. 세상 사는 데 문제의식이 없는데 고민거리가 있을 리 없는 것 아닌가.

잘 쓰려고 하지마라. 인물이 말하게 하라. 우리 삶에 사회에 뿌리를 둔 서사적 글쓰기가 필요하다. 공연을 많이 봐라. 희곡들을 읽어라. 세상을 보는 자신의 시선을 길러라. 인간을 사랑하라. 니 이웃을 사랑하라. 불의를 참지마라. 위선을 짓밟아라. 모든 걸 뒤집어 봐라. 세상은 정말 아름다운가?

워크숍 내내 내가 새내기 작가들에게 한 잔소리였다. 그리고 난 그 말들이 그 사람/새내기/작가들을 향한 것이 아니고, 나한테 하는 소리라는 것을 깨달았다.

앗, 이런!

템프파일

김숙종

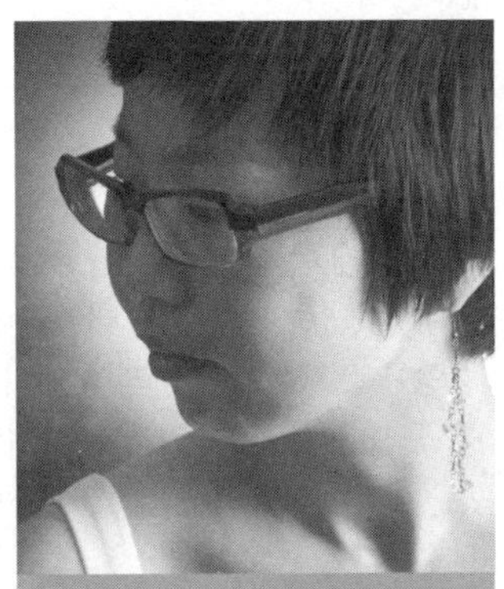

- 2003년 근로자문학제 희곡부분 금상수상 〈달집태우기〉
- 2005년 한국희곡작가협회 신춘문예 당선 및 공연 〈싱싱 냉장고〉
- 2006년 한국희곡작가협회 〈빌라, 샹그리라〉 낭독공연
- 2007년 극작워크숍 9기 동인 〈템프파일〉 낭독공연
- 2008년 2인극 페스티발 공모 당선 및 공연 〈가정식 백반 맛있게 먹는 법〉
- 2009년 극단 민예 〈템프파일〉 공연

등장인물

오한구 (택시기사, 50대 중반) 한쪽 다리를 심하게 절룩인다.
최철민 (경찰, 30대 중반)
김수정 (정신과 의사, 30대 중반)
신반장 (40대 후반)
장형사 (30대 초반)

때

2009년 5월

장소

취조실 (한쪽 면에 커다란 거울이 있다)
사무실 (책상과 회의용 테이블이 있고, 화이트보드가 세워져 있다)
중앙에 CCTV가 설치되어 있다.
두 공간은 한 무대 위에 분할되어 보여진다.
두 공간이 지극히 현실적일 필요 없이 상징적 소도구를 이용해 표현되어도 좋
다.

1. 취조실

오한구 즈이 동네 구들에 사람이 드나들 정도로 큰 집이 있었는디 아들이 마약쟁이였슈. 그 아들눔이 허구헌날 마누라를 패서 얼굴에 멍 가실 날 없었슈. 하루는 임신헌 아줌니가 물 길러 나왔다가 남편한테 맞아 태중 아이가 죽었슈. 동네 사람들이 보고 있었지만 아무도 말리던 못했슈. 미칠 후에 그놈이 없어져 산이며 들이며 심지어 논바닥까지 닥닥 긁었는디 머리카락 한 올 못 건졌슈. 그러고 한참 있다 그 집 구들서 찾았는디, 고양이를 안고 죽었더래유. 기와집 어르신들은 아줌니가 그눔을 구들에 밀어 넣고 아궁이에 불을 지폈다고 허셨슈. (동조를 구하듯) 그 말이 가당키나 혀유? 아줌니는 소처럼 코뚜레를 허고 구루마에 끌려 다니며 서방 죽인 년이라고 외치고 다녔슈. 북을 둥둥치믄서 말유. 마을 사람들은 아줌니가 그런 짓을 못헌다는 걸 알았지만, 아무도 도와주덜 못했슈. (사이) 그날 우물에서처럼 말여유. 그러고 미칠 있다가 아줌니가 우물가에서 목매 죽었는디 그 후로 동네에 이상헌 소문이 돌기 시작혔슈. 죽은 아줌니가 우물에 나타나 시뻘건 아기를 안고 도와 달라고 헌다는규. 당골네는 고양이가 영물이라 아홉 번 살아난다며 땅에 묻었던 걸 캐내 목 잘라 태웠슈. 그 후로 마을 사람들은 그믐밤이면 산 고양이를 잡아 목을 자르고 태웠슈.

오한구, 마치 보이는 듯 진저리를 친다.
긴 사이.

오한구　비릿한 고양이 타는 냄새가 날 적마다 아홉 번 다시 살아난
　　　　다는 당골래 말이 생각나 몸서리를 치곤 혔슈.

　　　　사무실, 경찰들이 모여앉아 회의하고 있다.

최철민　코에 구멍이 뚫려 있었고 맨발로 끌려 다녀 발톱이 여러 개
　　　　빠져 있었습니다. 사체는 시청 앞 광장에 북을 맨 채 버려져
　　　　있었고 직접적 사인은 과다출혈입니다. 실종시 돈을 노린 납
　　　　치범 소행이라 생각했으나 돈을 요구하지 않았고 살해 수법
　　　　이 지나치게 잔혹한 점 때문에 원한관계에 무게를 두고 있습
　　　　니다.

장 형사　삼십대 후반에 재계서열 10위 그룹 총수고, 공식적 개인 재
　　　　산만 5000억 원 이상입니다. 5000억 원이라! 부가티 몇 대
　　　　살 수 있지?

신 반장　그 위험한 걸 왜 타? 그 돈 쓰려면 안전하게 살아야지.

장 형사　부가티가 얼마나 튼튼한데요. 카본과 알미늄 소재로 비행기
　　　　와 맞먹는 속도와…….

신 반장　김회장 전용비행기 있는 거 몰라?

장 형사　없는 게 없구만. (로또를 꺼내며) 나의 희망은 이것뿐인가!

최철민　사체는 다른 곳에서 살해된 채 옮겨졌고 유기된 곳도 사람들
　　　　왕래가 빈번한 곳이라 다른 흔적들과 뒤섞였을 가능성이 큽
　　　　니다.

장 형사　조폭들까지 거느리고 다닌 분이 왜 혼자 택시를 탔을까요?

최철민　삼 개월에 한번 택시를 이용했다는 것으로 봐선 범인은 오랜
　　　　기간 피해자의 행동을 관찰했던 것 같습니다.

장 형사　피해자가 누구를 만났는지는 모른답니다. 진짜 모르는 건지
　　　　가르쳐주고 싶지 않은 건지.

최철민　가방을 찾게 되면 즉시 돌려달라고 하더군요.

장 형사　실종팀한테도 신신당부 했다던데 그 안에 뭐가 들었기에 난리랍니까?

신 반장　프라이버시라잖아.

장 형사　(비아냥거리며) 생리대라도 들었답니까? 뭐가 있는지 알아야 찾든 말든 할 거 아닙니까. 그리고 마지막 만났다는 사람을 어떻게 모를 수가 있습니까?

신 반장　목격자는?

최철민　아직은 없습니다.

장 형사　시청 앞 광장이라면 누가 보든 봤을 텐데 말입니다.

신 반장　이 나라는 신고 정신이란 게 없어. 도로마다 목격자 찾는다는 플래카드도 모자라 현상금까지 걸렸잖아.

최철민　그런 사람들은 자신들이 또 다른 가해자가 된다는 사실을 모르고 있는 겁니다.

장 형사　알아도 나서지 않을 걸요. 두둑한 현상금이 걸렸다면 모를까.

최철민　목격자를 찾아 헤매는 사람들의 고통을 직접 보게 되면 달라질 걸.

장 형사　나서봐야 괜히 봉변당하고 저라도 경찰만 아니면 모른 척 할 겁니다. 대신 동영상으로 촬영해 개인 홈피에 올려서 조회 수 좀 올려야죠.

신 반장　총 들고 뛰어다니는 동영상 또 찍어? 평생 동영상만 찍게 해 줄 테니까.

장 형사　반장님, 좀 키워주세요.

신 반장　범인만 잡아와. 콩나물처럼 쑥쑥 키워 줄 테니.

장 형사　예 써!!! 충성을 다하겠습니다.

최철민　피해자의 마지막 행적은 오한구 택시였고, 핸드폰은 택시를 탄 장소 근처에서 꺼졌습니다.

신 반장 오한구는 피해자와 원한관계에 있었고 사체가 옮겨졌을 시각에 근처 CCTV에 찍혔어. 실종 수사팀도 유력한 용의자로 지목했지만 확실한 증거를 잡진 못했지.

최철민 잔혹한 점이나, 사전조사가 치밀한 것으로 봐선 초등학교도 졸업 못한 오한구가 저질렀다기엔 무리가 있습니다. 택시기사이기 때문에 우연히 김회장을 태웠을 수도 있고요. 김회장이 만나기로 했던 사람을 밝히지 않는 걸로 봐서는 스스로 핸드폰을 껐을 수도 있습니다.

장 형사 게다가 다리를 심하게 저는 노인입니다.

신 반장 (신경질적으로) 그럼 범인이 누구야?

최철민 원한관계 인물들을 대상으로 좀 더 조사해 보는 것이…….

신 반장 원한관계 누구? 김회장이랑 원한관계 아닌 사람 있어?

장 형사 저요. 저! 저는 부자를 존경합니다. 로또를 250번 맞아야 하는 재산을 갖고 있는 사람입니다. 그것도 공식적인 재산만요. 못할 게 뭐가 있겠습니까.

최철민 자네 경찰 맞아?

장 형사 맞아요. 경찰. 로또만이 희망인 불쌍한 서민요. 푼돈 일이백 받았다가 가차 없이 짤리는 짭새요.

신 반장 그 짭새 짓 하고 싶다는 사람들 줄 섰어.

장 형사 어제를 기억 못하는 영원히 오늘을 사는 남자 오한구. 영화에서나 나오는 얘긴 줄 알았는데 가능한 겁니까?

최철민 감당할 수 없는 충격을 받은 사람의 경우 그런 증상이 생긴다더군.

장 형사 감당할 수 없는 충격이긴 하죠.

최철민 무단 횡단 사건이었고 가해자는 법적인 처벌을 받았는데 왜 아니라고 하는 걸까요? 개인택시 면허도 10년 무사고로 받은 사람이 법정 모독죄에 사기, 공갈, 명예훼손, 접근 금지 명령까지 좀 이상하지 않습니까?

신 반장 가족을 구하지 못한 죄책감을 떠넘기고 싶었던 게지.

최철민 석연치 않은 건 김회장이 학창시절에 등하교 했던 차량이었다는 겁니다. 사건이 나던 시각에는 과로로 병원에 입원해 있었고요.

장 형사 승용차로 통학 하는 놈이 뭐가 힘들다고 과로야.

신 반장 택시에서 나온 거 없어?

장 형사 끌고 다닌 흔적이 있는지 찾아봤지만, 워낙 낡아 육안으로는 구분이 어려워서 국과수에 의뢰했습니다. 결과 나오는 대로 보고 드리겠습니다.

최철민 오한구는 아내와 딸을 친 사람이 피해자인 김회장이라고 주장했습니다.

장 형사 현장에 출동한 경찰은 오한구가 없었다고 진술했잖아요.

신 반장 우리가 맡은 사건은 1994년 교통사고 건이 아니라 하나그룹 회장 살인사건이야.

장 형사 1994년? 저 고등학생 때네요. 15년 후에 제가 이렇게 될 줄 누가 알았겠습니까? 그때가 진짜 좋았는데. (사이) 15년, 살인 공소시효네요.

신 반장 사체의 발견일과 오한구 사건일이 일치해.

장 형사 뭔가 냄새가 나는데요.

신 반장 오한구는 목격자이거나 살인자가 분명해. 문제는 전 국민이 다 아는 기억상실증 환자라는 건데…….

최철민 실종된 지 보름 만에 사체가 발견됐다는 것은 어제를 기억 못하는 오한구로서는 불가능한 범죄입니다.

신 반장 만약 이 모든 것들이 복수를 위한 조작이라면?

장 형사 제가 본 방송만 해도 몇 번인데요.

신 반장 확실치 않은 얘기를 방송에서 떠들고 영화로 만드니 믿는 거
아냐? 증거들을 보란 말야. 증거를. 이 모든 증거들이 오한구
를 지목하고 있잖아. (사이) 사건 후 오한구 행적 어떻게 됐어?

장 형사 그게요. 본인이 기억을 못하니 알 방법이 없습니다.

최철민 가족도 친척도 없고, 이웃들과의 왕래도 없었답니다.

신 반장 온 국민이 다 아는 유명한 사람이라며? 근데 아무도 못 봤다
고?

장 형사 거짓말 탐지는 어떨까요?

최철민 본인이 거짓말을 인지했을 때 일어나는 신체 변화로 측정하
는 것이 거짓말 탐지야. 강력한 자기 암시가 있는 사람은 효
과 없어.

장 형사 하필 우리 관할이랍니까?

신 반장 (장 형사에게) 오한구 이마 상처는 뭐야?

장 형사 어제를 기억 못하니 똑같이 반복할 수 밖에요. 오한구 입장
에서는 눈 뜨면 유치장 안이니 놀라는 게 당연하죠.

신 반장 당연?

장 형사 아니, 그게……. 죄송합니다.

신 반장 녹화 뜨고 있지? 꼼꼼히 체크 해. 누가 지치나 두고 보자고.

최철민 언제까지 잡아 둘 생각이십니까?

신 반장 잡아 두다니?

최철민 심증만 있는 상태에서…….

신 반장 어제를 기억 못한다잖아. 그럼 평생 잡아놔도 모르겠지.

최철민 반장님.

신 반장 살인을 하고도 기억 못하는 놈을 어떻게 풀어줘? 안전하다고
판단 될 때까지 국민안녕을 위해 잡아둬.

최철민 오한구는 이번 사건에 또 다른 희생자일 수 있습니다.

신 반장 희생자?

최철민　범인이라는 확실한 증거 없이 잡아두는 건 엄연히 불법입니다.

신 반장　최형사는 며칠 후에 미국 갈 사람이지만, 나는 범인 잡을 때까지 서장님과 기자새끼들한테 좆나게 시달려야 돼.

장 형사　선배님 진짜 부럽습니다.

신 반장　희생자일 수 있다고? 역시 FBI 물 먹을 사람은 다르구만.

장 형사　저녁에 선배님 송별회겸 술 한잔 하시죠?

신 반장　(서류들을 챙기며) 우리가 한가하게 송별회나 하고 있을 때야?

최철민　가기 전까지는 최선을 다하겠습니다.

신 반장　(밖으로 나가며) 그러든가.

암전.

2. 취조실

김수정, 취조실 안으로 들어선다.
잠시 주위를 둘러본 후 들고 온 집기들을 예쁘게 정리한다.
간단히 차를 마실 수 있는 도구들을 테이블 위에 올려둔다.
흡족한 듯 주위를 둘러본 후 의자에 앉아 서류를 본다.
사이,
노크 소리.

김수정 (서류를 보며) 들어오세요.

최철민, 장미꽃 한 송이를 감춘 채 들어선다.

김수정 (귀엽게 노려보며) 누구세요?

철민, 성큼성큼 다가와 무릎을 꿇고 수정에게 장미꽃을 건넨다.

김수정 (팔짱을 끼며) 누구시더라.
최철민 사랑합니다.
김수정 그때 택시만 안 탔어도.
최철민 1994년 5월 1일 신촌 기차역. 하얀색 무릎까지 오는 원피스를 입고 있었지. 그때 얼마나 예뻤었는지 알아?
김수정 글쎄요.
최철민 신촌역 광장을 뛰어 오는데, 눈 부셔서 똑바로 볼 수 없었다니까. 근데, 더 놀라운 건 그때보다 지금이 더 예쁘다는 거야.

김수정 (장미를 받아들며) 느는 건 연기뿐이야.

최철민 내 사랑이 느는 거 안 보여?

철민, 일어나 주위를 둘러본다.

김수정 환자가 안정을 느낄 수 있도록 하고 싶었어. 겨우 4일 남은 거 알지?

최철민 가는 날까지 최선을 다하고 싶어.

김수정 미국은 끝이 아니라 또 다른 시작이야.

최철민 내겐 범죄자를 잡는 것보다 억울한 피해자를 만들지 않는 게 중요해.

김수정 아! 택시만 안 탔어도.

최철민 정말 생각 안 나?

김수정 나 정신과의사야. 말 돌리지마.

최철민 이상하잖아. 어떻게 기억이 안 날 수가 있어?

김수정 그날 치료해드린 거며 가족사진까지 생각나는데 아저씨는 기억 안 나.

최철민 나도 당신밖에 생각 안 나. 왜 그럴까?

김수정 우리 뇌는 짧은 시간에 엄청난 정보를 받아서 분류하고 저장하거든. 그래서 중요하지 않다고 판단되거나 기억하고 싶지 않은 것들은 버리곤 해.

최철민 내겐 당신만 중요했었구나. 오한구 씨 자료 봤어?

김수정 (눈을 하얗게 흘기고) 확실하게 진단할 수 있을지 모르겠어. 시한도 너무 촉박한데다 사안이 사안인만큼.

최철민 목격자를 찾지 못해서 진실이 감춰졌을 수도 있어. 상대가 하나그룹이라면 충분히 가능한 일이야.

김수정 (철민 손을 잡으며) 모든 사건이 아버님 사건처럼 처리되진 않아, 알지?

최철민 신촌 기차역 앞에서 일어났는데 목격자가 없다는 게 이해 돼?

김수정 사고 현장의 경우 왜곡되어 기억되기도 해서 섣불리 나서지 못한 것일 수도 있어.

최철민 피해 당사자나 가족이라면?

김수정 가족을 지키지 못했다는 죄의식을 갖고 있는 경우니까 더욱 그렇지.

최철민 그럼 오한구 씨의 말이 거짓일 수도 있다는 거야?

김수정 거짓말이라기보단 기억의 왜곡이라고 표현하는 게 맞아. 감당할 수 없는 충격을 받았을 경우 자신을 보호하기 위해 기억을 왜곡시키기도 하니까.

최철민 그래서 객관적인 목격자 진술이 중요해. 그걸 회피한다면 누구도 범죄의 그늘에서 벗어날 수 없어.

노크 소리.

김수정 넵, 형사님. 근데 집엔 언제쯤 올 수 있어?

최철민 아직은 잘 모르겠어.

장 형사 (소리) 선생님.

김수정 FBI 교육과정에 참가할 수 있는 건 모든 경찰들의 꿈이야.

최철민 내가 얼마나 가고 싶어 했는지 알잖아. 오한구 씨는 자신이 어제를 기억하지 못한단 사실을 모르고 있어. 이곳에 와 있는 이유조차도.

김수정 알았어.

최철민 (유리를 톡톡 치며) 모두 보고 있으니까 걱정하지 마.

김수정 응. (밖을 향해) 들어오세요.

장 형사, 오한구를 데리고 들어선다.

오한구, 잔뜩 겁에 질린 채 절뚝거리며 주위를 두리번거린다.

최철민, 수정과 눈인사를 하고 나간다.

장 형사, 오한구를 자리에 앉히고 한쪽에 가 앉는다.

김수정　이마를 다치셨군요. 어쩌다 그러셨는지 기억하세요?

오한구　(이마를 만지며) 잘 모르것슈. 아침에 일어나 보니 유치장이더
라구유.

수정, 한구에게 다가가 상처를 살핀다.

장 형사　구급상자 가져올까요?

김수정　괜찮아요. (앞 주머니에서 밴드와 연고를 꺼내며) 제가 아는 어떤 사
람이 다치는 게 일이거든요. 그래서 항상 준비되어 있답니
다.

오한구　어려서는 뼈 뵈게 찢어져도 쑥 한 주먹 쩌 붙이믄 암시랑토
안 혔슈.

김수정　(이마를 치료하며) 별거 아니라고 생각했던 상처가 나중엔 돌이
킬 수 없는 결과를 가져 오기도 하죠.

오한구　쬐끔 다친 건데유 뭘.

김수정　외국에 유명한 시인은 장미가시에 찔려 죽었어요. 파상풍이
라는 병은 작은 상처로도 감염 되거든요. 이마 다치실 때 쇠
붙이나 유리에 다치셨나요?

오한구　잘 모르것는디유. 기억 안 나유.

김수정　어제 어떤 일이 있었는지 차근차근 되짚어 보면 생각 날 겁니
다.

오한구　사람들 만나러 다녔슈. 손님은 없구, 병원에선 돈 내라구 성

화구유.

김수정　누가 아프세요?

오한구　마누라랑 딸래미가 영안실 냉장고 안에 있슈.

김수정　영안실요?

오한구　교통사고 나서 마누라랑 딸이 그 자리서 죽었슈. 사고 때문에 이리저리 뛰어다니느라 일도 못 허고, 병원비는 병원비대로 밀리구유. 보험회사는 빨리 처리혀야 보험금을 준다고 엄포지만 틀린 걸 맞다고 헐 수는 없잖유.

김수정　뭐가 잘못됐나요?

오한구　경찰서, 법원, 병원, 보험회사까지 안 다녀 본디가 없슈. 근디 들덜 안유. 오늘은 어떻게든 돈을 구해야 허는디, (일어서며) 지가 여기 있음 안 돼유. 저 좀 보내 주세유. 예, 선생님.

김수정　지금은 나가실 수 없으세요.

오한구　돈을 구해야 헌다니깨유. 성공하기 전까지는 죽어도 안 갈려고 혔는디 돈 때문에 고향 갔었슈. 가야혀유. 가서 돈 구해야 헌다니깨유.

김수정　병원에는 가지 않으셔도 됩니다.

오한구　(놀라며) 왜유?

김수정　이젠 내지 않으셔도 돼요.

오한구　뭔 소린지 모르것네유. 원무과장님이…….

김수정　자세한 얘기는 차 마시며 할까요?

수정, 차를 준비한다.

한구, 불안한 듯 주위를 두리번거린다.

오한구　(책상 위에 있는 꽃을 보며 나지막이) 장미꽃이네유.

김수정　예쁘죠?

오한구   즈이 마누라랑 딸래미가 좋아혔슈. 장미가 그득 핀 집에서
　　　　살게 해준다고 혔는디. (장미를 들고 있는 듯) 주고 싶었슈.

　　　　수정, 한구를 유심히 관찰한다.
　　　　사이.

김수정   택시 일 하다보면 어려운 일도 많으시겠어요.

　　　　오한구, 흐뭇한 미소를 지으며 자신의 손을 보고 있다.
　　　　김수정, 오한구를 관찰한다.

김수정   (좀 더 큰 소리로) 많이 힘드시죠?
오한구   예?
김수정   택시 일 말이에요.

　　　　오한구, 마치 꽃을 잃어버린 사람처럼 발밑을 두리번거리다 이내 실망한 듯
　　　　수정을 멍한 눈으로 본다.

김수정   택시 일 많이 힘드시죠?
오한구   (비어 있는 자신의 손을 마주 잡으며) 예.
김수정   뭐가 제일 어려우세요?
오한구   술 취한 손님유. 탈 때는 멀쩡혔는디, 집 근처 가믄 잠 들어
　　　　유. 암만혀도 안 깨니께 지갑을 뒤져 주민증을 봐유. 근디 그
　　　　렇게 깨워두 안 일어나던 사람이 지갑을 만지니께 일어나는
　　　　건 뭐래유. 그럴 땐 환장혀유.
김수정   어떻게 하세요?
오한구   사실대로 말허유. 이참저참 혀서 저참이참 됐다구유.

김수정 뭐라던가요?

오한구 멱살 잡는 사람, 도둑 취급허는 사람, 다 달러유.

김수정 그럴 땐 곤란하시겠어요.

오한구 이젠 경찰서 가서 봐유. 즈이같이 가난허고 힘없는 사람이
        믿을 구석은 거기 뿐이잖유. (장 형사를 흘끔 돌아보고) 지갑 봤
        슈?

김수정 어제를 기억하지 못하세요.

오한구 예?

수정, 단호한 표정으로 한구를 본다.

오한구 아까 말씀 드렸잖유. 돈 구하러 고향까지 갔었다니깨유.

김수정 오한구 씨가 기억하신 어제는 벌써 15년 전 일이에요.

오한구 뭔 말씀을 허시는 지 모르겄네유. 어제가 어떻게 15년 전이
        될 수 있슈. 신었던 양말이랑 먹었던 음석들까지 다 생각나
        는디, 15년 전이라니유.

한구, 수정과 장 형사를 번갈아 보며 어색한 웃음을 짓는다.
수정, 단호한 표정으로 한구를 응시한다.

오한구 쭈꾸미 먹었슈. 양말은……. 우리 딸래미가 생일날 사준 검
        은색 양말유. 그류, 검은색유. (발을 들어 보이며) 이거 봐유.

오한구의 양말은 흰색이다.

오한구 어라, (당황하며) 검은색 맞는디. 검은색유. 우리 딸래미가 흰
        색 양말 신는 걸 을매나 싫어 헌다구유.

수정, 손거울을 꺼내 오한구의 앞에 밀어 놓는다.

김수정 보시겠어요?

오한구 거울은 왜유?

한구, 거울을 처음 보는 사람처럼 두려워하며 선뜻 만지지 못한다.

수정, 한구의 행동을 관찰할 뿐 말이 없다.

장 형사, 주머니에서 로또 용지를 꺼내 마킹 중이다.

사이.

한구, 거울을 들고 자신의 얼굴을 한동안 비춰본다.

오한구 (왼쪽 다리를 주무르며) 아픈걸 보믄 꿈은 아닌 것 같은디.

사이.

다시 거울 속 자신을 들여다본다.

한동안 거울을 보고 있다가 밝은 표정으로 수정을 본다.

김수정 괜찮으세요?

오한구 (벌떡 일어나 허리를 굽혀 인사하며) 고맙습니다. 고맙습니다.

김수정 오한구 씨!

장 형사, 놀라 오한구를 본다.

오한구 (즐거워하며) 지가 미친 게 맞쥬. 고맙습니다. 선생님, 고맙습니
다.

김수정 오한구 씨, 왜 그러세요?

오한구 얼른 약 먹구 나서야쥬. 그래야 마누라랑 딸래미를 볼 게 아

녀유.

김수정　무슨 말씀이죠?

오한구　미쳤으니깨 그런 끔찍헌 생각을 혔슈. 얼른 약 주세유. 아뉴, 아뉴, 마누라랑 딸래미만 보믄 금방 나슬껴유. (주위를 둘러보며) 여가 어디유?

김수정　오한구 씨 자리에 앉아 주세요.

오한구　금방 댕겨 올깨유. 가서 얼굴만 보면 되유. 그게 약이유.

한구, 두려움과 즐거움 사이에서 갈팡질팡하고 있다.

수정, 오한구가 진정되길 기다린다.

김수정　오한구 씨가 기억하고 계신 건 모두 사실입니다.

오한구　예? 뭐가유?

김수정　단지 그 기억이 15년 전에서 끊어졌다는 것 뿐입니다.

오한구　지가 미쳤다믄서유?

김수정　오한구 씨가 어제를 기억하지 못하는 증상은 아내와 따님을 잃은 충격 때문이라고 추정하고 있습니다.

오한구　뭔 말씀을 허시는지 모르것슈. (머리를 만지며) 그게 뭔 말이래유?

사이.

오한구　15년이나 지났다믄서유.

사이.

오한구　세월 지나믄 다 잊혀 진다고 허든디.

오한구, 멍한 시선으로 수정을 본다.

김수정 증상이 정확히 언제부터인지 모르지만, 오한구 씨는 아내와
따님이 돌아가신 후에도 한동안 정상적인 생활을 하신 듯 합
니다. 병의 발병은 길게는 5년에서 짧게는 3년으로 보고 있습
니다.

오한구 뭔 말인지 모르것슈. 멀미 허는 것 마냥 미식거려유. 토할 것
같어유.

김수정 (장 형사를 향해) 오한구 씨가 쉴 수 있도록 도와주시겠어요.

장 형사, 한구를 부축한다.
신 반장, 들어와 자리에 앉는다.
수정과 장 형사 어리둥절해 한다.

신 반장 (서류를 뒤적이며) 직업이 택시기사죠?

오한구 예.

신 반장 어제도 운전하셨겠네요. 어디 가셨어요?

오한구 아깨 말씀 드렸는디유.

신 반장 저에게 다시 말씀하시죠. 정확히요.

김수정 반장님, 오한구 씨는 지금 조사 받을 상황이 아닙니다.

장 형사 지금까지 김수정 선생님께서 상담을 진행하셨습니다.

김수정 오한구 씨는 지금 막 어제를 기억하지 못한다는 사실을 알았
습니다.

신 반장 알고 있습니다. 상담이 끝나신 것 같아서 제가 조사하려던
겁니다.

김수정 환자의 상태가 조사 받기엔 부적합합니다.

신 반장 환자요? 그럼 오한구 씨가 기억상실증에 걸렸다고 확신하시

는 겁니까?

김수정 그건 좀 더 관찰해 봐야겠지만 오한구 씨에게 필요한 건 안
정입니다.

신 반장 안정이라! 얼마나 필요하죠? 한 시간? 아니면 하루? 어차피
오늘 지나면 다 잃어버리잖습니까?

김수정 지나친 자극 때문에 발작을 일으킬 수 있습니다.

신 반장 지금까진 그런 일 없었습니다.

김수정 지금까지라니요?

신 반장 오한구 씨 자리에 앉으시겠습니까?

장 형사 (수정에게 양해를 구하며) 그만 나가시는 게 좋겠습니다.

오한구, 엉거주춤 다시 자리에 앉는다.

수정, 할 수 없이 밖으로 나간다.

오한구 스산 갔슈. 가서 쭈구미 한 접시 먹구, 바다도 보구유.

신 반장 서산 좋지요. 낚시도 하고, 간척지에서 채소도 기르고.

오한구 아직 공사 중이든디유.

신 반장, 오한구를 본다.

오한구 내년에나 준공헐 수 있다고 허든디유.

신 반장 (다시 서류를 보며) 그래요.

오한구 (몸을 떨며) 그만 허든 안 될까유? 속이 미식거리고 머리가 아
퍼유.

신 반장 봄 쭈꾸미 가을 전어. 맛을 아시는 분이네. 고향 가셔서 좋았
겠어요.

오한구 고향유? (사이) 근디 즈이 같은 사람한테 고향은 성공혀야 갈

수 있는 곳이유. 저처럼 성공 못 헌 놈…….

신 반장　올해 어떤 일이 일어났는지 말씀해 주시지요.

오한구　예?

신 반장　1994년을 살고 계시니, 올해 일어난 일쯤은 아실 것 아닙니까?

오한구　아니람서유.

신 반장　1994년을 살고 계시다면서? 대통령은 누구죠?

오한구　(이마에 식은땀을 닦아내며) 머리 아퍼유.

신 반장　1994년에 무슨 일이 일어났냐고요.

오한구　폭우 속을 운전허는 것 마냥 앞이 가물가물 혀유.

신 반장　두통 때문이 아니라 아무것도 기억 못하는 거겠지.

오한구　아뉴, 다 기억혀유. 어제 일들처럼 생생허게유.

신 반장　당신이 했던 말과 행동들 모두 기억이 아니라 꾸며낸 얘기야.

오한구　마누라랑 딸래미가 벌건 대낮에 술 취한 고등학생 차에 치어 죽었슈. 운전헌 놈은 교복을 입고 있었구 경찰이 취해서 몸도 못 가눈 눔을 끌어내다 왼쪽 팔뚝에 화상까지 입었슈. (신 반장을 정면으로 응시하며) 다 기억혀유.

신 반장　(시선을 피하며) 사적인 사건 말고 공적인 사건을 말해.

오한구　하루에도 몇 번씩 건너 뎅기던 횡단보도가 없어지고, 목격자들이 없어져도 지가 기억허는 게 거짓말이 되는 건 아녀유.

　　최철민, 사무실로 들어서다 오한구를 취조하는 모습을 보고 놀란다.
　　장 형사, 최철민에게 가만히 있으라는 사인을 보낸다.

신 반장　(애써 참으며) 공적인 사건을 말씀하시라고요.

오한구　파란색 신호등을 건너고 있었슈. 분명 파란색 신호등이었슈.

신 반장 현장에 있었던 경찰은 당신을 못 봤다고 진술했어.

오한구 움직일 수 없었슈. 꿈인지 생신지……. (손끝을 보며) 장미가시에 찔린 손가락이 욱신욱신 쑤셨슈. (손을 보이며) 이 손가락이유. 여기 여기를 찔렸슈.

신 반장 당신 아내와 딸을 죽인 사람은 그 대가를 치뤘어.

오한구 그 사람은 아녀유. 지가 똑바로 기억헌단 말유. 다들 눈 마주치고 인사허든 사이였는디. 못 봤다는규. 기억 안 난다는규. 마누라랑 새끼 끌어안고 울 시간도 없이 사람들 찾아 댕기며 본대로만 말해 달라구 사정혔슈. 근디, 다 못 봤다는규. 기억 안 난다는규.

신 반장 넌, 그곳에 없었어.

오한구 그렇게 믿고 싶으신 거쥬?

신 반장 뭐야?

최철민 반장님, 그만 하시죠.

신 반장 너 지금 뭐라고 했어?

오한구 보구 있었슈. 하나도 빠짐없이 다 보고 있었단 말유.

최철민 이대로 계속하는 건 무리입니다.

오한구 두 눈으로 똑바로 봤슈. 교복 입은 학생이었다구유.

오한구, 신 반장에게 필사적으로 매달려 신 반장의 왼쪽 팔을 잡으려 한다.

신 반장 (기겁하며 벌레를 떼어내듯 힘껏 밀어버리며) 뭐하는 짓이야?

오한구, 힘없이 뒤로 넘어진다.

최철민과 장 형사 놀라 신 반장을 본다.

최철민 (오한구를 부축하며) 반장님.

신 반장 (오한구에게) 세상 사람 다 속여도 나는 안 속아. 알았어?

최철민 반장님 좀 쉬시는 게 좋겠습니다. 요즘 무리하셨어요.

장 형사 저랑 나가서 커피라도 한잔 하시죠.

오한구 (최철민에게 매달리며) 도와주세유. 제발, 제발유.

신 반장 넌 그곳에 없었어.

최철민 장 형사, 반장님 모시고 나가.

장 형사 (반장을 억지로 끌어내며) 커피나 한잔 하시죠.

신 반장 난 다른 사람들이랑은 다르니까 이제부터 정신 똑바로 차려야 할 거야.

장 형사 아, 반장님 커피 한잔 하시자니까요.

장 형사, 나가지 않으려는 신 반장을 억지로 끌고 밖으로 나간다.

최철민 (오한구를 의자에 앉히며) 저희가 도와드리겠습니다.

오한구 첨엔 잃어버릴 깨미 적었는디 낭중엔 잊고 싶어서 적었슈. 다 적어두고 나믄 잃어버릴 수 있을 것 같았는디……. 아무도 못 봤다는 걸 적고 또 적었슈.

최철민 그거 어딨죠?

오한구 몰러유.

최철민 그렇게 중요한 걸 어디에 둔지 모른다고요?

오한구 15년 전이라믄서유? 지한테는 어젠디 15년 전이라믄서유?

최철민 어제까지 적으셨죠?

오한구 몰러유. 몰러. 이젠 아무것도 모르것슈. 그냥 마누라랑 딸이 묻힌 곳에 같이 가 주세유. 거기 장미꽃을 심궈야 혀유. 두 여자가 장미꽃을 좋아해서 마당 한가득 꽃을 심어주기로 혔슈. 제발 부탁이유.

최철민 오늘은 늦었습니다. 내일은 꼭 같이 가 드릴게요.

장 형사, 힘없이 들어선다.

최철민 (오한구를 일으켜 세우며) 내일 출근길에 장미 모종 사올 테니 걱
정 말고 주무세요.

오한구 지가 잃어버려도 꼭 같이 가 주셔야 혀유.

최철민 그럼요. 잊지 않겠습니다.

오한구, 최철민과 함께 옆방으로 향한다.

사이.

최철민, 긴 한숨을 쉬며 들어선다.

장 형사 안됐고, 불쌍하긴 한데요. 솔직히 짜증납니다. 이게 뭡니까?
미친놈 데리고. (주위를 둘러보며 나직히) 오한구 씨 아내랑 딸 묘
지도 없다면서요?

최철민 김회장 얼굴에 뿌렸다잖아.

장 형사 오한구가 범인일까요?

최철민 실종과 살해까지는 정확히 보름 걸렸어. 보름 동안 어떠한
증거도 남기지 않은 치밀한 놈이 CCTV가 사방에 설치된 은
행 건물 꽃집에 들어갔다고?

장 형사 과시 혹은 경고를 위해서라면요?

최철민 과시 혹은 경고라!

장 형사 예. 과시 혹은 경고요. 김회장 죽이는 것이 목적이 아닐 수
있잖아요. 사체의 형태도 조리돌림을 모방했는데, 그건 본보
기를 위한 형벌이잖아요.

최철민 누구에게?

장 형사 예?

최철민 대상이 있어야 하잖아. 과시 혹은 경고를 하려면.

장 형사 그렇죠. 대상. 그러니까······.

최철민 누구냐구?

장 형사 그러니까······. (사이) 우리?

최철민 우리?

장 형사 우리요, 우리. 오한구 때문에 며칠째 집에도 못가고, 잠도 못
자고, 우리 엿먹이려고 그러는 거 아닐까요?

최철민 오한구 집에서 노트 본 적 있어?

장 형사 노트요?

최철민 오한구가 사건 현장을 자세히 기록한 노트가 있다고 하던데.
봤어?

장 형사 글쎄요.

최철민 한번 찾아봐.

장 형사 젠장, 깡패들이랑 쇠파이프 들고 패싸움할 때도 겁 안 났는
데 내일 오한구 볼 생각하면 겁나요. 이러다간 제가 미칠 것
같습니다.

암전.

3.

취조실.

최철민이 선물한 장미꽃이 플라스틱 컵에 담겨져 있다.

수정과 오한구 상담 중이다.

장 형사, 한쪽 구석에 앉아 두 사람의 대화를 듣고 있다.

오한구 모르것슈. 잘 모르것슈. 그냥 꿈 같터유. 지독헌 악몽 말유.

김수정 어떤 꿈을 꾸셨는지 말씀해 주실 수 있으세요?

오한구 마누라가 늙은 영감한티 시집가는 꿈을 꿨슈. 배가 남산만 혀서 말유. 마누라를 잡고 싶어도 잡을 수가 없슈.

한구, 무릎을 가끔씩 손으로 주무른다.

김수정 왜죠?

오한구 사지가 없슈. 아무리 봐도 몸땡이만 있슈. 소리 질러도 소리가 입 밖으로 나가덜 않구 자꾸만 몸속으로 파고들어 가시처럼 찔러유.

김수정 아내와 따님의 죽음이 오한구 씨 잘못이라고 생각하시나요?

오한구 떡볶이랑, 튀김 파는디 죙일 한디서 있는 일이라 고생이 심혔슈. 야밤도주헐 땐 손에 물 한 방울 안 묻히게 헌다고 혔는디, 손에 물 마를 날 없슈.

김수정 오한구 씨도 아내만큼 열심히 사셨잖아요.

오한구 하루 12시간 일요일도 없이 죽으라고 일만 혔슈. 그렇게 10년을 혔더니 나라에서 개인택시 면허를 주데유. 가진 거 없는 사람들은 더 노력허믄, 더 아끼믄 되는 줄만 알았슈.

한구, 한동안 자신의 왼쪽 다리를 주무른다.

오한구 택시서 쪽잠 자고 다리가 마비될 때까지 모은 돈이 육개월도
못 갔슈. 병원비에 변호사 비용에 세금에, (무릎을 주무르며) 오
늘은 꼭 병원비 내야유.
김수정 관절염 치료는 받아 보셨나요?
오한구 가믄 한 나절인디 돈은 언제 벌구유. 판피린 있으믄 한 박스
만 주세유.
김수정 감기 걸리셨어요?
오한구 (놀라며) 예? 예.
김수정 사고 나던 날 얘기를 좀 해주시겠어요.

긴 사이.

오한구 잘 모르것슈. 하루에도 및 번씩 다니고 보던 질이었슈. 그
런디 미칠 만에 다 달라졌슈. 신호등도 횡단보도도 없어지
고. 사고 현장에 있었던 경찰도, 사고 현장을 봤던 사람도
모두 없어졌슈.

오한구, 잠시 무언가를 생각하다 애써 잊으려는 듯 고개를 흔든다.

오한구 지가 본 것도 진짜가 아닌 것 같터유.
김수정 뭘 보셨죠? 제겐 말씀하셔도 돼요.
오한구 …….
김수정 뭔가 특별한 것을 보셨죠?

오한구   지가 봤던 운전수두, 경찰두 다 거짓말이라고 헐깨비 못 혀
        유.

김수정   말씀하셔야 도울 수 있어요.

오한구   눈이유.

김수정   눈요?

오한구   딸래미 허벅지 위에 소복이 쌓이는 눈을 봤슈. 그것도 5월에
        유.

김수정   5월에 눈요?

오한구   허옇게 온통 눈이 내렸슈. 딸래미 교복 위에도, 떡볶이 국물
        위에도 마누라 치마 위에도, 두 눈으로 똑똑히 봤슈.

김수정   왜 아내와 따님께 달려가지 않으셨죠?

오한구   (무릎을 주무르며) 놀래서 몸땡이가 움직여지질 않았슈. 그만 보
        내주세유. 오늘까지 돈 못 구허믄 마누라랑 딸래미를 즈이
        집으로 데려 온다고 혔슈.

김수정   판피린을 드셨군요. 그것도 여러 병. 그렇죠?

오한구   보내주세유. 뭔 일이 있어도 오늘은 돈을 구해야 혀유.

김수정   맞군요.

오한구   백날천날 똑같은 소리지유. 녹음기를 틀어 논 것 마냥 맨날
        똑같은 소리지만, 아무도 안 들어줘유. 다 지가 미쳤다고들
        혔슈.

김수정   왜 말씀하지 않으셨어요? 판피린 중독이 죄가 되는 건 아니
        었잖아요.

오한구   판피린 먹어서 몸땡이가 안 움직였다고 누구한테 헐 수 있
        슈. 그런 말 안 혀도 미쳤다고 혔는디, 누가 믿것슈. 지는 다
        기억 혀유. 그날 사고 냈던 운전사도, 경찰도, 사람들도유.
        그 착한 학생들까지 다유.

김수정   진실을 말 하셨어야죠. 처음부터 거짓말을 하셨으니 믿어 주

지 않았던 겁니다.

오한구　거짓말유? 운전수가 바뀐 게 거짓말이유? 아니면 하루아침에 없어진 횡단보도며 신호등이 거짓말이유?

김수정　…….

오한구　20시간 넘게 클러치를 밟으면 내 손으로 다리를 잘라 버리고 싶게 아퍼유. 마누라는 일년 내 습진을 달고 살고, 겨울이면 동상으로 손발이 퍼렇게 붜유. (사이) 미안혀서 아무 것도 해 준 거 없어서, 못 보내유. 꼭 찾을 껴유. 평생이 걸려도 목격자 찾아서 누명 벗겨 줄 껴유. (몸을 와들와들 떨며) 약속혔슈.

김수정　괜찮으세요?

오한구　다 기억혀유. 하나도 빠짐없이 다 기억헌단 말유.

김수정　오한구 씨, 오한구 씨.

오한구　거기 그 학생도 있었슈. 의대에 다닌다는 학생이 즈이 마누라랑 딸을 도와 줄 꺼라 생각혔슈. 몸땡이도 못 가누는 못난 애비보다 천배만배 훌륭한 학생이 봐서 다행이라 생각혔슈. 근디, 근디유 (사이) 기차역으로 들어갔슈. (팔을 휘저으며) 학생, 학생, 도와줘유. 제발, 제발 도와줘유.

김수정　오한구 씨.

오한구　(의자에서 떨어질 듯 팔을 휘저으며) 제발, 제발 도와줘유. 제발유.

김수정　(오한구를 잡으며) 괜찮아요. 괜찮아요.

오한구　(수정의 팔에 매달리며) 도와주유. 제발 도와주세유.

김수정　괜찮아요. 이젠 괜찮아요.

오한구　(더욱 강하게 매달리며) 제발, 제발유.

　　　　장 형사, 뛰어와 오한구의 팔을 비틀어 수정에게서 떼어 놓는다.

장 형사　오한구, 정신 차려. 정신 차리라고.

오한구, 언제 그랬냐는 듯 힘 한번 쓰지 못하고 결박당한다.

장 형사 놀라셨죠? 가끔 발작을 할 때가 있습니다.

김수정 괜찮으니 팔을 좀 풀어주시겠어요.

장 형사 아! (팔을 풀어주며) 괜찮으세요?

오한구 죄송혀유. 참말로 죄송혀유.

김수정 괜찮습니다. 오늘은 그만 쉬시는 게 좋겠어요.

한구, 장 형사에 이끌려 밖으로 나간다.

수정, 오한구의 서류를 세심하게 검토한다.

노크 소리.

수정, 노크 소리도 듣지 못한 듯 서류에 몰두해 있다.

노크 소리.

최철민 (안으로 들어서며) 노크 여러 번 했는데, 못 들었어?

김수정 어? 어! 증인이 될 수 없었던 이유가 뭐지?

최철민 경찰은 오한구 씨를 보지 못했다고 진술했어. 그리고 딸의 상처는 오른쪽이 아니라 왼쪽이었어. 차가 딸의 왼쪽 허벅지를 치고 리어카와 아내를 친 걸로 되어 있거든. 그래서 왼쪽 허벅지가 차의 라이트 부분에 찢겼어.

김수정 그 서류 볼 수 있을까?

신 반장 (서류를 들고 들어오며) 판피린 중독이라는 거 말입니다. 마약처럼 환각효과도 있는 겁니까?

김수정 통증을 진정시키는 효과가 있어요. 지금은 처방전 없이는 안 되지만 당시엔 가능했죠. 한꺼번에 여러 병 마셨다면 움직이지 못했을 겁니다. 오한구 씨 상태로 봐선 중독됐을 가능성이 많아요.

최철민 사건 현장에 유명한 괴담이 있는데 밤 12시가 되면 없던 횡
단보도가 생긴다는 겁니다. 그 길을 건너면 죽게 되는데, 그
게 다 모녀귀신 장난이라는 겁니다. 실제로 그 장소에서 꽤
많은 사람들이 죽었고요.

신 반장 어느 곳이나 사고 다발지역은 있기 마련이야.

최철민 그럼요. 그런데 더 놀라운 건 오한구 사건 이전엔 그런 사건
이 발생하지 않았다는 겁니다. 횡단보도였거든요.

김수정 그럼, 오한구 씨 말이 사실이라는 겁니까?

최철민 횡단보도가 변경된 시기를 알아 봤지만, 10년도 지난 일이라
서류가 남아있지 않았습니다.

신 반장 오한구가 사건의 진행과정에서 현장 정보를 얻었을 수도
있어.

최철민 물론입니다. (밖을 향해) 장 형사, 장 형사.

장 형사 (뛰어 들어오며) 예, 선배님.

최철민 오한구가 말한 노트 찾아 봤어?

장 형사 허풍 좀 떨어서 1톤 트럭 한 대분 정도에요. 근데, 놀라운 건
그 노트들이 모두 똑같은 내용이라는 겁니다.

김수정 자기 학대의 한 형태입니다. 가족을 지키지 못했다는 죄책감
때문에 가장 고통스런 순간을 떠올리는 거죠.

신 반장 그러니 그런 끔찍한 범죄를 저지르는 겁니다.

최철민 그 노트 다 확인해 봤어?

장 형사 대부분요.

최철민 하나도 빠트리지 말고 전부 확인해. 나도 도울 테니까.

장 형사 오한구 증상 꼭 템프파일 같지 않습니까? 전원이 꺼지면 다
시 돌아오지 않는 파일 말입니다.

신 반장 무슨 파일?

장 형사 그게 컴퓨터 용어인데요. 자료들 대부분이 템프파일 형태로

있다가 저장버튼을 누르면 자료가 남아 있지만 버튼을 누르지 않으면 전원이 꺼지는 것과 동시에 사라지는데 오한구도 전날 기억을 잃어버리잖습니까.

신 반장　그럼 오한구가 일부러 기억하지 않는다는 거야?

김수정　감당할 수 없는 고통이 더 이상의 기억을 거부할 수 있습니다.

장 형사　(흥분하며) 어쨌든 비슷한 거죠?

김수정　차 안에서 아내와 딸의 교통사고를 목격했다고 했어요.

장 형사　환각상태가 아니었다면 어떻게 눈을 볼 수 있었을까요?

신 반장　그러니까 오한구가 미쳤다는 거야.

김수정　신촌 기차역 앞 가로수가 벚나무였어요. (철민에게) 기억나지? 봄이면 백마역으로 소풍가곤 했었잖아.

최철민　그래! 차가 가로수를 들이받았으니 꽃잎이 눈처럼 흩날렸겠지. 딸의 허벅지에 쌓일 만큼. 지금의 은행나무는 하나쇼핑센터가 들어서면서 바뀐 겁니다.

장 형사　현장에 있었던 사람이 가로수를 들이받은 걸 못 볼 수 있을까요?

최철민　잠깐 (화이트보드에 사건 현장을 그리며) 왕복 2차선의 도로였고, 인도와 가로수가 있었어. 사건 현장이 여기라고 가정하고 횡단보도가 있었고.

신 반장　사건파일 어디에도 횡단보도가 있다는 말은 없어.

최철민　타당성 있는지 검토해 보는 겁니다. (횡단보도를 그리며) 오한구를 보고 횡단보도를 건너려고 했다면 어디에서 보고 있었을까?

김수정　가로수를 볼 수 없었다면 시야가 좁았다는 얘긴데.

전화벨 소리.

장 형사 백밀러, 오한구는 백밀러로 사건 현장을 보고 있었던 겁니
　　　　다. 그래서 딸의 상처 부위도 반대로 말한 거고요.

김수정 판피린을 먹었기 때문에 몸을 움직일 수 없었을 테니까요.
　　　　그래서 경찰이 보지 못한 거예요.

신 반장 전화나 좀 받지.

　　　　장 형사, 전화를 받으러 나간다.

최철민 거울, 그래서 오한구의 말이 증거로 채택될 수 없었군.

김수정 그럼, 모두 사실이라는 얘기가 되는 건가요?

신 반장 오한구는 경찰이 운전자를 구했다고 했지만, 경찰 진술에
　　　　는 도착했을 때 운전자는 이미 병원으로 후송된 상태라고
　　　　했어. 그건 어떻게 설명할 거야? 다 지난 일 들춰서 뭘 하겠
　　　　다는 거야?

장 형사 (급히 들어오며) 오한구 씨 변호사라는데요.

신 반장 뭐야?

장 형사 영화사에서 계약해 줬답니다. 오한구 씨에게 무슨 일인가 생
　　　　기면…….

신 반장 씨발 새끼들!

　　　　암전.

4.

취조실.

수정과 한구는 이야기를 하고 있다.

장 형사, 상담실 한쪽에 앉아 노트를 보고 있다.

오한구, 잔뜩 주눅 든 표정으로 주위를 살피고 있다

오한구 밤꽃 때미 그려유. 그 냄시만 아녀두 야밤 도주는 안 혔을 건
디. 그놈에 여편내가 뭔 맘을 먹었는지 내동 안 허던 짓을 허
대유.

김수정 밤꽃요?

밖에서 사람들이 다투는 소리 들린다.

오한구 (쑥스러운 듯 머리를 긁적이며) 대낮에도 눈 한번 안 맞추더니, 누
리끼리헌 밤꽃이 흐드러지게 핀 봄날 지를 따라 밤나무 밭으
로 들어 서대유. 한참을 누런 달만 보고 있으니깨 옆에서 한
숨소리가 들려유. 그 소리가 어찌나 서늘허던지. 그리고 며
칠을 반듯이 눠서 자지도 못 혔슈.

김수정 왜요?

오한구 밤 까시 때미유. (수줍게 웃으며) 그때는 밤 까시에 찔리는 중도
몰랐다니깨유. 지금두 밤만 보면 그날 밤이 생각나서 등짝이
따끔거려유.

다투는 소리 점점 더 커진다.

장 형사, 상황을 보기 위해 문을 열자 신 반장과 철민이 기다렸다는 듯
들어선다.

최철민　(신 반장을 잡으며) 이러시면 곤란합니다.
신 반장　아직도 확신이 안 섭니까?
김수정　지금은 상담 시간입니다.
신 반장　기억 못 한다는 놈 데리고 대체 무슨 얘기를 하고 계신 겁니
　　　　　　까?
최철민　상담 끝나고 말씀하시죠.
신 반장　구속적부심사 접수 됐어. 48시간 안에 증거를 제시하지 못하
　　　　　　면 풀어줘야 하는데 여기서 뭣들 하고 있어?
최철민　나가서 말씀하시죠.
신 반장　깡패새끼들한테 칼침 맞아가며 겨우겨우 여기까지 왔는데,
　　　　　　너희들이 나를 물 먹여? 저 새끼는 처자식 못 지킨 죄책감으
　　　　　　로 돌아버린 살인자야.
최철민　반장님, 그만 하시죠.
신 반장　너 빠져. 니가 좋아하는 FBI 가서 과학수사든 뭐든 해.
장 형사　반장님, 저희들도 최선을 다하고 있습니다.
신 반장　최선을 다하는 것들이 미친놈 헛소리만 듣고 교통사고 건을
　　　　　　조사해? 니들이 정신이 있어? 없어?
최철민　전 국민이 기억상실증 환자라고 믿는 사람을 용의자로 지목
　　　　　　하셨으면 먼저 환자가 아니라는 것부터 밝히셔야죠.

　　　　　사이.

신 반장　내가 자리를 지키지.
최철민　반장님.

신 반장 누구든 한 사람은 있어야 하니까 내가 있겠다는 거야.

장 형사와 최철민, 난감한 듯 수정을 본다.

김수정 (자리에 앉으며) 그러시지요.

장 형사와 철민, 밖으로 나간다.
신 반장, 거만한 자세로 팔짱을 끼고 앉아 오한구를 노려본다.
오한구, 주눅든 채 신 반장을 흘끔흘끔 훔쳐본다.

김수정 녹차랑 커피 있는데 뭘 드릴까요?
오한구 운전허는 사람덜은 물 잘 안 마셔유. 메다기 따박따박 올라
가는 거 보믄서 기분 좋을 사람 있간유. 오줌이 손님 없을 때
만 나오는 것두 아니구유.
김수정 지금은 한 잔 드셔도 되겠죠?
오한구 커피유.

수정, 한구에게 커피를 한 잔 준다.
한구, 차를 한 모금 마시고 수정의 눈치를 어설프게 살핀다.

김수정 궁금한 게 있으시면 물으셔도 됩니다.
오한구 잡았슈?

오한구, 신 반장을 흘끔흘끔 보더니 갑자기 좋아 어쩔 줄 모른다.

오한구 그럴 줄 알았다니깨유. 그럼유. 대한민국 경찰이 그걸 못 잡
것슈.

김수정 무슨 말씀하시는 건지…….

오한구 (갑자기 흥분하며) 지 말이 맞쥬? 유치장에 들어간 사람이 아니
　　　　지유. 교복 입고 있었슈. 양복이 아녀유. 그 자리에 경찰도
　　　　있었는디 그 경찰이 그러니께.

신 반장 자리에 앉아.

오한구, 놀라 움찔하며 신 반장을 살피다가 다시 기뻐한다.

오한구 그 경찰이지유. 그럴 중 알았슈. 그 경찰이 나타날 중 알았다
　　　　니께유.

김수정 경찰이라니요?

오한구 불난 차서 운전수를 끌어내다 손을 다쳤슈.

김수정 경찰이 도착했을 때 운전자는 이미 병원에 후송된 상태였어
　　　　요.

오한구 그건 두 번째유.

김수정 네? 두 번째요?

신 반장, 팔짱을 빼고 오한구의 말에 귀 기울인다.

오한구 사고를 처음부터 지켜본 경찰이 있었슈. 운전헌 놈이랑 함께
　　　　병원으로 간 뒤에 다시는 돌아오지 않았슈. 뒷주머니에 수갑
　　　　을 차고 있었슈.

김수정 그 경찰을 찾았다면 일이 수월했을 텐데 왜 말씀하지 않으셨
　　　　죠?

오한구 지 말을 듣간유. 그 경찰이쥬? 그 경찰이 돌아왔쥬? (왼쪽 팔을
　　　　가리키며) 요기, 요기쯤 화상을 당했슈. 그렇쥬? 요기, 요기라
　　　　니께유.

신 반장 (버럭 소리 지르며) 오한구, 앉아.

오한구, 놀란 신 반장을 본다.

김수정 제 신변에 중대한 위험을 느끼지 않는 한 개입하셔선 안 됩니
        다.
신 반장 어떤 혐의를 받고 있는지 아시지 않습니까?
김수정 그건 제가 판단합니다.
오한구 제 말이 맞쥬? 그 경찰이지유?
신 반장 (악을 쓰며) 오한구 앉으란 말 못 들었어?

한구, 어리둥절한 표정으로 수정을 본다.
신 반장, 왼쪽 소매를 끌어 내린다.

김수정 오한구 씨가 어제 일을 기억하지 못하셔서 어려운 처지에 놓
        이셨어요.
오한구 어제유?
김수정 …….
오한구 (당황하며) 지가 을매나 있었슈? 원무과장이 오늘까지 돈을 안
        갖고 오면 즈이 집으로 데려온다고 혔단 말유. 어쩐데유. 어
        쩌유? 이를 어쩌유?
김수정 걱정 마세요. 그 일은 잘 처리됐습니다.
오한구 무슨 말이래유? (수정의 팔을 잡으며) 뭔 말이유?
신 반장 오한구 자리에 앉아.
오한구 일이 잘 처리 되다니유? 뭐가유?
신 반장 오한구 연기 그만하고 자리에 앉으란 말야.
김수정 반장님, 그만 하시죠. 지금 환자가 놀라고 있는 거 안 보이

세요?

신 반장 정신과 의사가 진짜 미친놈과 미친 척하는 놈을 못 가려낸단 말입니까?

오한구 말씀혀 주세유. 마누라랑 딸이 어떻게 된규?

김수정 장례를 치뤄 주셨습니다.

오한구 근디, 왜 기억 안 나유?

신 반장 기억하고 싶지 않은 거겠지. 니가 짐승만도 못한 짓을 했으니까.

오한구 예?

김수정 나가 주세요.

신 반장 말해줘?

오한구 …….

김수정 반장님.

신 반장 니 마누라와 딸의 뼈를 뿌렸거든.

김수정 나가시라니까요. 제 말 안 들리세요.

오한구 뿌려유? 어디다유?

신 반장 하나그룹 회장 얼굴에.

오한구, 풀썩 주저 않아 주위를 두리번거린다.

신 반장 (오한구에게) 단죄를 하고 싶다면 좀 더 당당해야 하는 거 아냐?

오한구 …….

신 반장 조리돌림이라! 본보기를 보이고 싶으셨어요? 근데 그건 힘 있는 사람이나 하는 거거든요. 마을의 지주나 존경받는 어른이 높은 마루에 서서 당당히 외치는 겁니다. 저놈에 코를 뚫고 구르마에 끌고 다녀라.

김수정 그만 하시죠.

신 반장 처자식 죽어 가는데 차 안에서 벌벌 떨면서 나오지도 못한
주제에 누굴 단죄한다는 거야?

김수정 이렇게 잔인한 분이셨어요.

신 반장 두 사람 이 일에서 손 떼요. 어차피 오한구와 제가 풀어야 할
일입니다.

김수정 아니요. (오한구를 일으키며) 철민 씨가 왜 이 일에 매달리는지
알 것 같군요. 저도 절대 이 일에서 물러설 생각 없습니다.

오한구, 수정의 부축을 받고 일어서다 휘청하며 신 반장의 왼쪽 팔을 잡는
다.
신 반장, 놀라 반사적으로 오한구를 때리자 오한구 나가 떨어진다.
수정, 짧은 비명소리.
철민과 장 형사가 놀라 뛰어 들어온다.
신 반장, 자신도 놀란 듯 왼쪽 팔을 감싸고 서 있다.

최철민 무슨 일이야?

장 형사 반장님.

오한구 왼쪽 팔에 화상 입었슈. 차에서 운전수를 끌어내다가 화상을
당했단 말유. 마누라와 딸이 길바닥에 쓰러져 있는디 그 형
사는 운전수만 구했슈.

김수정 오한구 씨 진정하세요.

최철민 (신 반장의 멱살을 잡으며) 지금 뭐 하신 겁니까?

김수정 (철민을 말리며) 진정해. 흥분하지 말고 말로 해.

최철민 (수정을 떠밀며) 저리 비켜. 나도 못 참아.

수정, 떠밀리면서 장미가시에 손바닥을 다친다.

신 반장　이거 안 놔? 너 이 새끼 옷 벗고 싶어?

장 형사　다들 그만 하십시오. 이게 무슨 꼴입니까?

김수정　철민 씨 진정해. 제발.

오한구　(수정을 가리키며) 피다. 피.

모두 놀라 수정을 본다.

수정, 자신의 손바닥을 보며 놀란다.

한구, 재빨리 수정의 주머니에서 연고와 밴드를 꺼내 치료한다.

오한구　아주 작은 상처로도 죽을 수 있다고 했슈. 그 학생이 그랬슈. 그 학생도 이렇게 치료혀줬슈.

김수정　(놀라며) 예? 뭐라고요?

최철민　괜찮아?

김수정　…….

장 형사　제가 구급상자 구해오겠습니다.

김수정　…….

최철민　괜찮은 거야? 미안해. 많이 다쳤어?

김수정　…….

신 반장　(오한구의 멱살을 잡으며) 어떻게 알았어?

오한구　뭘유?

신 반장　연고 말이야.

오한구　예?

신 반장　김수정 선생을 1994년에 만나기라도 했다는 건가? 어떻게 그곳에 연고가 있다는 걸 알 수 있지?

장 형사　맞다. 며칠 전에 오한구 치료하면서 항상 갖고 다닌다고 하셨는데.

신 반장　단 한 번의 망설임도 없이 연고와 밴드의 위치를 찾아냈어.

오한구, 말없이 수정을 치료하고 있다.

최철민 어떻게 아셨죠?

김수정 기억하시는 겁니까?

신 반장 왜지? 넌 모든 걸 기억하고 있어.

장 형사 오한구 씨 다 기억하시는 겁니까?

오한구 …….

신 반장 다 녹화되고 있는 거지?

장 형사 정말입니까? 저희를 속이신 거예요?

오한구 …… 보였슈.

신 반장 실망인데, 이렇게 엉성하게 꼬리가 잡힐 줄은 몰랐어.

오한구 보이면 안 되는 건 감유?

신 반장 좀 더 그럴듯한 핑계를 대 보시지. 5년을 감쪽같이 속인 사람 입에서 나올 얘기는 아닌 것 같은데.

오한구 왜 그러시는 지 모르것네유. 그걸 쓰믄 안 되는 건 가유?

신 반장 차라리 김수정 선생을 15년 전에 만났다고 하는 게 설득력 있겠어.

수정, 십오 년 전이라는 말에 오한구를 본다.

장 형사, 오한구 의자에 앉아 수정의 자리를 본다.

장 형사 한번 앉아 보시죠.

김수정 예?

장 형사 앉아 보시면 알 거 아닌가요?

최철민 그래, 그러는 게 좋겠어.

신 반장 뭣들 하고 있는 거야? 지금 방금 일어난 일을 모른 척 하겠다는 건가?

수정, 넋이 나간 듯 자리에 앉는다.

장 형사 보일 수 있겠는데요.

최철민 반장님은 오한구 씨가 기억하고 있는지 확인해 보고 싶으셨
던 겁니까?

신 반장 장미 가시에 찔린다고 죽진 않아.

장 형사 외국 시인도 죽었다잖아요.

최철민 가족이 피 흘리며 죽어가는 것을 본 사람입니다. 그러니 당
연히 누군가 다쳤을 때 도와줘야 한다고 생각했겠죠.

신 반장 (천천히 자신의 옷을 정리하며) 최형사 우리는 교통사고 건에서 왜
한 발도 못 나가고 뱅뱅 돌고 있을까?

최철민 반장님께서는 그 이유를 아시는 것 같군요.

신 반장 글쎄. (사이) 자네들이 오한구가 놓은 덫에 빠져 허우적거리는
생쥐 꼴이란 건 알겠어. (때린 손을 보며) 나 역시 마찬가지고.

신 반장, 유유히 취조실을 빠져 나간다.

오한구 그게 참말유? 지가 하나그룹 회장이라는 사람 얼굴에 유골을
뿌렸슈?

무거운 침묵.

오한구 그 여학생도 지를 알아보고 손을 흔들었슈. 가서 아는 척허
고 싶었는디 몸이 움직이덜 않는규. 판피린 먹으믄 안 되는
디, 아퍼서 안 먹을 수 있간유. 근디 뭐에 놀랐는지 허연 원
피스보다 더 질려서 발을 동동구르더라구. 사고였슈. 마누라
랑 딸래미가 길바닥에 드러눠 있는규. 그 학생들이믄 우리

식구헌티 달려와 줄겨유. 그츄? 장미가시에 찔린 것도 치료
혀준 의대생인디, 근디, 기차역으로 들어갔슈. 학생, 학생,
도와줘유. 제발유.

김수정　(차갑게) 최 형사님 오한구 씨를 좀 모시고 가 주시겠어요.

최철민　그렇지만…….

김수정　좀 쉬셔야 해. 최 형사님 부탁드려요.

장 형사　제가 모셔다 드릴게요.

김수정　장 형사님께 여쭤볼 게 있어서요. 최 형사님 해줄 수 있으시
죠?

최철민　(오한구를 부축하며) 저랑 함께 가시지요.

장 형사　이놈에 인기는 사그러지질 않아요.

김수정, 오한구를 애써 외면한다.
최철민과 오한구 밖으로 나간다.

김수정　(두 사람이 나간 걸 확인하자) 1994년 5월 1일 신촌 기차역이라고
요?

장 형사　(한쪽에 놓아 둔 상자에서 노트를 꺼내 보이며) 네! 1994년 5월 1일
날씨 맑음. 새벽 3시 어김없이 눈이 떠졌다. 이젠 외울 정도
입니다. (다른 노트를 꺼내 휘리릭 넘기며) 대체 뭘 확인하라고 하
시는지 원.

김수정　오한구 씨 가족사진 구할 수 있을까요?

장 형사　지갑 안에 넣고 다니던데요. 필요하세요?

김수정　아, 아니에요. 그냥.

장 형사　소문에는 김회장 사건 특별수사본부가 꾸려진다고 하더라고
요. 하나그룹이 대단하긴 한가 봐요. 어떻게 압력을 넣었기
에 특별수사본부가 꾸려지냐고요. 그동안 죽을 고생했던 우

리는 완전 물먹게 생겼어요. 이 사건 맡았을 때 멋지게 해결
해서 하나그룹이랑 친해지고 싶었는데, 징계나 안 먹으면 다
행이니.

김수정 오한구 씨 가족사진 볼 수 있을까요?

장 형사 부창부수라더니 역시, 두 분 대단하십니다.

김수정 확인해 볼 게 있어서요.

장 형사 그럼요. (밖으로 나가며) 바람처럼 다녀오겠습니다.

김수정, 오한구의 노트를 본다.

긴 사이.

김수정 (낮게) 아닐 거야. 아냐. 아닐 거야.

불안한 듯 일어나 서성인다.

최철민 (안으로 들어서며) 불안해?

김수정 (놀라며) 왜?

최철민 버릇이잖아. 서성이는 거.

김수정 이 일 계속 해야 해?

최철민 허락했었던 거 아냐?

김수정 우린 준비할 게 많아.

최철민 분명 사고현장에 있었어. 목격자만 찾으면 쉽게 해결될 문제
였어.

김수정 나랑 함께 가자. 반장님도 손 떼라고 하셨잖아. 그러자. 응.

최철민 (사진을 보이며) 손 떼고 싶다는 사람이 이걸 구해 달래?

김수정 뭔데?

최철민 오한구 씨 가족사진.

김수정　당신이 왜?

최철민　반장님 호출이라고 나한테 부탁하던데.

김수정　(사진을 보지 않은 채) 됐어. 이젠 더 못하겠어.

최철민　보기나 해. (사진을 보며) 신촌 기차역 앞에서 포장마차 하셨으니 우리도 이 집 떡볶이 먹었을지 몰라. 이거 봐. 여기, 보이지? 행복해 보여.

김수정　됐어.

최철민　이 사진 봤는데 어떻게 그만 둘 수가 있어.

김수정　그냥 사진일 뿐이야.

최철민　한번만 봐줘. 보고도 그만 두라고 할 수 있는지.

김수정　(사진을 빼앗듯 받아 들고) 이게 뭐? 어때서? 그만 둬. 언제까지 이번 사건에 매달릴 셈이야?

최철민　갑자기 왜 그래?

김수정　진실이든 아니든 모두들 조금씩 잊어가며 살아. 그래야 살 수 있는 세상이야.

최철민　아버지는 진실을 규명하지 못하신 억울함에 돌아가신 게 아냐. 외로우셨던 거야. 오한구 씨 얘기에 귀 기울이고 있는 사람이 있단 걸 보여주고 싶어.

김수정　떠나자. 제발 이젠 그만해.

암전.

5.

취조실과 사무실이 암전 없이 교차되어 보여진다.

사무실.

여기저기 가득 쌓인 상자들 안에 똑같은 모양과 색깔을 갖고 있는 노트들이 들어 있다. 최철민과 장 형사는 노트가 가득 든 상자 속에 파묻혀 있다.

핸드폰 소리.

두 사람 묵묵히 노트들을 펼쳐보고 있다.

장 형사 똑같은 내용입니다. 심지어 조사까지 같다고요.

최철민 생각나는대로 노트에 기록 했다고 했어. 분명 처음 쓴 노트가 있을 거야. 기억들이 조합되기 전의 노트.

장 형사 버렸을 수도 있잖아요.

핸드폰 소리.

최철민 절대 버리지 않았어.

장 형사 이러다 짤리겠어요. 10시간도 안 남았어요.

최철민 오한구는 사람들을 직접 찾아다니며 증언해줄 것을 부탁했었어. 그럼 그 사람들 명단이 어딘가에 있을 거야.

장 형사 전화라도 받으세요. 신경 쓰여서 돌아버릴 것 같아요.

최철민 찾아야 해. 꼭 떠나기 전에 해결해 주고 싶어.

장 형사 (노트를 집어 던지며) 이렇게 똑같은 내용을 매일매일 써 재꼈는데 어떻게 미치지 않을 수 있겠습니까. 보는 저도 미칠 것 같은데.

최철민 (노트에서 시선을 떼지 못한 채) 분명 있어. 아니, 있어야 해.

장 형사 좀 쉬었다 하시죠. 눈이 빠질 것 같습니다.

최철민 (여전히 노트를 보며) 그래, 그렇게 해.

장 형사 (화이트보드를 보며) 어떤 기분일까요? 아내와 딸이 죽어 가는데 몸을 움직일 수 없다는 거요.

최철민, 들리지 않은 듯 노트만 보고 있다.
장 형사, 노트 한 권을 집어 들고 노트와 화이트보드를 번갈아 가며 본다.
김수정, 사무실 안으로 들어서 두 사람을 말없이 보고 있다.

장 형사 아내와 딸이 영안실에서 육 개월이나 있었다고 했죠?

최철민 응?

장 형사 오한구는 아내와 딸이 육 개월이나 영안실에 있었다고 했잖아요.

최절민 (노트에서 무언가를 발견한 듯 시선을 떼지 못하며) 응

장 형사 영안실에서 봤다면 딸의 흉터가 왼쪽이라는 것을 알았을 텐데 왜 말하지 않았을까요. 사건 당시에는 거울 효과 때문에 잘 못 봤다고 하더라도 한동안 영안실에 있었다면 그 상처가 바뀌어야 되는 거 아닌가요?

최철민 (노트를 보며) 글쎄…….

장 형사 선배님 제 말 듣고 계세요?

최철민 응?

장 형사 뭡니까? 뭘 그리 놀라세요? (철민에게 가려하자) 뭐라도 찾으셨어요?

최철민 아냐, 아니야.

장 형사 에이, 아닌 게 아닌 것 같은데.

최철민 (노트를 감추며) 얘기해봐. 그래서?

장 형사 사건 발생 후 육 개월에서 기억이 멈췄다면 흉터를 제대로
기억해야 하는 거 아닙니까. 며칠 전에도 흉터를 오른쪽이라
고 했거든요. 왜 그런 거죠?

최철민 글쎄.

장 형사 선배님.

최철민 응?

장 형사 진짜 무슨 일 있으신 거예요?

최철민 아냐, 아니야.

장 형사 (수정을 발견하고 놀라며) 형수님.

김수정 이젠 됐어. 그만 가.

장 형사 지금 막 형수님께 전화를 드리려던 참이었어요. 아! 그게 지
금까지 회의하느라 전화를 못 받으셨거든요. 진짜예요.

김수정 미국 안 가? 계속 이렇게 있을 거냐고?

장 형사 (밖으로 나가며) 반장님이 어디 가셨지.

김수정 하루 뿐이야. 우리에게 남은 시간은 단 하루 뿐이라고. 일어
나. 어서.

최철민 (나직히) 언제부터야?

김수정 뭘?

최철민 알고 있었지? 언제부터야?

김수정 …….

최철민 그 학생들 우리였잖아. 우리였다고.

김수정 오한구 씨는 기억상실증에 걸린 환자야.

최철민 (노트를 내밀며) 기억하고 있었어. 우리를 찾고 있었다고.

김수정 우린 몰랐어. 우린 몰랐잖아.

최철민 우릴 찾고 있었어. 15년 동안.

김수정 내일 미국으로 떠나야 해. 그만 돌아가자. 응?

최철민 아버지처럼 자살해 버린 거야. 목을 매는 대신, 죽음보다 더
한 고통을 반복하며 살아있었던 거라고.

김수정 우리 잘못이 아냐. 우린 몰랐잖아.

최철민 왜 기억하지 못한 거지? 왜? 우린 그 곳에 있었잖아.

김수정 중요하지 않았으니까. 우리에겐 다른 것들이 더 중요했어.
대학 새내기들이었고, 오랜만에 만난 연인들이었고, 기차를
타야 했잖아.

최철민 오한구 씨는 15년 동안 우리가 나타나길 기다렸어.

김수정 (책상을 정리하며) 우린 내일 미국으로 떠날 거야. 그러려면 짐
을 좀 싸둬야지. 반장님도 이해하실 거야. 내일 공항 가는 길
에 들르자. 그래, 그러는 게 좋겠어. (주위를 두리번거리며) 상자
같은 게 있음 좋겠는데…….

철민, 넋을 잃고 앉아서 노트를 보고 있다.
수정, 오한구의 노트를 꺼내며 애써 울음을 참는다.

김수정 내 친구 FBI에 있대. 미국에 도착하면 그 친구 집에 놀러 가
기로 했어. 좋지? (바닥에 온통 똑같은 노트를 보며) 다 괜찮아질
거야. 다.

수정, 책상의 물건들을 상자에 담는다.

최철민 기억해?

김수정 응?

최철민 그날 일. (사이) 기억해?

김수정 (사이) 잘 모르겠어. 내가 기억하고 있는 건지, 아님 오한구 씨
의 기억을 기억하고 있는 건지.

최철민　계속 생각했어. 생각해 내려고 애썼다고.

김수정　그러지 마.

최철민　겨우 생각해낸 게 뭔 줄 알아? 바람에 흔들리고 있는 하나쇼핑 재건축 현수막들. 봄꽃보다 화려했던 그 수많은 현수막들이었어.

김수정　금방 잊혀질 거야.

최철민　내가 왜 모른 척 떠났는지 기억 못하는데 뭘 잊어야 하지? 대체 뭘?

김수정　모두 그랬어. 우리뿐 아니었어.

최철민　죄의식마저 없었던 내 자신이 무서워.

　　　수정, 철민을 안아준다.

　　　취조실.
　　　한구 얼굴에 시퍼런 멍이 든 채 신 반장과 마주 앉아 있다.

신 반장　싸우셨어요?

오한구　잘 모르것슈.

신 반장　그러시겠죠. 물론 하나그룹 회장님도 모르실 테고요.

오한구　오늘 꼭 가봐야유. 안 그럼…….

신 반장　마누라와 딸은 걱정 안하셔도 됩니다. 벌써 15년 전에 화장해서 뿌려졌으니까요. 장미꽃 한 송이 자랄 수 없는 도로 한복판에요.

오한구　뭔 말이래유?

신 반장　당신이 김회장 얼굴에 뿌렸거든.

오한구　뭐유?

신 반장　술 취한 고등학생이 김회장이었거든. 죽어 마땅한 놈이지 뭐. 조리돌림 뿐이겠어? 처자식 죽인 놈인데 더한 것도 해야지.

오한구　뭔 말씀 허시는지 모르것슈.

신 반장　그러게. 내가 무슨 말 하고 있는 거지? 다리병신인 것도 거짓말 아냐? 경찰서 나가는 순간 뚜벅뚜벅 걷게 되는 거 아니냐고?

오한구　지가 뭔 죄를 졌남유?

신 반장　죄? 있지? 가난하고 못 배운 거. 빽 없고 힘 없는 거. 또 뭐 있나?

오한구　집에 가야것슈.

신 반장　아! 처자식이 죽어가는데 차안에서 오줌이나 찔끔거리고 징징거린 거.

오한구　뭐유?

신 반장　오! 이러다 한 대 치겠는데. 근데, 그 멍 진짜 왜 생겼는지 모르겠어?

오한구　지한테 왜 그러세유.

신 반장　걱정 마. 내일이면 여길 나가게 될 테니까. 아내와 자식을 억울하게 잃은 불쌍하고 힘없는 오한구를 풀어달라고 국민들께서 항의하시는 통에 홈피는 마비됐고, 경찰서 앞엔 시위대들이 인산인해를 이루고 있거든.

오한구　…….

신 반장　밖에 있는 사람들 중에 사고를 목격한 사람들도 섞여있지 않을까? 그때 그렇게 사정했는데 모른 척 하더니 뭔 일들이래? 안 그래?

오한구　머리 아퍼유.

신 반장　좀 아플 거야. (주먹을 만지며) 원래 그럴 생각은 아니었는데 내 아킬레스건을 건드렸거든.

오한구 지를 때렸슈?

신 반장 꼭 내일까지 기억했다가 변호사한테 일러.

오한구 집으로 보내주세유.

신 반장 죽일 때 기분이 어땠어? 15년이나 기다렸던 순간이었으니 감
회가 남달랐을 거 아냐. 그냥 죽이기도 아까웠을 거야. 코뚜
레를 하고 이리저리 끌고 다니면서 서서히 죽였겠지. 발톱이
빠지고 얼굴과 몸은 온통 피투성이가 된 김 회장은 살려달라
고 애걸복걸 했겠지.

오한구 …….

신 반장 김 회장을 볼 때마다 사고현장이 생각났을 거야. 벚꽃이 눈
처럼 흩날리고, 마누라와 딸은 아스팔트 위에서 피 흘리고,
수많은 사람들은 여기저기서 웅성거리고, 하나쇼핑센터 재
개발 현수막은 바람에 팔랑거리고. 두 사람이나 다쳤으니 그
피가 얼마나 많았을까?

오한구 그만혀.

신 반장 개구리처럼 펄덕거렸을 지도 모르겠군.

오한구 (신 반장의 멱살을 잡으며) 그만 허라구.

신 반장 판피린은 거짓말일 걸. 한두 병쯤 먹었을 수 있지. 근데…….
몸이 움직이지 않을 정도는 아냐.

오한구 니가 뭘 알어? 뭘 알고 지껄이는 겨?

신 반장 나가려고 했겠지. 사람들이 그렇게 많은데, 근데 검은 양복
입은 사람들이 우루루 차에서 내려 운전자를 구하는 거야.
평생 본 적 없는 멋진 외제차를 탄 사내들이. 무서웠겠지. 내
릴 수가 없었을 거야. 그게 누군지 알고 있었을 테니까.

오한구, 신 반장을 한 대 치려하자 신 반장이 오한구의 팔을 잡는다.

신 반장 하나그룹 사람들이란 걸 알았어. 그놈들이 얼마나 무서운지
는 매일매일 보고 듣고 있었을 테니까. 재개발하면서 얼마나
많은 사람들이 다치고 죽어 나갔는지 똑똑히 봤을 테니까.
차 안에서 오줌이나 지리며 징징대고 있는 사이 처자식은 아
스팔트 위에서 처참하게 죽어가고 있었어.

오한구 (귀를 막으며) 아녀. 아녀.

신 반장 난 니가 그래주길 바랬어. 멋지잖아. 근데…… (위, 아래로 훑어
보며) 넌 아냐. 방송에 나와 징징대는 놈이 어떻게 그런 멋진
행동을 할 수 있겠어. 내가 잘못 봤지. 너 따위는 감히 상상
도 할 수 없는 일이었어. 아마, 김회장을 원하는 곳까지 안전
하고 친절하게 모셔다 드렸겠지. 그냥 재수없이 니가 김회장
을 태운 것 뿐야. 재수 없게 니 처자식이 죽었던 것처럼.

오한구, 신 반장에게 주먹을 날린다.

암전.

6. 상담실

한구, 몹시 지친 모습으로 의자에 기대어 앉아 있다.
신 반장, 한쪽에 안대를 한 채 지나칠 정도로 예의 바르다.

신 반장 혹시 뭐 궁금하신 거 없으세요? 잠들기 전엔 1994년이었는데 일어나 보니 2009년이잖아요.

오한구 그런 거 없슈.

신 반장 일주일 만에 댁에 들어가시는 건데, 뭘 하실 생각이세요?

오한구 잘 모르것슈. (씁쓸한 웃음을 지으며) 잠들기 전에 뭔가 헐 일이 생각 나것쥬.

신 반장 곧 댁으로 가실 수 있으실 겁니다.

노크 소리.

장 형사 (안으로 들어서며) 오한구 씨 이젠 귀가하셔도 됩니다. 최 선배 내외 공항 가는 길에 잠시 들렀다고 하시던데요.

신 반장 들어오라고 해. 가기 전에 오한구 씨 보시면 좋아하실 거야.

오한구, 멍한 표정으로 사무실을 둘러본다.
수정과 철민, 장미 모종을 들고 안으로 들어서다 오한구를 보고 놀란다.
신 반장, 오한구의 표정을 세심하게 관찰한다.

신 반장 오한구 씨 김수정 선생님과 최철민 형사입니다.

오한구 (엉거주춤 일어나 꺅듯이 인사하며) 안녕하세유.

수정과 철민, 어색하게 인사한다.

장 형사 오한구 씨도 곧 댁으로 돌아가십니다.

김수정 아! 그렇군요. 공항으로 가는 길에 인사드리려고요.

최철민 충성.

신 반장 됐어. 됐어. 곧 높은 분 되실 텐데 알아서 잘 보여야지.

장 형사 얼마나 계시는 거예요?

최철민 교육은 3년인데, 근무까지 하게 되면 좀 더 있어야 할 것 같아.

김수정 죄송해요. 별 도움이 못 된 것 같아서…….

신 반장 제가 죄송하죠.

장 형사 특별수사본부가 꾸려졌어요.

오한구 장미네유.

최철민, 놀라 오한구를 본다.

김수정 아! (화분을 내밀며) 오는 길에 예뻐서 샀습니다.

오한구 (화분을 받아 들며) 세상에 참 곱기두 허쥬? 이거 고마워서 어쩐대유.

김수정 괜찮습니다.

오한구 공항 가시는 길이라고 허셨쥬? 제가 모셔다 드릴게유. 지가 이래뵈도 무사고 운전 10년 포상까지 받은 사람유.

장 형사 그래도 되나? 밖에 변호사님 계신데…….

김수정 괜찮습니다. 밖에 차가 기다리고 있어요.

최철민 예, 걱정 마세요.

신 반장 운전하실 상황이 아닐 겁니다. 밖에 기자들이랑 시민들이 진을 치고 있거든요.

오한구　무슨 일 있슈?

장 형사　오한구 씨가 온 국민의 관심사죠.

오한구　뭔 말씀을 허시는 건지.

김수정　저희는 비행기 시간 때문에 그만 나가봐야겠습니다.

신 반장　우리 마누라가 뭘 좀 챙겨주던데, 장 형사 좀 따라와.

김수정　괜찮습니다. 저희 지금 가 봐야 해서요.

신 반장　벌써 가져왔다니까요. 빨리 따라와.

신 반장, 장 형사를 데리고 밖으로 나간다.

김수정　(철민에게) 따라가 봐.

최철민　어? 어.

철민, 잠시 망설이다 두 사람을 따라 밖으로 간다.

오한구　(꽃향기를 맡으며) 향기가 참 좋아유.

김수정　봄이니까요.

오한구　그날도 그랬슈.

김수정　예?

오한구　잊지 않고 화분을 챙기셨네유.

김수정　(놀라며) 예?

오한구　(미소 지으며) 고마워유.

수정, 놀라 뒷걸음친다.

한구, 미소를 지으며 꽃향기를 맡고 있다.

신 반장, 장 형사, 최철민 함께 들어선다.

수정, 오한구로부터 철민을 보호하려는 듯 자신의 몸으로 가린다.

신 반장 (상자를 든 채) 탈바가지, 녹차, 호박엿, 이건 뭐야? 호돌이 아
냐? 아주 없는 게 없고만. 외국 사람들한테 하나씩 나눠주면
그렇게 좋아한대. 주소 보내주면 김치도 보낸다고 했으니까
도착하는대로 주소 보내. 알았지?

장 형사 반장님, 저도 김치 떨어졌어요.

신 반장 엄마한테 보내달라고 해.

장 형사 반장님, 좀 키워주세요.

최철민 감사합니다. 가서 연락드릴게요. 여보, 반장님이……. 무슨
일 있어?

김수정 아니, 아니야. 왜? (오한구를 흘끔 보고) 반장님 저희가 시간이
없어서요. 죄송합니다.

최철민 이거 주셨어. 사모님께서 어제 인사동에 다녀오셨대.

김수정 감사합니다. (허둥대며) 늦었어. 빨리 가봐야 해.

신 반장 그래, 갈 사람은 빨리 가야지. 장 형사 이거 차에 실어드려.

장 형사 예.

수정, 철민을 끌고 서둘러 나간다.
장 형사, 두 사람의 뒤를 따라 나간다.
수정, 서둘러 사무실을 나간다.

신 반장 (문 밖으로 나가 주위를 둘러보며) 멀리 못 나갑니다. 잘 다녀오세
요.

오한구, 수정을 향해 정중히 인사한다.
신 반장, 책상 위로 올라가 상의로 CCTV를 가리고 내려온다.
오한구, 신 반장의 행동을 무표정하게 보고 있다.

신 반장 오늘 심으셔야겠습니다.

오한구 그러게유.

신 반장 (주위를 둘러보며) 변호사가 좀 늦네요. 일처리는 빠르던데.

오한구 …….

신 반장 조심해야 할 거야. 니가 무슨 수를 써도 내가 금방 알아 챌 거니까.

오한구, 미소를 지으며 신 반장을 본다.

신 반장 웃겨?

오한구 지한티 고마워 허셔야 허는 거 아뉴?

신 반장 고맙지. 너 때문에 징계 먹고 파출소 가게 생겼으니.

오한구 가방은 걱정 안 허셔두 될 꺼유.

신 반장 뭐라고? (오한구의 멱살을 잡으며) 너 지금 뭐라고 했어?

오한구 팔처럼 흉터는 안 남겼슈.

신 반장 (멱살을 풀며) 뭐라고?

오한구 꼭 보신 것 마냥 말씀허시데유.

신 반장 …….

오한구 검은 양복 입은 사람들 얘기는 아무한티도 못 혔슈. 부끄러웠거든유.

신 반장 (멱살을 잡으며) 가방 어딨어? 이 새끼 가방 어딨냐고?

오한구 15년을 김 회장 헌티 끌려 다니셨으니 죄 값은 치룬 셈이유.

신 반장, 스르르 무너져 내린다.

사이.

노크 소리.

장 형사, 들어오다 CCTV를 감춘 신 반장의 상의를 보고 놀란다.

장 형사 (나직히) 변호사가 밖에 있는데 뭐하신 겁니까? (신 반장의 상의
를 내리고 오한구에게) 죄송합니다. 죄송합니다.

오한구 아뉴, 괜찮유.

신 반장, 허탈한 눈으로 오한구를 본다.

장 형사 (주머니에서 로또 용지를 꺼내) 이게 로또라는 건데요. 맞으면 대
박이거든요. 사과하는 의미로 드릴게요.

오한구 (미소 지으며 로또 용지를 받아 든다)

장 형사 그거 내일 당첨자 발표할 겁니다.

오한구 내일유?

장 형사 예. 맞으면 부가티 한 대 사주시는 겁니다. 약속.

오한구 (장미 화분을 집어넣으며) 가봐두 돼유?

장 형사 반장님, 오다가 들었는데요. 가방 안에 하나그룹 노조를 결
성하려던 사람들의 신원조회서가 들어 있었답니다. 근데, 그
게 유출이 가능한가요? 경찰 내부에 김회장과 지속적으로 만
났던 사람이 있다는 얘기잖아요.

신 반장 찾았대?

장 형사 아뇨. 그쪽 비서실에서 흘러나온 얘기랍니다.

오한구, 신 반장을 향해 미소를 짓는다.

신 반장 (밖으로 나가며) 변호사 오면 인계해 줘.

장 형사 네. 오늘은 좀 쉬세요. (취조실 안을 둘러보며 한숨을 쉬곤) 이게 다
제 일이라니까요. 최 형사님. 아까 미국으로 가신다는 분요.
그분도 떠나고 반장님도 파출소로 가시고. 저만 남게 생겼어
요. (흩어진 노트들을 정리하며) 얼마 전에 우리나라에서 열 번째

로 부자인 싸가지 없는 놈이 죽었는데 시체가 저희 관할 서
에 버려지는 바람에 죽을 고생 했어요. 그거 해결 못해서 반
장님 좌천 되시고 저야 뭐 말단이니 상관없지만, (한구를 보며)
변호사님 오실 때까지 앉아서 쉬고 계세요. 제가 실은 운전
을 못해요. 운전대만 잡았다하면 앞이 캄캄하고 식은 땀 나
고 완전 아줌마처럼 긴장해요. 근데 제 소원이 부가티 운전
한 번 하는 거예요. 십년 무사고 운전하셨다면서요? 나중에
밖에서 만나면, 운전 좀 가르쳐 주세요.

오한구 그려유.

장 형사 진짜죠. 진짜.

오한구 예. (로또 용지를 내밀며) 내일이라고 허셨쥬?

장 형사 그냥 가지세요. 제 성의예요. 제가 좀 죄송한 것도 있고…….

오한구 뭐가유?

장 형사 두루두루요. 그냥 가지세요. 부가티 안 사주셔도 되요.

오한구 내일이라믄서유.

장 형사 아! 치료를 한번 받아 보시는 건 어때요? 내일을 맞고 싶지
않으세요?

오한구 (장미꽃 화분을 보며) 지한텐 오늘도 너무 길어유.

장 형사 (로또를 받아들며) 저도 못 알아보시겠죠? 보름이나 같이 있었
는데. 나가시면 자해 같은 건 하지 마세요. 여기 있을 땐 제
가 못하게 잡아 드렸지만 잡아 줄 사람도 없잖아요. 저 아침
마다 진짜 무서웠어요. 완전 섭섭하다. 저는 오한구 씨 알아
보는데 오한구 씨는 저 못 알아보시잖아요. (사이) 한편으로는
다행이에요.

서서히 암전.
막.

마냥 씩씩한 로맨스

Fully Energetical Romance

사랑이 보일 때까지 옥상 위에서 널 기다릴게

최원종

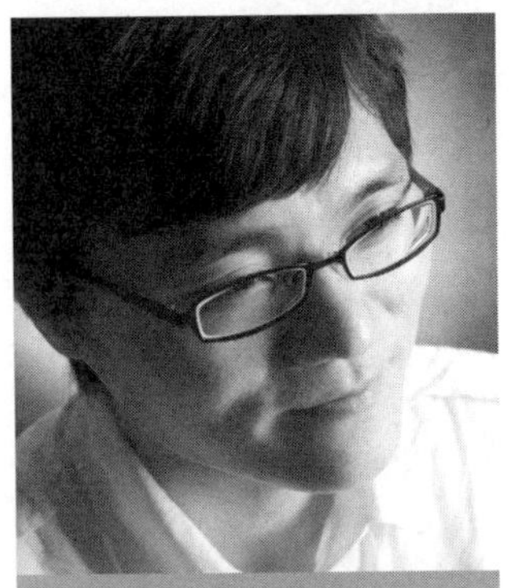

· 2002년 서울 신문 신춘문예 희곡
  부문 당선 – 내 마음의 삼류극장
· 2005년 국립극장 〈시선집중 극작
  가전〉– 외계인의 열정
· 2007년 서울연극제 〈희곡아, 솟아
  라〉 희곡 공모 당선– 청춘, 간다
· 2007년 서울문화재단 젊은 예술
  가 지원사업(NArT) 선정 – 잘
  가, 청춘신기루
· 2009년 서울국제공연예술제 국
  내 작품 선정– 청춘의 등짝을 때
  려라
· 공연작품: 〈회전목마와 세탁기〉〈스
  트라이크 아웃 낫아웃〉〈삿포르에서
  의 윈드서핑〉〈이모티콘 러브〉〈외
  계인의 열정〉〈연쇄살인범의 열정〉

등장인물

차성우 (남 34살)
박인영 (여 34살)

무대

대림상공 7층 건물 옥상과 바로 옆 건물인
강호동철인4종경기추진회 7층 건물의 옥상
/ 병원 옥상

때

12월 21일에서 다음 해 1월 1일 아침

프롤로그

12월 21일의 정오
겨울바람 소리

7층 대림상공 건물의 옥상과 강호동철인4종경기추진회 간판이 붙어있는
7층 건물의 옥상. 두 건물은 다 오래 전에 지어졌는지 외관상 낡고 음침하다.
옥상 위로 낡은 물탱크가 있고 물탱크로 올라가는 철제 사다리가 있다.
평수로도 40평 안팎의 건물. 건물은 그저 비좁고 똑바르게 높기만 하다.
황폐하고 삭막해 보이는 건물 외벽을 따라 간판들이 붙어있는데
그 간판들이 이 두 건물들의 몰락과 볼품없이 됨을 잘 보여준다.
대림상공 간판 옆에는 【으뜸 스폰지 밥 캐릭터 장난감 사무실 】간판.
두 건물 사이에는 3m의 거리가 있는데
7층이라는 높은 건물에 비해 간격이 좁은 편이다.
[대림상공]간판이 걸려있는 건물의 옥상에 하얀 썬텐 의자가 놓여 있다.
썬텐 의자 옆엔 한 쌍인 듯한 작고 하얀 테이블이 있고
그 테이블 위에는 구식 턴테이블이 있다.

출근시간.
정장차림의 남자 하나가 배낭을 메고 들어온다.
남자는 썬텐 의자에 앉아 구식 턴테이블을 열어 음악을 튼다.
배낭에서 묵직한 쓰레기봉투를 꺼내는 남자.
꽁꽁 묶여진 매듭을 정성스럽게 풀고 쓰레기봉투를 개봉하는 그,
그는 성우(34살)다.
쓰레기봉투에서 나오는 물건들.
찢어진 남자교복. 칼로 쫙쫙 찢어 놓았는지 성한 데가 없다.
학생증이 나온다. "성남공업고등학교 3학년. 김광현"
크리스마스트리에 거는 부서진 장식품들.
일본 고양이 장난감, 마네키네코(왼손을 들고 있다).
자신의 테이블에 올려놓는다.
다시 쓰레기봉투를 뒤져보는…
찢어진 교과서.
교과서 안을 쫘르륵 펼쳐보면 큼직한 하트가 박혀있는 연애카드.
성우가 연애카드를 펼쳐보면, 카드 안에서 〈사라△해–O을 세모로 쓴〉라는
큼직한 글자가 쑤욱 튀어나온다.
연애카드 내용을 읽으며 킥킥거리는 성우.

성우　　뭐야, 이 자식. 501호 다영이를 좋아하고 있었잖아.

【강호동 철인4종경기 추진회】 건물 옥상 문이 열리는 소음들.

소리에 민감하게 반응하는 성우.
서둘러 쓰레기들을 쓰레기봉투에 담는다.

건너편 옥상 안으로 인영이 들어선다.
깜짝 놀라는 성우. 아침 청소를 하는 것처럼 여유를 부려가며 쓰레기를 담는
성우.

성우　　(혼잣말) 아침부터 어떤 자식이 여기까지 올라와서 쓰레기를
버리는 거야.

성우는 쓰레기봉투의 매듭을 정성스럽게 꼭꼭 묶는다.
한쪽 구석에 쓰레기봉투를 놓아두고, 웃으며 인영을 바라보는 성우.

성우　　좋은 아침. 웬일이야, 이렇게 일찍 여길 다 올라오고.

여자는 성우에겐 전혀 관심을 두고 있지 않은 듯
옥상 난간에 기대어 멍하니 도시 풍경을 바라보고 있다.

안경을 낀, 인영(34살).
한 손에 24시간 편의점 Family Mart 봉투가 들려 있다.
봉투에서 새우깡을 꺼내 하나 둘 먹기 시작하는 인영.
하나 먹고, 하나 바닥에 떨어뜨려 발로 밟고
하나 먹고, 하나 바닥에 떨어뜨려 발로 밟고.

그런 동작을 반복하는.
옥상 난간 아래로 몸의 상체를 쓰욱 떨어트린다.
그걸 보고 있는 성우가 도리어 아찔함을 느낀다.
다시 쓰윽 상체를 일으켜서
캔 맥주를 따는 인영.

성우   또 사장이 갈구냐.

말없이 맥주를 마시는 인영.
빈 맥주 캔에 네임펜으로 뭐라고 글을 쓰는 인영
(더 이상 상처 받고 싶지 않다. 2009.12.21)

옥상 구석에 쌓여 있는 높다란 맥주 캔 탑.
그 중에 한 개를 신중히 골라 바닥에 놓고 발로 밟아 신발이 끼게 만든다.
두 발에 맥주 캔을 끼우고, 옥상을 깡깡 걸어다니는 인영.

인영이 성우를 본다.

인영   좋은 아침, 은 개뿔!

성우는 쓰레기를 줍는 척 한다. 손목시계를 보는 성우.

성우   아, 시간이 이렇게 됐나. 나 먼저 간다.

출입문으로 나가는 성우.
그러나 잠시 후, 다시 들어와 난간 뒤에 몸을 숨기고 본다.

인영은 다시 난간에 기댄다.
자신의 오른손과 얘기를 하는 인영.

인영　괜찮은 거니? 너 괜찮은 거야? 말 좀 해 봐. 너 요즘 통 말도 안 하고. 너 잠도 못 자지? 왜 이리 퉁퉁 부었어? 뭐? (오른손에 바짝 귀를 갖다 대고) 정말? 그러고 싶어? 정말 그렇게까지 해야 돼?

편의점 봉투에서 사무용 칼을 꺼내, 드르륵 칼날을 뽑는다.
옷을 걷어 올리면 팔 전체에 파스가 붙어 있다.
오른팔 손목에 칼을 가져다 대는 인영.
찌르지 못하는… 망설이는… 그러다 조금 찔러 보는

인영　앗. (아파하는. 오른손에게) 오늘은 참자.

주머니를 뒤지면 안약통 하나.
안약을 눈에 넣고는 손목에도 뚝뚝 떨어트리는.
그러다 안약을 옥상 난간 밖으로 뚝뚝, 쪼르륵 따라버린다.

인영이 옥상을 나간다.
숨어 있던 성우가 고개를 들고, 그녀가 나간 곳을 바라본다.

하루해가 저문다….
어둠 속에서 【대림상공】 간판과, 【강호동철인4종경기추진회】의 간판에 불이 밝게 들어온다.
【으뜸 스폰지 밥 캐릭터 장난감 사무실】 간판의 불빛도 깜빡깜빡이다 겨우 불이 켜진다.

12월 22일. 정오.

옥상.

대림상공 회사 유니폼을 입고 있는 성우가

두 팔을 하늘 높이 뻗은 채 두 손을 맞잡고, 오른쪽 발의 발바닥 쪽을

왼쪽 허벅지에 붙인 채 중심을 유지하며 똑바로 서 있다.

그는 중심을 유지하는 것이 꽤 힘들어 보인다.

성우　　… 셋. 넷. 다섯. 일곱… 열셋. 열넷….

성우는 열넷까지 숫자를 세고는 무게 중심을 잃은 채 한쪽으로 기울어진다.

자세를 풀고 '열넷' 에 무너진 자신이 한심스러운 듯 한숨을 내쉬는 성우.

성우는 이번엔 두 눈을 감고 오른쪽 다리를 든 채 두 팔로 큰 원을 그리며

하나 둘 셋 횟수를 센다.

여섯까지 횟수를 세고는 중심을 잃고 기우뚱.

감았던 눈을 뜨고 두 발로 몸의 중심을 잡는다.

성우는 신체연령 테스트를 그만두고, 썬텐 의자 한 쪽 끝에 걸터앉아

재즈 음악을 들으며 맥도날드 햄버거를 먹기 시작한다.

햄버거 소스가 유니폼에 떨어지지 않게 정성껏 쪽쪽 빨아서 먹는 성우.

그러나 기어이 유니폼에 흘리고 만다.

냅킨으로 소스를 닦는… 그러다 불쑥 일어나 냅킨을 잘게 찢어 공중에

던진다.

바람이 불어 냅킨 조각들이 옥상난간 쪽으로 날아가고.

날아가는 냅킨 조각들을 낚아채려 애쓰는 성우.

하나도 잡지 못하는 성우.

다시 묵묵히 햄버거만 쪽쪽 빠는….

【강호동 철인4종경기추진회】 옥상 위로 인영이 들어온다.
뭔가 화가 난 표정으로 성우를 보는.
순간, 목에 양배추가 걸렸는지 기침을 하는 성우.

인영이 들고 있는 쟁반 위엔 커피가 10잔 정도 올려져 있다.
난간 쪽으로 걸어가 구석 1.5리터 빈 음료수 병의 뚜껑을 따서 그 안에 커피
를 한 잔씩 한 잔씩 따라 붓는다.

다 따라 붓자 있는 힘을 다해 뚜껑을 꽉~꽉~ 닫는 인영.
다른 누군가가 결코 열 수 없게 만들려는 듯. 힘껏~ 힘껏~
그 모습을 보는 성우.

커피가 담긴 1.5리터 음료수 병을 마구 흔들어 보는 인영.
흔들다, 도시를 바라보는.
하늘을 보다가 털썩 자신의 상체를 난간 아래로 떨어뜨리는 인영.

깜짝 놀라는 성우.

성우   어!

불끈! 원래대로 상체를 일으키는 인영.

성우   (안심) 하아!

인영, 간판을 쳐다본다.

주변을 둘러보며 뭔가를 찾는…

길이가 그리 길지 않은 막대를 찾아내【강호동철인4종경기추진회】간판을

마구 두들긴다.

막대는【…추진회】의【…진회】까지만 겨우 닿는.

난간 위로 올라서서【강호동…】【…동…】자를 두들긴다.

인영이 난간에서 내려와 옥상 구석구석을 살펴본다.

그러다 성우가 있는 옥상 뒤쪽 어딘가를 본다.

성우는 인영의 시선을 따라 자신의 뒤쪽을 본다.

페인트 롤이 달린 긴 장대.

그걸 달라고 손짓을 하는 인영.

성우는 페인트 롤을 들고 와 그녀에게 건네주려고 하지만 난간 근처까지 다

가가지 못해(고소공포증), 막대는 그녀의 손에 닿지 않는다.

한 발자국씩 한 발자국씩 용기를 내어 다가가는 성우.

페인트 롤이 드디어 인영의 손에 닿는다.

긴 장대가 달린 페인트 롤을 들고 간판을 때리는 인영.

그런데 페인트 롤에 페인트가 남아있었는지 간판에 페인트가 묻는다.

간판을 칠하기 시작하는 인영.

페인트가 떨어지자 롤이 달린 쪽을 성우 쪽으로 내민다.

성우는 페인트 통을 들고 와서 롤에 페인트를 묻혀준다.

인영, 다시 간판에 페인트 칠.

다시 롤에 페인트를 묻혀주는 성우.

다시 간판에 페인트 칠 하는 인영.

성우는 다른 색깔의 페인트 통을 들고 온다.

간판은 여러 색깔이 섞여 멋들어지게 칠해진다.

그런 과정 중에…

성우의 유니폼에 페인트가 묻는다.

인영의 유니폼에도 페인트가 묻는다.

둘은 그렇게 간판 하나를 완전히 칠해 버렸다.

함께 간판을 올려다보는…

성우가 문득 생각났는지 여분의 햄버거를 인영에게 들어 보인다.

인영은 성우 쪽을 보지 않는다.

인영이 성우 쪽으로 고개를 돌리기를 기다리며 햄버거를 들고 있는 성우.

간판만 보는 인영.

성우   … 햄버거.

인영   (자기 생각에 빠져 있는)

성우   햄버거 줄까.

인영   (자기 생각에 빠져 있는)

성우   햄벅…

인영이 옥상을 나가 버린다.

성우   아, 진짜 성격 이상하네. (유니폼을 내려다보는) 야, 세탁비는 주고 가.

그렇게 그들의 점심시간이 간다.

1.

두 건물의 옥상

12월 23일 정오

옥상 위에 비둘기들과 함께 새우깡을 먹고 있는 인영.

인영이 과자 부스러기를 옥상에 확 뿌린다.

처음에 얼마 되지 않던 비둘기들이 점점 불어나더니 곧 인영을 완전히 포위

하고 만다. 잔뜩 겁을 집어 먹고 뒤로 주춤주춤 물러서는 인영.

가지고 있던 새우깡을 가능한 멀리 던지려고 하는 인영. 그런 인영의 행동이

비둘기들을 더욱 끌어 모으는 원인이 되고 있는 듯하다.

인영은 비둘기 떼에 밀려 결국 건물 옥상 난간을 밟고 위로 올라선다.

위태롭게 서 있는 인영.

대림상공 옥상 문을 열고 들어오는 성우. 손에 작은 A TWOSOME PLACE

케이크를 들고 있다.

난간 위에 서 있는 인영을 보고 깜짝 놀라는 성우.

그러나 대수롭지 않은 일이라는 듯 썬텐 의자에 앉아 케이크를 먹기 시작한

다.

인영　　야. 야.

성우　　(무시하는. 귀에 이어폰)

인영　　야, 차성우!

성우　　(바라보는)

인영　　이것 좀 쫓아봐.

성우   (무시하는)

          집단 비둘기 소리들. 구구구구

인영   저리 가. 저리 가. (성우에게) 어떻게 좀 해봐.
성우   나? … 나 비둘기 무서워하는데.
인영   (새우깡 봉지를 성우가 있는 옥상으로 집어 던지는)
성우   (놀라는) 왜 이걸 여기에 던져.
인영   뿌려. 뿌려. 그쪽에.
성우   나, 비둘기 진짜 무서워한다니까.

어쩔 줄 몰라 하는… 그러다 성우는 자신이 있는 옥상에 새우깡 부스러기를
확~ 뿌린다.
비둘기들이 성우가 있는 옥상으로 화다닥 날아온다.

집단 비둘기들의 날갯짓 소리들

비둘기들이 무서운지 성우도 옥상 난간 쪽으로 밀려난다.

성우   아. 아. 어떻게 좀 해봐봐. 야, 박인영, 어떻게 좀 해봐봐. 저
          리 가. 저리 가.
인영   비둘기 천적이 까마귀래.
성우   뭐.
인영   (장난스럽게) 까마귀.
성우   (난간 쪽을 바라보곤, 이내 결심한 듯 작게 그러다 크게) 까아악~까아
          악~까아아악~까아악~

까마귀 소리를 내며 비둘기들을 쫓는 성우.

비둘기 떼가 하늘로 비상한다.

비상하는 비둘기 떼가 멋있는지 하늘을 바라보는 두 남녀.

멀리 사라질 때까지 시선을 떼지 않고 보는 두 남녀.

맑은 햇살이 두 남녀의 얼굴 위로 내리쬔다.

성우　비둘기 날아갔다. 어 저 놈 봐라, 두 놈이 이쪽으로 다시 오
　　　네.
　　　까아아아~까아아악~ (목이 아픈지 구역질하는)

어색해진 두 사람.

성우　새우깡, 이거 안 먹을 건데 다시 던져 줄까?
인영　너 먹어.

성우는 턴테이블 레코드에 바늘을 올려놓는다.

성우는 다시 케이크를 먹기 시작하고. 인영은 편의점 봉투에서 새 새우깡을
꺼내 씹기 시작한다.

성우　새우깡에서 쥐머리 나왔는데. 뉴스에 크게 났잖아. 몰라? 뉴
　　　스도 안 봐?
인영　(무시)

케이크를 다시 먹는 성우.

잠시 후 인영은 새우깡 봉지에, 입안 잔뜩 물고 있던 새우깡을 토한다.

새우깡을 옥상 난간 밖으로 몇 개씩 집어 던지는 인영. 그리고 떨어지는 걸

내려다보는…

인영이 너무 진지하게 내려다보고 있자 옥상 난간으로 걸어가 내려다보는
성우.

하지만 성우는 약간의 고소공포증이 있는지 몸을 완전히 기울여 내려다보지
는 못한다.

성우   뭐 해.

인영   ….

성우   뭐 보냐구.

인영   ….

성우   어이, 뭘 그렇게 뚫어지게 봐.

인영   새우깡.

성우   새우깡? 왜?

인영   하늘을 날까, 해서. 저 태양까지.

성우   뭐가?

인영   새우깡이.

성우   넌 참 이상하다.

인영   또 알아, 새우깡에서 갑자기 날개가 튀어나올지. 알에서 깨
　　　　　어나는 독수리처럼.

성우   도대체 너하고 말을 하면 나까지 이상해져.

다시 자리로 돌아와 케이크를 먹는 성우.

인영   야.

성우   (못 들은 듯)

인영   야.

성우   (못들은 듯, 그러다) 자꾸, 야, 야, 할래? 내 이름 야, 아니거든.

인영   팔씨름 잘해?

성우　왜.

인영　잘 해, 못 해?

성우　못해.

인영　니가 그렇지.

성우　뭐가 그렇지야?! 그 말 이상하게 기분 나쁘게 들리네.

인영　니가 잘 하는 게 뭐가 있겠니.

성우　아이씨. 고등학교 때까진 잘했어, 왜 이래. 2학년 3반 팔씨름 왕.

인영　핫! (비웃고) 됐고. 케이크나 먹어.

성우　되긴 뭘 돼. 팔씨름 왕이라니까, 나.

인영　그럼 팔씨름 이기는 법 알아?

성우　전공법, 비전공법, 두 종류가 있어. 어떤 거.

인영　… 비전공법.

성우　팔씨름은 상대방의 손등이 책상 면에 먼저 닿게 하면 이기는 거야. 이런 상식적인 규칙은 숙지하고 있겠지? 근데 문제는 상대방이 나보다 힘이 더 셀 때가 문제야. 그때 어떻게 하면 이길 수 있느냐. 여기에 포인트가 있는데, 너도 이게 궁금하겠지.

인영　본론만 얘기해. 그러니까 니가 공부를 못한 거야. 괜히 삼수를 했겠니.

성우　그 얘기가 여기서 왜 나와. 그게 이거하고 무슨 상관있다고.

인영　듣기 싫고. 본론.

성우　그래 니가 좋아하는 본론. 딱, 손을 잡고 (동작을 해보이며) 내 팔이 이렇게 기울어지고 있잖아, 힘 때문에, 그럼 내 몸도 같이 기울어지잖아, 이쪽으로, 그럴 때 책상 밑에 감추고 있던 왼쪽 손힘으로 책상을 들어 올려서 그 상대방 손등에 순간적으로 딱, 갖다 붙이는 거지. (탁자를 가져와서 시범을 보여주는) 이렇게.

어때?

인영　(어이없다는 듯 보는)

성우　좀 고난이도의 기술이지? 넌 좀 하기 힘들겠다.

인영　너 장난해.

성우　내가 장난하는 걸로 보이니.

인영　나 진지하거든.

성우　나도 진지했거든.

인영　관두자. 됐다.

썰렁해진 두 사람 사이.

인영　(갑자기 기분이 더욱 안 좋아졌는지) 어쩌다가 만나기도 싫은 너랑
　　　여기에서 다시 만났을까. 아, 내 인생도 짜증난다.

성우　(확 기분이 상했는지) 나도 내 인생 그렇거든.

성우는 케이크를 다시 먹기 시작한다.

인영　그만 좀 처먹어.

성우　아깐 먹으라며.

인영　누가 널 서른네 살로 보겠니. 마흔 네 살은 돼 보인다.

성우　오늘이 내 생일이거든요.

인영　아, 생일이세요?

성우　생일인데요. 내가 생일이라서 뭐 기분 안 좋은 거 있으세요?

인영　공공장소에서 궁상 좀 떨지 마세요.

성우　뭐, 궁상?!

인영　넌 어째 변치도 않니, 그 궁상은.

성우　그 말 … 14년 만에 처음 듣는다. 널 만난 건 악몽이야. 군대

다시 가는 꿈보다 더 싫어.

인영　듣기 싫고. 입 좀 다물어라.

성우　뭘 다물어. 니가 시작해 놓고. 넌 말끝마다 됐고, 듣기 싫고, 관두자, 그러는데 그럼 말을 먼저 걸질 말던가. 말은 니가 먼저 걸잖아.

인영　니 말 들을 기분 아냐. 쉿!

성우　… 회사동료들이 케이크를 사 왔는데, 그럼 어떡해. 사장님 기분은 영 아니지. 나눠 먹기도 그렇고, 버리기도 그렇고.

인영　버려.

성우　투썸플레이스에서 만든 치즈 무스 케이크인데 어떻게 버려.

인영　그러니까 궁상이라는 거야.

케이크를 보는 성우. 어쩔까 고민하는.

케이크를 상자에 넣는 성우. 들고 나간다. 그리곤 다시 들어와서.

성우　너, 점심시간에 여기 올라오지 마. 원래부터 여긴 내 구역이야. 내가 여기서 너보다 3년은 회사도 먼저 다녔고, 여기서 점심도 3년은 먼저 먹었어.

인영　여기가 니 회사니. 거긴 니 구역 해. 여긴 내 구역이니까. 그럼 됐지.

성우　그 말이 아니잖아. 여긴 나만의 장소인데, 프라이버시가 안 지켜지고 있잖아.

인영　경비 아저씨 데려와서 물어볼까. 이 옥상이 누구 건지.

성우　그럼, 12시에서 12시 30분까지 니가 써. 난 12시 31분에 올라와서 1시까지 쓸 테니까. 우리 서로, 프라이버시 좀 지켜주면서 회사 다니자.

성우 나간다. 다시 들어오는.

성우	방금 12시 32분 됐거든. 너 갈 시간 지났어.
인영	넌 어쩜 행동하는 게 재수할 때랑 똑같니.
성우	내가 어땠는데.
인영	후회된다.
성우	뭐가?
인영	재수학원에서 너 불쌍하다고 밥 같이 먹어준 거.

말 없는 두 사람.

인영이 자리를 정리하고 옥상을 나가려한다. 순간 휙, 돌아보는 인영.

인영	책상이 넘어가, 진짜?
성우	뭐.
인영	(왼팔을 들어 보이며) 팔.
성우	해봐.
인영	안 넘어가면 너 죽어.
성우	아무튼 난 그걸로 팔씨름왕 됐어.

인영이 나간다.

성우는 거울을 꺼내 자신의 얼굴을 비춰본다.

늙었나⋯ 정말 마흔 살 넘게 보이는 걸까⋯ 이러 저리 비춰보다 흰 머리 발견.

성우　엇! 흰 머리다.

착잡한 기분이 드는 성우. 흰 머리를 뽑아 옥상 위로 부는 바람에 날려

보낸다.

신체연령 테스트 포즈를 취해 보는 성우. 하나 둘 …일곱 여덟….

인영이 들어온다.

인영   (신기한 듯 쳐다보는) 뭐 하냐.

성우   너! (외면하곤) 말 걸지 마. (손목 시계를 가리키며) 42분. 42분. 프
라이버시.

인영   니네 회사도 체력단련 하냐?

성우   여덟 아홉 아홉 아홉….

인영   애쓴다. 월급 더 주는 것도 아닌데.

성우   테스트. 내가 몇 살인지.

인영   뭔데, 그게?

성우   실제 나이는 34살인데 신체 나이가 몇 살인지 알아보는 테스
트.

인영   핫! 그래서 몇 살인데, 니 몸뚱이 나이는?

성우   (당혹) 몸뚱이가 뭐냐. 못 배운 사람처럼. 몸.

인영   (아기한테 묻는 것처럼) 몇 살.

성우   (어이없는) 너 왜 다시 온 거야.

인영   사십대 초반?

성우   에이씨. 아냐.

인영   사십대 후반?

성우   애가 지금!

인영   육십대?

성우   (아니라는 듯. 하지만 얼굴 표정에서 들키고 마는)

인영   와~많다, 많아. 육십대. 음하하하. 예상했던 것 보다 많다.
음하하하.

성우   (신체테스트 폼을 잡아 보는) 이게, 얼마나 어려운데. 이건 웬만한

균형감각 없이는 못해.

인영　　머릿속 나이 측정하는 것도 있나?

성우　　(회심의 미소) 있지.

인영　　어떻게 하는 건데.

성우　　잠깐만. (주머니에서 수첩을 꺼내는) 내가 물어보는 질문에 예, 아니오, 로 대답하고 예, 라는 대답이 10개 넘으면 40대.

인영　　내봐, 질문.

성우　　후회할 텐데.

인영　　뭐, 그냥 테스튼데 뭐 어때.

성우　　좋아. … 우선, 1번. 자주 피곤하다고 느낍니까?

인영　　으흠.

성우　　대부분의 시간 동안 행복하지 않다고 느낍니까?

인영　　… 음.

성우　　자주 화가 납니까?

인영　　네.

성우　　자주 우울합니까?

인영　　네.

성우　　잠을 잘 못 잡니까?

인영　　네.

성우　　벌써 네, 가 다섯 갠데, 그만 할까?

인영　　아냐. 더 해봐봐.

성우　　은퇴를 원합니까?

인영　　회사에서?

성우　　그럼, 회사지, 집이겠냐.

인영　　… 네.

성우　　주위사람들과 만나는 것이 이제는 즐겁지 않습니까?

인영　　네.

성우　성생활에 계속 흥미를 느낄 수 없습니까? 아. 이건 빼구. 너
　　　안한 지 3년 됐다고 했지.

인영　내가 언제?

성우　와아, 오리발 내미는 것 봐. 저번에 부산오뎅바에서 오뎅 먹
　　　다가 니가 그랬잖아, 술 잔뜩 취해서는 내 귀를 손으로 막고
　　　나한테 말했잖아.

인영　막았는데 왜 들었어?

성우　이게 못 들으라고 막은 거니, 들으라고 막은 거지.

인영　됐고. 패스.

성우　인스턴트 음식을 먹지 말아야지 하면서도 먹고 있습니까?

인영　(생각 중)

성우　이곳저곳이 쑤시고 아픕니까?

인영　(침묵)

성우　당신 연령대의 사람들보다 더 노숙해 보입니까?

인영　(침묵)

성우　머리카락이 예전보다 덜 자랍니까? 더 나이가 들면 아기를
　　　못 가질 수도 있다는 생각을 해본 적이 있습니까? 운동이 점
　　　점 하기 싫어집니까? 오래 살아도 인생이 더 좋을 게 없다는
　　　생각이 자주 듭니까? 그만하자.

인영　….

성우　거봐. 후회한다고 했잖아. 음하하하.

인영　나 그만 갈게.

문득, 인영이 파우더 통을 꺼내 거울 속 자신의 얼굴을 본다. 립스틱을 칠해
보는. 분칠도 해보는. 그러다 인영은 파우더 스폰지를, 성우를 향해 신경질적
으로 던진다.

인영   나쁜 자식. 누가 그런 거로 내 기분 더럽게 하래. 니가 뭔데.
       넌 재주를 타고나도 꼭 사람 기분 더럽게 하는 것만 타고났
       더라. 그러니까 재수학원에서 삼수하면서도 밥 같이 먹을 친
       구 하나 없었지.
성우   1년간 밥 같이 먹어줬다고 되게 생색내네. 이럴 줄 알았으면
       그때 계속 혼자 먹는 건데.
인영   그때 계속 혼자 밥 먹게 나뒀어야 했는데.

       인영이 나가려 한다.

성우   크리넥슈 있어?
인영   뭐.
성우   크리넥슈. 꺼내서 작게 찢은 다음, 머리 위에서 떨어트려 봐
       봐.
인영   싫거든.
성우   해봐봐. 기분 나쁘게 안 할게.

       인영이… 크리넥스를 꺼낸다.

성우   찢어.
인영   내가 왜 찢어야 하는데.
성우   아하. 말 많네. 찢어. 그냥 시키는 대로 해봐.

       인영, 마지못해 찢는다.

인영   됐냐.
성우   이제 뿌려. 머리 위로.

인영, 마지못해 자신의 머리 위로 뿌린다.

성우 휴지가 떨어지는 거 잘 봤지? 그러면 이젠 그 휴지를 엄지손가락과 검지손가락으로 낚아채는 거야. (시범을 보이며) 이렇게. 해봐봐.

인영은 다시 잘게 찢은 휴지를 자신의 머리 높이에서 떨어트린 다음 날렵하게 엄지와 검지로 집어 낚아챈다. 두 개를 집는.

성우 오호. 20대의 날렵함. 그거 신체나이 테스트할 때 많이 하는 건데 그거 하나 잡으면 30대. 두 개 잡으면 20대. 세 개까지 잡으면.

인영 십대?

성우 맞아. 십대의 순발력.

인영 음하하하. 또 다른 건 없어? 아까, 니가 하던 건 어떻게 하는 거야?

성우 이러고 서 있는 거?

인영은 성우의 모양을 따라한다.

성우 이러고 서서 10초밖에 못 버티면 60살, 20초밖에 못 버티면 50살, 30초 버티면 40살, 40초 버티면 30살.

인영 이러고 이렇게 하면 돼?

성우 그대로 가만히 중심 잡고. 비행기 이륙. (비행기 이륙 효과음) 하나, 둘 , 셋….

잠시 후.

인영   몇 살이야, 나?

성우   지금 막 20대 후반으로 진입.

인영   (잠시 후) 몇 살이야?

성우   지금 막 20대 초반 통과.

인영   (잠시 후) 나 몇 살이야?

성우   10대. 착륙준비. (비행기 착륙하는 효과음)

인영   (그만하고는)

성우   십대로는 안 보이는데.

인영   넌 60대, 난 10대.

성우   그럼 나한테 할아버지~ 하고 불러봐.

인영   미친놈.

성우   할아버지~. 잘 잤니, 손녀야.

인영   (손목시계를 보는) 1시 1분이다. 너 내려가라.

성우   (손목시계를 보는) 너 시간 지켜. 넌 12시부터 12시 30분까지.
        난 31분부터 1시까지.

인영   (딴 생각에 빠진 듯)

성우   어이. 대답 좀 하시지.

성우가 옥상을 나가려 한다.

인영   야. 여기 쓰레기봉투는 무슨 요일에 내놓냐.

성우   어?

인영   쓰레기봉투를 안 가져가서. 청소부 아저씨가.

성우   … 월 수 금일 걸 아마.

인영   그래?

성우, 당황해 하는.

성우   청소부 아저씨가 아플 때도 있겠지, 뭐.

인영은 더 이상 성우 쪽을 보지 않는다.

인영이 있는 옥상 위로 정오의 겨울 햇살이 따사롭기만 하다.

인영이 옥상을 나간다.

성우는 인영이 나간 곳을 바라본다.

옥상 구석에 있던 쓰레기봉투들을 챙겨 옥상을 빠져나가는 성우.

2.

두 건물의 옥상.

12월 23일 밤.

【강호동철인4종경기추진회】 건물의 옥상.

그 한쪽에 야경을 바라보고 있는 한 소녀가 있다.

그 소녀는 교복을 입고 있고 밀짚모자를 쓴 채 맥주를 마시고 있다.

다 마신 맥주 캔 표면에 네임펜으로 뭔가 글을 써넣는 소녀.

그리곤 발아래 놓고 쾅 밟아 맥주 캔을 일그러뜨린다.

소녀는 목에 걸고 있는 니콘 라이카 카메라로 야경을 찍는다.

그러는 동안, 옆 건물 【대림상공】 건물의 옥상 문이 열리며 성우가 들어온다.

피곤이 역력한 모습.

갑작스런 인기척에 뷰파인더에 눈을 댄 채 그대로 성우를 관찰하는 소녀.

성우는 교복을 입은 소녀의 갑작스런 모습에 잠시 당황하지만, 이내 주머니
에서 담배를 꺼내 피워 문다.

소녀는 그런 성우의 모습을 카메라로 찰칵찰칵 찍는다.

성우   사진 뽑으면 한 장 갖다 줘.

소녀   저두 담배 하나 줄래요?

성우   (쳐다보는) 피게?

소녀   네.

성우   (쳐다보는) 어딘가 낮이 익는데…

소녀   그런 식으로 여고생 얼굴 몰래 훔쳐보세요?

성우   어? 아냐.

소녀   고등학생이면 담배 펴도 되죠?

성우   어. 되지. 펴. (담배갑에서 한 가치를 꺼내려다) 1mg 에세 순인데. 대나무. 펴?

소녀   던져봐요.

성우   (담배갑 자체를 던지는)

소녀   (담배갑을 받으며) 1mg이라. 쪼잔하네요. 이거 무슨 맛이에요?

성우   대나무 그려져 있잖아, 거기. 그럼 대나무 맛이겠지.

소녀   불은?

성우   (지퍼 라이터를 꺼내들고 던질까 말까 고민하다 던지는)

소녀   비싼 거네. (받은 지퍼 라이터로 멋지게 담배에 불을 붙이고 한 모금 멋지게 빠는)

성우   와~ 불량서클에서 활동하나봐?

소녀   그냥 연기 맛이네. 그냥 숨 쉬는 게 낫겠다. (담배를 바닥에 버리곤 발로 밟는)

성우   여긴 왜 올라왔냐? (자신이 생각해도 어이없는 생각이라는 듯) 자살하려구?! 하하하.

소녀   네.

성우   (입에 물고 있던 담배를 떨어트린다) 밥은… 먹었냐?

소녀   아뇨.

성우   그거 밥 안 먹어서 그런 생각 들고 그러는 거야.

소녀   그쪽은요.

성우   난 케이크 먹었지. 과다당분섭취. 좀 힘드네.

소녀   (가방 안에서 도시락을 꺼내 성우에게 보여주며) 먹을래요?

성우   뭔데, 그게.

소녀   도시락.

성우   그걸 나보고 먹으라고.

소녀   어차피 나한텐 필요 없으니까.

성우 맥주 남았으면 하나 줘.

소녀 (어둠 속에서 분홍색 도시락을 내밀고 있는)

성우 ….

소녀 (여전히 도시락을 내밀고 있는)

성우 무섭게 왜 이래.

소녀 정말 도시락 안 먹을래요?

성우 자살한 여고생 도시락 빼앗아 먹었다고 신문에 나게. 싫어.

소녀 (주머니에서 카드 하나를 꺼내 성우에게 던지며) 받아요.

성우 이게 뭐야.

소녀 내 유서요.

성우 이걸 왜 날 주는데. 너 이상하다.

소녀 (난간 위로 올라서는) 할아버지한테 잘 전해주세요.

성우 할아버지가 누군데. (급히 유서를 뜯어보는… 이상한지) 할아버지
     야, 생일 축하해 (소녀를 쳐다보는) 코… 코….

인영이 장난치고 있음을 알게 된 성우.

인영 코… 뭐?

성우 코스프레 매니아?

인영 뭐 하냐, 지금까지.

성우 너야말로 그 나이에 뭐하는 취향이야.

인영 니 성적 취향 좀 실험해 봤다. 너 저번에, 옥상에서 자살하려
     는 여고생과 섹스 한번 해보는 게 꿈이라며.

성우 큰일 날 소리. 내가 언제?

인영 저번 부산 오뎅바에서. 술 잔뜩 취해서. 고래고래 질렀잖아.

성우 기억 안 나거든.

인영 핫! (비웃곤) 알츠하이머까지. 퇴근 안 하고 뭐해, 생일이라면서.

성우   야근.

인영   생일에?

성우   그래.

인영   나쁜 회사네.

성우   나쁜 회사야.

인영   담배 하나 줄까?

성우   됐다.

인영   1mg 에세 대나문데, 너 펴라.

인영이 원래의 성우 담배케이스를 성우에게 던져준다.

성우   라이터는.

인영   (딸각딸각 지퍼라이터 뚜껑을 열었다 닫았다 하는) 커플 라이타인가
        봐. 『지영 ♡ 성우. 영원히』 하트가 닳고 닳았는데.

성우   줘.

인영   (휙 던지는) 안 가져.

성우   (받는) … 내가 정말 그런 말 했어, 오뎅바에서?

인영   너한테 거짓말 한 적 있었어, 내가, 재수시절에.

성우   없지. … 너 나 여기 있는 거 어떻게 알았어?

인영   (바로 앞 건물을 가리키며) 불 켜진 데. 내 오피스텔.

성우   저기 분홍색 커튼? 분홍색 커튼이 뭐냐, 어울리지 않게.

인영   훔쳐보지나 마.

성우   (어이없는 듯) 널 훔쳐봐, 내가? 나 차성우야. 왜 이래. 고시원
        쪽방에서 공무원 시험 3년 넘게 할 때도 쭉쭉빵빵 아니면 처
        다보질 않았던 눈이야, 이 두 눈이. (인영을 훑어보는) 가슴에 뽕
        넣은 게.

인영   니가 내 가슴을 봤어.

성우   봤잖아.

인영   언제?

성우   말 못 해.

인영   말 안 해.

성우   (음흉한 목소리) 그럼 대가가 있어야지.

인영   변태.

성우   밤마다 교복입고 거릴 활보하는 건 변태 아니고 뭔데.

인영   (신체연령 테스트 포즈를 취해보며) 10대.

성우   가지가지 한다.

성우, 교복 입은 인영을 찬찬히 바라본다.

성우   좀 섹시한데.

인영   자꾸 아저씨처럼 느끼하게 굴래.

성우   나 아저씨 같냐.

인영   넌 14년 전부터 아저씨였어. 로리타 취향.

성우   교사가 꿈인 게 왜 로리타 취향이야.

인영   로리타 취향이니까 교사가 되고 싶었던 거잖아.

성우   ….

인영   인정?

성우   … 10분간 휴식.

인영은 카메라 뷰파인더로 야경을 본다. 그러다 점점 성우에게 카메라는 향하고.

인영   너… 옆으로 돌아봐봐.

성우   아직 1분도 안 지났거든.

인영   돌아봐봐 좀.

성우   (짜증) 왜.

인영   짜증내는 얼굴이 일품이네.

성우   (어쩔 수 없다는 듯) 이렇게?

인영   왼쪽으로 조금만. 아, 아니다. 6시 방향으로.

성우   6시 방향? 어디가 6시 방향인데.

인영   (손가락으로 6시 방향을 가리키는)

성우   (턱을 아래로 내리는)

인영   그쪽… 닮았어.

성우   뭐가?

인영   내가 잘 아는 사람 6시 방향.

성우   그럼 안 되는데.

인영   뭐가 안 되는데.

성우   대학 때 여자 친구가 있었는데 무척 좋아했거든. 근데 정말
        어이없는 이유로 차였어.

인영   무슨 이유?

성우   내가 자기 남동생이랑 너무 닮아서 연애감정이 안 생긴다는
        거야.

인영   ….

성우   첫 직장 다닐 때 한눈에 반했던 여자애를 만났는데 그 애도 똑
        같은 말을 하더라구. '넌 우리 아빠랑 너무 닮았어. 안 되겠
        다.'

쓸쓸하게 담배를 피워 무는 성우.

인영   핫! (웃는) 그런 힘든 일이 있었네, 살아오면서. 애썼다. (사이)
        신발 벗어서 손에 들고 이쪽 좀 봐봐. 사진 찍게.

성우   신발은 왜?

인영   들어.

성우가 신발을 벗어 오른쪽 손에 든다. 그때 성우의 핸드폰이 울려댄다.

성우   전화.

인영   받지 마.

성우   사무실에서 온 거야.

인영   생일 날 야근시키는 회사 전환 받지도 마. 알았어?!

성우   ….

인영   대답해!

성우   알았어. 근데 너 진짜 그 말투 어떻게 안 변할 수가 있냐. 10년
          이면 강산도 변하는데. 재수학원 건물도 없어졌는데. 넌 똑같
          아.

인영   왠 줄 알아. 보는 순간 때려주고 싶은 욕구가 샘솟게 하는 사
          람이 있거든. 일명 찌질이라고.

핸드폰 진동음이 끊어졌다가 다시 울려댄다.

성우가 핸드폰 폴더를 열었다, 닫았다, 마구 흔들어 대더니 핸드폰 폴더를
연 채 이 구석, 저 구석 왔다 갔다 하는 성우.

그러다 한 곳에서 우뚝 멈춰선다.

성우   (회심의 미소) 찾았다! 수신 지역 이탈권 표시 떴다. (그곳에 핸드
          폰을 놓아두고, 원래의 자리로) 자, 이제 찍어.

인영   좀 더 위쪽으로. 턱은 아래로. (찍는다) 포즈 좀 취해봐.

성우는 여러 가지 다양한 표정과 포즈를 취해본다.

인영　아. 아니. 아, 아니. 아아, 아니.

성우　이렇게? 이렇게? 이건 어때?

인영　아니. 아니. 아니.

성우　못 하겠다.

인영　다시 한 번.

성우　(신발을 양손에 들고 활짝 웃는) 이렇게?

인영　네. 좋습니다. 좋아요. 좋아요. 좋습니다. 네, 좋습니다. 좋아요. 아, 그 표정, 별루다. 좋아요. 좋습니다.

성우　하하하 (웃는다)

인영　왜 웃어?

성우　내가 그렇게 좋아?

인영　농담하는 거니.

성우　여고생이 좋다고 하니까 기분 좋아서.

인영　정말 못 말리겠다, 너란 변태.

계속 울리고 있는 성우의 핸드폰 진동음.

인영　이제 받아봐.

성우가 수신 지역 이탈권으로 가서 핸드폰을 받는다.
가만히 상대의 얘기를 듣다가 확, 폴더를 닫아버린다.
잠시 우울해진 얼굴.

성우　아참, 아까 대답 못 들었는데. 나, 누구랑 많이 닮은 거야?

인영　3살짜리 조카.

성우　아, 역시. 가족이구나. 인영아?

인영　왜.

성우　　정말 내가 3살짜리 조카랑 닮았냐.

인영　　6시간 방향으로… 완전 판박이.

성우　　진짜 나랑 닮은 사람 너무 많아.

인영　　말은 바로 해야지. 니가 다른 사람 닮은 거야.

우울한. 그러다 성우는 6시 방향의 얼굴이 그녀에게 보이도록 턱을 낮춘다.

성우　　크리스마스 이브 때 뭐 하냐?

인영　　뭐 하냐니.

성우　　밥은 먹냐.

인영　　그럼 밥도 안 먹냐.

성우　　조카랑 같이 먹을 생각 없어?

인영　　(앞에 있던 맥주캔을 발로 뻥 찬다)

성우　　윽, 차였다.

인영　　34살 조카 안 키우거든.

성우　　나, 나중에 선생님 되면 여고생하고 꼭 한번 밥 같이 먹고 싶
　　　　　었거든. 크리스마스이브 때. 오해하지 마. 너랑은 아니야.

인영　　나도 너랑은 영~ 아니야.

성우　　됐다.

인영　　삐졌냐. 좋아. 악수해. 여기서, 악수하면 밥 정도야, 뭐. 생각
　　　　　해 보지. (난간 쪽으로 가서 손을 뻗어 보는) 안 닿을 것 같네. 음하
　　　　　하하.

성우　　재밌냐.

인영　　형사 가제트처럼 팔 늘려봐.

성우　　재미 없거든.

인영　　늘어나라! 만능 팔~ (돌아온 형사 가제트 주제곡을 흥얼거리는) 뜬뜨
　　　　　르르뜬뜬 가젯 가젯 뜬뜨르르르뜬든 우후~ 늘어나라 만능 팔~

성우　니 머릿속엔 뭐가 든 거냐. 나이가 서른넷이다. 이 아줌마야.

문득, 성우가 어떤 생각이 떠올랐는지 옥상 뒤쪽으로 간다.
사다리를 가져오는 성우.

인영　뭐하게.
성우　보면 알겠지.
인영　떨어져.
성우　안 떨어져.

성우는 옥상과 옥상 난간에 사다리를 놓고 올라선다.
그러나 단 한 발자국도 나아가지 못하는 성우. 떨기만 한다.
사다리에서 그냥 내려오는 성우.

성우　역시 학생과 선생님 사이는 이렇게도 위험하고 먼 거야. 다
　　　시 한 번 깨달았어.

사다리를 다시 거두어들이는 성우. 그러다

성우　손목에 그거 뭐야.
인영　… 이거?
성우　그래.
인영　붕대.
성우　붕댄지 누가 모르냐. 왜 감았어?
인영　리스크 컷, 요즘 말로 하면.
성우　그게 뭔데?
인영　자해.

성우   자해?

인영   처음 봐?

성우   그거 진짜 피야?

인영   (손목을 보는) 또 나네, 피.

성우   쇼하는 거지.

인영   나 늙어 보여?

성우   당연히 늙어 보이지.

인영   늙어 보여, 정말?

성우   이제 교복 그런 거 입지마. 밤이고 어두침침하니까 봐줄 만한 거지. 대낮이었어 봐. 생각하기 좀 끔찍하다.

인영   늙어 보인다는 거네.

성우   (갑자기 긴장) … 유도심문하지 마.

인영   잘 봐봐. 여기는 쑥 들어가고, 여기 주름에, 여긴 축 쳐지고. 눈은 푹 꺼지고.

성우   어려운 거 묻지 마, 나한테.

인영   크리스마스 이브 때 보톡스 맞으러 갈 건데, 같이 갈래.

성우   여고생이 무슨 보톡스야.

인영   요즘은 여고생이 더 해.

성우   넌 보톡스 안 맞아도 봐줄만 해.

인영   그건 니 의견이고. 내가 너 때문에 보톡스 맞냐.

성우   아무튼 안 돼.

인영   너, 나 이 나이에 뭐하는 줄 알아, 사무실에서?

성우   뭐하는데.

인영   커피 타고 팔씨름하고. 팔씨름하고 커피타고.

성우   입사 한지 한 달밖에 안 되니까 그렇지. 근데 누구하고 팔씨름하는데.

인영   여름에 아이스크림 봤어, 뜨거운 아스팔트에 떨어진?

성우　갑자기 아이스크림 얘기로 얘기가 왜 새는 거야.

인영　그거 정말 볼품없지?

성우　볼품없지, 정말.

인영　그게 나야.

성우　….

인영　(손목을 보여주는) 죽지 않을 만큼만 살짝. 용기도 없으니까.

성우　처음엔 다 그래. 그건 얼굴하곤 하나도 상관없어.

인영　넌 내 기분을 몰라.

성우　뭘 몰라. 같이 재수까지 했는데. 칼 이쪽으로 던져봐. 나도 한 번 해보자.

제도용 칼을 던져주는 인영.

받는 성우

성우는 칼날을 드르륵 빼내, 자신의 손목에 갖다댄다.

눈을 감고 쓰윽, 칼로 손목을 그으려는 성우.

성우　… 나 사실 너한테 거짓말 했는데. 오뎅바에서… 나 과장 아냐. 나 여기서 수도꼭지 홍보해. 34살에 말단 직원. … 근데 아직도 내 생각에는 변함이 없는 게 하나 있는데. 우리가 살아가는 데 있어서 반드시 필요한 거잖아, 정말 없어서는 안 되는 거잖아, 수도꼭지라는 게. 이 회사 처음 들어왔을 때 내 인생이 왜 수도꼭지나 홍보하는 인생이 됐을까, 회의가 많이 들더라구. 근데 한 2년쯤 지나니까, 고등학교 시절이 자꾸 떠오르는 거야. 체육시간 끝나고 나면 수돗가로 뛰어가서 머리 막 디밀고 막 감잖아. 그 시원함. 차가움. 상쾌한 해소감. 그 젊음. 청춘. 머리 위로 태양은 뜨겁게 이글거리고, 뇌는 부글부글 끓고, 얼굴 껍질은 여기저기 막 벗겨져 있고, 이빨 사이엔 운동

장 모래가 잔뜩 껴있고. 물이 정말 콸콸 쏟아져 나오잖아, 고
등학교 수돗가라는 게. 난 내가 그런 수도꼭지를 홍보하고 있
다고 생각하기로 했어.

칼로 손목을 그으려는 찰라. 용기가 안 나는지….

성우   나… 매일 잠도 못자고, 잠도 안 오고 그래서 밤마다 편의점
       에, 노래방에, 비디오방에… 새벽 아파트 벤치에 앉아 있다
       가… 쓰레기봉투를 훔쳐. 오늘은 301호, 내일은 403호. 내일
       모레는 506호. 옆집, 아랫집, 윗집의 쓰레기봉투를 들고 와서
       밤새 그 쓰레기봉투를 펼쳐 봐. 이 사람들은 뭘 먹고 사는지,
       무슨 음료를 좋아하고, 어떤 과자를 먹고, 어떤 화장품을 쓰
       고, 무슨 책을 읽는지… 기저귀가 나오면, 아 이 집에 애가 있
       었던가, 최근에 애를 낳은 건가, 생리대가 나오면, 이건 그 집
       여학생의 생리댄가, 휴지에 싸인 콘돔 발견! 아, 그 여자 애인
       생겼구나, 구멍 난 양말 한 짝, 구멍 난 스타킹, 다 먹고 버린
       피임약통, 오렌지껍질, 수박껍질, 날짜 지난 식빵, 피자 한 조
       각, 깨진 병, 찢어진 연애편지… 근데 내가 쓰레기를 뒤지면서
       깨달은 게 뭔지 알아?
인영   변태.
성우   아니. 사람들 말이야, 아파트 사람들… 아직도 분리수거를
       안 하더라구.
인영   (웃는) 분리수거.
성우   앗. (칼끝이 살짝 닿았는데도, 아파하는) 아아. 이거 아프네.

성우의 핸드폰 진동음이 울린다. 마지 못해 핸드폰을 받는 성우.
가만히 애기만 듣고 있는 성우.

끝까지 미소를 잃지 않는 성우.

성우 사장님 저 오늘 생일이거든요. (화난 목소리로) 더 이상 야근 못
하겠거든요. 네! 네! 알겠습니다! 바로 들어갈 거니까, 대기
하고 계세요! 여기 사무실 근처 편의점이거든요! 네! 알았거
든요!

핸드폰을 팡~ 닫아버리는 성우.

성우 (인영을 바라보며) 잠깐 내려갔다 올게. 컴퓨터가 다운됐다네….
컴퓨터 업! 시켜 놓고 올 테니까, 조금 더 있을래?

인영 ….

성우 크리스마스 이브에 보톡스 맞으러 같이 가자.

성우는 살짝 찔러본 손목을 움켜쥐고 옥상 문을 열고 밖으로 내려간다.

옥상에 혼자 남겨진 인영. 맥주를 마신다. 그러다

맥주 캔 표면에 네임펜으로 뭔가 글을 적는다.

멀리서 캐롤 소리가 들려온다.

문득 허리가 아파오는지 허리를 손으로 주무른다.

인영이 옥상을 나간다.

잠시 후, 성우가 뛰어 들어온다.

이미 텅 빈 옥상.

핸드폰을 누르는.

받지 않는 인영의 핸드폰.

3.

두 건물의 옥상
12월 24일. 크리스마스이브.

해질 무렵.
멀리서 들리는 활기찬 캐롤 소리.

【대림상공】 건물 옥상.

롯데 백화점 쇼핑봉투와 투썸플레이스 케이크 상자를 들고 정장 차림의 성
우가 전화통화를 하며 계단을 뛰어 올라오고 있다.

성우   (목소리) … 어. 나 들어왔어. 사무실 근처 편의점. 넌 어디야?
뭐? 아이, 넌 안 왔으면서 왜 나한테 닦달이야. 컴퓨터 안 되는
게 다 내 탓이냐. 컴퓨터 좀 바꾸자고 그래, 니가. 내가 괜히 컴
퓨터는 배워가지고. 알았다. 거의 다 왔다니까. 알았다구. 끊
어. 끊어.

성우가 헐떡이며 옥상 위에 도착한다.
건너편 옥상을 보는.
비어있다.
인영에게 전화를 거는.
하지만 전화를 받지 않는지, 음성녹음.

성우　도대체 핸드폰은 왜 꺼놓는 거야. 못 오면 문자를 주든가. 오
피스텔에도 없구… 설마 너 보톡스 맞으러 간 거냐? 아무튼
그건 그거구 롯데 백화점 앞에서 3시간 넘게 기다리게 해야
겠냐, 이런 날에. 쪽팔리게.

핸드폰을 끊는.
멀쩡하게 복구된【강호동철인4종경기추진회】환한 간판을 보는.
망원경을 꺼내 도시를 살펴본다.
그러다 인영의 오피스텔 쪽으로.

주머니에서 싸인펜을 꺼내 종이에 뭔가 글자를 쓴다.
『밥?』이라는 글자.
롯데 백화점 쇼핑백에서 노란 한솔도시락을 꺼내 들고
다른 한 손엔 밥이라고 써진 글자를 들고 서 있는 성우.

다시 망원경으로 오피스텔 쪽으로 보는…
그러고 보니 어두워서 밥이라는 글자가 잘 안 보이는 건 아닌가.
성우는 간판을 본다.
【으뜸 스폰지밥 캐릭터 장난감 사무실】간판.
페인트 롤이 달린 장대로 탁탁 쳐서 한 글자씩 조명을 꺼 나간다.
이제【…밥…】만 남겨진.
【…밥…】이라고 써진 불빛 환한 간판 옆에 서서 한솔도시락을 높이 들고
서 있는 성우.

성우　이래도 전화 안 할래.

성우의 핸드폰이 울린다.

성우　아하~

핸드폰을 꺼내 수신자를 확인하는 성우. 회사번호다.

끄지도 못하고 받기도 싫은 계속되는 핸드폰 진동음.

결국 성우는 마지못해 사무실로 내려간다.

잠시 후 다시 옥상으로 올라오는 성우.

4일이 흘러간다. 네온사인이 꺼졌다 켜졌다 하는.

외롭게 옥상에서 혼자 밥을 먹는 성우의 모습.

4.

두 건물의 옥상

12월 28일.

쟁반에 커피를 들고 옥상 문을 여는 인영. 모자를 쓰고 있다.

쟁반엔 10개 이상의 커피가 뽑아져 있다.

옥상 구석에 있는 1.5리터 통에 커피를 따라 붓는 인영.

【대림상공】 옥상 위로 성우가 맥도날드 햄버거를 들고 들어온다.

성우   (못 본 척 하다가) 그쪽. (손목시계를 가리키며) 31분.

인영   (손목시계를 보는) 28분.

성우   인터넷 보고 맞춘 시간.

인영   9시 뉴스데스크 보며 맞춘 시간.

성우   뉴스도 보냐.

인영   PD수첩도 본다.

성우   5일만이다. 얼굴 보는 거.

인영   반가운가 보지.

성우   반가울 리가 없지. 얼굴형도 좀 바뀐 거 같네.

인영   당연히 그래야지. 들인 돈이 얼만데.

성우   그래도 나이는 못 속이지.

인영   또 맥도날드냐.

성우   아까운 커피를 왜 그렇게 버리냐.

인영   아까우면 니가 다 마시든가.

성우   버릴 거면, 한 잔 주든가.

인영	와서 먹든가. (그 자리에서 커피 쥔 손을 뻗는)

성우	먹으라고 주는 거냐, 지금.

인영	먹든가 말든가. (커피를 버리려고 하는)

성우	그쪽으로 갈 거니까, 꼭 쥐고 있어.

인영	손 시렵거든.

성우	내가 오늘은 간다.

옥상 출입문으로 가는 성우.

성우가 옥상 한쪽에서 사다리를 가지고 와 옥상과 옥상을 연결한다.

인영	뭐하는 거야.

성우	(건물 사이 밑을 내려다보며, 살짝 겁이 나는) 보면 모르냐.

인영	그냥 계단으로 내려가서 계단으로 올라오시지.

성우	귀찮다. 체력도 딸리고.

인영	떨어지면 죽는데.

성우	설마 떨어지기야 하겠냐?

인영	사람들은 다 너처럼 생각하다가 죽어.

성우	(살짝 겁이 나는) 왠지 이런 일에 목숨 걸고 싶어지네.

인영	커피 한 잔 때문에?

성우	그럼 뭐 딴 이유가 있을 줄 알았냐.

인영	죽으면 커피 값이야. 250원.

성우	250원이면 뭐, 괜찮다.

성우는 사다리 위에 올라선다.

올라서자마자, 자기 멋대로 몸이 부들부들 떨기 시작한다.

그래도 씩씩하게 두세 걸음을 힘차게 내뻗는 성우.

성우　　내가 이래 뵈도, 군대 있을 때 유격훈련 세 번이나 뛴 사람이
　　　　야. 남들 다 두 번 뛸 때 난 세 번.
인영　　그러니까 니 인생이 수도꼭지 홍보나 하는 인생이 된 거야.
성우　　밧줄 하나에 의지해서 산과 산을 건너고, 강과 강을 건너고,
　　　　헬기에서 뛰어내리고 절벽과 절벽을 뛰어다니고.

순간, 무심코 밑을 내려다보는 성우.

무릎이 휙 꺾이더니, 주저앉는다.

두 손으로 사다리를 꽉 붙잡은 채 일어나지 못하는 성우.

인영이 사다리 위로 올라선다.

성우　　위험해!
인영　　나도 목숨 좀 걸어보려고.
성우　　내려가, 위험해!
인영　　무서워?
성우　　무섭지.
인영　　내가 죽는 게 무섭지?
성우　　같이 떨어질까봐 무섭지.

인영이 성우 앞으로 걸어간다.

원숭이걸음처럼 웅크리고 엉금엉금 기어가는 성우.

성우　　이러다 같이 떨어져.
인영　　'선수는 엉금엉금 기어갈 수 없다.'
성우　　뭐?
인영　　강호동 철인4종경기 선수 규칙.
성우　　그런 규칙을 누가 만들었냐.

인영   강호동.

사다리에서 일어나는 성우.
성우는 신체연령 테스트를 할 때의 포즈로, 균형을 잡으며 심호흡을 한다.
한 발 한 발 전진하는 성우.
성우가 한 발 전진해 오면 뒤로 한 걸음 떼는 인영.

성우   뒤 봐. 뒤. 진짜 떨어진다, 그러다. 뒤 좀 봐.
인영   원래 난 뒤 안 보는 성격이잖아. 이 성격 때문에 팔씨름도 하
        게 되고.

성우는 숫자를 센다.
마흔 아홉… 마흔 여덟… 마흔 일곱… 마흔 여섯… 마흔 다섯….

성우   너 왜 혼자 보톡스 맞으러 갔어? 같이 가기로 해놓고.
인영   널 데려가야 하는 이유가 뭔데?
성우   친구잖아.
인영   그런 덴 애인이랑 가는 거야.
성우   (웃는)
인영   그 웃음은 뭐야.
성우   여고생 같아서, 니 보톡스 맞은 얼굴.
인영   성적 취향 좀 이제 좀 바꾸지 그래.
성우   (앞으로 나아가며) 나도 점점 젊어지고 있는 거 보이냐. 서른아
        홉… 서른여덟… 서른 일곱… 서른 여섯… 점점 젊어지고 있
        습니다, 이 차성우는.
인영   너 재수할 때 별명이 뭐였지? 사람들이 널 뭐라 불렀는데.
성우   … 브레드비트? … 종이컵.

인영　그래. 종이컵. (웃는) 왜 다 널 종이컵이라고 불렀는지 알아.

성우　몰라.

인영　한주먹에 다 구겨지잖아.

성우　나 안 구겨지거든.

후다닥 사다리를 건너가는 성우.

발걸음을 뒤로 떼는 인영.

옥상 위로 뛰어내리는 성우와 인영.

인영 앞에 서는 성우.

인영　선수의 머리, 목, 팔, 어깨, 엉덩이나 발을 포함한 몸통의 어
느 부분이라도 결승 띠에 닿는 순간을 경기를 종료한 것으로
판정한다. 강호동 철인4종 경기 종료의 규칙.

인영이 커피가 담긴 종이컵을 내민다.

커피를 받는 성우.　커피를 완샷 한다.

뒤돌아서서 다시 사다리를 건너서 돌아가려고 하는 성우.

아찔한지 사다리 위로 올라가질 못한다.

인영이 옥상 한쪽에 놓아두었던 쓰레기봉투에 쓰레기를 채워서 성우에
게 준다.

성우　뭐야, 이게?

인영　자.

성우　왜 이걸?

인영　꽉 채웠는데.

성우　(난감) … 집에 가서 풀어 볼게.

성우는 어색한 듯 쓰레기봉투를 받는다.

성우　어 눈 온다!

인영　(하늘을 보며) 어디?

성우　방금 내 콧등에 한 개가 툭.

갑자기 뚝뚝 비가 내리기 시작한다.

비가 점점 거세진다. (무대에서 실제 비 효과가 내리도록 한다.)

둘은 옥상 물탱크에 기대어 비를 피해 본다.

비를 맞으며 비를 바라보는 두 사람.

더욱 거세지는 빗줄기.

성우가 옥상 구석에서 부서진 낡은 양산을 찾아내서 인영을 씌워주려 한다.

인영이 옥상 한 가운데로 뛰어나간다.

인영　나, 비 맞는 거 좋아해.

성우　사무실 안 들어가 봐도 돼?

인영　들어가면 또 팔씨름 하자고 그럴 텐데, 뭐.

성우　너도 참 고생이다.

인영　성우야.

성우　왜.

성우에게 다가오는 인영.

성우에게 키스하는 인영.

인영　내 팬티 벗겨 줄래?

성우　(꿀꺽)

인영   내 가슴 다시 한 번 보고 싶지.
성우   (꿀꺽) 친구끼리 왜 이래.
인영   14년 전처럼 내 귀에 니 뜨거운 입김 불어넣어보고 싶지.
성우   (갈등하는) 친구끼리 이러지 말자.

물탱크 사다리를 타고 올라가는 인영.

성우   거긴 왜 들어가?
인영   물 없어. 여기 텅 비었어. 성우야, 너두 들어와.
성우   친구끼리 이러면 안 되는데.

물탱크 안으로 들어가는 성우.

물탱크 안에서 두 사람의 섹스가 시작된다.
물탱크 앞이 투명해지면서 그들의 모습이 보인다. (마치 드럼세탁기의 빨래 입구처럼) 그 투명한 입구로 색종이들이 떨어지고, 그들의 어깨선들과 종아리들, 마치 동화 속 공간처럼 물탱크 안을 표현한다.

인영   니 거 뜨거워.
성우   니 거도 뜨거워.

두 사람의 신음소리.

인영   아. 아. 아. 들어와. 들어와.
성우   지금 들어갈까. 조금 더 있다 들어갈까.
인영   지금 들어와.
성우   진짜 들어가도 돼?

인영   들어와. 긴장하지 마.
성우   너무 오랜만에 하는 거라서. 들어간다.

인영의 계속되는 숨소리.

성우   아파?
인영   아니. 안 아파. 좋아. 좋아.
성우   정말 안 아파?
인영   안 아파, 정말. 넌?
성우   난 안 아프지. 정말 안 아픈 거지?
인영   안 아파.
성우   너두 오랜만에 하는 거잖아. 3년인가.

인영의 신음소리.

인영   다 들어와. 다 들어왔어?
성우   다 들어갈까?
인영   성우야. 물어보지 좀 마,

신음소리.

성우   나 조금만 더 움직이면 할 것 같아. 뺄게.
인영   빼지 마. 빼지 마. 계속 움직여줘. 계속 움직여. 계속 움직여.

두 사람은 점점 절정으로 가고.

인영   앙. 앙. 앙. 더. 더. 앙. 앙. 앙… 너 내 안에 할 때 신호 줘.

성우　신호?

인영　내 안에 사정할 때.

성우　어떻게.

인영　내 목 힘껏 깨물어.

성우　너 성적취향 한번 대단히 독특하다. (인영의 목을 힘껏 깨무는)

인영　아아아앗~

성우와 인영의 절정을 넘어가는 소리.

인영　내 안에 했어?

성우　했어, 방금.

인영　잘 했어. 잘 했다, 성우야. 기특해. 착한 자식.

성우　등 많이 아팠지? 바닥이 너무 딱딱해서.

인영　(아픈 듯한) 괜찮아.

성우　일어날래?

인영　조금만 더 누워있구.

성우가 물탱크에서 나온다.

인영과 섹스한 것이 후회가 되는지. 사다리를 타고 도망가려고 하는.

인영　웃긴 얘기 하나만 해 봐.

성우　웃긴 얘기 나 못 해.

인영　아무 거나.

성우　이건 그냥 나만 웃긴… 다른 사람들은 안 웃는 얘긴데 안 웃
는 게 정상이야. … 자라는 자라도 자라다. 파리에 사는 파리
도 파리다. 쥐가 먹는 쥐약은 쥐한테 쥐약이다. … 절 사랑하
세요, 아뇨, 전 교회를 사랑합니다. 나 이제 말 안 할래요…

소 할래요. 나만 혼자 보! 낼 수 없어요!… 같이 주먹 내요!

인영　(썰렁)

성우　거봐. 안 웃기지. … 어디 다친 거 아니지?

인영　허리가.

성우　어? 허리가 왜?

인영　못 움직이겠어.

성우　못 움직여?

인영　(애써 태연한 척) 걱정 하지마. 무리했나 봐.
　　　(핸드폰으로 어딘가로 전화를 거는, 119) 여보세요, 구급차 부르려고
　　　하는데요.

성우　(당황)

인영　(침착) 네. 지금 누워있는데 못 일어나겠어요. 디스크 수술 받
　　　은 적이 있는데 재발한 것 같아요. 네. 4년 전에요. 아뇨. 네.
　　　… 서울 종로구 종로 4가… 강호동 철인4종경기추진회 간판
　　　걸려있는 건물 7층 옥상 물탱크에요. 아니요. 옥상 물탱크요.
　　　네. 그 물탱크요. 그 물탱크 안에 누워있어요. 네. 네에. (통화
　　　를 끊고 다시 어딘가로 전화를 거는, 하지만 안 받는지, 다른 번호로 다시
　　　전화를 거는) 수원서부경찰서죠? 전 박인영이라고 하는데요,
　　　박기영 형사 누난데요 집에 급한 일이 생겨서요. 네. 강력 3
　　　반 박기영 형사요. 핸드폰을 안 받아서. 네. 네. 부탁드릴게
　　　요.

성우　….

인영　(밖에 있는 성우에게) 여러 번 구급차를 타봐서….
　　　(전화연결이 됐는지) 기영이? 응. 나. 기영아, 지금 서울에 와 줄
　　　수 있어? 나 지금 허리가 많이 아파서. 응. 못 움직여. 응. 불렀
　　　어, 지금. 응. 옆에 친구 있어. 어? 어. 남자. 앰뷸런스 타면 어
　　　디 병원으로 가는 지 바로 전화할게. 응. 핸드폰 켜놓고. 응.

핸드폰 폴더를 닫는 인영. 여전히 사다리 위에 있는. 망설이는.

성우   기영이가 경찰됐어?

인영   수원경찰서 강력계 3반. 마약담당.

성우   많이 무서워졌겠다.

인영   어?

성우   기영이, 남자다워졌겠다고.

인영   매일 깡패들한테 얻어맞고 오는 걸, 뭐.

성우   때릴까, 나.

인영   응?

성우   아냐. 아무 것도.

사다리에서 내려와 물탱크로 가는 성우.

성우   구급차를 처음 타보는 거라서 뭘 어떻게 해야 하는지….

인영   내 옆에서 도시락 먹어.

성우   지금?

인영   도시락 사가지고 올래? 돈가스랑 뜨거운 우동이랑.

성우   지금 그걸 어떻게 먹어?

인영   먹어. 차성우가 배고픈 거 싫어, 나.

성우   나 안 배고픈데.

인영   원래 열심히 하면 배고픈 거야. 배 안 고프면 열심히 안 한
        거야. 어서 갔다 와.

성우는 옥상을 서성인다.

물탱크 밖에 있는 성우와 물탱크 안에 있는 인영.

인영   안 갔어?

성우   지금 갈 거야.

인영   (아픈 신음하는)

성우   왜 그래?

인영   어?

성우   괜찮아?

인영   폭풍우가 올 것 같아.

성우   폭풍우?

인영   (아픈 걸 참는) 이 증상이 오면… 조금 있다가 진짜 아픈데.

성우   아아. 어쩌면 좋냐?

인영   웃긴 얘기 해봐, 내가 아픈 거 까먹게.

성우   … 나 웃긴 얘기 정말 못한다니까. 얼마 전에 회사에서 회의를 했는데, 회의 안건이 왜 모든 수도꼭지는 동그란가, 였어. 그래서 하트나 별, 초승달, 곤충 모양의 수도꼭지를 만들자, 내가 그랬지. 다들 웃더라구. 스마일 표정을 이용해서 물을 틀어놓으면 우는 얼굴로 바뀌는 수도꼭지를 디자인하자. 그래서 물 부족 국가의 걱정을 줄이는 건 어떨까? 다들 웃더라구. 물을 틀 때마다 뻐꾸기가 나와서 뻐꾹뻐꾹 우는 건 어떨까? 스타마케팅을 이용해서 물을 틀어놓으면 스타들이 옷을 벗는 수도꼭지는 어떨까? … 사람들이 다 비웃더라구.

인영   ….

성우   조금만 참아. 금방 사가지고 올게.

성우가 옥상 문 쪽으로 다가가다 돌아서서.

성우   인영아.

인영   예전처럼 도망가는 거 아니지. 재수할 때처럼. 그때처럼.

성우   ….

비상구로 뛰어 내려가는 성우.
물탱크 안에 혼자 남겨진 인영.

잠시 후 , 멀리서 구급차 소리.
꾹꾹 눌러 참고 있던 고통이 터지면서 엉엉 운다.

구급차 소리가 커졌다가 이내 멀어지고….

5.

두 건물의 옥상 – 대학병원 옥상.

12월 31일. 밤.

대림상공 건물 옥상에 회사 유니폼을 입은 채 혼자 서 있는 성우.

편의점 도시락을 먹으며 도시의 야경을 내려다보고 있다.

자동차의 경적음들.

몇 군데에서 드문드문 들려오는 폭죽 소리들.

문득 칼로 그었던 자신의 손목을 성우가 만져 본다.

그 손목에 채워진 금빛시계.

윤기가 나는 그 손목시계의 초침을 힘없는 눈길로 따라가는 성우.

성우　　십… 구… 팔… 칠… 육…오….

잠시 후

폭죽 소리가 갑자기 커진다.

폭죽 소리와 함께 울리는 제야의 종소리.

성우는 무심한 듯 다시 도시락 먹는 것에 집중한다.

성우가 갑자기 핸드폰을 꺼내 어딘가로 전화를 건다.

연결되지 않는 전화.

전화는 곧 음성사서함으로 넘어간다.

폴더를 확, 받아버리는 성우.

다시 도시락 먹는 것에 집중.

다시 핸드폰을 꺼내 또 어딘가로 전화를 거는 성우.

성우 저… 강호동철인4종경기추진회 강호동 사장님이시죠? 아, 네. 밤늦게 정말 죄송합니다. 네, 죄송합니다. 급한 일이라서. 아, 인터넷에 번호가 있더라구요. 다름이 아니라… 그, 박인영씨라구요, 거기서 일을 했었는데, 며칠 연락이 안 돼서요. 혹시 왜 출근을 안 하는 지 아시나 해서. 아니요. 친굽니다. … 네?! 사표요? 왜 사표를 냈는데요? 팔씨름하다가 책상을 뒤엎었다구요. 그게 넘어갑니까, 책상이?… 여보세요? 여보세요?

끊어진 핸드폰.
성우 다시 어딘가로 전화를 건다.
역시 연결되지 않는 전화.
전화는 곧 음성사서함으로 넘어간다.

성우 돈까스랑 우동이랑 다시 사가지고 가도 될까. 다시 한 번 돈까스랑 우동이랑… 돈까스랑 우동이랑… 돈까스랑 우동이랑. (울컥하는)

더욱 커져만 가는 폭죽 소리.

난간에 비스듬히 기대어져 있는 철제 사다리를 발견하는 성우.
성우는 사다리를 대림상공 건물과 강호동철인4종경기추진회 간판이 걸린 건물 사이에 잘 고정시키고 사다리 위로 올라선다.

이내 성우는 강호동 철인4종경기추진회 간판이 걸린 건물에 도착한다.

바닥에 나뒹구는 낡은 여름용 양산, 맥주캔들.

성우는 쓰레기봉투를 발견한다.

쓰레기봉투를 뜯어보는 성우.

그 안에서 무지개색 손가락장갑 한 켤레가 나온다.

손에 끼워보는 성우. 꼭 맞는다.

쓰레기봉투를 더 뒤져보는 성우. 작은 사진첩 하나를 빼낸다.

사진첩을 들쳐본다. 그 사진첩에는 신발을 들고 찍은 성우의 사진들이 들어

있다.

사진을 보고, 자신의 신발을 내려다보고, 그렇게 여러 번 반복하는 성우.

주머니에서 수건을 꺼내 더러워진 신발을 닦는다.

성우는 다시 쓰레기봉투를 뒤진다. 빈 맥주 캔들이 쏟아져 나온다.

찌그러진 맥주 캔 하나를 집어본다.

맥주 캔 표면에 네임펜으로 씌어 있는 작은 글씨들을 발견한다.

읽어보는 성우.

다른 맥주 캔들도 확인해보는 성우

그렇게 하나하나 확인해 간다.

성우　　(빈 맥주 캔 표면에 씌어 있는 글자를 읽는)

사무국장과 다른 직원들이 나를 못 본 체 한다.

(또 다른 맥주 캔의 글) 그저 하루 종일 책상만 지키고 있다.

(또 다른 맥주 캔) 사장이 팔씨름을 걸어온다. 이기지도 져주지

도 않는 팔씨름. 어떻게 해야 하는 거지.

(또 다른 맥주 캔) 미아가 된 상황. 그렇다면 지금의 나하고 아

주 잘 어울릴 것 같다.

(또 다른 맥주 캔) 내가 타는 커피를 아무도 마시지 않는다.

(또 다른 맥주 캔) 이야기를 나눌 친구도 없다. 아무도 없다.

(또 다른 맥주 캔) 혼자서 아무도 모르게 점심을 먹었다. 혼자라서 다행이다.

(또 다른 맥주 캔) 다른 사람에게 내 일이 맡겨졌다. 난 할 일이 없다.

(또 다른 맥주 캔) 내게도 환한 빛이 올까? 사치스런 생각이다.

(또 다른 맥주 캔) 회사를 그만두고 싶은데… 그만 두면 뭘 하지? 내 나이 34살. 여기 그만두게 되면… 이제 자신이 없다.

(또 다른 맥주 캔) 마음 속 깊이 드리워진 이 터널의 어둠이 영원히 끝날 것 같지 않다. 어디로 가야 하지?

커피가 담겨 있는 1.5리터 음료수 병을 들어보는 성우.
병을 가슴에 꼭 껴안는다.

쓰레기봉투에서 다른 맥주 캔 하나를 집어 드는 성우.
글을 본다. 그 글은 그의 마음을 무척 괴롭게 하는 것 같다.

성우는 핸드폰을 꺼내 114로 연결한다.

성우   여보세요, 네. 수원서부경찰서 번호요. 네.

잠시 후 연결 버튼을 누르곤 다시 잠시 후.

성우   여보세요, 수원서부경찰서죠? 수고하십니다. 다름이 아니라. 강력계 3반 박기영 형사님하고 지금 바로 통화할 수 있나 해서요. 네. 범죄 신고 하려구요. 네. 좀 강력한 거라서. 잠복근무요? 언제 돌아오시나요? 아. 급한데. 혹시 핸드폰 번호 알

수 있을까요? 잠시만요. (펜을 꺼내 손등에 번호를 적는) 네. 네.
네. 네, 감사합니다.

성우는 경찰이 알려준 번호로 다시 전화를 건다.

성우　… 여보세요? 여보세요? 저… 박기영 형사님 핸드폰이죠?
저는… 난 박인영 친구, 차성우라고 하는데요… 예전에 재수
할 때 누나랑 단과 반에서 몇 번 본 적 있는데. 여보세요? 여
보세요? 잘 안 들리세요? 여보세요? 잘 안 들리세요?

끊어지는 핸드폰.
성우, 다시 걸까 말까 망설이는데, 핸드폰 벨이 울린다.

성우　(받으며) 여보세요? 어? 차성우라고. 기억나세요? 누나하고 밥
친구. 기억나? 내가 먼저 끊은 게 아니고. 미안. 인영이가 연
락이 안 돼서. 회사에서도 사표 냈다고 그러고… 어디에 있
는 지 알려주면… 꼭 알아야 해서… 어? 수술? 언제?… 그래.
그럼 잠복근무 계속하고.

성우는 무지개 장갑을 낀 손에 맥주 캔 하나를 꼭 쥐고
급히 옥상을 빠져나간다.

암전.
대학병원 옥상. 밤

1월 1일 새벽.
겨울바람이 불고 있다.

목발을 집고 난간에 기대어 있는 인영.

왔다 갔다 걷는 연습을 하고 있는 중이다.

핸드폰 진동음.

액정을 보곤 잠시 고민하는 인영.

하지만 받지 않는다.

인영은 그 대신 핸드폰을 뺨에 가져다 댄다. 온몸으로 느끼려는 인영.

그 남자의 애타는 마음이 전달되어 오는 것 같다.

인영은 옥상 구석에 숨겨둔 맥주 캔 하나를 꺼내 마신다.

마시다가, 맥주에 네임펜으로 뭔가를 쓴다.

'그 변태가 보고 싶다. 보고 싶다, 보고 싶다, 보고 싶다' 이런 글.

맥주 캔에 글을 쓰고 있는데, 하늘에서 하얀 눈이 조금씩 내리기 시작한다.

하늘을 올려다보는 인영.

인영   (눈을 감고는) 떨어져라. 떨어져라. 내 콧등에 떨어져라. 떨어져라. (콧등에 눈 한 송이가 떨어졌는지… 이내 눈을 뜨는) 아, 이런 느낌이네.

인영이 목에 걸고 있던 카메라로 눈이 내리기 시작한 도시의 야경을 찍는다.

그러다 병원용 슬리퍼를 신은 자신의 맨발을 찍는다.

인영은 슬리퍼를 벗어들고 슬리퍼와 함께 웃는 자신의 모습을 셀카로 찍는다.

허리에 통증이 오는지 잠시 얼굴 표정이 일그러지는 인영.

그래도 웃는 모습으로 찰칵 찰칵.

눈이 더욱 내리고 있다.

핸드폰이 울린다.

액정을 확인하는 그녀, 전화를 받는다.

인영   기영이? 응. 언제 올 거야? 어? 에이. 나, 피자 먹고 싶은데. 또 잠복근무야? … 응. 알았어. 이번에 꼭 잡고, 놓치지마. 밥 잘 챙겨 먹고 굶지 말고. 아, 기영아, 뭐 하나 물어봐도 돼? 어, 심리테스트. 어. 1번. 길에 떨어진 스타킹 보면 줍고 싶습니까? 2번. 생리현상이 급할 때 장소 불문하고 아무데나 하십니까? 3번. 햄버거의 양배추나 소스 한 방울이라도 떨어지는 것을 못 참아 합니까? 4번. 자주 다른 사람의 쓰레기봉투를 열어봅니까? 어? 그게 직업이라고. 변태새끼. 끊어.

병원 옥상 문이 열리며 성우가 들어온다.

인영이 뒤돌아본다.

뒤에 성우가 서 있다.

성우는 도시락 가게에서 사온 돈까스랑 우동을 들고 있다.

성우   괜찮아?

인영   어.

성우   많이 아파?

인영   어.

성우   (인영이 마신듯 한 맥주 캔을 발견하곤) 술 마셔?

인영   어.

성우   지금 제 정신이야?

인영   아니.

성우   왜 전화 안 받았어. 내가 전화 몇 번이나 했는 줄 알아. 전화

	도 안 받고, 내가 문자를 몇 통이나 보냈는 줄 알아.
인영	….
성우	답장 문자 한 번은 해줄 수 있는 거 아냐.
인영	….
성우	아니, 왜 수술을 상의도 없이 자기 맘대로 해? 보톡스 맞는 건 그렇다 치고, 허리디스크 수술은 수술 받아도 백프로 재발한다는 거 몰라? 그리고 수술비 반은 내가 내야 하는 거 아냐? 반은 내가 내는 게 맞잖아, 나한테도 책임이 있으니까.
인영	1주일 동안 화장실도 못가고 샤워도 못하고 몸에서 냄새가 나서, 수술하고 나면.
성우	지금 냄새가 나서 내 전화 안 받았다는 거야?
인영	어.
성우	(다시 어색한 침묵) 정말?
인영	어.
성우	… (당황) 아니, 이유가 있을 거 아니야? 갑자기 수술한 이유가 뭐야? 수술 안하고도 오행자기력요법이나 척추 무중력 감압 치료법도 있었잖아. 특히 척추 무중력 감압 치료법은 89프로의 성공률을 보이고 있다구. 그 치료법은 미국 항공우주국 나사에서 개발한 최첨단 방법이야. 환자 84명 중 5주 동안 총 18회 치료했더니 89프로가 디스크에서 벗어날 수 있었어. 내가 나사에 전화해 줄 수도 있었어. 디스크라는 게 완치 되는 것도 아니고, 계속 관리를 해야 하는 건데, 관리만 잘 하면 수술 안 해도 되는 거잖아. 근데 왜 바보처럼 함부로 자기 몸에 칼을 대게 해? 자기 몸에 칼 대는 게 좋아? 도대체 이유가 뭐야?
인영	너하고 자고 싶어서.
성우	….

인영   너랑 마음껏 섹스하고 싶어서. 마음껏 연애하고 싶어서. 빨
       리 나아서 차성우 씨랑 매일 매일 섹스하고 싶어서.

성우   (울컥)

       사이.

인영   많이 공부했네, 디스크에 대해서.

성우   그래, 공부 좀 했다. 공부하느라 잠 못 자서 눈 빨개진 거 봐.

인영   (보는) 눈 빨개, 많이.

성우   (주머니에서 찌그러진 맥주 캔 하나를 꺼내 읽는)
       14년 전 밥 친구를 만났다. 다시 밥 친구가 될 수 있을까.

인영   쓰레기봉투 열어 봤어?

성우   어.

인영   변태.

성우   우리… 다시 밥 친구 할래?

인영   ….

성우   재수학원 다녔던 때처럼. 니가 나한테 밥? (물음표), 하고 문자
       보내면 내가 밥! (느낌표) 이렇게 답장 보내고.

인영   ….

성우   밥 친구 다시 하고 싶어.

인영   언제까지?

성우   영원히.

인영   (웃음을 참지 못하는)

성우   왜 웃어?

인영   친구끼리 영원히는.

성우   (점차 그녀의 웃음에 전염돼 따라 웃는)

인영   왜 따라 웃어?

성우   아픈 모습도 여고생 같아서.

두 사람 웃는다.
성우는 자신의 신발을 벗어 들고 자신의 얼굴 가까이 가져다 댄다.

성우   사진 좀 찍어줘.
이토록 애절하게 밥친구를 찾아서 달려온 이 신발과 함께 기
념사진.
인영   (카메라를 들고) 자, 포즈 잡구요, 하나… 둘… 셋…. (찰칵)

점점 가까이 다가가면 사진기 셔터를 누르는 인영.
하얀 눈이 두 사람의 머리 위로 점점 쌓여간다.

막.

마술 도시

이 오

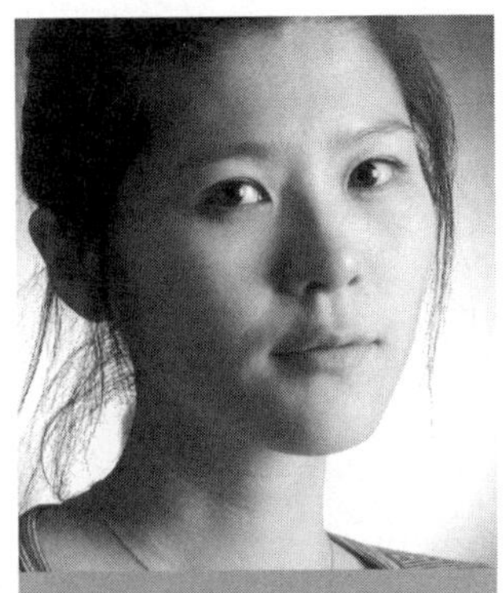

· 2005년 동아일보 희곡 당선
· 2006년 파파프로덕션 창작희곡
  페스티벌 당선
· 공연작품· 〈아일랜드행 소포〉〈고래
  상어〉

마술 도시

등장인물

남자
소녀
청년
아내
인부 1, 2

1.

어둠.

별이 빛난다.

파도가 밀려온다.

밀려간다.

바다새가 운다.

다시 파도가 밀려오고 밀려가고

그러기를 반복하다 어느 순간 잠잠해진다.

조용함 계속.

무겁게 계속.

그런 가운데 서서히 드러나는 소녀의 모습.

소녀는 인형처럼 오도카니 앉아 남자의 모자에 귀를 기울이고 있다.

바다소리는 모자 속에서 들려오는 것 같다.

남자의 모습도 희미하게 드러난다.

그들은 광대의 얼굴을 하고 있다.

그러다 느닷없이 경쾌한 음악소리.

요란하게 터지는 폭죽과 불꽃.

마법이 풀리듯 스르르 움직이는 두 사람.

마술이 시작된다.

(마술하는 부분은 배우의 마임으로 표현한다)

남자　(피아노 건반 두드리듯 손가락을 현란하게 움직이며 모자를 향해 기를 모은다. 모자 속에서 뭔가를 꺼낸다. 활짝 핀 꽃이다. 소녀에게 꽃을 준다)

소녀　(꽃향기를 맡는다. 객석을 향해 꽃을 던진다. 관객들의 박수를 유도한다)

남자   (모자 속에서 새를 꺼낸다)

소녀   (새를 허공으로 날려 보낸다) (새 날개 짓 소리 음향)

남자   (모자 속에서 풍선을 꺼낸다)

소녀   (핀으로 풍선을 터트린다) (풍선 터지는 소리 음향)

남자   (모자 속에서 길게 연결된 끈을 끝없이 빼낸다)

소녀   (끈을 잡아당긴다)

끈이 계속 나온다.

남자와 소녀가 양쪽에서 서로 팽팽하게 잡아당긴다.

소녀가 끈을 놓는다.

남자의 몸이 앞으로 고꾸라진다.

소녀가 웃음을 참는다.

남자가 옷매무새를 가다듬고 아무 일 없었다는 듯 다시 모자를 향해 기를 모
은다.

남자   (모자 속에서 개구리를 꺼낸다. 장난스럽게 소녀의 손바닥 위에 올린다)

소녀   (깜짝 놀라 개구리를 떨어뜨린다. 개구리 울음소리 음향)

남자   (모자 속에서 불 붙은 초 한 자루를 꺼낸다)

소녀   (입으로 촛불을 불어 끈다)

촛불이 꺼지고 동시에 어둠이 깔린다.

어둠속에 길쭉한 상자 하나가 덩그러니 놓여 있다.

소녀는 상자 안으로 들어간다.

남자는 커다란 보자기로 상자를 완전히 덮는다.

첫 번째 칼을 상자 깊숙히 담근다.

칼이 뻑뻑하게 들어간다.

두 번째 칼을 힘껏 담근다.

세 번째 칼을 높이 치켜들어 깊숙하게 내리 꽂는데 상자를 뚫고 나오는 새된 비명.

남자, 황급히 보자기를 들추고 상자를 연다.

소녀는 발작을 일으키고 있다.

남자는 그녀가 맞닥뜨린 뭔가로부터 벗어나게 하려고 뺨을 두드린다.

소녀는 발작을 멈추고 천천히 고개를 든다.

두 사람, 서로의 눈을 바라본다.

시간이 정지한다.

2.

백열등이 둘러쳐져 있는 더러운 거울 앞.

소녀는 거울 앞에 앉아 있다.

남자 등장.

남자는 바닥에 아무렇게 앉아 옷에서 약통을 꺼낸다.

물도 없이 알약을 우걱우걱 씹어 먹는다.

소녀 무서웠어요.

남자 뭐가, 내 칼이?

소녀 아뇨.

남자 넌 나를 못 믿은 거다.

소녀 아니에요.

남자 그럼 도대체 뭐가 무서워?

소녀 모르겠어요. 이름… 내 이름이 무서웠나봐요.

남자 니 이름이 뭔데.

소녀 내 이름은… 늘 달라요. 계절마다 바뀌고 날씨 따라 변해요. 사람들은 항상 제 멋대로 날 불러요. 지금은 어이, 에요. 지금은 아저씨와 함께 있으니까. 아저씬 항상 나를 어이, 라고 부르죠. 다른 이름으로 부른 적은 한번도 없어. 그러니까 지금 내 이름은 어이, 에요.

남자 어이. 이것 봐. 난 너 이름을 모른다. 하지만 내 맘대로 니 이름을 부를 생각 없다.

소녀 진짜 이름이 뭔지 나도 몰라요.

남자 니가 아는 건 도대체 뭔데.

소녀   어둠 속에서 누가 날 불렀어요. 분명히 들었어.

남자   누가?

소녀   모르겠어요.

남자   모르겠다. 모른다. 참으로 간단한 대답이군. 나도 너처럼 아무것도 몰랐으면 좋겠다. 머릿속이 텅 비어 아무것도 떠오르지 않았으면 좋겠어.

소녀   (거울을 보며 혼잣말처럼 담담하게) 다른 때와 똑같았어요. 문이 닫히고 상자 안엔 나 혼자 뿐이었어요. 어둡고 조용했어요. 난 마음속으로 숫자를 세기 시작했어요. 하나… 둘… 셋… 열까지 천천히 센 다음, 알에서 막 깨어난 뱀처럼 잽싸게 비밀 구멍으로 빠져나오려고 몸을 움직였어요. 그런데… 어떤 소리가 들렸어요. 처음 듣는 소리였어요. 새소리 같기도 하고… 바람 소리 같기도 하고… 울음 소리 같기도 하고… 참 이상하죠. 왜 그 소리가 나를 부르는 것처럼 느껴졌을까… 나도 모르게 대답하려 했어요. 그런데 갑자기 앞이 보이지 않는 거예요. 어디로 나가야 하는지… 내가 지금 어디 있는지… 하나도 생각나지 않았어요. 모르는 내 이름처럼 전혀 떠오르지 않았어요. 예전에도 이런 적 있었던 것 같아요. 언제인지 기억나진 않지만 그때와 같아요. 어둠속에 갇힌 채… 울고 있는 날 아무도 발견하지 못하고 이대로… 영원히 버려지는구나…. 숨이 막혔어요. 무서웠어요.

소녀는 자신이 내 뱉은 말이 괜한 변명인 것처럼 느껴진다.

남자를 힐끗 본다.

체념한다.

소녀   그래요. 전부 제 잘못이에요. (목과 가슴을 만진다) 숨이 막

힌 건 사탕 때문인지도 몰라요. 예전부터 그랬으니까. 사탕
이 이 안에 가득 차 있어요. 녹지도 않고 여길 꼭 막고 있어
요. 여기서 꿈쩍도 안해요. 그런 눈으로 쳐다보지 마요. 병은
아니니까. 가끔 이러다 마는 걸요.

남자   ….

소녀   내 말… 너무 신경쓰지 마세요. 가끔 무슨 말을 하는지 저도
잘 모르는 걸요. 머릿속 풍선들이 펑펑 터지고… 그럴 때마
다 발작을 일으키고… 뭐 그런 거죠. 그저….

남자   (알약을 씹어 먹는다)

소녀   하나만 줘 봐요.

남자   뭐하러.

소녀   발작을 잠재우게요.

남자   이건 기억을 없애는 약이다. 너한텐 소용없을 거다.

소녀   (컵을 내민다) 물을 마셔요. 식도가 상하겠어요.

남자   전부 잊을 수 있다면 목소릴 잃는다 해도 상관없다.

소녀   (다시 컵을 내민다)

남자   (마지못해 컵을 받아들고) 식었군.

소녀   날이 차요. 요즘은 뭐든지 금방 식어요.

남자   점점 더 추워지겠지.

소녀   다시 물을 끓일게요.

남자   관둬.

소녀   네?

남자   또 식을 거 괜한 시간낭비다.

남자는 가방을 싼다.

소녀   벌써 떠나게요?

남자   원하면 이곳에 남아도 좋아. 날 따라 왔듯 날 떠나도 상관 안
       해.

소녀   ….

남자   억지로 산책할 필요 없다.

소녀   난 아무나 따라가지 않아요. 내가 산책 좋아하는 거 아시잖
       아요.

남자   ….

소녀   혼자 가 버리지 않을 거죠?

남자   ….

소녀   다신 아까처럼 그런 실수 안 해요.

남자   ….

소녀   ….

남자   (말없이 가방을 싸다가) 어이. 뭐해? 어서 가방이나 싸.

소녀   네!

소녀는 가방을 정리하다가 남자의 모자를 집어든다.

그러다 우연히 남자의 모자를 귀에 대본다.

어떤 소리가 들린다.

모자를 귀에 바싹 댄다.

모자 속에서 파도가 친다.

갈매기가 끼룩대며 운다.

자기도 모르게 웃음이 새어 나온다.

남자는 그런 소녀를 쳐다본다.

남자는 피로하다.

소녀의 웃음이 귀에 거슬린다.

소녀는 밝은 얼굴로 모자 속에서 들리는 소리에 대해 말하려다 멈칫한다.

조심스럽게.

소녀	이번엔 어디로 가나요?

소녀　이번엔 어디로 가나요?

남자　그저 아무데나.

소녀　멀리 가나요?

남자　적당한 곳.

소녀　밝고, 따뜻하고, 좋은 곳으로 가요. 아저씨 마술이 사람들을
행복하게 해줄 수 있는 곳.

남자　행… 복?

소녀　난 아저씨 마술을 보고 있으면 행복해요. 다른 사람들도 분
명 그럴 거예요.

남자　난 누굴 행복하게 해줄 자격도 없고 그럴 생각은 더더욱 없
다. 그런 건 이미 오래 전에 쓰레기통에 던져 버렸다.

소녀　난 내가 행복했으면 좋겠어요. 잃어버린 기억도 찾고 싶어
요. 목에 걸린 사탕도 전부 녹아 버렸으면 좋겠어요. 바다에
가면 좋겠어요.

남자　어딜 가든 그건 니 맘이다. 하지만 난 바다엔 가지 않을 거
다. 우연히 바다에 간다 해도 약을 너무 많이 먹어 거기가
바다인지 다 잊어버릴 거다. 잊어버리지 않는다면 입을 굳
게 다물 거다.

소녀　바다에 가면 누가 알려 주지 않아도 저절로 알게 될 거예요.
아저씨가 말 안하면 눈으로 알아보죠. 눈으로 못 알아보면
소리로 알아보죠. 그래도 모르면 냄새로 느낌으로 알게 될
거예요. 바다를 본 적은 한번도 없지만 왠지 그곳에 가면 내
가 바라는 모든 게 다 이루어질 것 같아요. 난 언젠가 아저
씨가 날 바다로 보내주리라 믿어요. 선물처럼… 마술처럼…

남자　그런 일은 절대 없을 거다. 니가 그 말들을 끄집어 내는 사이
에 난 벌써 다 잊어 버렸다.

소녀　(가방을 든다) 그래도 아저씨를 쫓아갈 거예요. 뒤를 조심하세

요. 뒤를. 항상 뒤를 잘 보세요. 아저씨 그림자가 바로 나니
까. 진짜 이름을 찾을 때까지 날 그림자라 불러요.

남자　뭐?

소녀　그림자.

남자　그거야말로 가장 끔찍한 이름이군. 난 너에게 쫓겨 다니기
싫다. 널 절대로 그렇게 부르지 않을 거다.

남자는 가방을 들고 성큼성큼 걸어간다.
소녀가 그 뒤를 종종걸음으로 뒤 따른다.

3.

빌딩 숲이 뒤로 보이는 검은 벽들의 골목길.

남자와 소녀 등장.

울긋불긋한 네온 불빛이 두 사람 머리 위로 길게 지나간다.

소녀 도대체 여긴 어딜까요.

남자 아무 곳이겠지.

소녀 우리 길 잃은 거 맞죠.

남자 ….

소녀 보세요. 아까부터 계속 같은 장소만 빙글빙글 돌고 있어요.
      똑같은 하늘. 똑같은 벽. 똑같은 어둠. 똑같은 쓰레기. 똑 같
      은 냄새.

남자 보이는 걸 다 믿지는 마. 사람의 눈이라는 건 때론 성급한 판
      단을 불러일으키지. 잘 살펴봐. 우리가 한번도 오지 않은 낯
      선 곳인지 모르니.

소녀 눈을 감아도 여긴 같은 장소에요. 길을 잃지 않았다 해도 그
      사실은 변하지 않는다구요. 난 여기가 싫어요. 너무 춥고 어
      두워. 좁은 상자 안에 갇힌 것 같아. 고래뱃속 같아. 여기서
      떠나고 싶어요.

남자 출구는 어딘가 있겠지. 우리가 헤매는 걸 숨어서 지켜보고
      있을 거다. 입을 크게 벌리고 킬킬대며 말이다.

소녀 누가 마술로 저쪽 건너편으로 옮겨줬으면 좋겠어요. 저기는
      저렇게 밝고 환한데.

소녀는 멀리 불빛을 바라본다.

소녀 혹시 지금 낮인가요?

남자 밤이 깊었어.

소녀 이상해요. 저긴 왜 어두워지질 않죠? 갈수록 점점 밝아지고 있어요. 하늘에 가득 번진 네온사인 불빛 좀 봐요. 태양보다 눈부셔요. 번쩍거리는 쇼핑센터 좀 봐요. 선물상자 같아요.

남자 전염병이 돌고 있다.

소녀 전염병이라뇨? 저렇게 사람들이 바글바글한데…. 빵빵하게 부푼 쇼핑백을 들고 있는 저 손들 좀 봐요. 다들 힘이 넘쳐 보여요.

남자 전부 병에 걸려 있을 거다. 플래카드에 세일이라는 글씨 보여? 그게 사람들의 발작을 불러일으키지.

소녀 가까이 가서 자세히 보고 싶어요.

남자 거대한 진공청소기처럼 사람들을 무섭게 빨아들이고 있겠지. 난 생각없으니 가고 싶으면 혼자 가. 뾰족하고 높은 건물들을 보고 있으려니 뱃속에 든 더러운 벌레들이 또 지랄대는군. (주머니에서 약을 꺼내 씹어 먹는다)

소녀 제 맘에 꼭 들어요. 놀이동산 같잖아요.

남자 밝고 복잡한 곳은 질색이야. 쳐다보기만 해도 현기증이 난다. 저런 곳에 일분만 있어도 물구나무 선 채로 회전목마를 탄 기분이 들 거다.

소녀 자세히 한번 봐요. 모두 즐거워 보여요. 행복해 보여요. 어디서 마술이라도 하는 걸까요. 밝고 따뜻하고 좋아 보여. 어쩌면 저기에 바다가 있을지도 모르잖아요. 한번 가서 확인 해 봐야겠어요.

남자 저들에겐 쇼핑이 최고의 마술일 거다. 저런데 바다가 있을 것 같아?
소녀　내가 찾는 바다는 도대체 어디에 있죠.
남자　막상 바다에 가면 실망할 거다. 니가 생각하는 바다와 다를
　　　　수도 있어. 차라리 평생 모르고 지내는 게 더 나을지도 모르
　　　　지.

차가운 바람이 불어온다. (바람소리 음향)
소녀는 추운듯 어깨를 움츠린다.

남자　(겉옷을 벗어 소녀 발밑에 툭, 던진다)
소녀　(남자를 쳐다본다)
남자　　….
소녀　(옷을 주워 든다) 너무 얇고 너무 낡았네요. 바람도 비도 막지
　　　　못하겠어.

이때 소녀의 배에서 꼬르륵 소리가 크게 들린다.
소녀는 자신의 배를 손바닥으로 문지른다.
배고픔을 참아보지만 계속 들리는 소리.
자세히 들어보면 남자의 배에서도 꼬르륵 소리가 나고 있다.

소녀　저….
남자　왜.
소녀　배고프지 않아요?
남자　(혼잣말로) 귀찮은 녀석.

남자가 가방을 뒤져 딱딱한 빵 하나를 꺼낸다.
절반을 잘라 소녀에게 준다.

두 사람은 말없이 빵을 씹어 먹는다.

빵을 다 먹은 뒤에도 남자와 소녀는 여전히 배가 고프다.

소녀 이놈의 위장은 왜 이리 기억력이 좋을까요. 얼마나 굶었는지 언제 밥을 먹고 얼만큼 먹었는지 이리도 정확하게 알고 있으니.

남자 입 달린 건 항상 배가 고픈 법이다. 조금만 방심하면 아우성을 치며 뭔가를 요구하지. 외면하면 할수록 바싹 달라붙어 칭얼대고 할키고 고함치지. 기억이란 놈도 입을 가지고 있다. 굶주린 그놈 먹이가 되지 않으려면 늘 조심해야 한다. 모른척 해야 한다. 그러다 보면 잊게 되고 언젠가는 잊었다는 사실조차 잊게 되겠지.

소녀 아저씨가 잊고 싶은 게 도대체 뭔데요.

남자 내 뒤를 따라 다니는 것들.

소녀 그러고 보니 나도 잊고 싶은 게 생겼네요. 어두운 골목에 갇혀 있는 지금, 발 딛고 있는 여기를 잊고 싶어. 아저씨 마술로 배고픔을 잊을 수 있다면 얼마나 좋을까.

남자는 소녀를 쳐다본다.

남자 아직도 마술을 믿어?

소녀 믿어요. 나에겐 그게 현실이고 진짜니까. 아무리 속임수라 하더라도 행복할 수만 있다면 충분해요.

남자는 모자를 쓴다.

남자와 소녀의 행동은 여기서부터 판토마임이다.

경쾌하고 슬픈 음악이 흐르면 두 사람은 파티를 시작한다.

| 남자 | (모자 속에 손을 집어넣고 한참을 휘젓는다. 그러다 뭔가를 꺼내 소녀에게 건네준다) |

남자　　(모자 속에 손을 집어넣고 한참을 휘젓는다. 그러다 뭔가를 꺼내 소녀에게
　　　　　건네준다)

소녀　　(그것을 조심스레 받아 탁자 위에 올려 놓는다. 뜨거운 듯 두 손을 귓불로
　　　　　가져간다. 그리고 입으로 호호 불어 뜨거운 스프를 떠먹는 시늉을 한다)

남자　　(모자 속에서 또 뭔가를 꺼낸다)

소녀　　(우아하게 와인을 한 모금 마신다)

남자가 모자 속에서 뭔가를 꺼내 놓을 때마다

소녀는 나이프로 접시 위의 고기를 자르고 빵에 잼을 바르고 포크로 샐러드
를 집어 아그작, 씹어 먹고 마지막으로 역시 보이지 않는 냅킨으로 입가를
톡톡 두드려 닦는다.

소녀는 배부르다는 듯 손으로 배를 문지른다.

남자, 아직 한 가지 더 남았다는 손짓을 하며 모자 속에서 뭔가를 꺼내 소녀
에게 건네준다.

소녀　　(살펴보다가) 이게 뭐에요?

남자　　풍선 껌. (껌을 건네준다)

소녀　　(껌을 받아들고 행복하게 웃는다)

두 사람은 입을 오물거리며 껌을 씹어 먹는다.

볼이 크게 부풀어 오를 때까지 풍선을 불고 풍선이 팡, 터지고 얼굴에 붙은
껌을 손가락으로 떼어낸다.

소녀가 밝게 웃는다.

이때 두 사람의 인부 등장.

인기척 소리에 남자는 놀라 소녀의 팔을 잡아끌고 황급히 어둠속에 몸을 숨
긴다.

인부들은 자동판매기를 끌고 들어와 골목 한쪽 구석에 설치한다.

자동판매기의 불이 켜진다.

인부 1 (손에 든 서류를 확인한다)

인부 2 (자동판매기를 손으로 치며) 다 된 거지?

인부 1 신형이라 그런지 전에 있던 거보다 훨씬 근사한데.

인부 2 하지만 얼마 못 가겠지? 자고 일어나면 금방 구형이 되어 있을 테니까.

인부 1 원래 이 바닥이 그렇잖아. 사람들이 쉽게 싫증내버리니 할 수 없지 뭐. 뭐든 새것이 좋은 거 아닌가?

인부 2 그렇지. 새것이 최고지.

인부 1 자, 이제 작동이 잘 되나 테스트나 한번 해볼까.

인부 2 (자동판매기 버튼을 고르며) 뭐로 하지.

인부 1 추억이나 하나 뽑아 봐.

인부 2 추억?

인부 2가 자동판매기 투입구에 지폐를 집어넣은 뒤 버튼을 누른다.
덜컹거리는 소리와 함께 상품 나오는 곳에서 깡통 하나가 떨어진다.

인부 2 (깡통 뚜껑을 딴다)

캔 속에서 여자 웃음소리가 흘러나온다.

인부 2 웃음소리가 정말 끝내줬었는데.

인부 1 이 여잔 누구야?

인부 2 첫사랑. 아직도 못 잊겠어.

인부 1 자식. 여잔 얼마든지 많아. 안 그래? 정 못 잊겠으면 내가 똑같은 여자로 새로 한 명 사주지 뭐.

인부 2 정말?

인부 1 그래.

인부 2 꽤 비쌀 텐데….

인부 1 그러니까 세일 때까지 기다려.

인부 2 좋아. 약속한 거다. 다른 곳에도 가봐야 하니 오늘도 역시
　　　　정신없이 바쁘겠어.

인부들 퇴장.

소녀가 다가가 자동판매기를 살펴본다.

소녀　　(책 읽는 말투로) 원하는 건 무엇이든 가질 수 있습니다. 돈을
　　　　넣고 원하는 상품의 버튼을 누르세요. (남자를 쳐다본다) 우리도
　　　　추억이나 기억 같은 걸 뽑아 봐요.

남자　　난 싫다.

소녀　　사실은 무서운 거죠?

남자　　그래… 무섭다… 아무리 애를 써도 지워지지 않는 것들이 무
　　　　서워. 떼어 버리려 해도 평생 내 뒤를 따라다니고 있다. 그
　　　　더러운 기분을 너는 모를 거다.

소녀　　나쁜 기억이라 해도 난 알고 싶어요. 컴컴한 상자 속에 갇힌
　　　　기분으로 평생 살 순 없어요. 눈을 뜨고 있어도 눈을 감고 있
　　　　는 것 같아요. 나를 둘러싼 이 어둠에 익숙해져 버렸지만 그
　　　　건 내가 선택한 게 아니에요. 난, 혼자 여기 내버려진 이유를
　　　　알고 싶어요. 나를 숨막히게 하는 게 뭔지…, 그게 어디서 오
　　　　는지 알아야겠어요.

남자　　기억하려 해도 떠오르지 않는 게 있다면 다 그만한 이유가
　　　　있는 거야. 지난간 것들은 대부분 쓰레기야. 땅바닥에 굴러
　　　　다니는 쓰레기에 관심 가지는 사람은 없다. 괜한 시간 낭비

하지마라. 썩어 없어지게 내버려 둬.

소녀　난 매일 상상해요. 내 기억들… 하지만 떠올리려 하면 할수록 아무것도 안 보여요. 짙은 어둠뿐. 나를 둘러싼 어둠이 뭔지, 이유도 모른 채 미워하고 저주하고 욕을 퍼붓고 천천히 늙어가겠죠. 그러다 목에 걸린 사탕들이 점점 더 많아져 결국 숨이 막혀 죽고 말 거예요.

남자　….

소녀　그러지 말고… 그냥 재미로 한번 해 봐요.

남자　즐길 만한 추억 같은 건 없어. 이미 오래 전에 돌멩이 던지듯 내던져 버렸으니까.

소녀　아저씨 것도 제가 대신 뽑아 줄게요.

남자　(당황한다) 관둬. 괜히 시간 낭비 하지 마라. (약을 꺼내 먹는다)

소녀　떨고 있군요.

남자　뭐?

소녀　봐요. 손가락을 떨고 있어요. 눈빛도 떨리고 숨소리도 떨려요.

남자　바람 탓이다. 바람이 내 몸을 흔들고 있다.

소녀　겁 내는 게 보여요. 매일 약을 먹으면서 뭐가 겁나죠? 그 약이 정말 효과 있다면 아무것도 나오지 않겠죠. 고백할 일 따윈 남아 있지 않을 거예요.

남자　추억 따위 난 필요없다. 그걸 뽑는다고 쳐. 그 다음엔? 그 다음엔 뭘 해야 하지?

소녀　쓰레기통에 던져 버리죠.

남자는 가방을 든다.

소녀　어디 가요?

남자　산책할 거다.

소녀   도망가는 게 아니구요?

남자   산책할 거라니까.

소녀   아무 기억도 없이 또 어딜 가야 하는 거죠?

남자   너야 갈 곳이 있잖니.

소녀   그게 어딘데요.

남자   ….

소녀   우린 언제 바다에 가죠?

남자   우리?

소녀   아저씨와 나.

남자   난 그런 약속한 적 없다.

소녀   그럼 지금이라도 약속해요.

남자   다 잊을 거다.

소녀   그럼 내일 또 하면 되죠. 잊어버리면 그 다음날 다시 하고…
       다음날… 또 다음날… 약속하는 건 어려운 일이 아니잖아요.
       지키는 게 어렵지….

남자   평생 헤어나지 못할 감옥에 스스로 갇히긴 싫다.

남자는 걸어간다.
뒤돌아 본다.
소녀는 제자리에 서 있다.

소녀   눈에 먼지가 들어갔나 봐요. 앞이 흐릿해. 거미줄처럼 뒤엉
       킨 골목을 돌아다닐 생각을 하니 벌써부터 기운이 빠져요.

남자   넌 니 그림자와 함께 여기 남도록 해. 난 바닥에 떨어진 이
       더러운 쓰레기들과 함께 산책을 계속할 테니.

소녀   혼자 여기 남아 있기 싫어요. 하지만 컴컴한 골목길을 끝도
       없이 헤매는 것도 싫어요.

남자   난 바다엔 안 간다. 저 건너편에도 안 갈 거고 여기 머무르지도 않을 거다. 넌 니가 하고 싶은 대로 하면 돼. 배고파서 칭얼거리는 굶주린 니 입이 시키는 대로 해라.

소녀   좋아요. 난 여기 남아서 생각 좀 해보겠어요.

남자는 걸어간다.

소녀   아저씨. 곧 돌아 올 거죠? 여기서 기다릴 게요. 출구를 찾으면 날 데리러 와 줄 거죠?

남자 퇴장.
소녀는 혼자 쪼그리고 앉는다.
남자가 흘리고 간 모자를 귀에 댄다.
골목은 점점 더 어두워진다.

4.

자동판매기가 서 있는 검은 벽들의 골목길.

소녀는 눈화장이 얼룩진 얼굴로 쪼그리고 앉아 있다.

청년 등장.

그는 라이터로 계속 손장난을 한다.

라이터 뚜껑이 열리고 닫히는 금속성의 소리 반복.

심장박동처럼 찰칵찰칵 울린다.

청년이 살금살금 소녀에게 다가간다.

소녀는 모른다.

청년은 소녀를 놀래킬 생각이다.

얼굴 가까이 다가가

갑자기.

청년　하이?

소녀는 놀란다.

청년　놀랬어?

소녀　….

청년은 휘파람을 불며 자동판매기에서 알약을 뽑아 씹어 먹는다.

청년　먹어볼래?

소녀　….

청년　　　(소녀에게 알약을 건넨다) 맛이 괜찮아.

소녀는 외면한다.

청년　　　왜? 무슨 나쁜 약이라도 먹여 내가 널 어떻게 할까봐? 걱정
　　　　　마. 독약은 아니니까. 방부제일 뿐이야. 효과가 아주 좋아.

소녀　　　(얼굴을 찡그린다)

청년　　　겁먹었어? 이걸 먹는다고 죽진 않아. 상한 음식처럼 하루를
　　　　　보내지 않으려면 이 정돈 먹어 줘야지. 안 그래?

소녀　　　너도 잊고 싶은 게 있나 보구나.

청년　　　복잡한 건 질색. 심각한 말은 하지 마라.

소녀　　　….

청년　　　왜 여기서 이러고 있어?

소녀　　　….

청년　　　보아하니 쇼핑하러 온 것 같지는 않고…

소녀　　　상관마.

청년　　　길 잃었구나.

소녀　　　….

청년　　　여긴 길이 복잡해서 누구나 쉽게 길을 잃지. 하지만 이곳 지
　　　　　리라면 니 몸 구석구석보다 더 자세히 알려 줄 수도 있어.

소녀　　　출구가 어딘데?

청년　　　출구라….

소녀　　　모르는 모양이지.

청년　　　오히려 그 반대지. 하지만 너무 쉽게 알아버리면 재미없잖
　　　　　아.

소녀　　　바다는 여기서 멀어?

청년　　　글쎄… 멀다면 멀고 가깝다면 가깝고….

소녀　그것도 말해 줄 수 없는 모양이지?

청년　그거야 너 하기에 달렸지.

청년은 라이터를 켠다.

소녀　사람 잘못 골랐어. 그런 속임수를 내가 믿을 것 같아? 불장난
하려면 다른 데 가서 알아봐.

청년　살다보면 가끔 불을 저질러야 할 때가 있어. 그 순간이 오면
하나도 남김없이 태워버려야지. 물론 함부로 불장난을 해서
는 안돼. 너무 쉽게 안전핀을 뽑아 버리면 재미없잖아. 때를
기다려야 해. 그러다 보면 언젠가 활활 불타오르는 순간이
올 거야.

소녀　난 피곤해. 시간 낭비하지 말고 니가 가던 길로 어서 가버려.

청년　난 너 같은 여자애들을 잘 알아. 너처럼 예쁜 애들은 원하는
걸 쉽게 가질 수 있는 방법이 많아. 여기선 다들 그래. 심각
하게 생각하지 마.

소녀　무슨 뜻이야?

청년　일종의 거래지.

소녀　거래? 내가 왜 너랑 거래를 해야 하지?

청년　넌 뭔가를 원하고 그걸 내가 해줄 수 있으니까. 원하는 걸 가
지려면 거래를 해야지. 요즘 세상에 거래없이 제대로 되는
게 있는 줄 알아? 똥파리와 똥 사이에 단추와 단춧구멍 사이
에 나비와 꽃 사이에도 법칙이 있고 거래가 성립하는 거야.
그렇지 않으면 질서가 무너지거든. 부모자식 형제 사이에도
거래가 없으면 쾅! 하고 터져 버린다구. 그렇지 않으면 피를
부르게 되어 있어. 하지만 서로 마음만 통한다면 쉽게 해결
할 수 있는 방법도 얼마든지 있지. 너하고 내가 거래만 잘 성

사되면 서로 원하는 걸 가질 수 있어.

소녀 원하는 게… 뭔데.

청년 파티가 있어. 널 데리고 가고 싶어. 파티는 아주 멋질 거야. 사람들도 많이 오고 신나는 음악에 춤도 추고 맛있는 음식도 넘쳐나지. 하고 싶은대로 즐기면 돼. 다들 널 좋아할 거야

소녀 파… 티?

청년 입맛이 당겨?

소녀 내가 널 따라가면 나한테 뭘 해 줄 건데?

청년 바다에 데려다 주지.

소녀 무슨 수로? 마술이라도 부릴 거야?

청년 돈이 있으면 뭐든지 할 수 있어. 뭐든지 살 수 있고 뭐든지 누릴 수 있어. 힘과 권력. 모두 발밑에 굽신거리게 만들지. 그야말로 진짜 마술이지.

소녀 ….

청년 출구를 찾는다 했지? 이 도시에서 유일한 출구는 저기 쇼핑 센터야. 저곳 외엔 빠져나갈 문은 없어. 저기서 진짜 마술을 보고 싶지 않아?

소녀 그 말을 어떻게 믿지?

청년 믿고 안 믿고는 니 맘이야. 파티에 오고 안 오고도 니가 선택 하는 거라구. 난 거래를 하자는 거지 협박이나 강요를 하는 게 아니라구.

소녀는 생각한다.

소녀 좋아. 내가 원하는 걸 먼저 들어주면 생각해 볼게.

청년 이제야 말이 좀 통하네.

소녀 난 어릴 적 기억이 없어. 어떻게 내가 이 세상에 나왔는지 왜

지금 여기에 혼자 있어야 하는지 알고 싶어. 해줄 수 있어?

청년 그게 다야?

소녀 그, 그래.

청년 그 정도는 충분히 해줄 수 있지. 너에게 투자를 하겠어. 물론 내가 돈이 많다는 소린 아냐. 난 항상 돈이 필요하거든. 어쩌다 돈이 생겨서 필요한 걸 얻고 나면 전혀 생각지도 못했던 곳에서 또 돈 쓸 일이 생기거든. 그런 일이 계속 반복되는데 도무지 멈추지를 않는다 말야.

청년은 주머니에서 돈을 꺼낸다.

청년 잘 봐. 이건 내 돈이야. 내가 힘들게 번 돈. 허튼 데 쓰지 않으려고 내가 얼마나 애를 쓰는지 넌 잘 모를 거다. 명심해. 이건 내 돈이야.

청년은 자동판매기에 돈을 집어 넣는다.

소녀는 버튼을 누른다.

상품 나오는 곳에서 깡통 하나가 떨어진다.

소녀는 깡통을 딴다.

금속성의 캔 따는 소리.

시간이 멈춘다.

바람이 분다.

파도가 친다.

바다새가 운다.

한 여자의 뒷모습이 보인다.

여자는 우는 아이를 달랜다.

자장가를 부른다.

아가야. 우지 마라.

아가야. 우지를 마라.

아기는 잠이 든다.

아가야.

아가야.

잘 자라.

바람이 분다.

파도가 친다.

바다새가 운다.

여자는 아기를 검정 비닐에 넣어 쓰레기통에 버린다.

여자는 달아난다.

깡통에서 나온 소녀의 추억이 어느새 전부 변질되어 더 이상 보이지 않는다.

시간이 다시 움직인다.

청년　어이. 이봐. 괜찮아? 충격 먹었어? 나쁜 기억이 싫다면 좋은 기억은 어때? 그래. 하나 더 뽑자. 물론 내 돈으로.

소녀　저 여자… 살아 있을까… 어떻게… 살고 있을까….

청년　나야 모르지.

소녀　내게 마술 같은 일은 끝내 일어나지 않나 봐. 이제 알 것 같아. 왜 아무 것도 떠오르지 않았는지 왜 지나간 시간들이 하나같이 입을 다물었는지 모르는 사람처럼 등을 보였는지 죽은 사람처럼 눈을 감고 거꾸로 뒤집어 입은 옷처럼 나를 불편하게 만들었는지… 그건 전부 내가 원했기 때문이야. (손을 가슴에 대고) 여기 있는 사탕은 어떻게 뱉지? 난 이제 뭘 찾아 다녀야 하지?

청년　찾을 건 많아. 저 건너편에 가면 그런 고민은 쉽게 해결될 거다. 하고 싶은 게 너무 많고, 해야 할 게 너무 많아서. 갖고 싶고 가져야 할 게 너무 많아서 기억따윈 금방 잊어 버릴 거야.

소녀 이제 내가 어떻게 하면 되지?

청년 잘 봐. 아주 간단해. 안전핀을 뽑고 불 질러 버리는 거야.

청년은 라이터 불을 켠다.

두 사람은 불빛을 바라본다.

어둠속에서 불꽃이 환하게 타오른다.

5.

남자 등장.

남자는 주위를 두리번거리며 소녀를 찾는다.

바닥에 자신의 모자만 뒹굴고 있다.

남자는 모자를 줍는다.

남자   잘 됐어. 잘 된 거야. 난 모자를 찾으러 온 것뿐이야. 그 애가
어디로 갔는지 내 알 바 아냐.

남자는 모자를 들고 걸어간다.

그러다 가던 걸음을 멈추고 자동판매기를 힐끔 쳐다본다.

주머니를 뒤져 돈을 찾은 뒤 자동판매기 앞으로 다가온다.

돈을 투입구에 집어넣고 버튼을 누른다.

덜컹거리는 소리와 함께 깡통 세 개가 떨어진다.

남자는 망설이다 첫 번째 깡통을 딴다.

깡통을 따면 아름다운 피아노 선율이 흘러 나온다.

시간이 정지한다.

아내가 서 있다.

아내는 식탁을 차린다.

아내가 남자를 부른다.

남자가 다가간다.

서로 음식을 먹여 주고 웃고 손뼉 치고 행복한 풍경이다.

남자는 두 번째 깡통을 딴다.

깡통을 따면 유리컵이 바닥에 떨어져 산산조각나고 가구 부서지는 소리가
들린다.

남자가 아내를 노려본다.

아내가 받은 선물상자들이 바닥에 흩어져 있다.

남자는 선물상자에서 옷과 보석을 꺼낸다.

남자는 옷과 보석을 바닥에 던진다.

아내가 고개를 가로 저으며 남자를 달랜다.

아내의 핸드폰이 울린다.

핸드폰을 받는 남자의 얼굴이 분노로 치민다.

아내는 고개를 젓는다.

남자는 아내의 뺨을 때린다.

아내는 바닥에 쓰러진다.

남자는 식탁 위의 그릇들을 집어 던진다.

칼을 집어 든다.

남자　　(칼을 쥔 채 손을 덜덜 떨며) 전부, 거, 거짓말이야. 믿을 수 없어.
　　　　속임수라구.

남자는 칼을 떨어뜨린다.

떨리는 손으로 세 번째 깡통을 딴다.

날카로운 금속성의 깡통 따는 소리.

향수병이 나온다.

남자는 향수병을 집어 든다.

붉은 피가 묻은 스웨터를 입고 아내가 웃으며 서 있다.

남자　　여, 여보!

아내   ….

남자   여보….

아내   아직도 내 몸에서 냄새가 나요?

남자   모, 몰라.

아내   (향수를 뿌린다)

남자   (괴롭다)

아내   자, 어때요? 이래도요? 이래도 냄새가 나요?

남자   ….

아내   (자신의 몸에 계속 향수를 뿌린다)

남자   그, 그만! (향수병을 빼앗는다)

아내는 원망스러운 눈으로 남자를 노려본다.

아내는 핸드백에서 담배를 꺼내 천천히 담배를 피워 문다.

담배연기가 아내의 몸을 감싼다.

남자   그, 그래. 냄새가 났어. 당신 몸에서 그놈 냄새가 났어. 역겨
        운 정액 냄새. 침대로 들어오는 당신 머리카락에, 목에, 가슴
        에, 허벅지에, 엉덩이에 그놈 정액 냄새가 진동했었어.

아내   ….

남자   매일 밤 당신 몸에서 냄새가 났어. 갈수록 점점 더 심해졌지.
        난 냄새를 참을 수 없었어.

아내   ….

남자   그날도 당신은 이걸 몸에 뿌렸어. 난 머리가 아팠어. 머리가
        아팠어… 냄새 때문에… 머릿속에 갑자기 나쁜 전류가 흐르
        기 시작했어. 그게 다야. 다음은 기억 안나. 내가 당신한테
        무슨 짓을 했는지 난 몰라, 몰라, 기억 안나.

아내   ….

남자   당신을 지켜주고 싶었어. 당신을 행복하게 해 주고 싶었어.
       그런데 냄새가 나기 시작했어. 당신 몸에서 냄새가 났어. 당
       신은 내가 아닌 다른 데서 행복을 찾으려 했어. 냄새가 지독
       했어.

아내   기억나요? 바닷가에서 우리 약속했었잖아. 깨끗한 모래 위에
       서 약속을 했어. 그런데 당신이 우릴 죽인 거야. 우릴 죽였
       어. 우리 애기….

남자   애… 기?

아내   애기가 태어나면 셋이서 함께 바닷가에 집을 짓고 살자고…
       당신 의심할 때마다 우리는 무서웠어, 무서웠어, 무서웠어,
       무서웠어.

남자   난 몰랐어, 몰랐어.

아내   당신이 망쳤어. 당신이… 다 망친 거야…. 애기도 나도 바다
       에 버렸어. … 당신이 우릴 버렸어.

남자   아니야, 아니야. 난 그런 적 없어. 전부 거짓말이지?

아내   정말 기억 안나?

남자   난 당신을 분명 작은 상자 속에 넣었는데… 당신 목과 가슴,
       팔, 다리… 당신이 좋아하는 향수를 짙게 뿌린 뒤 이쁜 상자
       속에 하나씩 하나씩 넣었는데… 그리고 마술로 당신을 멀리
       보내버렸는데… 그랬는데… 당신 왜 여기 있는 거야? 왜 아
       직 여기 있는 거지?

아내   난 아무 데도 안가. 당신 뒤를 따라 다닐 거야. 영원히….

남자   ….

아내   (담배를 깊게 빨아 들인다)

남자   여보….

아내   뒤돌아 보지마. 뒤돌아 보면 안돼. 절대… 뒤를 조심해. 내가
       거기 있으니까.

남자 가지마. 가지마. 가지마.

아내는 남자의 얼굴을 향해 담배연기를 내뿜는다.

담배연기가 점점 더 많이 피어오르고 어느새 무대는 온통 연기로 가득하다.

아내는 연기 속으로 걸어 들어간다.

남자는 아내를 부른다.

연기를 헤치며 소녀 등장.

남자 (연기 속에서 소녀를 붙잡고) 여보! 여보, 여보.

소녀 아저씨.

남자 내가 잘못했어. 내 잘못이야. 용서해줘. 날 버리지 마. 나와
     함께 있어. 나도 바다에 가고 싶었어. 나도 무서웠어. 당신이
     떠날까봐 겁이 났어. 나 혼자 버리고 당신이 그놈과 떠나버
     릴까봐 무서웠어. 난 나와 당신을 지키고 싶었어. 나와 바다
     에 가자. 응? 거기서 다시 시작하자. 제발 부탁이야. 가지마.
     가지마.

소녀 아저씨. 나야… 나라구요.

남자 (정신을 차린다)

소녀 왜 그래요? 무슨 일 있었어요?

남자 아무것도… 아냐.

남자는 땀을 닦는다.

그러다 소녀를 천천히 살펴본다.

소녀의 옷차림이 달라져 있다.

남자 꼴이 왜 그래?

소녀 근사하죠?

남자   어디서 났어?

소녀   선물 받았어요.

남자   (코를 킁킁 대며) 이게… 무슨 냄새지? 향수 뿌린 거야?

소녀   파티에 갔었어요. 거기 여자들은 전부 향수와 보석으로 몸치
       장을 해요. 사람들도 많이 오고 정말 재미있었는데. 모두 다
       나를 좋아했어요. 아저씨도 함께 갔으면 좋았을 텐데.

남자   ….

소녀   출구는 찾았어요?

남자   ….

소녀   날 데리러 온 거죠?

남자   그래. 어서 가자. 여기 너무 오래 있었어. 어서 나가야겠어.

소녀   어디로 가죠?

남자   어디든.

소녀   멀리 가나요?

남자   걸을 수 있을 때까지.

       멀리서 차 클락션이 크게 울린다.

소녀   저 떠나요.

남자   ….

소녀   가고 싶은 곳으로 가겠어요.

남자   어이. 어딜 가겠다는 거야?

소녀   내 이름은 어이, 가 아니에요. 내 이름은 이제 갈보, 창녀, 공
       주에요.

       소녀는 걸어간다.

남자   어디로 가니?

소녀   멀리.

남자   얼만큼?

소녀   발바닥에 피가 맺힐 때까지. 다 잊어 버릴 때까지.

남자   바다에 가니?

소녀   ….

남자   그래, 바다에 가고 싶다고 했었지. 나도 거기 갈지도 몰라.
        아니 거기 갈 거다. 할 일이 생겼어. 할 일이 있다. 나와 함께
        가자. 가지마. 응? 그렇게 하자. 널 바다에 데려다 줄게. 우리
        거기서 다시 시작하자. 가서 함께 마술도 하고 그러자.

소녀   난, 거기 안가요.

남자   뭐?

소녀   거기 안가요. 절대로. (남자에게 모자를 내민다)

남자   (모자를 받는다)

소녀는 걸어간다.

걷다가 뒤돌아 본다.

소녀   아저씨… 바다 어떻게 생겼는지 모르죠? 사실 한번도 가 본
        적 없죠? 솔직히 말해봐요. 지금껏 나한테 쪽팔려서 말 못한
        거죠? 그렇죠? 나중에 심심하면 모자에 귀를 대봐요. 아저씨
        모자에 바다가 들어 있어요.

소녀 퇴장.

혼자 남은 남자.

한참을 멍하니 앉아 있다.

그러다 자동판매기를 본다.

천천히 자동판매기 앞으로 걸어간다.
그는 사용설명서를 천천히 읽어 내려간다.

남자　무엇이든 원하는 걸 선택하세요. 무엇이든… 원하는 걸….

남자는 생각한다.

남자　내가 원하는 건… 내가 원하는 건….

남자는 힘껏 버튼을 누른다.
덜컹거리는 소리.
자동판매기에서 소녀가 걸어 나온다.
인형처럼 부자연스러운 몸짓의 소녀.
소녀는 남자를 향해 갈보처럼 웃는다.
남자는 소녀를 끌어 안는다.

남자　여보. 난 당신만 있으며 돼.
소녀　(뻣뻣한 포즈로 마술사에게 안겨 두 눈만 크게 깜빡인다)
남자　이제 아무 데도 가지마. 아무 데도. 나 혼자 버리고 가지마.
　　　　이런 쓰레기더미 속에 날 버리지마, 날 버리지 마, 날 버리지
　　　　마, 날 버리지 마.

어둠이 내린다.

6.

네온사인 불빛이 쏟아지는 쇼핑센터 앞.

경쾌하고 슬픈 음악소리.

오늘도 남자는 자동판매기에서 소녀를 뽑는다.

소녀의 모습은 이전보다 더 너덜너덜하고 낡아 있다.

남자와 소녀는 객석을 향해 인사한다.

마술이 시작된다.

(마임이 아니라 실제 마술로 표현해야 한다)

남자 (모자 속에서 활짝 핀 꽃을 여러 송이 꺼낸다. 비둘기를 꺼내 공중으로 날린다)

소녀 (딱딱하고 인형같은 몸짓으로 꽃을 건네받아 향기를 맡는다. 객석을 향해 꽃을 던지며 관객들의 박수를 유도한다)

관처럼 생긴 검은 상자를 끌고 들어오는 남자.

남자 (상자를 연다)

소녀 (상자 속으로 들어간다)

상자에는 여러 개의 뚜껑이 달려 있다.

남자가 얼굴 부분의 상자 뚜껑을 열면 소녀의 얼굴이 드러난다.

소녀는 이를 활짝 드러내며 웃고 있다.

남자 (중간 부분의 작은 상자 뚜껑을 연다)

소녀 (손목을 밖으로 빼 흔들어 보인다)

남자　(맨 아래쪽 작은 상자 뚜껑을 연다)

소녀　(한쪽 발을 빼서 꼼지락거린다)

남자　(테이블에 놓인 긴 칼들을 가슴과 팔과 배와 다리와 허벅지에 하나씩 꽂는다)

칼끝이 상자 속 소녀의 몸을 통과해 다른 쪽을 뚫고 나온다.

남자는 상자를 한 바퀴 돌려 속임수가 아니라는 걸 객석에게 확인시킨다.

여전히 웃으며 손을 흔들고 발을 꼼지락거리는 소녀.

남자는 칼을 하나씩 빼서 테이블 위에 차곡차곡 올려 놓는다.

상자에 꽂혔던 칼들이 남김없이 제거된다.

남자는 모자 속에서 피 묻은 칼 하나를 꺼낸다.

칼을 허공에 들어 불빛에 자세히 비추어 본다.

날카롭게 반짝거리는 날 선 칼.

남자　행복하다고 말해줘. (소녀의 말투로) 행복해요, 행복해요, 행복해요, 행복해요, 행복….

남자는 칼끝을 세워 소녀의 심장부분을 향해 세차게 내리꽂는다.

소녀　(비명 지른다)

상자 밖으로 나와 있던 소녀의 손목이 아래로 축 늘어진다.

소녀의 얼굴에서 미소가 서서히 사라진다.

남자가 떨리는 손으로 칼을 빼는데 칼에서 붉은 피가 뚝뚝 떨어진다.

남자는 자신의 손과 모자를 번갈아 살펴본다.

남자의 손과 모자가 소녀의 피로 붉게 물들어 있다.

이때 객석에서 열광하는 환호성과 박수소리와 휘파람 소리가 들려온다.

앵콜을 외치는 소리와 함께 지폐가 눈 내리듯 하늘에서 떨어져 내린다.

남자는 칼과 모자를 쥐고 흐느끼며 바닥에 무릎 꿇고 앉는다.

휘파람, 환호성, 박수 소리

눈처럼 내리는 지폐.

무대 위에 수북하게 쌓여간다.

남자 내 고통이, 내 욕망이 돈이 되지. 입 달린 것들은 늘 자극적인 걸 원하거든. 이 도시에선 이게 진짜 마술이야.

갑자기 남자는 주위를 두리번거리고 자기 몸을 만지고 어리둥절해 한다.

남자는 상자를 바라본다.

상자는 텅 비어 있다.

남자 전부 어디 갔지? 어디에 있어? 그 아이… 당신… 내 그림자… 전부 어디로 갔지?

남자는 뒤돌아 자신의 그림자를 보려 애를 쓴다.

그림자가 숨는다.

남자는 그림자를 찾아 제자리에서 우스꽝스럽게 빙글빙글 돈다.

그러나 넘어진다.

남자는 힘들게 일어난다.

남자는 몇 발자국 걸어간다.

어디로 갈까 망설인다.

그때 소녀의 목소리가 들려온다.

목소리 아저씨.

남자 (걸음을 멈춘다)

목소리　어디로 가요?

남자　어디든.

목소리　바다로 가나요?

남자　몰라. 그저 산책중이야.

목소리　너무 어두워.

남자　눈을 떠.

　　　　잠시 후.

목소리　아, 보인다.

남자　뭐가 보여?

목소리　바다.

남자　거짓말.

목소리　진짜에요.

남자　넌 바다가 어떻게 생겼는지 모르잖아. 거기가 바단지 아닌지
　　　　어떻게 알아.

목소리　정말이에요. 잘 들어봐요. 바다 소리, 들려요?

남자　아니.

　　　　파도소리가 밀려온다.
　　　　밀려간다.
　　　　남자는 모자를 벗어 귀에 대어 본다.

목소리　들려요?

남자　아니.

목소리　정말 안 들려요?

파도 소리가 점점 더 크게 밀려온다.

밀려간다.

바다새가 운다.

별이 빛난다.

다시 파도소리가 밀려오고 밀려간다.

메아리처럼

꿈결처럼

바다소리 넘쳐 흐른다.

마술이 끝난다.

천국에서의 마지막 계절

이시원

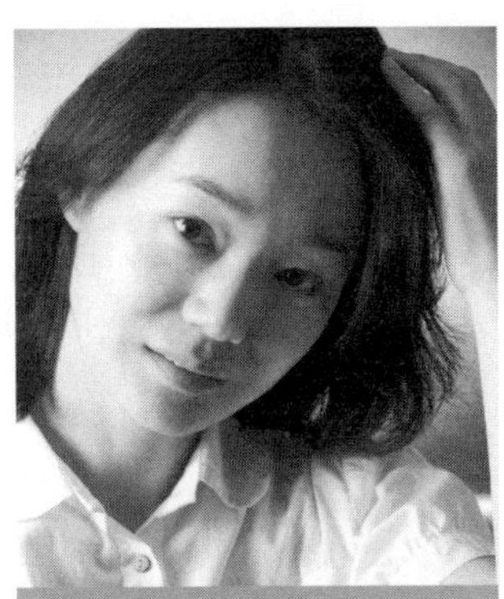

- 2005 옥랑희곡상 수상 〈녹차정원〉
- 2009 극단 작은신화 우리연극만들기 선정 〈천국에서의 마지막 계절〉
- 발표희곡 : 〈잘자 그리고 행운을 빌어〉〈데이트 DATE〉〈녹차정원〉〈천국에서의 마지막 계절〉
- 각색 : 오페라 〈2009 예술의 전당 마술피리〉

등장인물

아버지 (40대)
어머니 (40대)
큰딸 (20세)
아들 (17세)
막내딸 (14세)
여자 (임신한 여자)

무대

단칸방.
화장실 하나.
중앙에 고급스런 원목 식탁 하나.
과학서적들이 빼곡히 꽂힌 책장에는 액자에 담긴 상장들.

형광등 불빛 아래,

바닥에 누워 잠을 자고 있는 남자.

이불도 덮지 않은 채다.

머리 염색용 비닐커버를 쓰고 식탁의자에 앉아있는 어머니.

공책에 뭔가를 썼다 지웠다 하고 있다.

막내딸 들어온다.

막내딸　(자는 남자의 등을 발로 차는 시늉)

어머니　(썼다 지웠다 하는)

막내딸　옆집 아저씨 봤어.

어머니　(계속 쓰는)

막내딸　(어머니의 연필을 움켜쥐는) 우즈베키스탄은 지금 덥지?

어머니　(쳐다보는)

막내딸　저 방….

어머니　….

막내딸　몇 명이나 사는 걸까?

어머니　….

막내딸　아침에는 넷. 오후에는 둘. 밤에는 여자 셋. 필리핀 아저씨도 있다.

어머니　(계속 쓰는)

막내딸　너무 조용해. 어떻게 저렇게 조용할 수 있어?

어머니　….

막내딸　내 말 안 들려?

어머니　(계속 쓰는)

막내딸　(식탁을 쾅쾅 내려치고) 내 말 안 들려?

어머니　들려.

막내딸 왜 안 들리는 척 해?

어머니 그런 적 없어.

막내딸 그랬어.

어머니 배고프니.

막내딸 배고파.

어머니 밥통에 밥.

막내딸 (식탁에 엎드리고) 배 안 고파.

어머니 (천 원짜리 몇 장 건네고) 라면.

막내딸 사람들이 아냐. 귀신 같애. 사람이라면 저렇게 조용하게 살

순 없어.

어머니 (쳐다보는)

막내딸 귀신이야.

대꾸 없는 어머니.

막내딸, 일어나서 아버지에게로. 발로 차는 시늉.

악몽에 시달리는 아버지.

막내딸 안 자는 거 다 알아.

딸, 나간다.

깨는 아버지.

악몽의 여운.

냉장고 쪽으로 걸어가 우유팩을 꺼내 마신다.

옷섶에 쏟아지는 우유.

아버지 (갑자기 주머니에서 뭔가를 찾는) 내 열쇠.

어머니 (계속 쓰는)

아버지　차 열쇠. 못 봤어?

어머니　팔았잖아.

아버지　….

어머니　(뭔가 생각난 듯)

아버지　내 말 안 들려?

어머니　(일어나서 부착용 옷걸이 쪽으로)

아버지　(쳐다보는)

어머니　(입어보는) 이 옷 어때?

아버지　….

어머니　(발레 동작을 해 보는)

아버지　괜찮아?

어머니　뭐가?

아버지　머리.

어머니　머리 뭐?

아버지　피가 났어.

어머니　(만져보는) 무슨 소릴 하는 거야?

아버지　… 꿈에 우리가 다 죽었어.

어머니　(약통에서 약을 꺼내고) 자, 먹어.

어머니, 다시 글을 쓴다.

아버지가 식탁에 우유팩을 놓고

옷걸이의 옷들을 들춰본다.

아버지　큰 애는?

어머니　아직.

아버지　(초조한 듯) 둘째는?

어머니　….

아버지　둘째는?

어머니　(수화로) 독서실. 중간고사.

아버지　막내는?

어머니　(소리치는) 집중할 수가 없잖아.

아버지, 아내의 노란 꽃무늬원피스를 발견하곤 안도의 한숨.

아버지　소들을 봤어.

어머니　더 자.

아버지　하얀 소들… 검은 소들. 소들이 전염병으로 죽어가.

어머니　(우유팩을 보며) 얼룩소가 세 마리나 그려져 있네.

아버지　브레이크. 브레이크가 고장 났어. 브레이크. (얼굴에 쏟아지는
　　　　　비를 상상하는… 손으로 닦아내는)

어머니　(귀를 막는)

아버지　나가면 안 돼.

어머니　(귀를 막는) 막아도 들리네.

아버지　나가지마.

어머니　갈 데나 있으면.

아버지　내 말 듣고 있어?

어머니　(무시)

아버지　나가면 안 돼.

어머니　(건성으로) 어. (다시 약을 주며) 안 먹을 거야?

아버지　(받지 않는)

어머니　먹어. 먹든가 입을 다물든가.

아버지　….

어머니　멍청한 얼굴 좀 하지 마.

아버지　내 말 안 들려?

어머니 (안 들리는 것처럼) ….

아버지 (글을 써서 보여주는)

어머니 (쳐다보는)

다시 원상복귀.

어머니는 글을 쓰고

아버지는 옷에 묻은 우유를 행주로 닦아낸다.

아버지 행주에서 냄새나.

어머니 (검지를 자신의 입술에 가져다대고) 쉿.

아버지 쉰내.

어머니 쉬. 쉿.

아버지 (퐁퐁을 섞어 행주를 빨고 식탁 쪽으로… 식탁에 코를 가져다 대보는)

어머니 뭐하는 거야?

아버지 냄새나. (식탁을 닦는)

어머니 이러지마.

아버지 팔 좀 들어봐.

어머니 (버티는)

아버지 (무시하고 닦는)

어머니 (행주를 움켜쥐는… 빼앗아서 싱크대 쪽으로 집어던진다)

아버지 이러지마.

어머니 약 안 먹을 거야?

아버지, 어머니를 노려본다.

냉장고에 우유팩을 넣고, 문을 쾅 닫는 아버지.

어머니 그놈들 끌어들인 건 당신이야. 벌써 잊었어? 우리한테 한

짓? 우릴 찾아낼 거야. 그 전에 돈을 갚아야 해.

아버지　….

어머니　안 들리는 척 하지 마.

아버지　(냉장고를 열었다 쾅 닫는… 반복하는… 그러다 울먹이며) 내 여기(심장) 여기(신장) 여기(눈)라도 팔면 안 될까.

어머니　(어이없이 웃는) 그게 몇 푼이나 될 거 같애?

아버지　(약통의 약을 한 움큼 먹는)

어머니　(바라보는) 당신, 우리한테 해줄 수 있는 거 없어.

아버지　… 알아.

어머니　벌써 석 달이야. 왜 들으려고 노력도 안 해?

아버지　… 나 머리 아파. 누울 게.

어머니　난 뭐든 다 할 거야. 애들한테 상처주지 않을 거야. 나, 그 일 할 거야. 그러니까 방해 마.

아버지　… 졸려.

어머니　내가 할 줄 아는 건 애 키우는 거, 당신하고 함께 살면서 그 거 하나밖에 없었어. 다시 한 번 해보겠다는 거야, 그거.

아버지　큰 애는?

어머니　알아.

아버지　둘째는?

어머니　곧 알게 되겠지.

큰딸, 들어온다.

누워있는 아버지 등 뒤로 다가가

어깨에 손을 올려놓는다.

큰딸　다녀왔어.

외면하는 아버지.

어머니   일찍 왔네.
큰딸   이번 주는 낮 근무.
어머니   벌써 월요일?
큰딸   (의자에 앉으며) 아, 다리 아퍼.
어머니   밥은?
큰딸   치즈버거.
어머니   밥이라도 챙겨 먹잖고.
큰딸   살찌면 안 돼.
어머니   그러다 쓰러지면.
큰딸   걱정 마.
어머니   쫓겨나면.
큰딸   일은 빅맥버거 먹은 것처럼 해. (엄마의 노트를 보며) 아직도 그
         거 써?
어머니   저번 건 인터넷에 올려놨고. 이번엔 좀 다르게 쓰려구.
큰딸   어떻게?
어머니   (숨기며) 조금. (못이기는 척 건네고) 잘 안 써져.

큰딸이 읽는다.

어머니   어때?
큰딸   여기 받침 틀렸네.
어머니   어디?
큰딸   이렇게 써서 될 거 같애?
어머니   그럼?
큰딸   (밀어 놓는)

어머니   씻어.

큰딸   좀 쉬고.

어머니   냄새나.

큰딸   뭐.

어머니   감자튀김.

큰딸   머리염색약이 더 독해.

어머니   어머, 내 정신 좀 봐.

큰딸   얼마나 지났어?

어머니   응? 아, 40분

큰딸   설명서 안 읽어봤어?

어머니   안 읽었어.

큰딸   (식탁 위의 염색약 케이스를 보고) 이건 15분만 넘겨도 까매져.

어머니   밝은 갈색이 아니라?

큰딸   시커매졌겠네.

어머니   좋지, 새치 안보이고.

큰딸   주름은 자글자글한데, 머리만 까마면… 늙어 보여.

어머니   그 정도야?

큰딸   아침에 나가면서 말했잖아, 설명서 자세히 읽어보라고.

어머니   그렇게 늙어 보여?

큰딸   ….

어머니   (설명서를 읽는)

큰딸, 가방에서 돈 봉투를 꺼내 엄마에게 건넨다.
아버지, 일어나 화장실로 들어가고.
샤워기에서 물 떨어지는 소리.

어머니   야간수당?

큰딸	… 응.
어머니	많네?
큰딸	(한숨)
어머니	그래도 너무 짜다, 너 일하는 거 생각하면.
큰딸	응. 감자튀김처럼.
어머니	너무 짜.
큰딸	배고파.

냉장고 문을 여는 큰딸.

큰딸	다른 거 없어?
어머니	밥통에 밥.
큰딸	지겨워, 우유.
어머니	그게 요즘 세일하는 거야.

큰딸이 컵에 우유를 따라 마신다.
엄마가 돈을 세서 탁자 위에 용도별로 늘어놓는다.

큰딸	아빤 뭐래?
어머니	뭘?
큰딸	그냥 다.
어머니	죽었대, 우리가.
큰딸	죽었지. 아빠가 정확하게 봤네.
어머니	진종일 자니 꿈밖에 더 꿔?
큰딸	밖에 좀 나가라고 해.
어머니	들키면.
큰딸	요 앞 골목에라도.

어머니   들키면 끝장이야. 더 어딜 가겠니.

큰딸   엄만… 무서워?

어머니   응. 무서워.

큰딸   우리 때문이란 얘긴 하지 마.

어머니   응… 그래도 무서워.

큰딸   (공책을 바라보는) 이 일은 뭐래?

어머니   뭐가?

큰딸   아빠가.

어머니   약이나 먹으라고 그랬어.

큰딸   엄마.

어머니   왜.

큰딸   (옷걸이에 걸린 화려한 옷들을 바라보는) 아니야.

어머니   왜.

큰딸   저 옷들 이제 버려라.

어머니   왜 버려.

큰딸   입을 일 없어.

어머니   (옷들을 바라보는)

큰딸   다 갔잖아, 젊은 날.

어머니   너 입어.

큰딸   다 갔어, 젊은 날.

어머니   … 무슨 고민 있어?

큰딸   나 일 관둘까봐.

어머니   왜?

큰딸   … 그냥.

어머니   사고 쳤어?

큰딸   사고는 무슨. 그런 시시껄렁한 데서.

어머니   어디 아퍼?

큰딸　아냐.

어머니　그럼 뭔데.

큰딸　내 시간도 없고, 하루 종일 서 있어야 하고… 그러다보면 내가 뭐하고 있나 싶기도 하고. (엄마를 쳐다본다) 다른 일 해보려구.

어머니　어떤 일?

큰딸　쉬운 일. 돈 많이 벌고.

어머니　그런 게 있어?

큰딸　찾아보면 있겠지.

어머니　없어, 그런 일.

큰딸　… 좀 쉬고 싶어.

어머니　어디 안 좋아?

큰딸　다 귀찮아.

어머니　이제 야간은 하지마. 잠은 제대로 자야지.

큰딸　나…, 남자들 만날까봐.

어머니　남자?

큰딸　잠깐 만나서 같이 있어주기만 하면 된대….

어머니　너 연애하니?

큰딸　나쁜 사람 같진 않아.

어머니　데이트 시간 없어서 그래?

큰딸　그게 아니구….

어머니　어떤 사람인데.

큰딸　채팅으로 만났어. 컴퓨터. 자기하고 있어주면 돈을 주겠대.

어머니　!!

큰딸　그렇게 보지 마.

어머니　널 어떻게 보고 있을 거 같니?

큰딸　나도 알아.

어머니　알면 됐어.

큰딸	난 할 거야.

어머니	… 엄마한테 더 이상 상처주지 마.

큰딸	나쁠 것도 없어. 그건 일이니까.

어머니	일? 그게 딸이 할 소리니?

큰딸	난 아무 것도 없잖아. 아무 것도 없는 게 너무 무거워. 좀 덜고 싶어.

어머니	….

큰딸	나한테 뭐 있어? 몸밖에 더 있어? 비쌀 때 팔아야지. 나중엔 팔고 싶어도 못 팔아.

어머니	너 미쳤구나.

큰딸	날 미치게 한 건 엄마랑 아빠야.

어머니	그게 엄마 앞에서 할 소리야.

큰딸	죽어라 몸으로 일하는 건 똑같아. 한 번 만나주면 한 달 알바 비의 삼분의 일을 준대. 세 번만 만나도 지금보다는 나아.

어머니	(싱크대로 가는… 컵에 물을 담아 딸의 얼굴에 뿌리는) 정신 차려.

큰딸	내가 뭐 때문에 이런다고 생각해?

어머니	….

큰딸	난 쉬고 싶어.

어머니	쉬면 되잖아.

큰딸	쉬면서 돈도 많이 벌고 싶어. 집에 돈도 더 많이 가져오고 싶어.

어머니	(어이없이 쳐다보는)

큰딸	그냥 함께 있어주는 거야. 외롭고 돈 많은 사람들은 옆에 있어주기만 해도 돈 준대.

어머니	어떤 미친놈이, 가만히 옆에 있다고 돈을 뿌려대?

큰딸	엄마가 하려는 일은?

어머니	….

큰딸	엄만 정상이 아냐.

어머니	넌 제정신이야?

큰딸	나 엄마 맘이랑 똑같아.

어머니	뭐가 똑같아.

큰딸	난 딸이야.

어머니	그래, 딸년이 잘 났다.

큰딸	(한숨)

어머니	한 번 더 그 따위 소리 하면, 너 죽고 나 죽어.

큰딸	….

어머니	대답해.

큰딸	(일어선다)

어머니	딴 맘 먹지마. 이번엔 될 거야. 예감이 좋아.

큰딸	그게 잘 될 리 있어?

어머니	안되면 되게 하고!

큰딸	엄마 나이가 몇인데.

어머니	군말 할 거 없어.

큰딸	….

큰딸, 화장실로 간다.

안에서 잠긴 문.

큰딸	아빠. 나 씻어야 돼

아버지	….

큰딸	문 열어.

아버지	….

큰딸	(두드리는) 감자튀김 냄새 땜에 토할 거 같단 말야.

어머니가 딸의 가방에서 맥도날드 유니폼을 꺼낸다. 유니폼을 바라보는.

큰딸　(화장실 문에 이마를 기댄 채) 아빠. 아빠. 냄새가 난다구, 냄새
　　　가….

엄마, 화장실 앞으로.

어머니　그런다고 들려? (문 옆의 스위치를 끄며) 이렇게 해야지.

어색한 큰딸.
화장실 안은 묵묵부답.

큰딸　답답할 텐데.

화장실 스위치를 올리는 큰딸.
식탁의자에 도로 앉는다.
어머니, 옷걸이 옆에 맥도날드 유니폼을 건다.
냄새 맡아보고, 손으로 탁탁.

어머니　일 힘들면 좀 쉬어. 쓸데없는 소리 말고.

식탁 위에는 어머니의 노트.
큰딸이 노트에 글을 쓴다.
맞은편에 앉는 어머니.

어머니　우리 잘 될 거야. 옛날로 돌아갈 수 있어.
큰딸　엄마, 대학 나온 거 맞아?

어머니　… 왜?

큰딸　뭐야, 글이 이게.

어머니　언제 글이란 걸 써봤어야지.

큰딸　이럴 땐, 이렇게 쓰는 거야. 대리모를 지원합니다. 저는 10년 간 주부 생활을 해온 전업주부입니다. 갑자기 집안 사정이 어려워져서, 이렇게 글을 올립니다. A형이구요, 키는 170센티미터, 몸무게는 45킬로, 30대 중반입니다. 예술분야에 소질이 있어서 무용을 전공했습니다. 꾸준히 운동을 해왔고, 건강합니다. 술 담배는 전혀 못합니다….

어머니　이거 순 거짓말이잖아.

큰딸　별 수 있어?

어머니　적당해야지. 키하고 몸무게야 그렇다 쳐도 30대와 40대는 그림이 다른데.

큰딸　누가 사실만 써.

어머니　진실 되게 써야하지 않을까?

큰딸　사기라도 쳐야지.

어머니　사기는 아무나 쳐?

큰딸　(한숨)

어머니　이것 봐봐. (공책 사이에서 샘플계약서를 꺼내) 쌍둥이 낳으면 돈을 두 배로 받을 수 있대. 건강한 아이라고 판명되면 그때부턴 생활비도 지급되고.

큰딸　(계약서를 보는) 태아가 여자애로 밝혀지면 애를 떼야 되고. 돈 한 푼 못 받고

어머니　설마, 그렇게까지 하겠어? 지 새낀데.

큰딸　아직도 현실을 몰라?

어머니　내가 사람은 볼 줄 알아.

큰딸　퍽이나.

어머니 서로 돕자고 하는 일이야.

큰딸 이게 서로 돕는 일이야?

어머니 … 큰일이야 있겠어?

큰딸 전화는?

어머니 (고개를 젓는다)

큰딸 물어보는 전화도?

어머니 … 경쟁률이 엄청나. 사이트 들어가 보니까 젊고 조건 좋은 여자들이 얼마나 많은지. 나이를 줄일 수도 없고…. 근데 출산 경험자가 유리할 수도 있대.

막내딸, 슈퍼마켓 봉지 들고 들어온다.

봉지 안에 우유와 라면.

대리모 계약서를 공책 사이에 숨기는 어머니.

냉장고에 우유를 넣고 신경질적으로 문을 닫는 막내딸.

큰딸 어딜 쏘다녀.

막내딸 보면 몰라?

큰딸 목장까지 가서 젖 짜오니?

어머니 왜 이렇게 늦었어?

막내딸 아랫동네.

어머니 멀리 가지 말랬잖아.

막내딸 거기가 싸.

어머니 내려가지 마.

책장 틈에서 작은 돼지 저금통을 꺼내 동전을 넣고는

책장 틈에 다시 숨기는 막내딸.

큰딸   감출 데가 어디 있다고.

막내딸   소중히 두는 거야.

큰딸   몇 푼이나 된다고.

막내딸   (언니에게) 나도 아르바이트 시켜줘.

어머니   공부나 해.

막내딸   학교도 못 가게 했잖아.

어머니   가야지, 내년엔.

큰딸   맥도날드는 고등학생부터야.

막내딸   나 키 크잖아.

큰딸   더 커야 돼.

막내딸   점장한테 말해주면 안 돼?

큰딸   안 돼.

막내딸   고1이라고 해주면 되잖아.

큰딸   내가 왜?

막내딸   언니한테 상납할게, 십 퍼센트.

큰딸   십 퍼센트… 안 돼.

어머니   오빠 오기 전에 오늘 숙제 해놔.

막내딸   싫어.

큰딸   빨랑 책상 앞으로 가.

막내딸   왜 나만 무시해.

큰딸.어머니 (무시)

막내딸   한 푼 두 푼 모아서 꼭 이 집을 나갈 거야.

큰딸.어머니 ….

막내딸   두고 봐. 모두 놀래켜주고 말 거야. 그때 가서 후회하지마.

큰딸.어머니 ….

막내딸   아 — 아.

막내딸 발악. 어머니와 큰딸 무반응.

막내딸　　나만 왕 무시야.

　　　　　　투덜거리며 책상으로 가 앉는 막내딸.
　　　　　　의도적으로 크게 책장을 넘기는 소리.
　　　　　　의자 다리를 삐걱이는 소리.
　　　　　　함께 글을 쓰는 큰딸과 어머니

막내딸　　나, 오다가 UFO 봤다….

어머니　　(열심히 글을 쓰는)

막내딸　　나 외계인 만났어. 바로 집 앞에서….

큰딸　　　(열심히 글을 쓰는)

막내딸　　외계인한테 납치도 당할 뻔 했어….

어머니　　(계속 쓰는)

막내딸　　놀이터에 앉아 있었는데 외계인이 나를 이상한 데로 끌고 갔
　　　　　　어. 정신을 차리고 보니까 처음 와본 곳이었어. 죽어라 도망
　　　　　　쳐 왔다니까.

큰딸　　　엄마.

어머니　　응?

큰딸　　　같이 가줄게. 의뢰인 만날 때.

어머니　　으응.

막내딸　　난 위협 받고 있어!

큰딸　　　조용히 안 해?

막내딸　　아빠도 봤대. 내가 얘기하니까 우리 집에서 유황냄새가 난다
　　　　　　고 했어.

큰딸　　　니 몸에서 이상한 냄새나는 거 아냐. 너 언제 목욕했니?

막내딸　언닌 왜 그래?

큰딸　….

막내딸　외계인은 있어!

큰딸　그래. 너라도 꿈과 희망 속에서 살아라.

막내딸　아빠 때문이야.

큰딸　아빠가 왜?

막내딸　화장실에서 안 나오니까 씻을 수가 없잖아.

큰딸　나가 놀아.

막내딸　내가 모를 줄 알아?

큰딸　?

막내딸　언니가 남자 만나는 거 다 봤어.

어머니　(큰딸을 쳐다보는)

큰딸　재 말을 믿어?

막내딸　난 거짓말 안 해.

어머니　공부해.

막내딸　오빠 얘긴 다 들어주잖아….

막내딸　힘드냐고 물어도 보고….

막내딸　돈도 많이 주고.

큰딸　너도 공부 잘하면 될 거 아냐.

막내딸　언니가 세상을 알아?

큰딸　대꾸를 안해야지.

막내딸　이건 음모야.

큰딸　뭐어?

막내딸　음모야!

큰딸　(코웃음)

막내딸　세상은 음모들로 넘쳐 나.

큰딸　안 나가?

막내딸　난 혼자 싸우고 있어.

어머니　그만들 해. 정신 사나워.

막내딸　난 알아. … 이 집에 사는 사람들 모두, 음모에 빠진 거야. 갇혔어. 실험 당하고 있는 거야.

큰딸　청소나 해.

막내딸　(째려보는)

큰딸　외로운 싸움 집어 치우고 니 할 일이나 하라구.

막내딸　나만 들어오면 자꾸 숨기고.

큰딸　….

막내딸　진짜 봤어. 언니가 남자 만나는 것도 봤고, UFO도 봤단 말야.

어머니　그래, 그래. 알았어.

큰딸　엄마.

막내딸　(씩씩대는)

어머니　외계인만 왔다 가면 유황냄새가 얼마나 독한지 머리가 지끈거려.

큰딸　애 말 받아주지 마. 거짓말만 늘어.

어머니, 큰딸에게 그냥 두라고 손짓.

막내딸　외계인들이 내 콧구멍에 긴 바늘을 집어넣었어.

큰딸　거 봐.

막내딸　날 연구하려는 게 틀림없어. 내 몸을 바꿔서 인간이 갖는 고통을 없애주려고 한 게 아닐까? 걔들은 아무것도 먹지 않는대. 잠을 자지도 않고, 인간처럼 말도 안하고 욕망도 없어서, 늘 편안하대.

큰딸　욕망? 니가 욕망을 알어?

막내딸　….

큰딸	외계인들이 그렇게 할일 없대니?
막내딸	나는 고통 받고 있는 십대의 전형이야. 외계인들은 특정유전자를 가진 사람들만 납치해서 생체실험을 해.
큰딸	….
막내딸	난 몸이 아파. 외계인들이 내 몸 속에 전자장치를 이식했어. 고성능 추적 장치는 몸에 아무런 흔적도 없이 이식되니까 내가 말짱해 보이는 거야. 엑스레이를 찍어봐야겠어. 정체를 알 수 없는 쇠붙이가 있으면 그건 외계인들이 이식한 장치야. 난 그것 때문에 온몸이 아픈 거야.

큰딸과 어머니는 별 반응 없다.

| 막내딸 | 공주님, 공주님 그랬었잖아. 공주가 이런 데서 살아? |

막내딸, 자신의 영역 표시를 하듯
방 한 구석에 금을 긋고, 그 안에 들어가 엎드린다.

그때, 갑자기 옆집에서 문이 부서지는 소리가 난다.
긴장하는 세 사람.

어머니	뭔 소리야?
큰딸	뭐지?
막내딸	쳐들어왔다.
어머니	그놈들이야.
막내딸	UFO다.
어머니	우릴 찾아냈어. 어떡하지?
막내딸	외계인이야.

어머니   (막내딸에게) 누가 너 따라왔니?

큰딸   미행당했어?

어머니   누가 따라오는지 항상 보라고 했잖아.

때려 부수는 소리.

어머니   문 잠가. 문.

큰딸   못 가겠어. 몸이 안 움직여.

어머니   창문. 창문.

큰딸   없어, 창문.

어머니   어떻게 여길 알았지?

막내딸   (문 앞으로 가는)

어머니   막내야. 문 잠가. 빨리.

막내딸   옆방인가 봐. 가보고 올게.

어머니   나가지마. 거기 안 서? 이리 와.

큰딸   이리 안 와?

어머니   니 아빠. 어서 나오라 그래.

큰딸   (화장실 문 두드린다) 아빠. 아빠.

어머니   (막내딸을 잡는다)

막내딸   놔 봐.

어머니   죽고 싶어?

막내딸   도와줘야 돼. 외계인한테 다 납치당한단 말야.

어머니   조용히 해.

막내딸   못 데려가게 싸워야지. 모른 척하면 어떡해? 우린 같은 지구
         인이잖아.

어머니   쉿!

큰딸   불 끌까?

어머니　꺼. 모두 다 꺼, 다.

막내딸　엄마. 우읍.

거친 발자국 소리들이 멀어져간다.

어둠 속.

한동안 정적.

큰딸, 불을 켜면

막내딸을 부둥켜안은 채, 구석에 웅크리고 있는 엄마.

큰딸　갔나?

어머니　아냐. 숨어있어.

큰딸　아무 소리도 안 나는데?

어머니　우릴 속이고 있는지도 몰라.

막내딸　놔봐. 내가 볼래.

어머니　가만 안 있어?

큰딸　(문밖에 귀를 기울이는)

막내딸　놓으란 말야. 다 납치당했잖아. 내가 가서 확인해 볼래. 직접 보고 와야 돼.

어머니　조용히 좀 해!

큰딸, 조심스레 문을 열고 나간다.

막내딸　같이 가.

막내딸, 어머니를 밀치고 밖으로 나간다.

어머니, 무릎 꿇고 기도한다.

막내딸과 큰딸 들어온다.

큰딸　아무도 없어.

어머니　무슨 일이야. 그 사람들 누구야?

큰딸　빈방이야. 오래전부터 비어 있었던 것 같은데. 사람 살았던
흔적도 없고.

막내딸　아침까진 있었어. 아침에 아저씨하고 줄넘기 했단 말야.

큰딸　낙서만 가득해, 벽에. 알아볼 수가 없어. 빨간매직, 파란매
직, 매직들이 쓰레기통에 가득하고.

막내딸　그거, 우즈베키스탄 아저씨가 쓴 거야.

큰딸　뭐라고 써 있는지 모르겠어. 처음 보는 글자들이야.

막내딸　글자에서 눈물이 떨어져. 글자들이 울고 있었어.
글자라서 늘 조용했던 거야!

넋이 빠진 표정으로 식탁에 앉는 세 사람.

그때, 어머니의 핸드폰이 울린다.
모두 화들짝 놀란다.
전화를 확인하는 어머니. 큰딸과 눈을 맞춘다.

어머니　모르는 번호인데?

큰딸　(받아보라는 눈짓)

막내딸　(엄마 옆으로 가려는)

큰딸　(막내딸 제지)

어머니　여보세요? … 네, 맞습니다. 네, 네, 그럼요. 시간 괜찮습니
다… 거기 쓰여 있는 대롭니다… 아니요… 좋습니다. 그럼
거기서 뵙죠. 네.

큰딸　　그 전화야?

어머니　음.

큰딸　　만나재?

어머니　어떡하지?

큰딸　　같이 가.

막내딸　나도 갈래.

어머니　할 수 있을까?

큰딸　　맘 굳게 먹어.

어머니　음.

큰딸　　침착하게.

어머니　처음이잖아….

큰딸　　익숙해질 때까지 기다릴 거야?

어머니　우리가 어쩌다가.

큰딸　　지치면 안 돼.

어머니　그래. 나 할 수 있어. 우리 가족, 내가 지킬 거야. 이 단칸방,
　　　　　하나뿐인 화장실. 이 빚더미, 벗어날 거야.

큰딸　　같이 가.

어머니　뭐 입지?

큰딸이 어머니의 나들이옷을 가져온다.

옷을 몸에 대보는 어머니. 아름답고 싱그럽다.

유일한 이 집의 풍요처럼.

어머니　내 정신 좀 봐. 이 머리를 하고. (화장실로 다가가) 여보, 나 머리
　　　　　감아야 돼.

어머니가 화장실 문을 두드린다.

어머니　여보. 여보. 좀 나와 봐.

큰딸　시간 없어. 가는 길에 미용실 들러서 드라이하고 가.

어머니　어.

바삐 옷과 가방을 챙겨들고 나가는 어머니.

되돌아와 식탁 위의 공책과 계약서를 가방 속에 넣는다.

막내딸　어디 가.

어머니　오빠 오면 라면 끓여먹어.

막내딸　어디 가는데. 왜 나만 빼? 왜 나한텐 말해주지 않는 거야?

어머니와 큰딸, 집을 나선다.

막내딸, 화장실로 간다.

잡아 당겨도 열리지 않는 문.

막내딸　또 아빠지? 안에 있지? 대답해. 대답 좀 해봐.

아버지는 묵묵부답.

막내 딸　(화장실 스위치를 마구 껐다 켰다 하며) 대답 해. 대답 좀 해. 대답
좀 해봐. (갑자기 화장실 문을 사정없이 발로 찬다) 이 귀머거리야,
귀머거리. 그만 좀 해. 여기가 옛날 집인 줄 알아. 여긴 화장
실이 하나 밖에 없다구. 빨리 나와. 나 미칠 것 같아. 나 오줌
마려워. 예전으로 돌려놔. 아빠 때문이잖아. 아빠 때문에 학
교도 못가고, 친구들도 다 잃고. 왜 오줌까지 못 누게 해? 빨
리 나와. 왜 오줌 하나 맘대로 못 싸게 하냐고.

막내딸, 화장실 앞에서 발을 구른다.

그러다 혼자 지쳐서 되돌아와 우유를 꺼내 마신다.

1리터짜리 우유를 벌컥벌컥 마셔대는 막내딸.

갑자기 배가 아픈지 식탁 위에 엎드려 신음소리를 낸다.

아버지가 화장실에서 나오게, 막내딸은 더욱 더 크게 신음소리를 낸다.

아들이 들어와, 식탁위에 엎드려있는 동생의 모습을 본다.

아들의 교복이 흙투성이다. 눈가에 상처. 찢어진 입술.

별일 아니라는 듯, 식탁에 엎드린 동생을 시큰둥하게 바라보는 아들.

아들　　아빠?

막내딸　몰라.

아들　　엄만?

막내딸　몰라.

아들　　누난?

막내딸　몰라.

아들　　넌?

막내딸　… 몰라.

아들　　나가.

막내딸　갈 데가 없어.

아들　　….

막내딸　오빠, 또 맞었어?

아들　　….

막내딸　옆집 사람들, 사라졌다. (사이) 외계인이 내 콧구멍에 긴 바늘
　　　　　을 집어넣어서, 나 지금 많이 아파.

아들　　….

막내딸, 상체를 일으킨다. 할 수 없다는 듯.

막내딸 시험 끝났어?

아들   ….

막내딸 중간고사 성적은 언제 나와?

아들   ….

막내딸 시험은 잘 봤지?

아들   닥쳐.

막내딸 잘 본 거지?

아들   왜! 너까지 내 성적에 따라 니 인생을 결정하게?

막내딸 왜 화내?

아들   건드리지마.

막내딸 거짓말쟁이!

아들   ….

막내딸 이번에도 시험 망쳤지? 오빠가 학교 빼먹고 딴 데 가는 거 모
를 줄 알고? 저번 성적표도 다 가짜였어.

갑자기 아들이 책장 앞으로 간다.
과학 서적 한 권을 꺼내 마구 찢는다.
그리곤 잠시 마음을 가라앉히려는 듯
책상 의자에 앉아 컴퓨터 전원을 켠다.
화면을 한동안 멍하니 응시하는 아들.
그러더니 책장에 반듯이 놓여있던 액자에서 상장을 꺼내 찢는다.

아들   이따위! 이따위 상장! 다 필요 없어. 내가 왜 이따위 공부를
해?! 내가 왜 하고 싶지도 않은 걸 해! 왜!왜!왜!

막내딸 오빠 이상해….

아들   밥 없어?

막내딸   라면.

아들   에이 씨.

막내딸   (몸을 배배 꼬는)

아들   왜.

막내딸   오줌 마려워.

아들   (화장실을 노려보는)

막내딸   나가서 싸고 올게.

아들   오지 마.

막내딸 나간다.

아들은 화장실로 가서 문을 발로 찬다.

분이 풀릴 때까지 차고 또 찬다.

책상으로 돌아와 가방에서 반지포장용 선물상자들을 꺼내놓는다.

그리곤 과학서적들이 빼곡히 꽂혀있는 책장 뒤쪽에서

300ml정도 되는 약통 하나를 찾아 꺼내든다.

아들이 식탁 위에 정제된 약들을 쏟아놓고 비닐장갑을 낀다.

막내딸 들어온다.

막내딸   이게 뭐야?

아들   비켜.

막내딸   뭔데.

아들   (밀친다)

막내딸   뭔데 그래.

아들   만지지마!

막내딸 왜에.

아들 (빤히 보고는) 열 알씩 넣어서 포장해. 예쁘게.

아들, 비닐장갑을 벗어준다.

막내딸, 포장한다.

찢어진 상장을 스카치테이프로 붙이기 시작하는 아들.

막내딸 선물이야?

아들 알 거 없어.

막내딸 누구한테 주는 건데?

아들 ….

막내딸 나도 알아야겠어! 나도 알고 싶어!

아들 하기 싫음 비켜.

막내딸 누구한테 주는 선물이냐구.

아들 … 팔 거야.

막내딸 팔아? 누구한테?

아들 ….

막내딸 누구냐구.

아들 … 사람들.

막내딸 돈 버는 거야?

아들 ….

막내딸 나도 돈이 필요해.

아들 ….

막내딸 아빠가 알면 오빤 죽을 걸. 아빠는 오빠 하나 믿고 사는데…

아들 (막내딸을 노려본다)

막내딸 진짜야….

아들 그 전에 니가 죽어.

막내딸 아빠가 그랬어, 엄마한테. 아빠는 죽고 싶어도, 수백 번 죽고
싶어도, 오빠 생각만 하면 어떻게든 살아야겠다고.

아들 ….

막내딸 아빠 속이지마.

아들 입 다물어라.

막내딸 아빠가 오빨 얼마나 좋아하는데. 엄마도, 언니두.

아들 (머리를 때린다)

막내딸 왜 때려.

아들 그게 내 책임이야? 그렇게 해 달랬어?

막내딸 그러니까 나도 돈 벌게 해줘. 나도 돈 벌고 싶어.

아들 닥쳐.

막내딸 외계인 때문이야. 외계인 때문에 이러는 거야. 증명하고 말겠
어.

아들 … 각자, 알아서 살자.

막내딸 무슨 약인지나 알려줘. 아무한테도 말 안 할게.

아들 말해도 몰라.

막내딸 말해줘, 말해줘.

아들 다 쌌어?

막내딸 말해줘.

아들 시안화칼륨.

막내딸 (옆의 사전을 펼쳐들고) 시안화, 시안화, 시안화 (뒤적뒤적) 칼
륨… 청산가리?!

아들 포장이나 해.

막내딸 오빠!

아들 ….

막내딸 좋았어.

아들 ….

막내딸　오빠를 돕겠어.

아들　뭔지나 알아?

막내딸　눈치 깠어.

아들　마저 해.

막내딸　사람들이 이런 걸 사?

아들　….

막내딸　그 사람들… 정말로 이 약 먹고 죽으면 어떡해?

아들　원했던 거야.

막내딸　왜?

아들　각자에겐 각자의 인생이 있으니까.

막내딸　아프겠지… 죽을 때.

아들　누구나 아파, 죽을 땐.

막내딸　내가 죽고 싶다고 하면, 나한테도 팔 거야?

아들　죽고 싶으면, 외계인한테 데려가 달라고 해.

막내딸　오빠도 외계인 믿는구나. 그치.

아들　우리가 이렇게도 사는데, 뭘 못 믿어.

막내딸　맞아. 아무 것도 믿을 수 없어. 1947년에 외계인 비행접시가 추락한 거 알아? 그걸 아직까지 감추고 있잖아. 음모지. (포장하며) 오빠 그거 알아? 인간은 달에 간 적이 없다. 달에서 찍은 사진들 보면 말도 안 된다니까. 바람도 안 부는데, 달에 꽂아 놓은 깃발이 펄럭인다니까.

아들　무식하긴.

막내딸　?

아들　달엔 공기나 대기가 없어. 당연히 깃발이 축 쳐지겠지.

막내딸　내 말이.

아들　그러니까. 철사를 집어넣었지. 깃발이 바람에 흔들리는 것처럼 보이려고. 폼 나게. 나사(NASA)가 바보냐?

막내딸 아냐. 그럼 비행접시는. 그건 어떻게 설명할 건데? 미국의 과학발전은 다 외계인의 기술전수 때문이야.

아들 음모? (코웃음) 시경 용풍 군자해로편에 이런 얘기가 있어. 진나라 충신 공손교가 길을 가는데, 임금의 잘못된 정치를 불평하며 떠드는 소리가 들리더래. 그래서 주위를 둘러봤더니 아무도 없고 13개의 바위만 웅성웅성 떠들고 있었댄다.

막내딸 그래서? 그게 끝이야?

아들 입 없는 바위가 말을 했다잖아. 사람들 생각이 바위에 붙어서 말을 시켰다구.

막내딸 무슨 소리야.

아들 사람들 생각이나 욕망은 어떻게든 밖으로 표현되게 돼있어. 니가 하는 얘기들은 바위가 떠드는 소리랑 똑같아. 음모론 떠들어대지 말고, 책이나 읽어. 거기 다 나와.

막내딸 공부 잘한다고 잘난 체 하는 거야? 매일같이 TV에서 떠드는 소리는. 외계인들이 조정하는 게 아니라면 이렇게 많은 사람들이 자살할 리 없어. 음모가 아니고는 불가능해.

아들 자살은 오래전부터 있었어.

막내딸 달라.

아들 돈이면 해결돼.

막내딸 돈…?

아들 모든 음모 뒤엔 돈이 있어.

막내딸 외계인이야.

아들 ….

막내딸 정말 없다고 생각해?

아들 난, 보이는 것만 믿어.

막내딸 ….

아들 돈은 명확해.

막내딸　외계인이 보이면?

아들　보일 리 없지.

막내딸　(상자를 세어 본다)

아들　왜.

막내딸　스무 상자. 얼마씩 팔아?

아들　알 거 없어.

막내딸　오만 원?

아들　….

막내딸　십만 원?

아들　….

막내딸　십오만 원?

아들　이십.

막내딸　와!

아들　너한테 줄 건 없어.

막내딸　매일 이렇게 팔려?

아들　….

막내딸　한 상자에 이만 원씩만 떼 줘.

아들　꿈 깨.

막내딸　아빠한테 이를 거야.

아들　… 죽어!

막내딸　이렇게 벌어서 뭐 할 건데?

아들　….

막내딸　엄마 줄 거야?

아들　나 하고 싶은 거.

막내딸　엄마도 돈 필요해. 언니 월급은 쥐꼬리만하고.

아들　인생은 각자 사는 거라고.

막내딸　하지만 아빠랑 엄마는 우리를 위해 살잖아. 언니도….

아들   (말을 자르며) 인생은 어떻게?

막내딸   각자.

아들   알았으면 실천해.

막내딸   그렇지만, 아빠도 병원에 가봐야지. 석 달 동안 귀가 안 들리
         잖아.

아들   관심 없어. (타이핑 하는)

막내딸   그럼 돈은 왜 벌어?

아들   밴드 만들 거야.

막내딸   공부는?

아들   음악마저 없으면 미쳐버릴 거야.

막내딸   역시. 오빠 멋있다.

아들   ….

막내딸   오빠, 기타 쳐라.

아들   트롬본.

막내딸   트럼본?

아들   여자애들 마음을 사로잡는 악기지.

아들이 컴퓨터에 쓴 것을 인쇄한다.
프린트된 종이를 반으로 자르고 막내딸에게 건넨다.

아들   이것도 안에 넣어.

막내딸   뭔데?

아들   설명서.

막내딸   설명서가 필요해? 입에 넣고 물마시면 되지.

아들   그래도 알아? 겁 많은 놈들이 조금 털어 넣는 척 하다가, 죽
         지도 못하고 살아있으면 얼마나 괴롭겠냐?

막내딸   맞다. 죽으려고 했는데 못 죽으면 괴롭지.

아들　　주소 불러줄 테니까 똑바로 써.

막내딸　펜 좀 찾고.

아들　　시간 없어. 몇 정거장 떨어진 우체국으로 가야 된단 말야.

막내딸　불러.

아들　　서울시 종로구 명륜동 4가 70번지 201호

막내딸　보내는 사람은?

아들　　서울시 여의도구 여의도동 MBS 행복한 세상 담당자.

막내딸　천천히 불러.

아들　　시간 없다니까.

막내딸　쓰고 있어.

아들　　마감시간에 늦겠다.

막내딸　잠깐만.

아들　　나머진 가서 쓰고. 빨리 챙겨.

막내딸　오빠.

아들　　뭐.

막내딸　나도 오빠처럼 살 거다. 쿨하게.

아들이 냉장고를 열어 한참을 보더니 우유를 꺼낸다.

우유를 마시려다, 싱크대에 쏟아 붓는다.

그리곤 수도꼭지에 얼굴을 들이밀고 세수를 한다.

아들　　가자.

막내딸, 식탁에 있는 선물상자를 두 손 가득 든다.

그 중 한 개가 바닥으로 떨어진다.

양말신은 발가락으로 상자를 들어 올리려고 하지만 잘 되지 않는다.

아들, 먼저 집을 나간다.

아들　　(문 밖에서) 빨리 안 나오고 뭐 해?

막내딸은 급한 나머지, 상자를 발로 차서
책장 밑 귀퉁이에 집어넣고 집을 나간다.
텅 빈 집,
화장실에서 아버지가 나온다.
들어가기 전 모습 그대로다.

아버지는 가족들이 앉았던 식탁 쪽으로 걸어가서 식탁 의자에 앉아 본다.
일어나 냉장고로 가는 아버지. 우유 한 통을 꺼내 들이킨다.
갑자기 배가 아픈지 식탁에 엎드려 신음한다.
그러더니 벌떡 일어나 의자를 밟고 식탁 위로 올라간다.
한동안 천정을 올려다보고,
단칸방을 둘러본다, 눈으로 기억하고 기록하듯.
식탁 위에서 내려와 책장에 있는 액자 속 상장들을 들여다본다.
액자에서 상장을 꺼내는 아버지.
너덜거리는 상장을 투명박스테이프로 단단하게 고정시킨다.
상장을 액자에 집어넣고, 책장 위에 보기 좋게 올려놓고는.
들고 있던 테이프로 방바닥의 머리카락을 찍어낸다.
가끔 머리카락을 손으로 집어 올려 오랫동안 쳐다보기도 한다.
표정이 슬퍼 보인다.

그때, 밖에서 문 두드리는 소리. 요란하다.
아버지는 그 소리가 들리지 않는지 앉아만 있다.
한 여자가 문 쪽에서 얼굴을 들이밀고 집안을 살핀다.
아버지를 발견한 여자가 다시 문을 두드리며 자신의 존재를 알린다.
아버지, 별 반응이 없다.

여자가 집안으로 들어온다.

만삭의 그녀는 걷는 것이 힘겹다.

여자를 발견한 아버지 놀라며 일어선다.

여자   (반갑게) 안녕하세요.

아버지   …? (여자를 살피는)

여자   찾느라 혼났어요. 이렇게 꼭꼭 숨어 계시다니. (땀을 닦으며) 집이 너무 높네요. 허리 끊어지는 줄 알았어요.

아버지   …. (알아들으려 애쓰는)

여자   오다보니까요, 요 아래서 아스팔트를 깔더라구요. 처음에는 아래를 훈증한다고 생각하고 기분 좋게 올라 왔는데요 좀 가파르더라구요, 그런데 또 오다가 생각하니까요 아스팔트는 석유 찌꺼기로 만든다잖아요. 그러면 몸에 해롭잖아요. 그래서 피할라구 했는데, 피할 데는 없구요, 길은 계속 위로만 나있고 다시 내려갈 수도 없구요. 그렇게 계속 올라 오다니 보니까요 땀구멍은 열리구 아래는 뭉치구요, 물은 자꾸 멕히는데 쓸데없이 눈물까지 나는 거 있죠. 내 안에 있는 물이 다 없어져버렸어요. 혹시 물 있어요? 아니, 제가 어떻게든 찾아볼게요.

냉장고로 간다.

여자   어? 물은 없구 우유만 있네. (벌컥벌컥 한 팩을 다 마신다) 맛있다.

집안을 두리번거리는 여자.

아버지   누구…?

여자   집이 아늑하네요. 내 옥수동 신혼집두 딱 요만했는데…. 아,

좀 더 컸구나. (상장들을 보는) 야 상장 많다. 자제분들이 똑소
리 난다고 들었어요.

아버지　(여자가 상장을 만지자, 제지하려는 듯) 그…

여자　(상장을 내려놓고) 걱정 마세요. 아, 내 정신 좀 봐! 안 들리신다
구 했는데…

테이블 위에 놓인 공책에 무언가 쓴다, 어떤 이름이다.

두 사람 사이에 흐르는 긴장감.
여자, 노트를 아버지 앞쪽으로 밀어준다.

아버지, 화장실 문을 열고 들어가 숨어버린다.

아버지　(목소리) 가! 안 돼. 안 돼! 가란 말야. 살려줘. 우릴 괴롭히지
마. 안 돼. 가! 가! 안 돼!

막내딸 들어온다.

막내딸　(쳐다본다)

여자　(쳐다본다)

막내딸　아빠, 아빠. (화장실 쪽으로 가서 문을 발로 차는) 김필진. 현관문
안 잠갔어? 귀머거리. 문도 안 잠그고.

여자　….

막내딸　언니들은 옆방 살아요.

여자　그래.

막내딸　여긴 B4호. 5호는 오른쪽이거든요. 그런데, 언니들은 아침에
외계인들한테… 아니, 이사 갔어요, 아침에.

여자   아.

막내딸   우리 아빠한텐 물어봐도 소용없어요. 아무것도 모르거든요.

막내딸은 자신이 떨어뜨린 약 상자를 찾는다.

막내딸   어? 어딨지? (뒤지는) 어우. 난 죽었다.

막내딸, 약상자를 찾으며 여자를 의식하고.

막내딸   우리 아빠 안 나와요. 문 잠가야 하는데.

여자   아버지 보고 갈게요.

막내딸   안 나올 텐데…. (노트를 가리키며) 중요한 일이면 써야 돼요.

여자   (뭔가 쓴다, 혼자 왔다는 내용)

막내딸은 여자 옆으로 가서 노트를 힐끗 보고는
자기가 화장실 문틈으로 넣어주겠다는 듯 종이를 집어 올리더니
잘 보이게 큰 글씨로 써서 화장실에 밀어 넣어준다.
화장실 문이 벌컥 열리고, 막내딸의 글씨체를 본 아버지가 뛰쳐나온다.
여자에게서 막내딸을 보호하려고 필사적인 아버지.

아버지   안 돼! 내 딸 건드리지 마. 죽일 거야. 건드리지 마. (더욱 세게
         끌어안는)

막내딸   아빠아. 왜 그래.

아버지   건드리지 마. 안 돼. 저리가. 가.

막내딸   아아, 아빠나 건드리지 마. 아빠나 저리가. 화장실에서 또 꿈
         꿨어? (밖으로 나가려는)

아버지   가지마. 나가지마. 죽어. 가지마. 안 돼. 가지마.

막내딸　몰라. (나가며) 아 —. 완전 죽었다.

여자　….

막내딸 나간다.

아버지　(막내를 따라가지만, 차마 밖으로 나가지는 못하고)

여자　저 혼자 왔어요. 아무도 안와요. 걱정 마세요.

아버지　도망쳐야 돼. (뒤적뒤적. 차 열쇠를 찾는지 짐을 챙기는지, 혼란스러운 행동) 가야돼. 시간이 없어. 도망쳐. 가야 돼.

여자　오해를 했어요, 제가. 전 사장님이 들리는 줄 알았거든요. 가족과 있으면 안 들리지만.

아버지　들이닥칠 거야. 개를 풀 거야. 개가. 찾아낼 거야… 나를… 안 돼.

여자　못 듣는 척 한다구 생각했는데…. 듣지 않는 거죠 일부러. (일어나 아버지에게로)

아버지　하라는 대로 다 할게요. 한번만 봐줘. 한번만. 나 다 할게. 다 할게.

여자　(아버지의 어깨를 살며시 만지며) 이해해요 충분히. 저두 임신했을 때 상상임신이길 바랬거든요. (남자의 손을 가져가 자신의 배에 닿게 한다)

아버지　(배를 보는. 그제야 여자가 임산부인 것을 알아챈)

여자　8개월째예요. 팔삭둥이라면 오늘이라도 금방인데.

아버지　(식탁으로 가서 앉고. 귀에서 뭔가 소리가 나는 듯 귀를 만지며 괴로워하는)

여자　괜찮으세요?

아버지　벌레… 벌레가… 당신도 알고 있지… 벌레들. 잠도 안 재우고…. 물도 안줘. 전기톱소리, 오 함마 소리…. 탄내… 어! (맨발을 내려다보며) 내 신발! 신발 어디 갔지? 신발. 전기톱으로

내 신발을 잘랐어. (발목을 잡고, 잘려나가는 고통을 느끼듯) 아아아
아. … 뭔가를 계속 갈아대고…. 드라이버로… 펜치로… 귀
속에서 벌레가 날아다니더니, (가슴, 배, 머리 등을 가리키며) 여기
로 여기로 여기로 소리가 옮겨 다니고. 드릴이 위잉 위잉…
머릿속을 위잉… 기계소리가… 웅웅웅웅웅….

여자 … 알고 있어요.

아버지 나를 찾는다고 했어. 다 가르쳐줬어. 다 줬어. 그놈들도 여길
알 거야. 여길 알지?

여자 모를 놈들이 아니니까… 그래도 내가 찾기 전엔 가르쳐준 적
이 없어요, 한번두.

아버지 빠루를 들고 있지? 그놈. 그놈이. 내 앞에 죽은 사람을 봤어.
보여줬어. (카메라로) 찍어서. 나를 찍었어. 옷을 벗겨놓고 개
들을 풀었어. 그런데 당신… 누구야. 그 배는….

여자 그래도 일 잘해요, 저. 처음엔 하혈도 하구 그랬는데요 하다
보니까 나름대로 성과도 좀 있었구요. 내가 막 애 책임지라
구 그러고 애 뗸다고 마구 그러구 아무 데서나 그러구 그러
니까요 막 하지 못하드라구요 (웃음)

아버지 왜 웃어. 왜 웃어. (문득 가족 생각이 나는) 애들 건드렸어? 집사
람한테 접근했어? 우리 애들 어딨어!

여자 (배를 만지며) 아, 배고프다. (가방에서 먹을 걸 꺼내는)

아버지 (여자가 가방에서 뭔가 꺼내려하자 경계하는데, 나온 것은 감자다)

여자 (한입 베어 물고) 맛있다.

아버지 (멱살 잡고) 어딨어. 우리 집사람 어딨어. 은아 어딨어.

여자 (꿋꿋이 먹으며) 애 놀랬겠다.

아버지 (손을 풀고 물러서며)

여자 저도 사장님과 같은 처지예요. 그 사람들을 대신해서 사장님
을 찾고, 그 사람들 말을 전하러 온 거예요.

아버지   (흠칫 놀라 멱살 잡은 손을 놓으며) 당신을 해치려던 게 아냐.

여자   절대 도망 못가요. 끝났어요. 사장님은 이제, 끝났어요.

아버지   갚을 거야. 날 못 본 거야. 알았지? 날 못 찾은 거야.

여자   소용없는 거 아시잖아요, 그런 말.

아버지   (뚫어지게 보는) 방법 좀 가르쳐줘요. 방법을, 예? (무릎 꿇고) 부
        탁할게요. 부탁합니다. 부탁해요.

여자   (고개를 가로젓는) 그때 회사를 넘기시지. 왜 그러셨어요….

아버지   나봐. 나 좀 보라구. 당신 같은 사람을 고용할 때는 뭔가 꿍
        꿍이속이 있을 거 아냐. 그걸 가르쳐줘. 제발 가르쳐줘.

여자   전 고용된 게 아니에요. 일을 해결할 때마다 빚이 탕감되는
        조건으로 팔린 거예요.

아버지   도와주면 뭐든 할게.

여자   잘 버티신 거예요, 그동안. 제 남편은 죽었거든요.

아버지   뭐든지 한다니까.

여자   제가 나가면 며칠 내로 들이닥칠 거예요. 어떻게 보면 그 사
        람들이 시간을 준 거나 마찬가지니까. 날 보냈다는 건 최후
        통첩을 뜻해요. 마지막 휴가가 끝났어요.

아버지   그쪽이나 나나 살아보겠다고 이러는 건데, 같이 삽시다. 우
        리 좀 살려줘요. 우리 좀 살려줘.

여자   사장님이 살고 싶다면, 사장님만 사셔야 돼요.

아버지   ….

여자가 공책에 무언가를 쓴다.

아버지, 냉장고에서 우유를 꺼낸다.

우유팩을 집어 던진다

의자로 돌아와 여자가 쓴 쪽지를 본 아버지는 표정이 굳는다.

종이를 찢어 먹어버리는 아버지.

여자	아드님 앞으로 보험이 있더라구요.
아버지	뭐야 당신 뭐냐구! 왜 이래 나한테, 응? 도대체 왜 이래?
여자	생명보험. 그래봤자 1억이지만.
아버지	당신 정체가 뭐야? 그 새끼들, 내가 만나겠어. 담판을 지을 거야.
여자	방법은 두 가지 뿐이에요. 아드님이 죽든가, 이 집 여자들을 팔든가.
아버지	내 손으로 죽여 놓을 거야. 그놈들을 죽여 버릴 거야.
여자	누가 죽어도 해결되지 않아요. 아드님이 죽지 않으면 다 소용없는 죽음이라구요.
아버지	경찰. 그래, 경찰에 신고하면 되지. 다 잡아들이는 거야.
여자	(웃는) 어린애 같은 말씀을 하시네요.
아버지	뱃속에 지 새끼 넣고 찾아와서 한다는 말이 고작 아들을 죽이라고? 놈들한테 아내랑 딸들을 넘기라고? 그 배를 하고 이 집 저 집 찾아다니면서 그런 얘기를 하나? 자식 목숨을 내놔라, 당신의 아내를 내놔라, 딸을 내놔라. 그게 당신이 하루종일 하고 다니는 일이야?
여자	사장님이나 저나, 용기 없는 사람들이잖아요.
아버지	당장 신고하겠어.
여자	(웃는) 이성을 잃으신 것 같아요.
아버지	너희 년놈들을 다 감옥에 처넣어버릴 거야.
여자	….
아버지	도대체. 돈 내놓으라는 것도 아니고….
여자	(감자를 싸서 가방에 넣고 일어서는)
아버지	꼼짝도 하지 마. 못 나가. 내 집에서 한 발자국도 못 나가.

여자　　(카세트를 켠다. 아버지의 목소리다)

아버지소리　　본인은 '파라다이스론'으로부터 3억원을 대출받았으나 약속한 기한까지 채무를 변제하지 못하였기에 계약에 따라 담보물로 설정된 김필진 본인의 신체 전부와 가족의 신체에 대한 권리를 사업자 파라다이스론에게 양도하며 이를 확인하여 분란의 여지를 없애고자 이 각서를 작성합니다.

카세트에서 자신이 쓰고 녹음한 각서의 내용을 듣는 아버지.
거짓말처럼 귀가 트이는 것을 느낀다.
몸을 부들부들 떨며 카세트를 끄고 혼비백산한 표정이 된다.
여자가 유리컵에 물을 담아 마신다.
그리고 그 빈 컵을 바닥에 내려친다.
유리 깨지는 소리가 날카롭게 방안을 울린다.
여자가 다른 유리컵을 바닥에 내리친다.

여자　　정신 차리세요! (카세트를 켠다)

사내 목소리　　정말로 마음이 아픕니다. 사장님은 끝났습니다. 사장님이 할 수 있는 일은 아들을 우리한테 넘기시는 겁니다. 물론 일은 비밀리에 처리해드리지요. 가족들도 모르게 사고사로 처리하겠습니다. 그게 안 내키시면, 사모님과 두 딸로 대환대납도 가능합니다. 하룻밤이면 저희가 물건으로 만들어 놓을 테니 걱정은 마시구요. 잊지 마십시오! 우리는 마지막까지 사장님에게 선택권을 주려고 최선의 노력을 다했다는 것을.

여자　　….

아버지　　안 돼! 안 돼! 난 그렇게 말하지 않았어. 약속하지 않았어. 내가 아니야! 아니야! 아니야!

여자　　그래두 사장님은 가족이 있잖아요.

아버지   ….

여자   ….

아버지   내 아들은 일등이야. 일등! … 남들 다 다니는 학원 한번 보
       낸 적 없는데 지가 알아서, 다 알아서… 대학생 돼서 미팅한
       번 안해본 우리 은아, 빚더미를… 그 큰짐을… 내가 안겨줬
       어. 우리 막내도 얼마나 똑똑한데… 그걸 내가 못해주고….
       내 마누란 아무 것도 모르는 순진한 여자란 말이야. 난 이 집
       가장인데… 뭐 하나 폼나게 입혀 보지도 못하고… 먹여보지
       두 못하고. 한번만, 이번 한번만. 넘어가게 도와줘. 한번만,
       넘어가게. 한 번만 넘기면 뭔가… 뭔가….

여자   뭐가요? 제가 이런 모습으로 찾아온 걸 보세요. 할 수 있었다
       면 아이를 갖기 전에 했겠죠. 처음엔 남편에게 미안해서 못
       하고, 아이에게 미안해서 못하고. 그러다가 더 큰 덫에 걸려
       든 거예요.

아버지   도망치면 되잖아. 도망쳤으면 됐잖아.

여자   그 사람들을 몰라서 하는 얘긴가요? 나는 이 짓을 더 오래 하
       겠죠. 형량이 늘어나는 죄수처럼.

아버지   당신은 죽었어야 했어. 당신은 그 새끼들보다 더 지독해. 당
       신은 죽어야 해.

여자   고맙네요. (배를 만지며) 산다는 건 정말 무거운 짐이었는데.

아버지   ….

여자   이제 제 일은 끝난 것 같아요.

아버지   (바닥에 뒹구는 칼을 집는) 끝나지 않았어.

여자   결정을 내리게 될 일주일 동안은 하루 한 번씩 저를 보시게
       될 거예요.

아버지   난 아무 결정도 하지 않아.

여자   그것도 결정 중의 한 방법이죠.

아버지　그 새끼들한테 전해. 난 절대 그럴 수 없다고. 절대로.

여자, 아버지에게 다가가며 칼을 달라는 몸짓.
아버지는 여자를 위협하면서도 주춤 뒤로 물러날 뿐.

아버지　가까이 오지마. 죽여 버릴 거야.
여자　（더 가까이 다가가는）
아버지　난 아버지야. 난 아버지라구!
여자　（칼을 쥔 아버지의 손을 잡는） 알아요.

아버지가 칼을 빼내려다가 여자의 손을 벤다.
무심결에 칼을 놓치는 아버지.
여자 침착하게 칼을 주워 싱크대로.
둘 사이 정적.

여자　（아버지와 거리를 두고 서서） 덫에 걸린 토끼가 덫을 빠져나오려
면 어떻게 해야 할까요?
아버지　（쳐다보는）
여자　덫을 갉을 수도 없고.
아버지　….
여자　그래요. 자기 발목이라도 이로 갉아서 끊어야죠. 전 그렇게
살아남았어요. 세 발로 까깡총~ 까깡총~ 뛰는 토끼….

침묵.

여자　사장님…, 그렇게 살 자신 있으세요?
아버지　….

여자   (손에서 흐르는 피를 지그시 누르는)

아버지   난, 난 말이야. 이게 아니었어.

여자   네. 알아요.

아버지   열심히 살아보려고 했어. 누구보다도 열심히… 열심히.

여자   네. 알아요.

아버지   진심이야. 진심이란 말이요.

여자   진심으로. 알고 있어요.

시간이 흐르고

여자   아스팔트는 아직 덥겠죠? 그래도 다행이다, 내리막길이니까.

남자   ….

여자   갈게요. (나가다 말고) 생각해 보니까, 내일 또 와야겠네요.

여자, 나간다.

한바탕 꿈인 듯.

멍해 있던 아버지,

구석구석 흩어진 유리 조각들을 모은다.

뭔가 작은 사물에서라도 위로를 받고 싶은 듯 손길이 남다르다.

그러다가 책장 아래 귀퉁이에서 작은 선물 상자 하나를 발견한다.

선물상자에 써 있는 주소와 이름을 읽은 아버지,

상자를 식탁 위에 올려놓고 뜯어본다.

상자 안에서 알약 10개가 나오고.

둘둘 말려있던 설명서를 펴서 읽는 아버지.

아버지는 갑자기 아들의 책상이며 서랍들을 뒤지기 시작한다.

과학 서적이 꽂혀있는 책들 뒤 공간에서 300ml정도의 약통을 발견한다.

약통에서 청산가리 알약들이 쏟아져 나오고.
아버지는 충격을 받은 채 식탁 의자에 주저앉는다.
어머니와 큰딸이 집 안으로 들어온다.
어머니의 노란 원피스는 피로 물들어 있고
붕대에 감긴 머리에 피가 베 있다.
식탁의자에 앉아있는 아버지를 보고 잠시 주춤.
하지만 아버지가 못 듣는다는 걸 깨닫곤 무시한다.

큰딸   괜찮아?

어머니   (아들 책장에 기대어 앉는)

큰딸   많이 아파?

어머니   놀래서 그렇지, 아프진 않아.

큰딸   피가 안 멎어.

어머니   멎겠지.

아버지   당신한테 미안해.

어머니   피 흘리니까 별 소릴 다하네.

아버지   너한테도 미안하다.

큰딸   ….

어머니   잠이나 자.

아버지   저승사자가 찾아왔었어.

어머니   돈도 안 되는 꿈은 그만 좀 꿔.

아버지   다 끝났어.

큰딸   (붕대를 푸는) 아무래도 병원에 가야할 것 같아.

어머니   … 아까 그 임산부 괜찮을까? 통증이 있는 것 같던데.

큰딸   지금 남 걱정하게 생겼어?

어머니   구급차라도 불러야 했던 거 아닐까?

큰딸   머리에 큰 구멍 생겨갖고 남 걱정은.

어머니 혼자 그러고 있다간 큰일 나지. 금방 쓰러질 것 같던데.

큰딸 움직이지 마.

어머니 아야! 남의 일 같지가 않아서.

큰딸 남의 일이야.

어머니 아야! 살살 해.

큰딸 안되겠다.

어머니 많이 찢어졌어?

큰딸 꿰매야겠어.

어머니 병원은 안 돼.

큰딸 나, 돈 있어.

어머니 니가 돈이 어딨어?

큰딸 … 남자들 만났어.

어머니 그 얘긴 하지 마

큰딸 왜 내 얘길 안 들으려고 그래?

어머니 하지 말라고.

큰딸 딱 1년만.

어머니 그게 일이니?

큰딸 이것도 일이다, 하면 돼.

어머니 내 가슴에 못 박지마.

어머니, 큰딸의 등짝을 찰싹 때린다.

큰딸, 화가 나서 일어나지만 갈 데가 없다.

막내딸이 방바닥에 그어 놓은 금을 발로 마구 지운다.

잠시, 냉장고에서 우유를 꺼내 컵에 따르고,

어머니한테 건네며 식탁에 앉는다.

큰딸 위험하지 않아.

어머니　그만 해. 구역질 나.

큰딸　자식이 셋씩이나 있는데 대리모를 한다는 건 어떻구?

어머니　너랑 나랑 같아?

큰딸　보자마자 재수 없다고 재떨이부터 던지잖아. 앞으로 어떤 사람 만날지는 아무도 몰라.

어머니　성질 더러운 사람 처음 봐? 성공하면, 열 달에 삼천이야. 맘고생 해본 사람들은 서로 눈빛만 봐도 알아.

큰딸　그런 사람이 어딨어? 이제 그만 둬.

어머니　그럼 어떻게 여길 벗어나? 어떻게 빚을 갚어.

큰딸　못 갚는다는 거 엄마도 알잖아. 내가 벌어서 우리라도 살자. 숨 좀 쉬어 보자구.

어머니　숨이 쉬어져? 그 돈으로, 밥이 목구멍에 넘어 갈 거 같애?

큰딸　벌써 세 번이나 만났어.

아내와 큰딸을 쳐다보던 아버지, 울기 시작한다.
어머니와 큰딸, 아버지를 본다.

큰딸　아빠.

어머니　당신은 왜 또.

아버지　쟤라고 그런 남자들 만나고 싶겠어?

놀란 어머니와 큰딸의 얼굴이 일순간 굳어진다.

아버지　쟤도 힘들어서 그래.

어머니　… !

큰딸　아빠!

아버지　많이 힘들지?

큰딸 아빠, 들려?

어머니 당신 들려?

큰딸 우리 목소리 들려요?

아버지 ….

큰딸 아빠.

어머니 돌아왔어? 트였어?

큰딸, 아버지를 왈칵 안는.

어머니 이 웬수. 이제야 들려? 이제야 들려, 이제야.

큰딸은 팔을 풀고 아버지 눈치를 본다.

큰딸 아빠, 내가 했던 얘기…. 신경 쓰지마.

어머니 당신 정말 귀가 튄 거야?

아버지 할 얘기가 있어.

어머니 ….

아버지 꿈을 꿨어.

큰딸 ….

아버지 모두 죽는 꿈.

어머니 잊어 버려.

큰딸 잊어버려요, 그런 꿈

아버지 여행을 갔는데. 당신은 지금처럼 노란 꽃무늬 원피스를 입고 있었고. 창밖으로 하얀 얼룩소들이 보이고… 갑자기 비가 쏟아졌어. 와이퍼를 작동시켰는데 자꾸 내 얼굴 위로 비가 들이치는 거야. 우리가 탔던 차가 빗길에 미끄러지고, 브레이크도 안 들고. 벼랑으로 떨어졌어, 바닥도 안 보이는 벼랑으로.

아버지가 약통의 알약들을 식탁 위에 쏟아 붓는다.
그리고 돌돌 말린 설명서 종이를 큰딸에게 준다.

아버지　읽어봐라.

큰딸　…!

아버지　큰 소리로, 읽어.

큰딸　청산가리 복용법. …?

어머니　?

큰딸　단 한 번에 확실하게 죽는 요령. 청산가리 열 알을 물과 함께 단숨에 삼킨다. 주의사항. 콜라에 넣어 섞어 마시면 실패할 수도 있음.

어머니　이게 뭐야?

아버지　둘째가 쓴 거야.

큰딸　…?

아버지　청산가리를 팔고 있었어.

어머니　알아듣게 얘기해.

아버지　과학 고등학교에 보냈더니, 그 머리로 이런 걸 만들었어.

어머니　!

아버지　나 같은 사람 죽이고 있었던 거야.

어머니　뭘 했다고?

아버지　난 오늘 이걸 먹을 생각이야.

어머니　뭔 소리야!

아버지　우리 가족, 모두 먹었으면 좋겠지만… 선택해라. (큰딸에게) 살고 싶으면 지금 여길 나가. … 내가 죽으면 다음 날로 유산상속 포기 신고를 하고. 안 그러면 내 빚이 모두 너한테 옮겨갈 거야.

아버지가 서랍에서 주민등록증을 꺼낸다.

비상시를 위해 준비해둔, 불법 매매 주민증이다.

아버지 이거 내 친구 딸의 신분증이다. 친구 딸이 외국으로 여행 갔다가 행방불명이 됐어. 친구한테는 이미 얘기해 뒀다. 당분간은 이 신분으로 살아라. 이 신분으로 사는 동안은, 결혼도, 좋은 회사 같은 데도 들어가면 안 된다. 절대 친척들한테도 연락하지 말고 동생들도 볼 생각 말고. 돈을 벌면 그때 너한테 맞는 새로운 신분을 사. 너에게 새로운 인생을 줄, 확실한 신분으로.

큰딸 ….

어머니 나 좀 봐. 여보. 여보.

아버지 애들은 아직 어리니까 괜찮을 거야.

어머니 당신, 당신 무슨 얘기 하고 있는지 알아?

아버지 여보, 난 발목이 되기로 했어. (조금 밝게) 기꺼이 발목이 되고말고.

어머니 발목이라니. 당신 제 정신 아니야. 내 눈 보고 얘기해. 나 봐. 알아듣게.

아버지 (어머니 눈을 보며) 우리 발목을 자르면 아이들은 이 덫을 빠져나갈 수 있어.

어머니 (아버지 눈을 보며) 당신 왜 이래. 진짜. 당신….

어머니, 아버지의 뜻을 아는 듯 모르는 듯, 몸에서 힘이 빠져 나간다.

아버지 (딸에게) 세상은 정글이다. 앞에 뭐가 있을지 몰라. 뒤돌아보면 안 된다. 앞만 보고, 헤쳐 나가야 돼. … 난, 너희들이, 살아남길 바란다.

어머니   ….

큰딸   뭔가 착오가 있었을 거야.

아버지   어서 가라. 너흰 다리가 세 개 뿐이란 걸 명심하고. 더 부지
         런히 뛰어야 해. 그래야 맹수들을 따돌릴 수 있다.

큰딸   엄마 말 좀 해.

아버지   여보, 난 여기서 끝내고 싶어.

어머니   ….

아버지   당신은 어때?

어머니   ….

아버지   애들 때문에 버텼잖아.

큰딸   아빠.

아버지   면목 없다. 너를 이렇게 만들어 놓고.

         침묵.

         어머니, 아버지를 보고, 식탁 위에 흩어진 약을 바라본다.

아버지   당신은?

큰딸   (약을 모으는)

아버지   (제지하는)

어머니   … 우리가 죽으면, 진짜로 애들한테 안 넘어가?

아버지   (끄덕)

어머니   정말이지?

아버지   그래.

어머니   애들이 떠안는 거 아니지?

아버지   음.

어머니   진짜.

아버지가 싱크대로 가서 컵에 물을 담아 가지고 온다.

큰딸　　아빠!
아버지　넌, 니 힘으로 일어서야 한다.

어머니, 식탁 위에 흩어져 있던 알약을 손가락으로 세며 모은다.

어머니　하나, 둘, 셋, 넷.
큰딸　　엄마!

어머니, 손을 멈춘다.
큰딸이 어머니의 손을 제지하려고 하자, 아버지가 딸의 손을 잡는다. 큰딸의
손을 꽉 잡고 있는 아버지.
어머니, 다시 센다.

어머니　다섯, 여섯, 일곱, 여덟, 아홉… 아, 목이 타. (물을 마셔버린다)

어머니가 다시 물을 떠온다.

큰딸　　아니지, 엄마. 아니지? 아니지?

눈물이 떨어지는 큰딸.

어머니　여보, 얘기 좀 해.
아버지　….
어머니　아빠랑 할 말 있어. 나갔다 와.
큰딸　　(고개 젓는)

어머니　어서!

큰딸　안 돼. 안 돼.

어머니　너 머리 컸다고 자꾸 엄마 말 안 들을래?

큰딸　상처주지 마. 우리한테 그러지마, 이건 아니야.

아버지　알았어. 알았어. 애들 찾아봐.

큰딸　기다려. 조금만, 기다려. 내가 찾아올 테니까 조금만.

어머니, 고개를 끄덕인다.

어머니　(나가는 딸 이름을 다정히 부르는) 은아야… (사랑스런 미소로) 다녀와.

큰딸, 나간다.

어머니　밥해야지, 새 밥. 매일 라면만 먹였는데.

아버지　여보—.

어머니　쌀이 어딨더라? 쌀. 쌀. (뒤지는) 간장이 어딨는 거야. (정신없는) 김치. 아, 맞다. 김치. (냉장고 뒤지는)

아버지　….

어머니　아니야, 당신 혼자 먹어. 내가 왜 약을 먹어? 내가 왜 죽어? 당신 없을 때도 애들하고 잘 버텼어. 애들 나 없으면 안 돼. 우리 막내, 걔 내년엔 꼭 학교 가야 돼. 우리 애기, 친구가 없으니까 자꾸 떼부리고, 아프대고…. 둘째는 내일 중간고사야. 걔 키만 컸지, 엄마 손을 얼마나 타는데… 은아 봐. 걔 우리가 잡아줘야 돼. 우리 있어도 저렇게 사는데. 우리마저 없으면 어쩌라구….

아버지　… 우리가 해줘야 하는 건 그런 게 아니야.

어머니　아니야. 난 잘했어. 난 안 죽어. 당신이 잘못했잖아. 도망쳤잖

아. 여기 봐. 여기, 내가 마련한 거야. 다 팔아서 같이 있겠다
고, 당신 없을 때 내가 지킨 거야. 나 여기서 애들이랑 살 거야.

아버지　… 사는 건 더 힘들어.

어머니　그래서 또 도망치려고? 쉽게 끝내려고. 마음대로 그러려고?

아버지　(약을 집으려는)

어머니　안 돼. 여기선 안 돼. 이 식탁에선, 여기선 다 같이 아침 먹어
야 돼.

아버지　… 이러지마

어머니　여보, 이거 거짓말이지…? (의자 들고) 이걸로 나 좀 때려봐.

아버지　(침묵)

어머니　내리 쳐봐. 머리. 때려봐 좀.

아버지　… 여보. 여보.

어머니　(바닥에 내려치고) 이렇게. 이렇게. 이렇게.

산산이 부서지는 의자.

어머니, 눈에 보이는 것들을 던지기 시작한다.

오랜 침묵.

어머니　무서워.

아버지　나도 … 무서워.

막내딸이 원색의 깜찍한 셔츠와 초록색 운동화를 신고 들어온다.

싱그럽고 더욱 발랄해 보이는 막내딸,

손에는 디지털 카메라가 들려있다.

막내딸, 아버지와 어머니를 향해 셔터를 누른다.

막내딸　엄마, 아빠, 여기 봐. (셔터를 누르며) 이거 최신형이다. 1200만 화소. 두고 봐. 이걸로 외계인 찍을 거다. 내 말이 거짓말 아니라는 거 증명해 보일 거야. (셔터를 누르며) 웃어봐. 주름 좀 펴.

연신 터져대는 카메라 플래시.

어디선가 눈부신 빛(외계의 불빛 같은)이 다가와 방안으로 스며든다.
단칸방에 비추는 환한 빛을 보는 것은 막내딸뿐이다.
외계인을 맞이하듯 빛을 향해 반갑게 인사하는 막내딸,
활기차고 씩씩한 몸짓과 표정이다.

막내딸　어! 왔다. 왔어. 외계인이야~! 외계인이다~! 아 눈부셔~.

어머니와 아버지는 빛을 보지 못한다.
하지만 한자락 희망의 기운을 받은 듯, 슬프거나 무섭지 않은 표정.
마치 손에 든 약을 먹고 나면
천 번의 계절이 지난 후 깨어나, 다시 함께 살아갈 사람들 같다.

어머니와 아버지는 평온한 얼굴로 약을 입에 털어 넣고 물을 마신다.
환한 웃음으로 서로의 얼굴을 마주보는 두 사람.

아들, 트롬본 케이스를 들고 들어온다.
큰딸, 문 앞에 서서 얼굴을 두 손으로 감싼 채 붙박여 있다.
무대 화이트아웃.

훨 훨

김 성 민

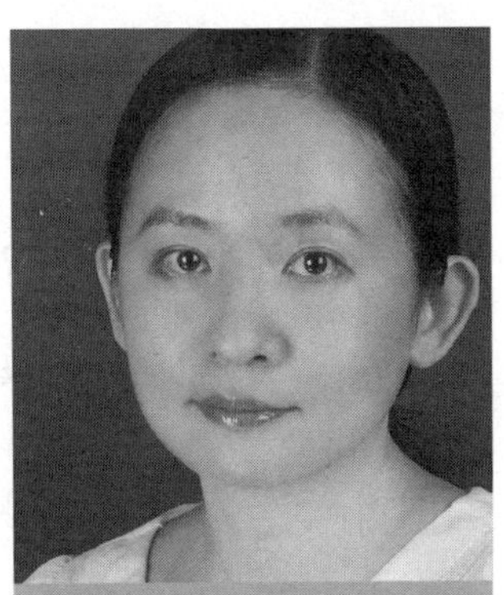

· 2004년 조선일보 신춘문예 당선
· 제9회 신작희곡 페스티벌 당선(한
  예종, 한국연극연출가협회)
· 갈매기, 동승, 대머리 여가수 등
  20여 편 연극작업.

등장인물

일봉
화수
만수
병만
男 多役 - 술 취한 중년, 악기점 주인, 집주인 男
女 多役 - 미스 홍, 집주인 女

(다역(多役)은 편의상 설정해 보았다. 개별적인 배우가 맡을 수도 있을 것이다)

무대

무대는 기본적으로 허름한 서민아파트 거실.
장소 변화가 있을 때도 특별한 지시가 없는 한
거실의 조명은 완전히 어두워지지 않는다.

거실 베란다 통유리 문 그 너머로 햇살 눈부시게 빛난다.

아름답다.

화수, 그 햇살 받으며 오도카니 앉아 있다.

거실 한쪽엔 아주 오래 되어 바람이 다 빠지고 쭈그러져

마치 회반죽으로 빚다 만 듯한 느낌이 드는 축구공이 놓여 있다.

차라리 축구쟁반 같다.

'고동수' 라고 매직으로 크게 이름이 쓰여 있다.

30년쯤은 되었을 것 같다.

벽엔 오래 된 사진 액자가 걸려 있다.

운동회 날인데 축구공 위에 발을 올려놓고 있는 사내아이가

엄마 옆에서 활짝 웃고 있는 모습이다.

거실 한쪽 구석엔 잘 접힌 채 놓여있는 휠체어.

거실의 낡은 장식장 위엔 플라스틱 상자가 놓여 있다.

애벌레를 키우는 상자다.

그 안은 보이진 않는다.

화수 천천히 일어나더니 상자로 와 안을 들여다본다.

바라보는 그 얼굴에 잔잔한 미소.

거실 어둑해지며 요란한 음악소리.

화수는 거실에 그대로 선 채 상자 안을 보고 있다.

룸살롱 대기실.

밖에서 들려오는 요란한 밴드 소리, 노랫소리.

대기실 안은 한산하다.

일봉과 미스 홍만이 앉아있을 뿐.

야한 복장의 미스 홍, 다리를 꼬고 앉아

핸드폰으로 게임을 하면서 김밥을 먹고 있다.

낡고 구식인 양복에 나비넥타이, 전기기타를 멘 일봉,

우두커니 앉아 있다가 슬쩍 손목시계를 본다.

손수건을 꺼내 얼굴의 땀을 닦는다. 지쳐 보인다.

웨이터 병만, 들어온다.

병만   먹을 거 다 먹거든 제발 양치질 좀 하고 들어가라, 기집애야. 그리고 입은 너만 있냐? 어떻게 싸가지가 바가지냐, 넌?

미스 홍   드실래요?

일봉   (한 손 치켜들며) 오, 노땡큐. 내가 사연이 있어 김밥은 잘 안 먹어요. (눈 찡긋하며) 좀 전에 라면도 먹었고.

병만   (일봉에게 드링크 내밀며) 이거.

일봉   (받으며) 얘하곤 사연이 없지.

병만   (흰 봉투 내밀며) 그리고 이거….

일봉   어, 나왔어? 고마워!

병만   땡긴다고 땡겼는데, 얼마 안 되네요.

일봉   (약간 실망하려다 금세 웃으며) 그래도 이게 어디야? (봉투를 소중하게 양복 안주머니에 집어넣는다)

병만   에이, 벌써 다섯 달인데, 기본급 좀 챙겨주지, 맨날 테이블 뽀지나 떼고…. 조금만 더 참으세요.

미스 홍   오부리한테 월급 주는 사장이 어딨냐?

병만   야 야, 시끄러우니까 넌 김밥이나 콱콱 씹어.

미스 홍   아! 요즘 왜 이렇게 손님이 없는 거야? 하루에 한 테이블 뛰기도 빡빡하네. 따블에 트리플에 2차 팍팍 나갈 때가 좋았는데. 어디 마이킹 세게 땅겨주는 데로 확 나를까보다.

병만   핸드폰에 코 박고 있으면 세상 돌아가는 게 보이냐? 요즘 경기가 얼마나 심하게 바닥을 치는 지도 모르지? 마이킹 뭐 어째? 그런 마인드론 꽁이나 안 치면 다행이다, 기집애야.

일봉   난 그만 일어나야겠네.

병만   벌써 가시게요?

일봉   응. 좀 피곤한데.

병만   분위기 녹으면 한 두 테이블 나올지도 모르는데.

일봉   악극단 떴다 바이 삼십 년이면 천기를 알거든. 오늘은 흐려!

밖에서 들려오는 꽥꽥대는 노랫소리.

병만   돼지 멱따는 쌔끼들이 빠꾸는 놓구 지랄이야.

미스 홍 손님들이 그러는데 늙다리 들어오면 술맛 떨어진대.

병만   어떤 종자가 그래? 반주 넣는데 나이가 뭔 상관인데?

미스 홍 왜 자꾸 나한테만 지랄이야? 만만한 게 미스 홍이냐?

일봉   그만 해. 다 지들 맘이지. 근데 병만인 어찌 결혼을 안 해? 아
        버지가 걱정하던데.

병만   그딴 걸 뭐할라구 해요. 골치만 아프게.

일봉   골치? 아프지, 아파! 그치만 안하면 (가슴을 누르며) 여기가 아
        파, 무지하게. 아유, 못 견디지, 이건!

병만   (웃으며) 에이! 아저씬!

미스 홍 어머! 웬일이니?

일봉   그리구 이건 비밀인데 말야. (은밀하게) 자기 짝만큼 좋은 건
        세상에 없다구.

미스 홍 어머머! 미쳐 미쳐!

일봉   여잔 맘하고 눈이야! 딴 건 없어. 오케이?

병만   맘하고 눈. 오케이, 접수.

일봉   (일어나며) 그럼 돈들 많이 버시게. 난 이만 굿나잇!

거실 현관으로 들어서는 일봉,

기타 메고 손엔 봉지 하나를 들었다.

일봉, 현관에 선 채로 닫힌 안방 문을 물끄러미 바라본다.
사이.

일봉　(밝고 큰 소리로) 이쁜아! (노래 조로) 오빠아가 와아아았다.

거실 환하게 밝아진다.
누에상자 안을 보고 있던 화수, 일봉에게 다가간다.

화수　오늘은 왜 벌써 왔어? 술도 안 취하고.

일봉　(손에 든 봉지를 내밀며) 이제 취해야지. 오늘의 선물!

화수　이게 다 뭐야? (부엌으로 가져가 펼쳐보며) 소주, 요구르트, 딸기 주스….

일봉　누가 주더라구. 우리 이쁜이 한 잔 하라구. 그 총각 잘 생겼던데?

화수　다음부턴 직접 연락하라구 그래. 내가 요즘 남아도는 게 시간이야.

일봉　어쭈! 우리 이쁜이 농담 많이 늘었네?

화수　누구 닮아가나 보지.

일봉　(상자 안을 들여다보며) 우리 누에들 잘 있었어?

화수　(술상 차리며) 오늘은 뽕잎을 네 장이나 먹었어. 하루 종일 사각사각 얼마나 잘 먹는지 통통한 게 귀여워 죽겠어.

일봉　귀여워? 애벌레가?

화수　걔네들 생긴 거 봐. 얼마나 귀엽게 생겼는데.

일봉　그런가? 어… 그러네. 귀엽네. 얜 표정이 끝내주게 귀엽구 얜 미끈미끈하고 길쭉한 게 엄청나게 섹시하다.

화수　하여튼!… (술상 가져와 앉으며) 와 앉아요, 잘 생긴 총각.

일봉　두 마리가 사이좋게 고물고물 거리는 게 딱 우리다. 그치 이

뽄아? (한잔 마시곤) 카, 미치겠다. 이 맛!

화수 소주가 마누라지.

일봉 (김치 한 조각 집어넣으며) 당신 한 잔 해?

화수 안 먹어. 맨날 물어봐. 돈 못 벌고 일찍 들어오니까 괜히.

일봉 어? 말 다했어? 돈 쏟아지는데 당신 보고 싶어 줍지도 않고
온 거야.

화수 앞으론 다섯 장쯤 주워 와. 나 그새 안 죽어.

일봉 알았어. 그리 하지! 오늘 어땠어?

화수 좋았지. 무지 좋았어.

일봉 집에만 있으면서 그리 좋아?

화수 집에 가만히 있으면 틀림없이 당신이 여기로 오잖아.

일봉 틀림없이.

화수 틀림없이.

일봉 우리 이쁜이 내가 지킨다.

화수 한 잔 줘 봐.

일봉, 얼른 따라 한 잔 건넨다.

화수 (소주 마신다, 말고) 아유 써!

일봉 요구르트 갖다 줄까?

화수 됐어. 그냥 있을래. 요구르트보다 내가 더 쉴 판이야.

일봉 (웃으며) 우리 이쁜이가 농담 연구하나 봐. 하지만 당신은 싱싱
한 딸기 주스야. 언제나 달콤하지.

화수 중요한 순간에 혀가 꼬여. 취했어?

일봉 이쁜아. 너는 내가 지킨다. 알지?

화수 … 알지.

일봉 베리 굿!

화수	만수 씬 잘 지낸대?
일봉	아파트 경비로 취직했대.
화수	잘됐네. 것두 빽 있어야 된다는데.
일봉	짜식이 은근슬쩍 물어보대.
화수	뭘.
일봉	당신 여전히 이쁘냐구. 걔가 왜 소싯적에 당신한테 관심 있었잖아. 당신 반달눈이 딱 자기 스타일이라나. 짜식이 눈만 높아가지구.
화수	그래서 뭐라구 그랬는데.
일봉	뭘 뭐라구 그래? 예쁜 게 어디 가냐구 그랬지. 젊었을 때 그 모양 그대로라구. 눈도 이쁘고 맘도 이쁘고.
화수	(일봉을 멀거니 보다가 낮은 한숨) 하여튼….

화수, 앉은 채로 우두컨해진다.
일봉, 문득 쓸쓸해진 표정으로 손수 따라 몇 잔 더 마신다.

다방에 마주 앉아있는 일봉과 만수.

만수	어쩌냐. 맨날 공치구 있으니. 병만이 녀석이 신경은 쓰지?
일봉	응.
만수	그냥 답하지 말구.
일봉	진짜야, 자식 같아. 그래두 부담주지 마라. 걔가 뭔 힘이 있겠냐.
만수	하긴 그렇지… 불러주는 데가 그렇게 없어?
일봉	애들이 내 명함 다 잃어버린 모양이야.
만수	꼴에 넉살은… 안 여사는?
일봉	이뻐, 여전히.

만수   누가 이쁜 거 물어봤어?

일봉   잘 있어. 잘 먹구.

만수   모아둔 재산이 있나, 봉양 받을 새끼가 있나.

일봉   ….

만수   왕년에 고일봉이 어쩌다가….

일봉   근데, 만수야. 내가 일 나가기 전까진 시간이 좀 남잖냐.

만수   그런데.

일봉   뭐, 그러니까, 시간 너무 많이 드는 것 말구 한두 푼이라도 될 만한 거. 이쁜이 잠들고 나면 별루 할 일도 없구 해서, 아르바이트루다가.

만수   (생각해 보다가) 낮에 두 시간 정도면 틈틈이 빈병허구 폐지, 박스, 폐 철근 같은 거 주워다 돌리는 일 말고 늙다리가 짬짬이 할 일이 또 뭐 있겠냐.

일봉   (관심을 드러내며) 리어카로 실어 나르는 거? 내 알아. 얼마나 남나?

만수   하기 나름이지 뭐. 한 오천 원 벌이도 되구, 칠천 원도 되구.

일봉   아유, 짜네.

만수   그것두 몸에 배야지. 막 하는 게 아냐. 기술이지. 기술 없이는 힘들기만 해. 하루아침에 되는 일이 아냐.

일봉   쉽지는 않겠지.

만수   (속이 상해) 아이구! 너 언제까지 그러구 살래. 아, 살 사람은 살아야지 언제까지 그럴래?

일봉   (정색하며) 뭔 소리냐.

만수   내 말은, 그러니까,

일봉   너 그거 아냐? 내가 우리 이쁜이 손을 잡지 않으면 밤에 잠을 못 잔다. 그거 아냐?

만수   징그럽다, 짜식아. (커피 쭉 들이키곤) 밥이나 먹으러 가. 병만이 녀석이 너랑 맞난 것 먹으라구 돈 주더라. (성인용 기저귀 꾸러미를 내주며) 이것도 병만이가 샀다.

일봉　　얼씨구, 고일봉이 땡 잡았네. 병만이 장가는 내가 보내야겠다.

일봉, 기저귀를 들고 거실로 들어온다.

우두컨한 화수 곁으로 와 앉는 일봉.

사이.

거실 환해진다.

바람 주입기로 축구공에 바람을 넣기 시작하는 화수.

일봉　　힘들지 않아?

화수　　힘드네.

일봉　　줘. 내가 할게.

화수　　내가 한번 해볼라구. (사이) 밖에 일이 잘 안 돼?

일봉　　잘 돼. 안 될 게 뭐 있어?

화수　　당신 악극단 관두구 싸롱에 처음 반주 다니기 시작했을 때, 지금 얼굴이 꼭 그때 같으니까 그렇지. 두 눈꼬리가 축 쳐진 게 기운이 한개도 없어 보이는 게.

일봉　　내 눈꼬리야 진작부터 쳐졌지. 언젠 또 착해 보여서 좋다며?

화수　　지금은 그냥 쳐진 게 아니라, 축 쳐졌어.

일봉　　(손으로 눈꼬리를 치켜세우며) 어때? 맘에 들어?

화수　　맘에 안 들어.

일봉　　시비 거는 거 보니까 심심하구나?

화수　　진짜 아무 일 없는 거야?

일봉　　우리 홍도만 괜찮으면 오빠 세상만사 댓츠 오케이야! (노래 조로) 홍도오오야. 울지 마아라. 오빠아가 이이이있다….

화수   (사이) 잘생긴 홍도 오빠도 이제 많이 늙었다.

일봉   우리 이쁜인 처음 만났을 때 그대론데.

화수   지방공연 온 홍도 오빠한테 홀딱 반해 서울까지 따라온 게
        여적지야.

일봉   입때껏 고생만 시켰지.

화수   젊었을 땐 인물값 하느라 이 여자 저 여자 일도 많았구.

일봉   미안허이.

화수   허구한 날 지방으로만 돌아다녀 일년에 두어 달이나 집에 있
        을까 말까였어. 혼자 애 낳고 혼자 길렀지.

일봉   고일봉이 그 자식 거 진짜 나쁜 놈이네.

화수   몇 푼 되지도 않는 출연료는 툭하면 떼먹혀. 애 등에 업고 시
        작한 김밥장사를 삼십 년을 넘게 했어.

일봉   에이, 속상하다! 그래서 내가 김밥은 안 먹는다. … 미안해서
        못 먹지.

화수   그래도 당신… 우리 동수는 끔찍이도 위했어. 그렇지?

일봉   고놈 참 이뻤지. 당신을 똑 닮아서.

화수   동수 코는 당신 코였어. 반듯하고 자존심이 센 코. 하긴, 맞
        다. 날 더 닮았지. 그래서 그 애 팔자가 그런가 봐. (감정이 거세
        진다)

일봉   (화수의 손을 잡아 쥐며) 이제 그만 해.

화수   지금도 안 믿겨져. 다 꿈같아. 믿겨지질 않아. 꿈같아. 잘 먹
        이지도 못했는데. 잘 입히지도 못했는데. 우리가 먼저 가야
        제대론데. 어떻게 그게 사실이야….

일봉   이쁜아.

화수   그래도 당신, 동수 떠난 뒤엔 담배도 끊구, 나 고생시킨 죄
        값 치른다구 나한테 그렇게 잘해줬는데…. (감정이 격해져 숨을
        헐떡이며) 이젠…. 이젠…. (기저귀를 손으로 발로 치며) 이게 뭐야!

이게 다 뭐야!…

일봉   이쁜아!

화수   이게 뭐야! (숨을 헐떡거리다 가슴이 진정되지 않아 토하는 시늉을 낸다)

화수를 깊이 안아주는 일봉,

화수를 진정시키느라 등을 쓸어주기도 한다.

사이.

일봉   난 당신 만나 좋았는데.

화수   ….

일봉   나만 좋아서 미안허이.

화수   ….

일봉   미안해, 이쁜아. (사이, 축구공에 바람을 넣기 시작하며) 축 처진 게 꼭 누구 눈꼬리 같네.

일봉, 축구공에 열심히 바람을 넣는다.

우그러졌던 공이 제법 팽팽해진다.

굴곡이 졌던 ‘고동수’ 이름이 환하게 펴진다.

일봉   (눈물로 붉어진 눈으로) 됐다. 쫙 펴졌어. 봐. 고동수! 아이고, 우리 동수가! (화수에게 주며) 자!

화수   (축구공을 가슴에 꼭 안는다) … 젊었을 때 나 고생 시킨 벌 다 섰어, 당신. 이젠 나한테 미안해하지 마요.

일봉   (감개무량한지 고개를 푹 숙였다간 다시 화수를 본다)

화수   (고개를 끄덕여준다)

일봉   에이, 벌 다 선 기념으로다 우리 누에 뽕잎이나 줘야겠네. (상자로 가 안을 들여다보며 슬쩍 눈가를 닦아낸다) 자네? 자는 것도 귀

엽다. 벌도 다 섰구 얘네들도 귀엽구. 아, 에브리띵 오케이
네….

화수는 축구공을 조용히 쓰다듬는다.
룸살롱의 룸.
일봉, 기타를 메고 반주 넣기 시작하면
한 손엔 마이크 잡고 또 한 손엔 양주병 든 중년사내,
잔뜩 취한 목소리로 악을 쓰며 노래한다.
미스 홍, 그 옆에 서서 몸을 흔들며 장단을 맞추고 있다.
병만, 새로 술과 안주를 가지고 들어온다.

중년　　(부르다말고 짜증스럽게) 높잖아. 키 내려!

일봉　　아, 예. (키 내리고 반주한다)

중년　　(몇 번 악쓰다가) 에이 씨! 낮잖아. 높여! (노래 좀 부르다가 마이크
　　　　팽개치며) 염병! (일봉에게) 이리와 봐.

일봉, 중년 가까이 다가간다.
굳은 표정으로 지켜보는 병만.

중년　　(들고 있던 술병 주며) 마셔.

일봉　　(공손하게) 근무 중엔 마시지 않습니다.

중년　　(신경질적으로) 마셔! 노인네가 잔뜩 폼 잡고 서 있으니까 노래
　　　　가 안 되잖아! 마셔! 마시구 좀 나긋나긋하고 녹진녹진하게.
　　　　응? 우리 그렇게 놀자. 이건 뭐 아버지 앞에서 재롱떠는 것도
　　　　아니구…. 그리고 나 우리 아버지 무지 싫어하거든? 노인네
　　　　가 돈을 꼭 쥐어 잡고 앉아서 폼을 그냥 쥐뿔나게 잡아요, 염
　　　　병! 마셔, 얼른!

일봉, 어쩔 수 없이 양주병에 입을 대고 조금 마시다가

그만 술이 목에 걸려 캑캑거린다.

중년　(술병 확 뺏으며) 술도 못 마셔, 키도 못 맞춰. 노인장은 여긴 뭐 할라구 계슈?

일봉　죄송합니다. 좋으신 목청인데. 다시 한 번 잘 맞춰보겠습니다. 죄송합니다.

중년　나가! 나가세요! 빠꾸!

일봉　(손등으로 얼굴의 진땀을 닦아내며) 제가 다시 잘…

중년　안 나가? 이 노인네가 귓구멍에 말뚝을 박았나? 나가! 나가라구!

중년, 앰프에 꽂힌 기타선 거칠게 빼고 일봉을 확 미는데

일봉 크게 휘청거리며 넘어질 뻔한다.

이를 계속 보고 있던 병만.

병만　(나지막하게) 그래도 팁은 주셔야죠.

중년　뭐? 너, 지금 뭐라 그랬냐?

병만　(웃으며) 네, 사장님. 그래도 팁은 좀 챙겨 주셔야….

중년　야, 야, 하하! 아, 이 새끼 고수네, 이거! 야, 저 꼰대 기타 치는 거 너 알지? 응? 너 알지?

병만　예. 저희 가게 최고의….

중년　최고가 다 어디가 코 박구 죽었냐? 야, 팁? 말 잘했다. 팁 내가 받아야 돼! 응? 쥐좆같은 반주에다 노래 한번 불러 보려구 내가 얼마나 고생했는지 너 아냐? (일봉에게) 영감! 나 팁 줘! 아주 말 잘했어! 나, 얼렁 팁 줘!

일봉　(웃음을 잃지 않으려 애쓰며) 사장님, 목소리는 왕년에 나훈아가

데뷔했을 때랑 똑같습니다. 제가 한 잔 올리겠습니다.

중년 아유! 뒤늦게 애교는…. 토할 것 같네. 이거, 나가, 안 나가?

병만 (정색을 하며) 진짜 팁 주셔야 합니다. 사장님! 저희, 이거 갖고 사는 겁니다, 사장님.

중년 나는 팁 아껴서 산다, 이 웨이터 새꺄! (일봉에게) 너 나가고, 가서, 니네 윤부장 오라 그래. 여기 물 완전히 배렸다. 이거!

미스 홍 (중년에게) 아이, 그만 좀 해! 분위기 진짜 춥다. 후끈하게 우리 춤이나 추자. (중년에게 몸을 비벼대며) 아싸! 춤 좀 춘다, 아싸!

중년 (미스 홍 밀치며) 야, 이년아! 여기가 무슨 경로당이냐? 지금 꼰대 앞에서 재롱잔치 해? 저 봐라. 끝까지 안 나가요. 환장하겠네.

일봉은 난감한 표정으로 억지 미소를 짓고 있다.
병만, 중년을 노려본다.

중년 뭐야? 너 지금 눈탱이에 힘주는 거냐? 이런 씹탱이들, 진짜 안 되겠구만. (미스 홍에게) 야! 너 나가서 윤 부장 오라구 해, 얼른! 내가 가랴? (가려 한다)

병만 (사이, 눈의 힘 확 풀며) 에이, 그만 기분 푸십쇼. 다 제가 잘못했습니다, 사장님. (일봉에게, 과장되게) 뭐하세요. 나가요, 얼른!

일봉, 병만을 바라보는데 순간 절박한 기운이 돈다.
그러다 이내 수긍하는 듯 예의 미소를 잃지 않고,

일봉 그럼 남은 시간도 좋은 시간되시길 바랍니다. (희극적으로 인사하며) 사랑과 정열의 미스타 고였습니다. (나간다)

미스 홍 (일봉의 뒤를 따라 나가며 중년에게) 오빠, 잠깐만. 나 쉬야 하고 올게?
중년   놀구 있네. 야! 저년도 빠꾸!

병만, 중년과 눈이 마주치자 아주 공손히 미소 짓는다.
거실의 화수, 누에상자 안을 들여다보고 있다.

화수   어머! 애들 좀 봐.

거실 환해진다.
일봉은 앉아 빨래를 개고 있다.

화수   고치를 지으려나 봐. 몸에 하얗게 실을 감고 있어. 실 빼느라
         몸이 쪼그매졌네.
일봉   자식들. 어떻게 다 때를 알구.
화수   그러게. 누가 가르쳐주는 것도 아닌데 어떻게 다 때를 알구.
         나보다 낫네….
일봉   (사이) 우리 심심한데 산보나 할까? 병원 갔다 오는 길에.
화수   산보는 무슨. 이 몸을 해가지구.
일봉   봄이잖아, 봄! 봐! 쟤들이 우릴 부르네.

베란다 통유리에서 넓게 퍼져 들어오는 오전의 햇살.

화수   하긴 이맘때 공원 가면 벚꽃이 한창이지.

통유리 밖으로 하얗게 흩날리는 꽃잎들.
꽃잎들 햇빛 속에서 반짝인다.

화수   (넋 나간 듯 바라보며) 재들은 질 때가 더 예뻐. 그렇지?
일봉   그렇지.
화수   나도 그래야 되는데.

         사이.
         꽃잎들 멈춘다.

일봉   꽃구경도 가려면 조금 서둘러야겠는데. 슬슬 차려 입자구.
         (빨래 하나를 들어 보이며) 오늘은 이 옷 어때? 딱 봄처녀 분위긴
         데.
화수   어때는 무슨 어때. 맨날 그 옷만 입는데. 목욕도 시켜줄 테
         야?
일봉   우리 깔끔이 찝찝하구나.
화수   엉덩인 비누칠 좀 많이 해줘. 주사 맞을 때마다 간호사 보기
         민망해. (조심스럽게) 내 몸에서 냄새나는 거 맞지?
일봉   당신한테야 늘 달콤한 딸기주스 냄새가 나지.
화수   (몸 냄새를 맡으며) 무슨 썩는 냄새 같기도 하구. 내 냄새라 잘
         모르겠어.
일봉   냄새는 무슨… (일어나 화수를 안아 들며) 가자. 오빠가 예쁘게 씻
         겨줄게.

         일봉, 화수를 안고 빙그르르 돈다.
         까르르 웃는 화수.

화수   어지러워!
일봉   재밌지?
화수   (웃으며) 어지럽다니까? 내려줘.

일봉　(또 한바퀴 돌며) 이거 무지 좋아하잖아, 당신! 재밌지?

화수　(웃으며) 그만 내려놔. 힘들게.

일봉　고일봉이 안 늙었다. 하나도 안 힘들어. 이거 왜 이래.

일봉, 다시 한 번 장난스럽게 돌다가 크게 휘청거린다.

화수　(안긴 채 놀라) 왜 그래?

일봉　(당황한 표정 이내 수습하며) 재미없었어? (일부러 휘청거리며) 재밌잖아? 재밌지?

화수　내려줘, 얼른!

일봉, 화수를 내려놓는다.

얼굴에 난 땀을 슬쩍 닦아낸다.

화수　(사이) 그러지마. 힘들면서. 힘들면 하지 말지 억지로 왜 해? 힘들면 하질 말아야지…. 힘들면서 억지로 하면… 당신, 죽어.

일봉　누가 뭘 어쨌다구 그래. 에이, 별거 아닌 것 갖구 마누라 또 긁는다.

화수　….

일봉　가. 얼른 씻자.

화수　….

일봉　이쁜아.

화수　안 씻을래.

일봉　왜?

화수　안 씻어.

일봉　(사이) 그럼 씻는 건 저녁 때 하구 얼른 차려 입자. 머리부터 빗겨줄까? 봄 처녀 모양으로. 빗이 어디 있나.

화수　병원에 안 갈래.

일봉　왜 또 화가 났어?

화수　병원엔 자꾸 가서 뭐하게. 맨날 똑같은 걸. 안 가.

일봉　(달래듯) 이쁜아!

화수　안 간다니까 왜 그래?

일봉　(화수의 손을 잡으며) 화 풀고 가자. 오빠가 잘못했어.

화수　(손 뿌리치며) 이젠 내 손 좀 놔.

일봉　….

화수　힘들잖아.

일봉　….

화수　힘에 부치잖아.

일봉　힘들지 않아. 그럴 리 있나. 그거 몰라? 우리 이쁜인 내가 지킨다.

화수　….

일봉　(우스꽝스러운 표정을 지어보이며) 오케이?

버스 정류장 앞 거리.

화수는 어둑해진 거실의 빨래를 정리한 뒤 누에상자를 들여다본다.

일봉과 병만, 캔 맥주 하나씩을 들고 거리에 쭈그려 앉아 있다.

병만　어디 가면 쪽도 못 쓰는 새끼들이 여기 오면 꼭 생지랄이야.

일봉　지랄하고 싶어 오는 데 아니냐, 여기가.

병만　죄송해요.

일봉　죄송하긴… 오히려 내가 미안하지. 소개해준 보람도 없이 자꾸 빠꾸만 당해 놔서. 부장 보기도 민망하구… 어디 지방이라도 다니면 좋겠는데, 혼자 다닐 형편이 못 되니까.

병만　　이 바닥도 이제 끝물인가봐요. 웬만한 덴 다들 죽 쑤고 있으니까. 전엔 그래도 여기저기 명함 뿌리면서 면상 들이밀면 한두 개씩은 걸렸는데, 지금은 워낙 자리 자체가 씨가 말랐으니까. 다른 데 더 알아봐 드려요?

일봉　　힘들지?

병만　　아녜요. 저 때문에 그런 게 아니구….

일봉　　알어, 병만아… 내가 좀 따로 알아보고 있어. 조금만 기다려봐.

병만　　누구 아는 사람 있으세요?

일봉　　응…. 저기, 그저께 마수로 왔던 젊은 애들 있잖어. 왜 그 연예 기획사라구.

병만　　미스 홍 들어간 방… 무슨 엔터테인먼튼지 뭔지 하는 애들요?

일봉　　어, 그래. 걔들 중에, 날 알아보는 친구가 있더라구.

병만　　그게 무슨 말씀이세요?

일봉　　어, 그게, 딱 반주하러 들어가서 한두 곡 잡고, 나훈아 고향역 들어가는데 갑자기 나한테 고일봉 선생 아니시냐구. 내가 좀 놀래서 그렇다고 하니까, 자기가 날 안다구, 내가 나이차가 있는데 그러냐구 하니까, 자기 아버지가 왕년에 내 팬이었다구.

병만　　(혼잣말로) 미스 홍 어제부터 안 보이던데….

일봉　　어, 미스 홍하구두 잘 아는 사인가 봐. 마침 오부리 필요한데, 뭐 지들 사장한테 말해보겠다는구만. 미스 홍이 같이 가서 좀 알아봐주기로 했어.

병만　　지 앞가림도 못하는 기집애가 무슨! (문득) 혹시 돈 주셨어요?

일봉　　….

병만　　그런 기집앨 뭘 믿고 돈을 줘요? 얼마나 주셨는데요?

일봉   몇 푼 남아있던 돈 다 긁어모아서… 섭외비쪼루다… 뭐, 떼
         먹겠나.

병만   아휴 참! 아저씬! (핸드폰 꺼내 전화번호 누른다) 어째 어제부터 안
         보인다 했어.

일봉   그 친구들이 날 알더라니까. 고일봉 선생 아니시냐구.

병만   미스 홍한테 듣고 짠 거지. 아휴, 이 쌍년!

일봉   (당황해서 보다가) 줘. 내가 통화할 테니.

병만   아니에요. 제가 할게요:

일봉   (갑자기 큰 소리로) 이리 줘! 내가 할 테니!

병만   (핸드폰을 일봉에게 준다)

일봉   (전화 걸고는) 어. 미스 홍? 그래…. 잘 안 됐어?… 알았어. (끊고
         는 병만에게 준다)

병만   뭐래요?

일봉   일이 잘 안 됐다구, 바로 부친대.

병만   (한시름 놓았다는 듯이) 앞으론 그러지 마세요. 그런 기집앤 언제
         어디로 뜰지 모른다구요. 아저씬 뭘 믿고 그런 기집애한
         테….

일봉   (사이) 내가 너무 경솔했다. 하도 일이 안 풀리니까, 그만.

병만   ….

일봉   (쓰게 웃으며) 날 안다는 소리에 그만…. 무대에 설 때 그랬다.
         관객들이 날 믿어주면 이상하게 더 힘이 나서 연기도 더 잘
         하고. 그 사람들이 날 뭘 보고 믿었겠냐. 그냥 믿은 거지. 옛
         날 얘기다.

병만   … 아저씨랑 아버지, 악극단 시절엔 잘 나가셨다면서요.

일봉   그랬지.

병만   지금 아버지 모습은 닮고 싶지 않아요. (맥주 캔을 찌그러뜨리며)
         잔뜩 찌그러져서 엄청 초라해, 엄청.

일봉   (찌그러진 캔 잠시 보는) ….

병만   아버지같이 늙긴 진짜 싫어.

일봉   어떻게 늙고 싶냐.

병만   폼 나게요. 잔뜩 찌그러져서 아파트 경비 같은 거나 하고 있
       진 않을 거예요.

일봉   폼 나게 늙는다. 굿 아이디어다.

병만   툭하면 옛날 얘기나 하구. 옛날엔 잘 나갔다. 옛날엔 좋았다.
       옛날엔 옛날엔… 아주 그냥 허구한 날 옛날 속에서 허우적거
       려요, 노인네가. 그럼 뭐해? 그래봤자 지금 경빈데.

일봉   그래서 아버지가 싫냐?

병만   ….

일봉   좋냐?

병만   (눈시울이 붉어지며) 그걸 말이라구 하세요?

일봉   그래도 니 애비만큼은 아니겠지. 애비가 찌그러진 데는 다
       이유가 있지 않겠냐?

병만   ….

일봉   (일어나며) 먼저 간다.

병만, 일봉의 가는 뒷모습을 물끄러미 보다가
문득 생각난 듯 핸드폰을 꺼내 재다이얼을 누른다.
핸드폰에서 흘러나오는 소리.
'지금 거신 번호는 결번이오니…'

병만   (일봉이 나간 쪽을 바라보며 완전 울상이 되어) 시발!

거실에서 누에 상자를 보고 있는 화수.

화수   (속삭이듯) 자고 일어나면 날개가 생길 거야. 그럼 어디든 날아
        가. 좋겠지. 훨훨….

        현관으로 들어오는 일봉.
        손엔 술병이 든 봉지가 들려 있다.

일봉   (닫힌 안방 문을 바라보며 고즈넉한 혼잣말로) 술 한잔 하자. 이제 그
        만 일어나….

        거실 환하게 밝아진다.

화수   (현관으로 와 일봉의 봉지를 받아들며) 병원에선 뭐래?
일봉   (안으로 들어서며, 밝게) 응. 좋아졌대.
화수   치, 3년째 좋아졌대. 지금쯤 젊은 여자 돼 있겠다.

        화수, 술상을 내온다.

일봉   진짜 그렇다니깐?
화수   뭐가 진짜 그래?
일봉   당신이 젊은 여자들보다 훨씬 이뻐. 처음 봤을 때보다 지금
        이 훨씬 더 이쁘구. (노래 조로) 그러니 내 이쁜이지.
화수   맨날 똑같은 소리. 누가 들으면 진짠 줄 알겠네.
일봉   누가 들으면 아닌 줄 알겠네.
화수   당신은 쪼그매졌어.
일봉   그래?
화수   당신 좋던 풍채 내가 다 먹었나 봐.
일봉   한 잔 따라 봐.

화수   (따르며) 맛있어? 매일 먹는 술.

일봉   이거 술 아냐. 세월이지. 세월! (마신다)

화수   (직접 따라 한 잔 마시고) 크! 진짜… (정색하고 따르며) 당신도 울어?

일봉   (마시려다 말고) 울다니? 내가 울어? 고일봉이?

화수   그럼 안 울어?

일봉   아유, 그럼 안 울지. 아이 돈뜨 크라이.

화수   미팔군에서 일할 때 잠깐 배운 영어로 아주 평생을 우려먹
        네.

일봉   내가 원래 머리가 좋잖아. (지그시 대스타처럼 포즈를 취하며) 지력
        과 외모를 겸비한 사랑과 정열의 미스타 고! 고! 고!

화수   (킥 웃다가 이내 표정 어두워지며) 간밤에 울고 있었어, 당신. 무슨
        꿈을 꾸는지 눈물을 흘리더라구. 고일봉이도 우는구나. 고일
        봉이 많이 슬픈가보다 생각했지.

일봉   고만 해. 아, 창피하네. 누구한테 무지 혼나는 꿈을 꿨는데
        누구한테 혼났는진 영 기억이 안 나네.

화수   이번 주 우리 동수 기일이야.

일봉   알아….

화수   (옆의 축구공을 만지며) 보고 싶다. 못 본 지 너무 오래 됐어.

일봉   3년이 넘었지.

화수   보고 싶어. 꼭 한번 보러 가고 싶어.

일봉   보러 가. 가면 되지. 당장 가자구.

화수   가서 당신 노래도 듣구. 당신, 동수한테 갈 때면 근사하게 차
        려입고 가서 노래 한 곡 멋지게 뽑아줬잖아.

일봉   딴 건 해줄 게 있어야지.

화수   당신 노래 들으면 우리 동수가 얼마나 좋아할지. 아이고, 울
        아버지 왔구나. 울 엄니도 왔구나. 산새야, 들꽃들아. 울 아
        버지 왔네, 울 엄니 왔네. 난 다 알어. 우리 동수가 얼마나 좋

아할지, 난 다 알어.

일봉   산새야, 들꽃들아. 녀석…. 산새야, 들꽃들아….

화수   (사이) 당신, 요즘 왜 이렇게 일찍 들어와?

중고 악기점.

악기점 주인이 악기를 수리하고 있다.

일봉이 전기 기타를 메고 들어온다.

일봉   (기타를 내주며) 얼마나 받을 수 있소?

주인   (살펴보며) 오래된 거네요.

일봉   관리를 잘 해서 상태는 에이급이요.

주인   이거 얼마 못 드려요.

일봉   확인해 봐요. 소리 좋다니까.

주인   소리가 아무리 잘 나도요, 오래된 건 시세가 없어요.

일봉, 말없이 기타를 메고 나간다.

사이.

일봉, 다시 들어온다.

일봉   (기타 내어주며) 그럽시다.

거실의 화수, 누에상자를 들고 베란다에 서 있다.

상자 뚜껑을 열어놓았다.

화수   왜 안 날아가? 날개가 생겼는데 왜 날질 않아. 얼른 날아….

화수, 상자를 톡톡 건드려보기도 하면서 안타깝게 상자 안을 들여다본다.

다방.

일봉과 만수가 앉아있다.

만수   싸롱 일은 완전히 접은 거냐?

일봉   기타 팔았다.

만수   그 기타 끔찍이도 위하더니. 허전하겠다.

일봉   걷다 보면 자꾸 뭐 잃어버린 것 같아서 헷갈려. 어깨가 비고 손이 노는 게.

만수   (한숨) 조금만 기다려 봐. 나랑 아파트 경비나 하자. 자리 알아 봐 줄게. 것두 자리가 귀하다, 너?

일봉   고맙다.

만수   병만이가 그 기집애 잡는다고 이리 저리 알아보는 모양이던데.

일봉   뭐라…. 빵꾸 난 스타킹을 며칠째 신고 다니더라.

만수   으휴! … 돈은 몇 푼이나 남았어?

일봉   기타 비싼 거야, 그거.

만수   그게 얼마나 가겠냐, 이놈아! 병원비에 생활비에 돈 들어갈 일이 줄줄인데.

일봉   그래, 줄줄이. 맞다 맞아, 줄줄이.

만수   너, 김범산이 알지?

일봉   알지.

만수   그놈이 요번에 문화 훈장인가 뭔가 받는단다. 왕년에 우리 가방모찌나 하던 놈이 이젠 대통령한테 훈장을 다 받구. 노래 실력으로 보나 끼로 보나 우리 발가락도 못 쫓아올 놈인데….

일봉   훈장 팔면 얼마 나오냐?

만수   … 미안하다, 일봉아. (사이) 거긴 어째 가?

일봉   요새 부쩍 보고 싶어 해.

만수   말 못하는 마누라 마음을 어찌 아누?

일봉   내 맘이 마누라 맘이지.

만수   눈물 난다, 이놈아.

일봉   … 보고 싶다. 꿈에도 자꾸 나오구.

만수   죽은 자식놈 생각은… 같이 가.

일봉   괜찮아.

만수   듣기 싫어, 이놈아. 걸핏하면 괜찮대. 내가 보기엔 하나도 안
       괜찮구만. 갖다 준 누에는 볶아먹었냐. 풍에 좋다던데.

일봉   (고개 끄덕인다) 잘 먹었다. 두 마린 재미삼아 키우고 있어.

만수   더 구해다 주랴?

일봉   아냐. 됐어.

만수   월세 빼서 우리 집 근처로 이사 와라. 반찬이나 수월케 나르
       게.

일봉   싫어. 니네 반찬 맛없잖아.

만수   억지로라도 잘 좀 챙겨먹어. 얼굴이 그게 뭐냐.

일봉   만수야.

만수   왜?

일봉   그래도 우리한텐 왕년이 있었잖냐. (미소 지으며 대스타 같은 포
       즈)

만수   그놈의 왕년….

거실의 화수, 여전히 누에상자를 들고 베란다 앞에 서 있다.

화수   날개가 생겼는데 날질 않았어. 훨훨 날아갈 줄 알았는데.

일봉, 화수 곁으로 와 상자 안을 들여다본다.

거실 환해진다.

화수   벌써 열 시간째 이러구만 있어.

일봉   알을 많이 낳았네.

화수   짝짓구 알 낳구 짝짓구 알 낳구…. 애들 입이 없대. 날개가 있어도 날 줄을 모른대. 먹지도 못하고 날지도 못하고 이렇게 알만 낳다 죽는대.

침묵.

일봉   사는 게 간단하구먼.

사이.

초인종 소리.

일봉, 현관문을 열면 집주인 (女) 서 있다.

집주인   (호들갑스럽게) 계셨네?

일봉   예.

집주인   할머닌 요즘 어떠세요?

일봉   덕분에 잘 지냅니다.

집주인   정말 고생이 많으시다. 그게 젊은 사람도 못 할 일인데, 벌써 3년씩이나. 아휴, 정말 대단하시다. 저… 제가 형편 다 알면서 이런 말 하긴 뭐한데요.

일봉   ….

집주인   보증금 좀 올려주셨으면 좋겠는데. 다음 달이 월세 만기잖아요. 요즘 저희 남편 사정이 워낙 안 좋아서.

일봉   ….

집주인	저희도 먹구는 살아야하구… 월세를 제때 제때 내시는 것두
	아니구.

일봉	… 예

집주인	(빠른 어조로) 정 안되면 집을 비워주시든지. 들어오겠다는 사
	람이 있는데.

일봉	… 예.

집주인	사실 우리 집이 시세보다 좀 쌌잖아요? 그건 아시죠? 다들
	우리보고 그래요. 그렇게 주야장천 남의 사정만 봐주는 거
	아니라구. 우리가 원래 그런 사람이에요. (문득) 아휴, 정말 정
	말 고생 많으시다. (갑자기 눈시울이 붉어지며) 우리 친정엄마
	도… 영 남에 일 같지가 않네…. 이번 주까지 꼭 결정하셔야
	해요. (눈물을 닦으며 간다)

	일봉, 거실로 들어온다.
	화수, 일봉을 바라본다.

일봉	섭섭하다.

화수	뭐가.

일봉	얘들 입 없는 거. 날개가 있는데도 날질 못하는 거. 섭섭한
	게 많아.

화수	얘들 그래도 열심히 살았어.

일봉	그 말 들으니 더 섭섭하네.

화수	당신 진짜 쪼그매졌다.

일봉	몸에서 실 빼느라 그렇지.

화수	날개 생기면 뭐 할라구. 날 것도 아니면서. 날 줄도 모르면
	서.

일봉	날 거야. 한번 해볼라구.

화수　　그래. 그래야지. 바보같이 있지 말구 날아가야지.

일봉　　같이 가. 혼자선 안 가.

화수　　….

사이.

화수, 누에상자를 원래 있던 자리에 잘 갖다놓는다.

화수　　씻겨줘. 속옷도 갈아 입혀주구 머리도 빗겨줘. 예쁘게. 봄 처
　　　　녀 모양으로.

일봉　　머리에 뭣두 씌워 줄까? 왜, 결혼할 때 머리에 쓴 거 있잖아.

화수　　그때 예뻤어?

일봉　　기막히게 예뻤지.

화수　　염색도 해줄 거야?

일봉　　오케이! 노란색으로다.

화수　　난 보라색이 좋은데.

일봉　　야해 보이지 않을까?

화수　　마누라 야하면 누가 좋은데.

일봉　　아, 얘기가 그렇게 되나. 우리 이쁜이한테 이젠 못 당하겠네.

화수를 안아들고 욕실로 가려던 일봉,

휘청대다가 바닥에 털썩 주저앉고 만다.

사이.

맥없이 주저앉아있는 일봉.

그의 머리를 조용히 쓰다듬어주는 화수.

어느 시골 산자락.

만수와 병만이 걸어온다.

만수   (숨이 찬) 들꽃 천진거 보니 바로 여기다. 아이고, 힘들다! 이제
       좀 앉자. 아이고! (가슴을 문지른다)

병만   그러게 업어 준다구 했잖아.

만수   아, 이놈아. 아무리 그래도 그렇지. 세 살배기 어린애도 아니
       구 짧은 거리도 아닌데, 어떻게 자식놈 등에 업히냐? 쪽팔리
       게.

병만   이젠 어린애 같은데 뭐.

만수   시끄러워, 이놈아!

병만   화났어?

만수   너도 장가가서 자식놈 키워봐라. 자식 앞에선 쪽팔리기 싫은
       게 부모 마음이지.

병만   자식이 웬수라며. 웬수 앞에서 쪽팔리는 게 뭐 어때서?

만수   그러니 웬수지. 하나부터 열까지 눈치를 봐야 하니까 웬순
       거야. 니 놈은 다를 줄 아냐? 니 놈도 똑같지. 애비 되면.

병만   잘 할게.

만수   지금 뭐라구 그랬냐?

병만   아, 몰라. 그러니까, 나한테 잘 좀 하라구! 으씨!

만수   넌 왜 화를 내면서 말을 하나?

병만   잘 못 알아들으니까 그렇지! 안 들려?

만수   기똥차게 잘 들린다 이놈아.

병만   (저만치 바라보며) 아휴, 아저씬! 내가 민다니까!

만수   둬라. 남에 손엔 절대 못 맡기지, 저 성질에.

병만   아줌만 전보다 더 못한 것 같구.

만수   합병증이 심해져서 병원선 더 손 쓸 것도 없다구 했대. 직접
       보니까, (한숨) 아이고….

병만   아저씨도 맨날 라면만 드시던데. 저번에 보니까 식은땀을 줄
       줄 흘리시는데 장난 아니었어.

만수	폭삭 늙었지. 노인네가 지 몸 하나 추스르기도 힘든 판에. 여적지 안 쓰러지고 걸어다니는 게 신통한 거지.
병만	난 저렇게 안 살아. 저게 뭐야.
만수	니 놈이 뭘 알겠냐… 하긴, 벌써 알면 쓰겠냐.

일봉이 화수를 앉힌 휠체어를 밀고 온다.

낡았지만 악극단 시절의 화려한 무대의상으로 차려입은 일봉.

곱게 차려입은 화수.

뻣뻣하게 뒤틀린 몸. 삐뚤어진 입술, 잔뜩 찌그러진 눈.

한 눈에 봐도 심각한 중풍 환자임을 알 수 있다. (그녀의 참모습이다)

| 일봉 | 다 왔다, 이쁜아! |

화수, 뭐라 웅얼거리는 것 같으나 잘 들을 수 없다.

일봉	그래, 알아. 나도 좋아. 만수야, 너도 좋지?
만수	좋다.
일봉	병만이 너도 좋지?
병만	예.
일봉	이렇게 좋은 거. 아들한테 오니까 이렇게 좋은 거. 우리 이쁜이도 이렇게 좋아하는데. 진작 왔어야 하는 건데!
병만	좀 앉아서 쉬세요. 힘들어 보이세요.
일봉	힘들긴! 안 힘들어. 고일봉이가 왜 힘들어. 사랑과 정열의 고일봉이 아니냐! 이렇게 기분이 좋을 수가 없는데. 노래란 바로 이럴 때 부르라고 있는 거다!

일봉, '홍도야 울지 마라' 노래를 부르기 시작한다.

노래하는 폼이나 차림새가 마치 무대에 선 듯 하다.

일봉　사랑을 팔고 사는 꽃바람 속에 너 혼자 지키려는 순정의 등
불 홍도야 울지 마라. 오빠가 있다. 아내의 나갈 길을 너는
지켜라.

느릿느릿 한곡조가 끝나자

힘차고 빠르게 다시 부르기 시작하는 일봉.

덩실덩실 춤까지 추기 시작한다.

만수도 따라 춤추며 노래한다.

병만도 따라 한다.

춤추며 노래하는 세 사람.

춤추는 그들 사이에 어느새 화수도 끼어 있다. (그녀의 분신이다)

울다 웃다

덩실덩실

웃다 울다

덩실덩실

노래하고,

노래하고 춤추고.

일봉의 집 앞.

저녁.

일봉, 만수, 병만 서 있다.

일봉　오늘 고마웠다.

만수　가고 싶음 언제든지 얘기해. 바깥바람 쐬니까 좋더라. 그리
구 참, 경비 자린 말야. 좀 더 기다려야 할 것 같은데?

일봉　어, 알았어. 무리하진 마.

만수　이런 일을 무리해야 하는 거야. 당장 어떻게 될지 모르는
　　　　판에.

일봉　집 비워주기로 했다. 보증금 몇 푼 남아.

만수　이사하려구? 아, 그거 잘 생각했다. 어디로 갈려구?

일봉　아직 시간 있으니까 천천히 알아보지 뭐.

병만　그만 들어가세요.

일봉　어, 그래. 이쁜이 혼자 있게 하면 안 되지. 운전 잘 하더라.
　　　　고맙다. (눈 찡긋하며) 여잔 뭐라구?

병만　(웃으며) 맘하구 눈.

일봉　오케이! 잘 가라.

만수　일봉아.

일봉　(돌아서려다말고) 어.

만수　그런데 말이야. 안 여사가 정말 우리 말 알아듣긴 하는 거냐?
　　　　내가 아까 이쁘다고 한 거.

일봉　아유, 알지. 웃잖아, 그 말 듣고.

일봉, 몇 걸음 가다
다시 돌아서서 활짝 웃으며 희극적으로 인사를 한다.
(배우의 마지막 커튼 콜 같다)

일봉　굿바이! 굿바이 에브리 바디!

거실의 누에상자
빛이 나기 시작한다.
단 한 번
아껴둔 마지막 힘으로.

사이.

곧,

완전한 어둠.

그 어둠 속에서

화수　(소리) 여보. 애들 죽었어.

무대 환해지면,

거실.

집주인 부부가 들어와 청소를 하기 시작한다.

남자는 물건들을 정리하고 여자는 걸레질을 한다.

사이.

여　아휴, 냄새! 며칠을 환기시켰는데도 빠지질 않네.

남　유족도 없구 이 물건들 다 갖다버려도 되는 거지?

여　싹 갖다버려! 물건들에서 아주 찌든 내가 나네. 아휴! 노인네 냄새! 싫어, 싫어. 토할 것 같아!

남　애 앞에선 그러지 마라. 나중에 그 모양 그대로 구박받는다? 냄새 난다구.

여　우리 동석인 안 그래.

남　그걸 어떻게 알아?

여　왜 몰라? 내가 누구 때문에 사는데? 나한테 그럼 안 되지. (사이) 다음부턴 노인네들 절대 안 들일 거야. 이 집에 누가 들어오겠냐구. 계약했던 사람도 재수 없다구 해약하는 마당에! (걸레 탁 놓으며) 아니, 우리랑 원수졌어? 하필이면 남에 집에서!

남　나란히 돌아가신 거 보면 금슬은 좋으셨던 모양이야. 금슬 좋은 부부들은 같은 날 죽는다잖아. 당신 부모님도….

여   아, 몰라. 그만 해. (눈물 글썽해지며) 어따 비교해?

사이.

남   (누에상자를 발견하고) 이건 뭐지?

여   뭐야?

남   (들여다보며) 누에고치네.

여   어머머, 별꼴이야! 징그러워! 얼른 갖다 버려!

남   (보다가) 고치만 남은 거 보니까 나방은 날아갔나 보지?

무대 차츰 어두워지며

베란다 통유리로 푸르스름한 달빛이 비쳐 들어온다.

그 푸른빛을 조용히 응시하며

나란히 앉아있는 화수와 일봉.

한 쪽엔 바람이 어느새 다 빠져버린 축구공.

화수   우리, 내일부터 어떡해.

일봉   내일은 꽃구경을 가야지. 걔네들은 질 때가 예쁘잖아.

화수   꽃구경 가구. 그 다음엔?

일봉   그 다음엔… 훨훨 날아볼까 하는데?

화수   훨훨?

일봉   응.

화수   좋지. 좋아. 훨훨. 근데 당신, 내 손 꼭 잡고 날아. 잃어버리
         지 않게.

일봉, 화수의 손을 잡아 쥔다.

곧,

누에 상자에서 흘러나오는

두개의 작은 불빛.

아름답게 부유한다.

꼭 붙어서

이리저리

꼭

하나같은

두 개의 불빛.

일봉　(소리) 그러고 보니 어깨하구 팔이 많이 아팠어. 솔직히 요샌 기타 들고 있기도 힘든 적이 많았지. 꽃잎들이 당신한테로 오네. 결혼할 때 머리에 쓴 거 같다…. 우리 이쁜이 내가 지켰지?

화수　(소리) 응. 당신이 지켰어.

일봉　(소리) 나니까 좋다. 손 꼭 잡아, 이쁜아.

마침.

한 밤 풀이

고 려 산

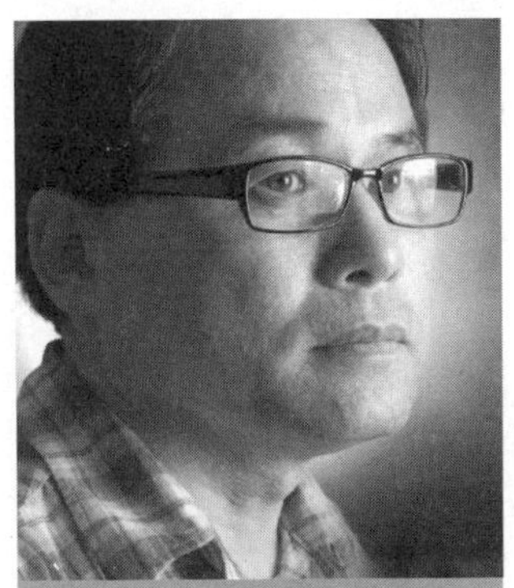

· 명지대학교사회교육대학원문예창
  작학과석사과정 졸업
· 2005년 전남일보 신춘문예 희곡
  당선
· 2009년 한국희곡작가협회 신춘
  문예 당선
· 2009년 제3회 대한민국청소년희
  곡제 교사 및 일반부문 당선

등장인물

길두봉   60대 초반, 구멍가게 주인, 땅에 박듯 왼발을 전다.
한길섶   50대 초반, 전직 개인택시운전기사.
금금용   40대 후반, 개인택시모범운전기사.
화 영   20대 후반, 길두봉의 딸, 정신지체 장애가 약간 있다.
강상태   30대 초반, 포장마차를 운영하는 동네청년. 말을 심하게 더듬는다.

때

현대 – 안개 낀 새벽, 대략 3시 반에서 5시 사이.

무대

산동네 막다른 골목 구멍가게 앞이다.
외등 하나 켜있는 가게 앞에 의자 몇 개와 테이블이 차려져 있다.
가게 뒤로 통신부대 안테나 점멸등이 깜박이고 윗길 끝과 연결된 계단이 있다.
안개가 계단에서 가게 앞으로, 가게 앞에서 다시 계단으로 몰려다닌다.

Ⅰ. 마중

안개가 자욱한 구멍가게 앞. 가게 앞 의자에 한 사내가 앉아있다. 안개 탓에 사람인지 다른 무엇인지 분별하기 어렵다. 윗길 위로 흐릿한 자동차 헤드라이트가 허공을 비춘다.

차(택시)가 윗길(오르막길)을 올라가는 조금 무겁게 부하 걸린 속도음, 순간, 급 브레이크 밟는 소리와 동시에 덜커덩 텅텅텅 계단을 튕기듯 내려가다 찍- 땅바닥에 처박히는 소음. 의자에 앉아있던 사내가 천천히 일어나 차(택시)가 처박힌 계단으로 간다.

무대 밝아지면, 사내(한길섶)가 바닥에 누워있는 운전기사(금금용)에게 손을 내밀어 일으킨다.

금금용 (아지랑이처럼 일어나 주위를 둘러보다가) 아이씨. 뭐여? 뭐가 이려? 살긴 산겨? 여기 워디여? 아이씨, 망했네, 망했어. 완전 배렸는개벼. 꿈자리가 요상터니… 꿈 아녀? (한길섶 얼굴을 쳐다보며) 아이?

한길섶 그래, 이 사람아.

금금용 길~섶 형님?

한, 금 (오랜만에 만난 듯한 두 사람, 반가움에 악수한 손을 놓지 못한다)

금금용 뭔일이데유? 아이, 이런 데서….

한길섶 얼마만/ 잘 지냈어? 한 번이라도 꼭 만나고 싶었는데. 괜찮아?

금금용 (몸을 이리저리 움직여보고) 아이, 부러진 덴 없는 것 같유. 처박혀 죽는 줄 알았슈. (순간, 겁먹은 낯빛으로 한길섶과 맞잡고 있던 손을 급히 빼며) 근디, 형님은 여기 어쩐 일이래유?

한길섶 (대답하기 곤란한 듯) 어? 으응, 지나는 길에 텅텅텅 찍 소리가
나서….

금금용 (목소리를 떨며) 형… 형님은… 낭떠러지에 떨어져 돌아가셨다
고들 허던디….

한길섶 (애써 차분하게) 누가 그래? 별 소릴 다 듣네.

구멍가게에서 소주 한 병을 들고 안개를 휘저으며 나오는 길두봉. 땅에 박
듯 왼발을 심하게 전다.

길두봉 마이 다쳤나? 차는 쎄싸리가 빠졌을 테고… (소주 병마개를 따
다가 한길섶과 금금용이 입은 택시운전복을 보고) 택시래?

한, 금 (고개를 끄덕인다)

길두봉 둘이 탔네?

한, 금 (고개를 가로 젓는다)

길두봉 뭐이가? 처박힌 차는 한 댄데 기사는 둘이고….

한길섶 한 댄줄 어떻게 아셨습니까? 귀신같습니다.

길두봉 (움찔, 당황한 기색을 애써 감추며) 덜커덩 텅텅텅 찍 소리는 한 대,
덜커덩 텅텅 퍽 소리는 두 대, 털커덩 텅… (한길섶 팔과 가슴에
묻은 피를 발견하고 놀라며) 피 아이나? 다쳤네?

한길섶 (피 묻은 부분을 감추려다 말고 금금용을 가리키며) 아니, 내가 아니라
이 사람입니다. 처박힌 택시 주인은/

금금용 (겁을 다 털지 못한 채 한길섶의 옷을 살피며) 다쳤슈? 언제 그랬슈?

한길섶 (당황하는 기색을 애써 감추며) 아냐, 좀 전에 교통사고 환자 돕다
가 묻었나봐.

길두봉 (금금용에게 술병을 건네며) 서로 아는 사이래? 어떻게 알고 왔
네? 귀신아이래?

금금용   (움찔, 손에 든 술병이 떨린다)

한길섶   (낯을 펴며) 다리가 뻐근해서 차에서 좀 내렸는데 텅텅텅 찍 소
          리가 나서 와봤습니다.

길두봉   기래, 잘 됐구먼 아는 사이에 위로도 하구 말이야. 그나저나
          눈까릴 어따 치떠서 쎄리쳐박나? 잊을 만하면 한 대쯤 쳐박
          아대는기 이기이기… (금금용에게 소주병을 내밀며) 한잔 쫘악 들
          쭈키, 정신 똑떼기 차리는 덴 이기 최고아이나.

금금용   (소주병을 건네 받으며) 형님, 이 동네 살어유?

한길섶   아니, 멀어 아주.

금금용   (그제야 낯빛을 펴고 한 모금 마시며) 아이씨, 이놈의 동네… 철망
          도 안 쳐놓고/

길두봉   머이 사람들 다니는 길에 철망을 왜 치나. 못 봐서 그렇지 안
          내판도 있는거르.

금금용   아이씨, 확실허게 말뚝이라도 박아놔얄거 아녀유. 돌릴 데
          있다고 마악 올라가는데 우당탕탕– 본넷드에 가려 오르막
          끝이 계단인 줄 어찌 알겠냐구유.

길두봉   국토관리청 그노무쎄이들 눈때기 귀때기를 어따 팔아먹었는
          지 길을 저 따위로 놔뒀으니, 쎄리쳐박혀 한 품고 못 떠난 귀
          신들이 움메나 많겠어.

한길섶   그러게, 철망도 말뚝도 아니면 안내판에 야광칠을 해 놨어야/

길두봉   (안개가 세 사람을 휘감는다) 아이, 안개가 이리 마이 껴갖고… (테
          이블로 가며) 이 밑에 와서 쭉 담가. 정신이 쫌 까라앉으면 쾌아
          날끼야. (길두봉은 긴 나무의자에 앉고, 한길섶, 금금용은 테이블 의자에
          앉아 한 모금씩들 마신다) 산길 올라갈 땐 꼭대기가 어딘지, 돌릴
          덴 있는지 단디 살펴야돼. 내래 살아보니까 사람살이도 똑
          그렇드만. 잘 나갈 때 조심하란 말 더러 드더봤?

한길섶   여기 렉카가 들어올 수 있습니까?

길두봉 거럼. 날이 새오믄 끼올라와. 저머이, 여게 맞는 장비 갖고
창지 때우는 야가 있어.

금금용 (손목시계를 보며) 날 새믄? 아이씨, 날 샐 때까정 어찌게 기다
려유. (휴대폰을 꺼내 어딘가로 전화를 걸며) 형님, 단골 정비공장에
연락해 볼게유. (휴대폰 폴더를 닫았다 열었다 하며) 어메, 이상헌
디. 통화권 밖이라는데유. 형님 껄루 한번 해 봐유.

한길섶 (휴대폰 폴더를 열어보고) 내 것도 통화권 밖이네.

길두봉 (통신부대 안테나 점멸등을 가리키며) 저기 통신부대가 휴대폰 전파
를 귀신도 모르게 잡아먹어 통화가 안 되는 곳 아이나.

금금용 (구멍가게 벽에 걸려있는 공중전화기로 가며) 아이씨, 이놈의 동네…
(두어 번 공중전화기에 동전을 넣어보지만 동전이 그대로 반환되어 버린
다. 전화기를 두드리며) 이건 또 왜 이려?

길두봉 와 기래? 고장이가? (전화기를 두드려보고 수화기 걸이를 몇 번 눌러
보며) 어느 노무쎄이가 또 망가쳤구만 기래.

한길섶 죄송하지만 집 전화 좀 쓸 수 있습니까?

길두봉 내래 공중전화 갖고 다 되는걸 집 전환 뭐러 놔.

한길섶 날 새면 올라온다는 그 렉카는 어떻게 연락합니까?

길두봉 갸래 다 알아서 끼올라 와.

금금용 전화도 안되는데 어찌게 알고 올라 온대유?

길두봉 밥줄이 여기니까네. 길이 좁고 계단이 높아가 일반 렉카는 안
되는 곳이야. 올라 오믄서 봐 알거 아이나. 너무 언짢아 마래.
쎄싸리 빠지는 일도 맞아 봐야 좋은 일이 되우 반가운 거 아이
나.

금금용 아이씨, 누구 약 올리는 겨? 쎄 빠지는 게 뭐가 좋아서 뭘 반
기라는겨? 신새북에 산동네 처박힌 차를 누가 안다고… 우리
보고 좋아할 언놈이 있는 거 아녀? 냄새가 나는디. 형씨가 몰
래 연락하고 콩고물 얻어먹는 것 아녀?

길두봉 이기, 무슨 말을 그리하나? 나도 왕년에 강원도 산판에서 제무시 몰았어. 움메나 빡시게 운전했는데 운전사들 골탕 먹는 자리에서 뭘 쭈먹는다구?

금금용 형씨, 말뚝 하나 안 박아 놓고 운전사 맞유? 이 동넨 지만 안 당허고 쏙 빠져 나가믄 된다는 운전사 후레자식들만 사는겨? 그려? 형씨?

길두봉 이기 어서 눈까릴 치뜨고 이르나 어른한테. 세상살이 똑띠기 해이돼. 내 쌍판이 형씨로빠게 안보이나? 어따 형씨형씨래? 내가 해평 길씨 판관공파 31대 길 두 봉이야. 야은 길 재자 할아버지 가문으로/

금금용 초면에 이놈 저놈 할 순 없고 형씨라고 부르면 그나마 대접 해준 거지 이 판국에 뭐 말라뒈질 집안 내력까지 들추고 그 랴. 재수 없게… (땅바닥에 침을 뱉는다) 칵— 퇴.

길두봉 이기 머이 이른기 다이싸?

금금용 이기? 형씬 아무한테나 이기이기여?

길두봉 (금금용의 멱살을 잡으며) 이 간나래… 어따 침을 주뱉고 지랄이 야.

금금용 (길두봉의 멱살을 맞잡으며) 이 영감탱이가… 워디 튀기라도 했 슈?

길두봉 대가빠리에 갖다 쳐 뱉은 것보다 더한 거지.

금금용 얼레, 꼴아 박히게 한 것도 모자라 인자 뒤집어씌워야. (머리 로 길의 안면을 받을 듯 들이밀며) 좋다, 내 대갈통도 한번 박아볼 껴.

한길섶 (두 사람을 급히 뜯어 말리며, 금금용에게) 어디에 화풀이를 해? (계단 쪽을 가르키며, 길두봉에게) 이해하십시오. 차가 저 모양 됐으 니… (다시 금금용에게) 이 손 놔. 못 놔?

두 사람, 분을 다 못 푼 듯 씩씩대다가 점차 숨을 고르고 멱살 잡은 손을 놓는다.

금금용 형씨 아니, 해풍 길씨한테 헌 게 아닌 줄이나 아슈. 황천 갈 뻔해서 성질 난 것이니께.

한길섶 황천 간다 해도 그러면 안 되지.

길두봉 해풍이 아이라 해펑이라니 해 펑. 거머이, 운전사들 의리… 정지개도 안 물어가는거르 알끼래. 근다고 한때가리로 묶어 쌔리치믄 안되지. 내래 옛날 산판에서 쎄싸리 빠질 뻔 할 때 도움 준건 그래도 운전사였댔으니까. 그땐 산판 뛰는거르 일급 운전수로 쳤는데/

금금용 아이씨, 언놈은 운전 못해서 꼴아 박혔남?

한길섶 이 사람 좀 진정해.

길두봉 내래 원목 싣고 내려오던 산길에서 눈을 만났댔는데, 거저 쌓이기 전에 고 밑에까지 내려갈라는 맴으로 쪼끔 이래 밟았는거래. 다리머리 커브 돌매 앞대가리가 살짝 미끄러지는데… 알끼래? 브레끼는 못 밟고 엔진브록으로 밀리는 데까지 떠밀래가얀다는거를… 다리 밑으로 떨어지는거이 아이나 움메나 놀랬는지 머리털이 삐쭉삐쭉 서지않았갔네, 조수는 '어어' 만 치대구… 저머이 마누라, 아바지, 오마니, 국밥집 아주마이, 장미원 최마담, 사장님, 경리 김양, 정비사 박씨, 빵꾸 막둥이, 부처님 예수님 단군할아바지… 그 짧은 순간에 머그래 마이 떠오르나? 차가 부숴지는 소리 나고 멈춰 내다 보이까 하마 다리 난간을 박살내고 운전대 앞바꾸가 상판 밖에 나가 걸쳤더라이까.

금금용 아이씨, 우리가 지금 길씨 옛날 얘기 들을 군번이유? 렉카나 불러봐유.

길두봉 그 노무 쌔이는 날이 휘밝아야 끼올라 온다니까.

금금용 아이씨, 전화나 한번 넣어보라니께. (한길섶에게) 형님, 암만혀
       도 밑에 내려가서 연락해야 쓰것구먼유.

한길섶 일반 렉카는 못 올라온다잖아. 그 사람을 기다리는 수밖에
       없겠어.

금금용 아이씨, 빨리 끌어다 놓고 교통봉사 나가야는디/

길두봉 찔끔해 지렸지. 머이 조수는 바지가 다 젖지 않았간. (한숨 곁
       들여 먼 산을 보며) 그때 주쳐박아서 대번에 쎄싸리가 빠졌어야
       했는데/

금금용 아이씨, 누구 복장 질러유? 난감해 죽것는디 신세 한탄은/

길두봉 그래 둘 다 정신이 나가 눈까리가 멍하니 클난거래. 날은 자
       꾸 지우러가지, 망할놈에 눈은 자꾸 내리치지, 지금처럼 휴
       대폰이 있나… 그때맨키 난감하긴 첨이래. 머이 지금 형편이
       똑 그길걸?

한길섶 진짜 난감했습니다. (아차 싶어 금금용의 얼굴을 살피며 퍼뜩 말을 바
       꾼다) 아니, 하겠죠?

금금용 아이씨, 뭔 사설이 많다.

길두봉 (금금용을 빤히 째려보다가) 자넨 말을 꺼내기만 하면 아이씨아이
       씨 하고 지랄이냐? 내 나이가 몇 갠데, 민증 한번 까보라. (주
       머니에서 주민등록증을 꺼내 금금용 눈앞에 들이밀며) 내래 한 바꾸 지
       나갔어. 당신 몇이야? 민증 한번 보자야.

금금용 (길두봉의 주민등록증을 힐끔 보고는 딴청을 부린다) 아따, 같이 늙어
       가는 처지구먼 민증은… 실감나고 재밌어질라니께 사설 빼
       고 본론으루다 싸게 들어가 봐유.

길두봉 (헛기침 한 차례하고) 등대가 구세주도 된다는 걸 그때 알지 않았
       간. 산판만 도는 놈이라 배 타는 사람들 심정을 알 턱 있겠나
       만, 되우 깜깜해진 모퉁이를 돌아 내려오는 제무시 헤드라이

트가 나무를 지날 때마다 깜박깜박하는기 이기 바로 등대다 싶더라이까. 그 차 윈치로 끌어다가 다리에 끼올려놓고 나니까니 온 사지가 창지까지 풀려서 인제 막 추워지는거래. 그 차 운전수 양반이 환갑을 지냈다고 했댔는데… 지금 똑 내 나이쯤이래. 막소주 한 잔씩 따라주고는 불 피워주고 그 불에 고구마 굽고 이불 덮어주고… 움메나 고맙고 존경심이 우러나든지.

금금용   그 노인네 지 차가 지나갈라니께 끌어 줬것지 뭐.

길두봉   (호통 치듯이) 머이래?

금금용   (움찔, 외면하며 한길섶에게) 형님, 출출 안 혀유? 소주만 마시자니 좀 그런디유.

한길섶   (길두봉에게) 요기 거리할 거 없습니까?

길두봉   마른안주 삐낀대. (가게로 들어가며) 좀 기다려봐.

금금용   처음처럼 참이슬 맞은 두꺼비 서너 마리 내 와유.

한길섶   난 맥주요.

길두봉   (소리만 들린다) 술판 벌릴라 그리나?

한길섶   차가 저 모양이 돼서 어쩔거야?

금금용   할 수 없쥬. 한 번 연장헐 참이었는디 폐차혀야쥬.

한길섶   반년은 더 굴릴 차를… 참, 결혼은 했어?

금금용   아이 그람유. 아들 둘에 막내는 고등학교 댕기는 딸내미구먼유. 큰 놈은 군대 갔고 작은 놈이 올해 대학생 됐슈.

한길섶   그래? 결혼 소식도 못 듣고 미안해. 일찍 했나보네?

금금용   결혼식이랄 것도 없이 얼떨결에 시작혀서 알릴 새도 없었는디, 막상 살믄서 보니께 가진 것 없이 세상에 나온 놈이 자식농사라도 일찍 짓는 게 낫다 싶대유.

한길섶   생각 잘 했네. (금금용의 손을 잡으며) 자네한테 진 신세를 어떻게 갚나했는데 이렇게 만나고 나니까 정말 반가워. 노조 파

업 때 신나 끼얹고 분신하려는 날 덮치지 않았나. 개죽음이
라며 말린 자넬 생각해서라도 오래 살/
금금용 아이, 형님은 언제 적 얘기를… 형님 애들은/

오르막길을 올라오는 조금 무겁게 부하 걸린 차의 속도음, 순간, 그 소리에
긴장하며 계단 위를 올려다보는 한길섶과 금금용. 차가 순순하게 정지하고
누가 내리는 듯 문이 열리고 닫히는 소리, 몇 차례 전진하고 후진하며 방향
을 바꾸는 소리, 가볍게 골목을 내려가는 속도음, 안도와 부러움으로 서로를
바라보는 한길섶과 금금용.
사이.
최근 유행가를 흥얼거리며 계단 쪽에서 걸어 나오는 화영. 노래방 마이크를
손에 들고 짧은 스커트, 굽 높은 하이힐을 신었다.

화 영 (한길섶과 금금용에게 좀 어눌한 어투로) 있잖아, 안녕?
금금용 안녕 못 한다.
화 영 (계단쪽을 가리키며) 있잖아, 오늘도 덜커덩 텅텅텅 꽈당이야?
금금용 텅텅텅 꽈당? 옴메, 찝찝헌거.
화 영 (무신경하게, 마이크 잡고 몸을 흔들며 노래를 흥얼거린다)
한길섶 (화영이 몸매를 위아래로 찬찬이 훑어보며) 잘 빠졌다. 기하학적 신
체분할이 잘 돼있다.
금금용 아이, 형님도 침이나 삼키고 말씀하세유.
한길섶 (화영이 몸매를 가리키며) 사람들은 이런 몸매를 예쁘다 섹시하다
하지만 사실은 잘 생긴 건강한 몸이기 때문에 끌리는 것이
야, 요즘 사람들이 미적 기준을 잘 못 갖다 대고 있어.
금금용 (반색을 하며) 그려유? 주물러주지 않으면 잠 못 자는 마누라
종아리가 안 건강하게 생겨서였구먼유. 그나저나, 운전대 앞
아있으믄 보이는 게 종아리라 인자 그 종아리로 관상을 봐

유. 지가.

한길섶 종아리 관상?

금금용 일단 장독이냐, 김장독이냐, 요강이냐로 성질이 얼마나 느긋하고 다급한지를 판단하는구먼유. 다음으론 떡방아간절구냐, 집절구냐, 홍두깨냐, 아님 빨래방망이냐 다듬이방망이냐로 몸매, 취향, 애교까지 알 수 있구먼유.

한길섶 재주 좋네. 장독 김장독으로 성질을 어떻게 안다는 거야?

금금용 진리는 어디에도 통하는구먼유. 된장 고추장은 일 년 농사잖어유, 김장은 겨울 한 철이구유, 요강은 하룻밤 거리밖에 더 되남유?

한길섶 아하! 쓰임새 모양새대로 성질이 따라간단 말이지. 참, 어디서 보니까 달항아리가 예쁘던데 그런 종아리상도 있어?

금금용 달항아리유? 그건 엉덩이과 아녀유? 엉덩이까지는 아직 못 올라갔는데유.

한길섶 하긴 모양새가 좀 그렇네… 그래, 절구에다 방망이는 뭐라고?

금금용 형님두, 진리는 어디에도 통한다니께유. 떡집절구같이 크고 굵은 종아리는 장군감 낳을 몸매가 되겠지만서두, 집절구 종아리에 비해 같이 다니기가 좀 껄쩍지근허구유, 홍두깨종아리는 굴곡없이 밋밋혀서 몸매나 취향이 별루구. 빨래방망이 종아리는 달음박질 잘 허고 살림살이도 똑 소리 나긴허지만서두 다듬이방망이 종아리만큼 품에 안기는 맛은 덜허구먼유.

한길섶 햐! 대단하다.

금금용 근디, 그거 다 칡뿌리유.

한길섶 뭔 얘기야?

금금용 아이, 형님두… 칡뿌리가 달다고 삼킬 순 없잖아유. 결국 뱉을 수 밖에유.

한길섶   아!

길두봉, 큰 쟁반에 라면을 끓인 냄비와 김치, 술잔, 젓가락 등을 내온다.

길두봉   (화영이 왔음을 보고) 왔나? 마이 애썼다. 들가 쉬.

화 영   있잖아, 오늘은 한 타임 밖에 못했어. 휴가철이라 손님이 없대.

길두봉   (테이블에 쟁반을 내려놓으며, 한길섶과 금금용에게) 라면 끓있는데, 속 안버리게 국물부터 들이붜. 난리통에도 삼시세때는 챙기야되니까네. 그거르보믄 먹는 것 아님 사람이나 동물이나 움메나 께을러질까? (화영에게) 느 오빠한테 연락 했네?

화 영   (여전히 노래에 열중하며) 있잖아, 안했는데. 나 지금 왔는데.

길두봉   (화영에게) 들가 쉬라니. (들어가려는 화영에게 한길섶, 금금용을 가리키며) 인사는? 택시 기사님들이래.

화 영   있잖아, 인사했는데.

길두봉   그래? 들가 자라. 오빠한테 연락하고….

화 영   (가게로 들어가며 잘 교육된 앵무새처럼 내뱉는다) 있잖아, 말뚝 박아준다고 사진 찍어갔어. 아빠 도장 내가 찍어줬다.

II. 아트드라이버

길두봉, 한길섶, 금금용 모두 테이블 주위에 앉아 있다.
금금용은 화영이가 가게로 들어가며 한 말에 미안쩍은 표정이다.

한길섶　(길두봉에게 술을 따르며) 경황 중에 실례도 많았고 인사가 늦었
　　　　습니다. 저는 한길섶이라 하고요, 이 사람은/

금금용　(벌떡 일어나 인사를 꾸벅하며) 금금용이유. 별명은 따불골드드레
　　　　곤이유 줄여서 따불이라고 불러유.

길두봉　따불 골드 용이믄, 와! 누런 용이 두 마리 아이래?

금금용　아이, 용은 무슨… 아까는 죄송혀유.

길두봉　별소릴 다 하네. 내래 승질이 욱 해서 따불 용을 몰라봐서리/

금금용　아이, 참 형님도….

길두봉　이기 인연이라면 인연인데 좋게좋게 마시자우.

길,한,금　(셋이서 위하여를 외치며 잔을 든다) 인연을 위하여!

금금용　(자신의 잔에 스스로 술을 따르며) 총각 때, 그땐 고생이라고 생각
　　　　했는데 그 시절이 희망차게 좋은 날이었데유. 버스 타러 간
　　　　뒤로 고생 좀 했슈. 애가 생기니께 돈 욕심을 내야겠데유. 관
　　　　광버스 했쥬, 8톤덤프 하다 카고트럭 장거리로 돌려도 봤쥬,
　　　　유조차 탱크로리 했쥬, 앰브런스까지 했구먼유.

길두봉　자네도 세월 참 빡시게 살았구먼. 그래도 마누라한테 입금하
　　　　고 살 때가 좋은 세월아이래? 이젠 택시 핸들 못 놓지?

금금용　놓긴 왜 나유? 천직으로 맘 먹은 지 오래 됐슈. 봐유, 우리 또
　　　　래들 회사에 남아있는 사람 몇 되나. 명태 동태로 죄다 찌개
　　　　거리 돼버렸쥬.

길두봉 내 말은 다른 건 몸뚱아리가 안돼서도 못 할거라는거지. 천
직으로 삼으려면 체력관리 잘 해이돼. 내가 거 못잖게 안 해
본 차가 없는데 택시가 제일 힘들었어. 포니 투 몰고 나간 첫
날 엄청 덥더라고, 낭중에 보이까 딴 기사들은 쮸쮸바 두 개
를 등에 넣고 운전했다드만.

금금용 쮸쮸바유?

길두봉 그땐 택시에 에어컨이 없댔으니까 바지 가랑이 무릎까지 걷
어 부치고 눌 것 못 누고 먹을 것 못 먹고 �째리 밟고 다녔어.
낮반 입금이 세이코 손목시계 한 개 값이랬는데 초짜인 나도
세 개 값을 벌었드라고. 차에서 내리는데 하늘이 핑 돌며 노
랗대. 하루 종일 오줌통 불려가며 짜장면 한 그릇 먹었더라
니까.

한길섶 그 경험은 비슷하게들 겪나 봅니다. 오줌 누는 것도 밥 먹는
것도 미뤄선 안 될 생리적 현상인데, 이 손님이 아니어도 다
른 손님이 있는 걸 막상 차를 몰고 나가면 생각처럼 잘 안 되
더라구요.

길두봉 거를 조절하게 될 때 바로 일급 기사가 되는 거야. 눈까리 앞
에 손 들이대는 손님에 자유자재로 할 수 있는 것 그 거 십
년 해도 못 하는 사람들 숱해. 그런 사람들이 밥숟가락 일찍
놓기도 하구말이야. 요즘 네비게이션에 의지하는 젊은 사람
들 직진 좌회전 유턴 피턴 이 길 저 길 쑤시고 다닌다고 일급
기사 되는 게 아냐.

한길섶 그럼요, 네비게이션이 모르는 길도 개발해 둘 필요 있습니
다.

금금용 아이, 일급이구뭐구 손님이 가자는 길로 가믄 되쥬.

한길섶 손님마다 선호하는 코스가 있으니까 인상이나 분위기에 따
라 코스를 달리해도 좋겠더라구. 대학로에서 화곡역을 간다

고 했을 때 마포대교에서 가양대교까지 다섯 개 다리를 건너
는 굵직한 코스만도 열 개가 넘잖아. 가장 일반적이고 빠른
코스는 종로통에서 아현고개 넘어 신촌로타리 지나 서강대
교 건너 국회 앞 통과해서 경인고속도로 들어가 화곡터널로
빠지는 길이지만, 때에 따라 가는 코스를 보면….

구멍가게 문짝 하나를 칠판 삼아 코스를 그려가며 얘기 한다.

첫 번째, 나이 드신 분들이 편안하게 느끼시는 고전스타일
코스입니다. 종로통을 광화문 네거리까지 쫙─ 훑고 아현삼
거리 애오개를 넘어 마포 종점까지 땡땡 소리를 내며 다니던
전차와 마포 새우젓갈 맛을 떠올리며 마포대교 건너 영등포
시장통을 지나 오목교 건너 목동오거리에서 우회전 목동네
거리에서 좌회전하면 옛날 그대로 가난했지만 정겹게 살던
편도 일차선 곰달래길을 쭈욱 빠져 화곡전화국 네거리에서
우회전 화곡터널 지나면 화곡역입니다. 두 번째, 길도 사람
도 옛것과 지금 것을 조화시킨 퓨전스타일 코스입니다.

길두봉 가만 있어보라. 내래 다닐 땐 유엔 탑이 떠억 선 제2한강교를
건너 공항로로해가 하이웨이 주유소 길로 들갔댔는데/

금금용 아이, 유엔 탑 없어진지가 언젠데유. 탑 가랑이 밑으로 끼댕
기는게 찝찝했는지 차로를 늘리믄서 헐었구유 이름도 양화
대교로 불러유.

길두봉 그렇네? 가랑이르 곱으루 벌리믄 될거르 와 허네?

금금용 글씨유, 유엔에서 암말 없는걸 보니께 그래도 괜찮은 모양이
쥬?

길두봉 유엔이 시원찮아지긴 했지만 옛날엔 학교도 안가는 빨간 글
씨였댔는데. 쯔쯔… 오래 남는 거이 없어.

한길섶 이번 코스는 성균관대학교 정문으로 들어가 신삼문 앞 중앙
도로를 관통 후문으로 나가서 총리공관 앞으로 내려가 동십
자각에서 우회전 광화문 앞을 지나 사직터널 금화터널을 지
나 연세대학교 동문으로 들어가 안산 허리 숲길을 따라 북문
으로 나가서 성산대교 건너 공항로에서 인공폭포를 오른쪽
으로 보면서 등촌삼거리 직진 하이웨이주유소 끼고 좌회전
인도도 따로 없는 좁은 그 옛길 쭈욱 빠져 끝 네거리에서 우
회전하면 화곡역입니다. 예전 같으면 성균관대학교 정문 들
어가 탕평비각 하마비 앞에서 내려 걸어가야 할테지만 복잡
하고 삭막한 도심에서 한적한 숲길과 운치 있는 오래된 대
학 건물들 사이를 차타고 통과하는 맛은, 잊었던 캠퍼스의
낭만과 주름살에 접힌 학구적 열정을 잠시 펴보게도 합니
다. 젊은이들은 익숙한 학교풍경과 분위기에 일단 편안하
고, 두 개 터널을 논스톱으로 통과하는 속도의 쾌감과 한 눈
에 들어오는 터널 밖 풍경에서 신세계를 맞이하는 듯한 신
선한 기분을 느끼게 되는 옛 것과 지금 것의 조화로운 섞임
입니다.

금금용 학교로 들어가믄 교통순경 없어서 좋것지만서두 불면 사라
질까 흘기면 돌아설까 손님 한 분 한 분이 그렇게 고마울 데
가 없는디 어딜 기사 맘대로 간데유.

길두봉 그렇지, 택시는 내 가고 싶은 대로, 신호 떨어지는 대로 가는
게 아이란 거를 잘 알끼래, 젤 빠르고 값 싼 길이 손님이 좋
아 하는 길 아이나? 인상 보고 분위기 봐서 가다간 왜 일로
가냐고 뭐라 하지 않갔네?

한길섶 물론 손님 동의를 먼저 얻습니다. 인상이나 어투로 사회적
배경을 짐작할 수 있고 풍기는 향이나 소지품 등등으로 취향
을 알게 되니까, 전문성을 살려 그 손님에 맞는 코스를 권해

드리는 것이 일급 기사라고 생각합니다.

금금용　내가 생각하는 일급 기사는 아트 차원이구먼유. 오줌 때, 밥 때 지키는 것은 다 자기관리구유. 딴 차량과 조화롭게 운전하고 손님을 우선 배려하는 맘 자세로 핸들을 잡는 기사라야 아트드라이버구먼유. 정지선에서 뒤차에 길을 터준다거나 초보나 여성 운전자에게 양보하는 것은 기본이고, 외나무다리에서 차를 만나면 눈치 볼 것 없이 먼저 양보하고 장애인 먼저, 환자 먼저, 노인 먼저, 임산부 먼저 타게 하는 것도 상식이유. 아트 차원이 될라믄 미운 손님 언짢은 손님 없이 성의껏 모시고 막다른 골목에 내리시는 손님께도 편한 낯을 지으며 끝전 백 원은 인정의 싹으로 넣어 두시게 하고, 출발하고 정지할 때 손님 몸 안 쏠리시게 클러치페달 띨락말락, 브레이크페달 밟으락말락, 악셀페달 건들락말락 숙련된 고도의 기술을 발휘해야혀유. 그리고 진짜 아트는 한잔 꺾은 손님 취흥을 따로 또 같이 창밖으로 날려주는 기사가 아트, 진짜 아트드라이버구먼유.

길두봉　어드래케 그런 생각을 다 했사. 이 사람 이기이기 다시 봐야겠구마. 거스름 동전 놔두라는 손님 만나믄 석삼 일이 흐뭇했어. 내라는 존재가 인정되는 거이까. 끝전 백 원을 인정의 싹으로 넣어둔 손님도 석 삼일이 흐뭇했을 거이야. 이기 세상사는 맛 아이래?

한길섶　횡단보도에서 비키라는 식 말고 편히 건너가실 수 있게 쟁반을 받쳐 든 듯 품위를 곁들인 손짓/

금금용　맞어유, 품위 있는 행위가 바로 아트유.

　　(축구공을 느리게 차는 몸짓으로) 아트사커.

　　(마이크를 잡고 우아하게 노래하는 몸짓으로) 아트싱어.

　　(영화 〈슈퍼맨〉 주인공이 날아가는 폼으로) 아트슈퍼맨.

(운전대를 유연하게 돌리는 손짓으로) 아트드라이버.

모두 웃는다.

길두봉　아트? 아트라고 콧그덩이 치올리고 다니며는 클랄거래. 운전자의 적은 교통사고 아이나. 접촉사고든 인사사고든 수리하고 치료한다 해도 그거이 원상복구 되는 거이 아이야. 차는 골병들고 몸 아픈 고통까지 보상 받는 거이 아이잖네. 그런 사고 한 번에 아트가 아차 되는 거 시간문제야.

금금용　아이, 그걸 누가 몰러유. 바로 내가 말한 자기관리 잘 허란 얘기 아뉴. 근디, 생활적인 면으로다 조심헐 것을 보믄 쌈짓돈 빼가는 과속 찍는 카메라유. 속도야 감당 헐 만큼 알아서 내는 것이고 기분 낼 일 좀 있을 적엔 밟을 때도 있는 것인디, 그놈에 카메라가 여기저기 까마구처럼 올라앉아서 꼰아봐싼 게 영 맴을 놓을 수가 없잖어유. (한길섶에게) 형님, 유도심문 조심허세유. 신호 대기 중에 교통경찰이 다가오드마는. "아저씨 힘드시죠?" 하는 것 아니것슈, 이 사람이 어른 공경할 줄도 안다싶어 말 대접으로 "아이고 피곤해 죽갔시유" 했더니 "과로운전. 도로교통법 제42조1항 안전운전의무 불이행입니다. 면허증 제시하십시오" 아이씨, 반갑지도 않은 거 수경례 한 차례 올려 받고 한나절 번 것 날렸잖어유.

길두봉　야야, 그거야말로 자기 관리 아이래?

금금용　아이, 천부당만부당 허쥬. 그냥 말 대답으루 했다니께유.

길두봉　보라, 손님이 빨리 가자케구 신호위반이라도 할라쿠믄 스트레스 받지 않네? 그거르 교통순경 입장으루다 바까보라, 운전자가 피곤해서 사고 날 것 같은데 적발 안 하믄 그도 스트레스 받을 거 아이야. 그 교통순경 표창감이구만 기래. 그카

고 과속 카메라 신경 쓰지 말고 운행이나 잘 해이돼. 지정속
도 그거르 지키믄 절대로 사고 안 나는기야. 교통전문가가
움메나 연구 마이 해서 부쳐놨겠네. 내 말 허투루 듣지마래.

한길섶 여기 허투루 들으면 안 되는 코스 있는데 한번 들어보시겠습
니까?

금금용 아이, 형님두… 인자 그만혀유. 더 갈쳐줘도 못 외유.

길두봉 거 하겠다고 맘먹은 거르 말려도 할 거 아이네. 엄마 손에서
택시요금 건네받아 기어이 지가 내고 싶어 하는 애나, 엄마
손 막으며 굳이 지가 문 닫고 싶어 하는 애들 보라. 그런 욕
구가 잘만 풀리면 대단한 걸 만들어내기도 하지 않네? 어디
해 보라,

한길섶 이 코스는 상처 난 영혼들을 위해 개발해 뒀습니다. 혜화동
로터리 돌아 성북동으로 들어가서 삼청터널 빠져나와 청와
대와 경복궁 사잇길 신무문 앞으로 자하문 고개 넘어 세검정
삼거리에서 좌회전 환향천 옆 홍지문 지나 홍은네거리에서
직진 서대문구청 네거리에서 우회전 홍제천 따라 상암 월드
컵 경기장까지 가서 하늘공원을 왼쪽으로 보며 가양대교 건
너 우회전 동의보감 허준 박물관 앞으로 양천향교 네거리에
서 좌회전 발산역 지나 우장산역 지나면 화곡역입니다. 인생
은 선택할 수 있지만 사람의 속내는 얼굴에 그대로 드러난
다고 합니다. 지금 지나온 길이 그렇게 느껴지는 곳입니다.
우리 역사 속 인물과 그 시대 상황의 영적 의미가 산자락을
돌아가는 굽이굽이마다에 깃들어있어서, 해금이 곁들인 G
선상의 아리아를 들으며 지나가면 세상살이를 소중히 여기
고 인류를 사랑해야겠다는 마음이 저절로 우러나는 길입니
다. 길도 예술이다 싶은 곳이 있어요. 그런 길에선 상처 난
영혼들이 위로 받을 것이라고 여겨집니다.

길두봉 길이 인간을 위로한다? 거 좋구만. 위로도 되우 받으믄 치료
되는거이 아이래? 세검정은 나라를 바로 세우자고 선비들이
칼을 씻던 곳 아이나. 그 옆을 흐르는 환향천은 몽고 공녀 출
신 여인들이 들갔다 나와도 화냥년이란 소릴 면치 못했지만
맴적으론 위로 받았을기야. 세상살이 소중히 여길만하지. 그
길 보통 아이구만기래. (금금용에게) 자네는 예술적 코스 없네?

금금용 아이, 지는 그냥 가유.

길두봉 그냥도 이런저런 코스가 있을 거 아이래?

금금용 그냥 딱, 떠오르는 코스를 믿는구먼유. 30년 노하우유.

한길섶 (술잔 채우려는 금금용을 제지하며) 마신 것만 해도 오늘 교통봉사
못 나가겠어.

금금용 난 내가 알어유.

한길섶 큰 소리 치기는….

길두봉 지가 지를 안다고? 내래 나이 들며 짜고 쓰고 단맛을 잃어간
다는 건 알아도 술에 대해서만큼은 내가 내 자신에게도 자신
이 없는 거르…

금금용 아이, 난 내가 제일 잘 알쥬. 누가 날 나보다 더 안다고 그려
유?

길두봉 자기를 안 사람은 딱 한 명 아이나? 인류사에 화석 같은 존
재, 그 한 사람밖에 없는 줄 아는데. "당신 자신을 아시오" 그
말을 보래. 움메나 겸손하나. "난 내가 알어유"하곤 비교가
안 되지 않간.

금금용 사약 먹는 것도 법이라고 마셨다는 그 사람 말이쥬? 우리 옛
날 선비들도 법 지킨다고 참 많이 죽었쥬, 선비는 동서양이
서로 통하는 게 있는게벼. 근디 그 사람 나가 볼 땐 자살 같
어유. 그 사람 마누라가 지독한 여자라는데 마누라가 복장
지를 땐, 콱! 손댈 수도 없고 차라리 내가 죽는 게 낫지 않은

감유? 그 양반도 세상 웬만큼 살아봤것다 이름 날렸것다 떠날 때를 안 거쥬. 참, 형님도 알쥬? 우주용달아저씨. 회사 때려치우고 산 세발짜리 용달 픽업.

한길섶 세발짜리 용달 픽업? 아, 신촌 로타리 돌다가 옆으로 넘어져서 문을 열고나오는데 꼭 아폴로 우주선 같더라는 그 용달 아저씨?

금금용 그려유, 우주용달 아저씨도 자살이란 말이 있었슈. 그 이 아짐씨가 소문난 악처였대유. 우리랑 술 한잔 걸치고 암 일 없이 집에 가셨는데 밤새 돌아가셨다니… 아마도 술 땜에 다투다가 평소 맘먹은 게 있어서 화~악 자살한 것 같다니께유.

길두봉 여자는 자기 안에 왕국을 만들어 사는 특수종이야. 처녀 땐 귀엽고 상냥한 애인이 마누라 되고 아줌마 되면 자기 식구 위한다고 독재자로 군림하는 거 봐서들 알지 않네? 우리 남자는 여자가 그렇게라도 자기 세계를 이뤄살도록 도와줘이 돼. 그래야 가정이 무탈하고 세계가 평화로워지는 거이야. 자네 집사람은 으때?

금금용 우리 마누라유? 아이, 내말이라믄 껌뻑 죽는 사람이어유. 봉긋하던 젖가슴 어디로 갔는지 동산만한 배만 눈에 들어오지만 죽을 때까지 같이 갈 내 사람이잖어유.

한길섶 날개 편 공작 뒤태까지 아름답게 볼 사람이네.

길두봉 이기이기 행복한 남편이구만. 어떤 사람이 구리 반지 두 개를 사서 한 개는 마누라 주고 다른 한 개는 애인을 줬드래. 마누라는 애 낳고 산 뒤로 처음 받아본 반지라며 좋다하는데 애인은 구리반지 누가 끼냐며 콧방귀도 안 뀌더래. 사실 손가락 굵기 알아서 금반지 사 줄 맘먹고 있었다는데 말이야.

금금용 에이, 그거 형님 야그쥬? 남 야그 맨크로 헌 사람들 오리발 내미는 야근줄 다 아는구먼유. 솔직해봐유.

길두봉 (겸연쩍은 헛기침, 한길섶을 보며) 흠흠, 공작 똥꾸도 이쁘게 볼 사람이라고? 이 사람이? (금금용에게) 우타된기 그냥 넘어가면 누가 해코지하나?

금금용 알았슈알았슈, 그건 그냥 넘어갔다치고 조강지처가 좋다는 말이쥬?

길두봉 거럼. 있을 때 잘 하란 노래도 있지 않네?

금금용 (길두봉에게 술잔을 내밀며) 세상 모든 조강지처를 위하여 한 잔만 따라줘유.

한길섶 아침에 교통봉사하는 모범기사들 존경스럽던데, 자넬 보고 달리 생각해얄까봐. 술 마시고 어떻게 교통봉사를 한다고 그래?

금금용 (술잔을 테이블에 탁 엎으며) 알았슈, 그만 먹겠슈. 봉사하는 기사들 욕먹이믄 안 되고 내 맘 먹은 것 흐트러지믄 안 되니께. 정신없이 살다가 한 번 된통 당허고 다짐헌 게 있어서 교통봉사허는 거구먼유. 밤늦게 장거리 갔다 오다가 졸다깨다 졸다깨다 뭣에 꽝 부딪히고 한참을 나는 듯하더니 눈 떠보니께 병원 침상에 있더구먼유. 의사선생님께 목숨 맽기고 수술 들어가믄서 맹세했슈. 세상에 신세만 졌는데 살아나믄 작은 거라도 봉사하며 살겠다구유.

화영이 마이크를 들고 나오며 노래를 흥얼거린다.

길두봉 들갔으믄 자지 와 나오네? 오빠하곤 연락 됐네?

화　영 있잖아, 노래 연습한대. 아니아니 홋호호… 노래 연습은 있잖아 내가 할 거고 술 먹는대. (마이크 들고 노래를 계속 흥얼거린다)

길두봉 그노무쌔이.

한길섶 신새벽에 웬 노래를?

길두봉   쟈가 노래하는 요정으로 태어났어. 영혼이 맑은 게 다행이
        야.
화 영   (길두봉에게 마이크를 떠넘기며) 있잖아, 아빠가 노래해줘.
길두봉   내래 뻔한 걸 와이카….
화 영   있잖아, 아빠의 아빠 노래 듣고 싶어.
한, 금   (박수를 치며 흥을 돋운다)
길두봉   그럼 내래 고향 이름 들어간 노래 하갔어.

        (양명문 작시 – 변훈 작곡 – 〈명태〉를 개사해서 트로트 가요풍으로 부른다)

        검푸른 바다 바다 밑에서
        꼬리치고 춤추며 밀려다니다가
        어부가 쳐 논 그물로 들어가
        살기 좋다는 원산 구경이나 한 후
        에집트의 왕처럼 미이라가 돼보고
        외롭고 가난한 시인이
        쐬주를 마실 때, 캬~

금금용   (서둘러 술 한 잔을 권하며) 한 잔 하셔야겠슈.
길두봉   (잔을 받아 마신다. 노래에서처럼) 캬~
금금용   다른 노래 없슈? 노래 같기는 한데 어째 흥이 안나네유.
길두봉   (바로 〈굳세어라 금순아〉를 부르자 모두 같이 부른다)
        눈보라가 휘날리는 바람 찬 흥남부두에
        목을 놓아 불러봤다 찾아를 봤다.
        금순아 어디를 가고 길을 잃고 헤매었던가
        피눈물을 흘리면서 일사 이후 나 홀로 왔다.
금금용   (흥이 났다. 길두봉이 노래를 끝내기가 무섭게 마이크를 뺏다시피 낚아채

고는 〈칠갑산〉을 구성지게 부른다. 다들 같이한다)
콩밭 매는 아낙네야
베적삼이 흠뻑 젖는다
무슨 설움 그리 많아
포기마다 눈물 심누나
홀어머니 두고 시집 가던날
칠갑산 산마루에
울어주던 산새소리만
어린가슴속을 태웠소

금금용　(마이크를 한길섶에게 건네주려한다)

한길섶　(손사래 치며 사양하다 못해 아예 도망간다. 뒤 쫓는 금금용. 순간, 마이크
를 잡아챈 화영이 몸을 흔들며 북한 가요 〈휘파람〉을 부른다)

화　영　어젯밤에도 불었네 휘파람 휘파람 벌써 몇 달째 불었네
휘파람 휘파람 복순이네 집앞을 지날 때 이 가슴 설레어 나
도 모르게 안타까이 휘파람 불었네
휘휘휘 호호호 휘휘 호호호 휘휘휘 호호호 휘휘 호호호 한번
보면은 어쩐지 다신 못 볼 듯 보고 또 봐도 그 모습 또 보고 싶
네
어제꿈에 내게로 다가와 생긋이 웃을 때 이 가슴에 불이 인
다오 이 일을 어찌하랴
휘휘휘 호호호 휘휘 호호호 휘휘휘 호호호 휘휘 호호호

길두봉　(설움이 복받치는지 울먹이며) 아버지, 화영이가 휘파람을 불렀습
네다. 들으셨습네까? 아버지 소원은 젊음을 털어 바친 묘향
산 산판에 가보는 거였지요. 동해고속도로가 삼팔선 넘어 원
산 흥남 나진 서수라까지 쫘악 뚫리길 고대고대 했더랬지요,
내라도 갈 수 있을까 모르겠습네다. 금강산 검문소를 지나

원산 옛집 마루에서 아바지가 쳐다봤을 하늘을 내래 보고싶습네다. 삼일포 야경도 아바지 드시라고 막걸리 한 잔 따라 놓고 아바지의 눈으로 젖어보고, 흥남부두 단골 객주 자리도 아바지의 걸음으로 찾아 보고싶습네다. 아바지~

아랫길 골목에서 뛰어 올라오는 강상태. 작은 아이스박스를 들었다.

강상태 자앙인어른, 나와 계계셨어요? (딸꾹질 한 번 하고) 딸꾹- "아바지~" 소소소리 듣고 자앙인어른인줄 아알았어요.

길두봉 상태구나. 오늘은 기분이 괘아나서 한 잔 하고 노래도 했지.

강상태 자알하셨어요. 저저저도 하안 잔 했어요. (화영에게) 여태 아안 잤어? 딸꾹-

화 영 있잖아, 남이야 자든 말든.

강상태 며어었신데….

화 영 있잖아, 자장가 불러줄 것도 아니면서.

강상태 (화영을 감싸듯 하며) 파파알베개도 해해해 줄게 드드을어가 잘래?

화 영 (상태를 밀치며) 아유, 술 냄새.

강상태 (한길섶, 금금용과 테이블 위를 둘러보며) 아안주거리 좀 채앵겼는데 일찍 오오올려드릴 걸.

길두봉 장사도 안 된다면서 뭘….

화 영 있잖아, 상태는 좋아? 또 팔고 남은 거지?

강상태 시시잉해. 딸꾹-

화 영 있잖아, 저번에도 상태 좋다고 하구선 못 먹고 버렸는데.

강상태 내앵장고에 아안 넣어 놔서 그그그랬지.

화 영 있잖아, 꼭 상태 안 좋은 놈만 갖다앵겨,

강상태 (화영에게 아이스박스를 내밀며) 아안 잘거면 아안주 좀 만들어 와.

화　영　있잖아, 노래 연습할 건데.

길두봉이 아이스박스를 받아 화영에게 쥐어주자 화영이 마지못해 받고는 상태에게 눈을 흘기고 툴툴거리며 가게로 들어간다.

강상태　(길두봉에게 한길섶과 금금용을 염두에 두고 검지와 중지를 펴보이며 작은 소리로) 따 따불로 바악혔습니까?

길두봉　(인지 하나만 펴며 눈을 찡긋한다) 인사 드려. 개인택시 기사 사장님들이래.

한길섶　사장은 무슨….

금금용　혼자 찍고 돌아도 사장이남유? 놀리는 말씀 같유.

길두봉　(상태를 가르키며) 야도 혼자 썰고 굽고 삶고 지지는 포장마차 사장아이나. 쏠로라도 사장은 사장이지.

강상태　(꾸벅 절을 하며) 아안녕하세요, 요오 밑에서 포포포장마차하는 가앙상태라고 합니다. 딸꾹— 도도움도 아안 되는 위위로 말씀이나마… 시시임란하시죠? 자앙인어른께서 지인정서를 내내앤는데도 아직/

길두봉　그 애긴 안 해도 돼야. 낮에 국토관리청에서 사진까지 찍어 갔대.

강상태　그으래요? 이이이제 하안시름 노노시겠어요. 자앙인어른 마마알씀마따나 세에상은 깨지면서 배배우는거다. 깨깨져봐야 자기 시시일체를 안다. 그 혀언장 포포착이 밥을/

길두봉　(급히 상태 입을 막으며) 어허, 뭔 말을 그리 마이 하네. 야가 취했네? 들가.

강상태　(한길섶, 금금용에게) 우우리 자앙인어른 저 계계단에서 구른 우운전기사들 도도올봐드리느라고 애 마안이 쓰쓰쓰셨어요. 고오맙습니다, 차아자뵙겠습니다 하고 레레렉카에 다알려

간 뒤로 *끄끄*을인 사람은 야야앙반이고 어떤 사앙식 없는 놈
은 자앙인어른 며며억살을 잡고… 딸꾹–

길두봉　(상태의 말을 막으며) 어허 그 얘긴 안 해도 된다니까네. 마이 취
했구나야. 피곤할텐데 들가.

강상태　치치침을 탁 탁 배앹어 가며 코코옹고물 얻어 머먹느냐고 으
으심까지 했대요 글쎄. 되에먹지 모모못한 놈. 계계단에 쳐
어박힌 것 위위로해줬더니 보오답은커녕/

길두봉　(한길섶, 금금용의 안색을 살피며 상태의 입을 막고 일으켜 세운다)

강상태　(길두봉에게 끌려가디시피 들어가면서) 그그런 후레자식 노옴도 세
에상에 사사알더라니까요.. 내내내가 봤더라면 그그그런 노
옴 며며언상을 콱… 딸꾹–

금금용　(등을 보이고 길두봉과 함께 들어가는 상태에게) 거그 나 좀 봐유. (돌
아보는 상태의 면상을 한 마디 말도 없이 다짜고짜로 머리로 받아 버린다)
빽–

강상태　악–

III. 인연

양 콧구멍을 솜뭉치로 틀어막은 강상태를 중심으로 길두봉과 한길섶, 금금용이 테이블 주위에 앉아있다.
테이블엔 빈 소주병이 몇 병 더 늘었고 또 한 냄비와 안주 접시도 거의 비었다.

길두봉 자, 이제 화해된 것으로 하고 얘기 끝내지. (금금용에게) 경찰 안 부른 거르 다행으로 아는 거지?

금금용 (고개를 숙인 채로 끄덕인다)

강상태 (못마땅한 표정으로 먼 산을 보며) 하, 어어어이없네.

금금용 아이, 몇 번 말혔지만 꼭 들은 것처럼 또박또박 씹는데 나도 몰래 열이 확 받쳐부렀데니께유. 미안혀유.

길두봉 사람이 하는 일에 머이 똑떼기한 기 있다고 그리나. 모자람을 아는 것만도 대단하지. 그기 다 자신을 알아가는 거 아이래?

한길섶 두 사람 다 그만하면 된 것 같습니다.

길두봉 암, 암….

강상태 (길두봉이 어깨를 툭– 치자) 하, 어어어이없네. 자앙인어른 이이런 적은… 하, 어어이없네….

길두봉 (모두에게 술을 따라주며) 됐다. 상태 야 속이 움메나 깊다고. 내래 그 바닥을 모르겠어야. 잔들 쭈욱들쮜.

강상태 조조오아요, 터터털죠. 자앙인어른 마마알씀마따나 따앙강아지가 거미마마암을 어어어찌 알랴 해앨으니….

길두봉 (서둘러 모두와 잔을 부딪치며) 솔로를 위하여!

모 두   위하여!

화영이 작은 아령을 손에 들고 운동복 차림으로 나온다.

강상태   (지금까지 인상쓰고 있던 얼굴과는 달리 반색을 하며) 조조오깅 하알
         거니?
화 영   있잖아, 따라 오지 마.
강상태   우운동도 하알 겸 보보보디가드도 하알 겸….
길두봉   쟈는 우타된기 잠도 안 자고.
화 영   아빠, 있잖아, 내가 졸면서 나오다가 허방을 짚었는데, 아니
         아니 넘어지지는 않았어. 근데, 참 이상하다. 나도 모르게 내
         몸이 안 넘어지려고 힘을 쓰는거야. 그런데 있잖아, 잠이 확
         달아나버렸다. 허방이 고맙지? 그치? 그러니까 있잖아, 아빠
         도 인제 잠이 올라그러면 허방을 짚어. 알았지?
한길섶   화영이가 신기한 걸 알아냈구나. 아저씨도 인제 운전하다가
         잠이 오면 화영이 말대로 허방을 짚어야겠다.
금금용   허방이 진한 커피인개벼? 화영이 덕에 커피 값 줄이게 생겼
         슈.
화 영   있잖아, 아빠도 허방 짚으라니까.
길두봉   알았다, 허방 짚을게. 상태랑 같이 조깅 가렴.
화 영   있잖아, 오빠는 싫어. 이렇게 해라 저렇게 해라… 허리를 감
         고 손이/
길두봉   널 되우 생각고 한 것 아이나.
강상태   그그그럼요, 저저언문가가 코치하하하는데… (화영이 몸 푸는
         동작을 하자 재빨리 몸을 이리저리 움직이며) 우운동은 일단 모옴부
         터 잘 푸푸울어야 돼요. (길두봉, 한길섶, 금금용에게) 가가알이 하
         하하세요. (국민체조 구령하듯) 파알다리운동– 하나 두울 세엣

네엣 두울 두울 세엣 네엣 다섯 여섯 일고옵 여덟 (체조하는 사
이 화영이를 지도하는 척하며 허리며 어깨에 손을 대보려한다) 여엎구
리운동- 하나 두울 세엣 네엣 두울 두울 세엣 네엣 다섯 여
섯 일고옵 여덟 뛰임뛰기운동- 하나 두울 세엣 네엣 두울 두
울 세엣 네엣 다섯 여섯 일고옵 여덟 다알리기운동- 출발.

상태를 선두로 모두 가게 앞마당을 뛰며 돈다. 뛰는 속도에 맞춰 금금용이
어깨띠에 맨 호루라기를 불어댄다.
몇 바퀴 돌지 않아 길두봉이 제일 먼저 주저앉고 한길섶과 금금용도 이내 의
자나 바닥에 주저앉는다. 강상태는 아령을 손에 쥔 채 걷거나 뛰는 화영이
앞뒤에서 경보 또는, 로드웍 몸짓으로 어설픈 코치를 계속한다.

금금용 젊다는 것은 좋은 것이유. (상태와 화영이를 가리키며) 아이, 저
젊음 봐유. 뭘 해도 이뻐보이잖어유. 화영이도 싱싱하고….

길두봉 쟈래 괴아나네? 사람 보는 눈이 있구만기래… 우리나라 여자
들 되우 빡시지. 아주마이들 개천이고 공원이고 아침저녁 걷
는 행렬 보래, 장관 아이나? 움메나 힘차던지 처음 봤을 땐
무슨 시위하는 줄 알았쌰. 의사들은 수입이야 줄갔지만 아줌
마들 건강이 곧 국력이니 좀 좋나?

금금용 그래도 남사스럽잖어유? 시도 때도 없이 아령까지 들고 여자
들이….

한길섶 나라가 잘 되고 못 되는 건 여자들 손에 달렸죠. 우리 어머니
들이 호미 잡고 곡식자루 들던 손에 살 빼는 운동기구나 들
고 뛴다고 더러 비난도 하지만, 나라가 위태로울 때마다 여
자들이 해낸 역할을 무시할 수 없었죠. 행주대첩을 승리로
이끄는 데 일조한 것만으로도 이런 세상 누릴 자격 있다고
생각합니다. 단군 이래 900회가 넘게 침략받았다는데 그때

마다 남자들은 싸우다 죽으면 그만이지만, 살아남은 여자들이 침략군 치정 아래서 가문을 보전하고 가족들 먹여 살리기 위해 얼마나 많은 수모를 받고 고생했겠습니까. 몽고 침략이나 임진왜란 같은 먼 역사 말고도 한국전쟁 때만 해도 소련군, 중공군, 연합군이 번갈아 점령한 그 실상을 우리 다 알잖아요. 우리나라가 반 만 년 이어온 역사 뒷면에는 여자들의 끈기와 억척이 단단히 받치고 있었기 때문이기도 합니다.

길두봉 나라가 온전해야 여자들이 편안하지 거럼.

안개가 또 한 차례 몰려온다. 화영이도 자리에 앉는다. 상태는 화영이 자리에 앉은 것도 모르고 혼자 계속 뛰고 있다.

금금용 상태총각, 혼자 뭐 하는겨?

모두 웃자 그제야 상황을 파악한 상태, 겸연쩍게 화영이 옆에 와 앉는다.

강상태 자자알 봤지? 그그그렇게 하는 거야.

화 영 있잖아, 오빠가 코치야? 잘 하지도 못하면서.

강상태 어어쩌다 하니까 그그그렇지, 너어랑 매매매일하면 자알 할 수 이있어. 내내내일도 가알이 하알래?

화 영 있잖아, 봐서.

강상태 노오래방 끄끄을나면 포포포차로 바로 와, 추우리닝은 내내 내가 준비해 두두울게.

화 영 있잖아, 봐서어.

길두봉 (화영에게) 안주 됐으면 좀 내 오라?

강상태 (화영이 가게로 들어가자 뒤 따라갈 듯하다가 그냥 주저앉는다)

길두봉 밤을 주 시간대로 사는 사람들이 되우 많아졌지. 주사 사나운 손님도 더러 만나지 않네?

한길섶　전에도 그런 손님들 있었습니까?

길두봉　거럼. 아직까지 맘에 걸리는 한 사람이 있는데 되우 고약한 손님이었지. 내래 그 손님 건으로 택시를 그만 뒀으니까네. (문득, 주위를 의식하고 화제를 돌려) 얘기가 날 새는 줄 모르고… 몇 시나 됐네?

강상태　(손목시계를 보며) 네에시 시시입십분이요.

화　영　(사기그릇 깨지는 소리와 함께 화영이가 지르는 비명–) 아악– 깨졌다, 아빠아–

강상태　(벌떡 일어나 가게로 뛰어가며) 따따따라갈까 말까 해해앴는데….

길두봉　(화영이 비명에 일어났다가 상태가 먼저 뛰어가자 자리에 앉으며) 갈낀지말낀지 할땐 가는거고 말할까말까 할땐 말아야하는거아이나.

한길섶　얼마나 고약했길래 택시를 그만두고 지금까지 맘에 걸리십니까?

길두봉　(잠시 망설이며) 얘길 해야 하나 말아야 하나….

금금용　잘 나가시다가 입 닫는 건 뭔 일이래유?

길두봉　되우 질래된 일이야.

한길섶　선배 좋다는 게 뭐겠습니까. 진창에 징검돌 같은 것 아니겠습니까.

금금용　한 몫이라도 챙기셨슈? 그만 두시게. 한 수 가르쳐 줘유.

길두봉　(마음을 굳힌 듯) 말할까말까 할땐 말아야 하는긴데… 오늘 별 얘길 다 하는구만, (긴 한숨 끝에) 이십 년쯤 되는 얘기래. 우타된게 나같이 대가빡이 쳐지는 사람은 꼭 겪어야 깨달으니 인생이 고달프지 않간. 생각하면 위험하고 어리석었어. 그 일 뒤로 내 승질에 뭔 일이 나도 나지 싶어 택시를 그만 뒀지. 뭐이냐믄은, 자정이 막 넘어 탄 서른쯤 된 손님인데 저 쪽 끝을 간다그러는기야. 어디 가시느냐고 몇 번 물어도 그렇게만 말해 저쪽 끝에 간다고…. 술이 좀 됐긴 해도 행선지가 먼 것 같아스리 시체 말로 왕건인데 못 간다 할 수도 없고 가면서 물어볼라고 그냥 출발 했지. 얼마 안가서 차 세우라더니 오줌 누고 뒷좌석으로 옮겨 타서는 라디오 꺼라, 테이프 틀어라, 뭔 사랑 노래를 입으로 악기 소리까지 내가메 한참 부르더니 이쑤시개 달라, 재채기, 파, 마늘냄새, 껌 있냐, 물 있냐, 담배 한 대 주라, 라이타 불도 주라, 양말 벗고, 가래 뱉고, 길게 눕더니 슬슬 시비를 거는기야. 경기 좋냐, 얼마 버냐, 운전 몇 년째냐, 물건은 잘 스냐….

화　영 　(상태와 함께 안주를 쟁반에 받쳐 들고 나온다) 있잖아, 안주야.

길두봉 　(쟁반을 받으며) 느들도 한 숟갈 들어라?

강상태 　아아녀요. 저흰 되앴어요.

길두봉 　(쟁반을 테이블에 내려놓으며) 듣기 거북해서 내 그랬지. 먼 길 가메 말씀 나누는 건 좋은데 남에 사생활에 관한 얘긴 하지 맙시다. 그랬더니 이기 눈까리를 히번덕이고 꼬랑내 나는 발로 내 옆구리를 찌르면서 얼마나 잘 나가는 놈이냐며 욕을 하고 주먹으로 내 뒤통수를 치지 않나 신발을 던지지 않나… 참지를 모하겠싸. 그렇다고 송장 치고 초상 치를 수는 없고 파출소로 가자했지.

한길섶 　그럴 땐 당연히 파출소로 가셔야죠.

금금용 　(뭔가가 생각 난 듯 갑자기 눈을 번뜩이며) 파출소 안 갔쥬?

길두봉 　거럼, 갈 수가 없었지. 그 기 파출소를 왜 가냐며 되우 늘어졌거든.

화　영 　있잖아, 경찰 아저씨를 부르면 되는데. 바보같이….

한길섶 　그 손님 어거지꾼이었나 봅니다.

금금용 　대판 싸웠쥬?

길두봉　치고받을 것도 없었지. 끄집어내다가 갸 발길에 얼굴을 맞는
바람에 오뉴월 개구리 밟듯 주쎄리 밟아버리지 않았간.

화　영　신난다, 있잖아, 아빠가 이겼어?

금금용　그리곤 그냥 갔쥬?

길두봉　그냥 갈 밖에 머이 더 있나? 파출소를 왜 가냐고 한 놈인데
땅바닥에 늘어진 거 보고 돌아왔지.

금금용　죽지 않을 만큼 밟았쥬? 굴다리 밑이었쥬?

길두봉　우타된기 똑 본 듯이 물어보네?

모두 금에게 시선을 꽂는다. 심상치 않은 고요 속 전율이 느껴지는 순간.

금금용　(갑자기 길두봉 안면을 머리로 받아버린다) 빽—

길두봉　악—

한,화영,상태　악—

IV. 재연

양 콧구멍을 솜뭉치로 틀어막은 길두봉을 중심으로 화영과 상태, 한길섶과 금금용이 테이블 주위에 앉아있다. 테이블 위는 앞 장면 그대로다.

한길섶 대충 얘기가 된 것 같은데 그만 끝내죠.

금금용 (못마땅한 표정으로 먼 산을 보며) 아이씨….

길두봉 머이, 몇 번 말했지만서도 우타된기 똑 당한 것처럼 꼬박꼬박 짚는데 은근히 뜨끔하드라이까. 암튼 미안해.

강상태 (금금용에게) 미미미안하긴요, 이 아아저씨가 머언저 시시시비 건 이일인데/

화 영 우씨, 우리 아빠 얼굴을 찼잖아.

한길섶 (사람들 앞에 있는 빈 잔에 술을 따르며) 화해한 마당에 한 얘기 또 하지 말고 잔들 드시죠. 화영이가 위하여 해라.

화 영 있잖아, 싫어. 나 안해.

한길섶 그럼 상태 자네가 위하여 해.

길두봉 그래, 날 위해서라도 상태가 해라

강상태 하, 어어어이없네….

금금용 (한길섶이 어깨를 툭- 치자 마지못해 잔을 든다) 아이씨, 좋아유 깨끗이 털쥬. 생각해 보니께 딱 20년 묵었는디… 못 잊은 건 길씨 형님이나 저나 한 맴이었구먼유. (잔을 높이 들며) 위하여!

한,길,강 위하여!

화 영 (금금용에게 마이크를 건네주며) 있잖아, 노래 하나 해.

금금용 노래는 이따 허고, 좀 껄쩍지근 헌 것이… 내가 형님헌티… 긍게, 형님 말씀대로 참말 그랬슈?

길두봉 터는 마당에 붙이고 뺄 말이 어딧네?

금금용 내가 주사가 좀 있다해도 고로코롬 정신 나가진 않는데/

한길섶 자다가 장롱 서랍은 안 열어?

금금용 아이, 그렇게는 아니랑게유. 아침에 파출소에서 깼는디 택시 타고 시비헌 것만 기억났구먼유.

길두봉 상처나 다친 덴 없었지?

금금용 옆구리가 좀 결리는 것 말곤 괜찮았던 것 같유.

길두봉 내래 한참 땐 쌈 좀 했지. 골병 들 데 안 들 덴 가릴 줄 안다 아이나.

금금용 그 날 초등학교 동창회에서 술을 먹긴 했슈. 한 동네 살던 또록 심이는 애 셋 놔두고 남편이 죽어 식당에 나간대서 심란했는디, 호박밭에 똥장군 매던 놈들이 개발인지 나발인지 돈벼락 맞아갖고 지 자랑들 어찌나 해쌓는지 눈꼴 시려웠슈.

한길섶 그 여자 때문에 과음 했구먼? 남자의 순애보가 지극하지.

금금용 아무려면 형님 얼굴을 찼을까유?

길두봉 지금이나 형님이지. 끄집어내는데 신경 쓰느라고 방비를 못 했어. 하마터면 안면 다 갈릴 뻔하지않았간.

금금용 그래도 이해가 안 가유. 아무리 취했다고해도 그렇게까지 정신을 놓은 적 없었슈.

길두봉 내 말 똑띠 들으래이. 지금 내래 없는 얘길 한단 말이가? 이 사람 알만큼 했는데도 말론 안되겠싸? 이리 와보라. 어떻게 날 찼나하믄….

길두봉이 의자를 택시 앞, 뒤 좌석같이 배열하고 금금용을 의자에 앉히려 한다.

길두봉 앞자리로 타라. 아니다, 소피 보고 뒷좌석으로 옮겨 탄 뒤부터 하자우. 저만치서 오줌 갈겼다 치고 탈탈 털고 작크를 올리며 택시에 타라우.

금금용 그냥 말로 해봐유.

길두봉 여짓 말로 했는데 긴가민가 하잖네. 잔말 말고 타라우.

금금용을 뒷좌석에 타게 하고 길두봉 자신은 운전대에 앉는다.

길두봉 라디오 꺼라, 테이프 틀어라부터 명령하듯 말하라.

금금용 아이, 남사스럽게… (맨송하게) 라디오 꺼라, 테이프 틀어라/

길두봉 아니야, 술 취했다치고 해보라.

금금용 (조금 거칠게) 라디오 꺼라, 테이프 틀어라/

길두봉 술 깼네? 그 정도였으면 사건도 안 일어났디. 좀 더 과티내서 리 빡시게 해이돼,

금금용 (과감하게) 라디오 꺼라, 테이프 틀어라/

길두봉 그렇지, 다음 이쑤시개 달라, 재채기, 파, 마늘 냄새 풍기고, 껌 있냐, 물 있냐, 담배 한 대 주라, 라이타 불도 주라, 양말 벗고, 가래 뱉고까지.

금금용 너무 길어유. 책 덮은 지가 언젠디/

길두봉 순서가 문제 아이래. 바뀌어도 되니깐 생각나는 대로 하라.

금금용 그렇지, 다음 이쑤시개 달라, 재채기, 파, 마늘냄/

길두봉 뭐하는 기가? "그렇지 다음"은 내래 한 말이고 이쑤시개, 재채기, 껌, 물 등등 자네가 한 말을 하라우. 꼬장 부리는 손님처럼 눈까리 히번덕이며 해보라니까네.

금금용 아, 그렇게유. 알았슈, 잠깐만유. (택시에서 내려 소주를 한 잔 마시고 돌아와 실제처럼 재연한다) 어이, 기사양반 이쑤시개 좀 줘, 재채기 에취… 아이씨, 다시 할게유.

이후부터는 20년 전에 벌어졌던 상황처럼 진행한다.

어이, 기사양반 이쑤시개 있수? (이를 쑤시며 쩝쩝– 쯔쯔– 쓰쓰– 끌끌– 풋풋– 뚤뚤– 별별 소리를 낸다. 노래를 한다. 한 동기나 한 마디 사이에 섹소폰, 건반, 드럼 치는 소리를 입으로 낸다) –아침이면 모르는 남처럼 잘 가라는 인사도 없이 사랑혀요 그것뿐이었어요 사랑혀요 정말로 사랑혔어요– (갑자기 고함, 괴성을 지르다가 서너 번 재채기를 한다) 에취, 껌 하나만 얻읍시다. 물 있수?, 담배 한 대만 빌립시다, 라이타 불도 주셔야지. 햇해해… 내가 딱성냥 갖고 다니는 크린트이스트우드요? 카악–퉤, (길게 누우며 앞좌석 사이로 발을 뻗는다) 기사양반, 요즘 경기 좋수? 얼마나 벌까? 재미 보는 여자도 걸리지? 운전 몇 년째야? 왜 말이 없어, 내 말이 꼬운가? 물건은 스기나 해? 햇해해….

길두봉 손님, 먼 길 가시메 말씀 나누는 건 좋은데 남 사생활에 관한 얘긴 하지 맙시다.

금금용 뭐? 손님이 물어보는데… 얘기허지 맙시다? 솔찬히 건방지시. 먼 길 가믄서 서로 다정허게 니 얘기 내 얘기 헐 수도 있는거지. 사생활이 뭐 어떻다는거여? (길두봉의 옆구리를 발로 쿡– 찌르면서) 니 사생활은 금테 둘렀어? 택시허는 주제에/

길두봉 (금금용이 한 발길질에 깜짝 놀라며) 손님, 운행 중에 기사를 놀라게 하면 안 됩니다.

금금용 놀라긴… 운전 니만 허냐? (신발로 길두봉의 뒤통수를 때리며) 운전이 다 니 꺼냐? 씨벌넘아. 이 씨벌넘도 무쟈게 잘난 놈이네.

길두봉 손님, 운전을 못하게 행패 부리시면 파출소로 갑니다.

금금용 파출소? 햇해해… 이 씨벌넘이 누가 겁날 줄 아냐? (문을 열며) 갈 테면 가봐.

길두봉 (급브레이크를 밟고 정차한다) 주행 중에 차 문을 열면 어떡합니까?

금금용 파출소 간다며? 가봐. 시원허게 바람 좀 쐬며 가자.

길두봉 (차에서 내려 치미는 분을 참으며) 파출소 가시게 다리 넣고 문 닫
으세요.

금금용 파출소? 내가 왜 가? 너나 가 씨벌넘아.

길두봉 (금금용을 밖으로 잡아당기며) 운행도 못 하게 하고 파출소도 안
가시려면 여기서 내리세요.

금금용 장난허냐? 이 씨벌넘이 날 갖고 노네. 야, 이거 도중하차 허게
생겼다. 나 여기서 한 발짝도 못 움직여. 니 맘대로 해. 씨벌넘
니만 성깔있냐? 나 그동안 성질 죽이고 사느라고 깝깝혔는디
너 오늘 임자 만나부렀다. (끌어내리려는 길두봉과 안 내리려는 금금
용이 실랑이하다가 금금용이 길두봉의 얼굴을 발로 차며) 놔, 이 씨벌넘
아.

길두봉 (뒤로 나가떨어지며) 아이쿠! (일어 선 길두봉의 얼굴엔 조금 전 택시 기
사였던 표정도 미래를 설계하는 꿈의 표정도 없다. 생래적인 본성과 부당
한 처우를 못 참는 성난 길두봉만 있다) 종간나새끼- 개만도 못한
새끼- (금금용을 강제로 끌어내 밟고 차고…)

Ⅴ. 삶의 진실

길두봉 앞에 무릎 꿇고 울먹이는 금금용.

길두봉 자, 그만두라. 알았다니까네, 술이 웬수 아이나.

금금용 (더욱 섧게 울먹이며) 잡으믄 죽이겠다고 일 년 반을 찾아다녔슈. 그 뒤로도 몇 년간은 시간만 나믄 그 시각 그 장소에서 택시 기사들을 살폈슈.

길두봉 내라도 정신이 나갔을거그만.

금금용 형님, 지는 나쁜 놈이유. 천하에 몹쓸 놈이구먼유.

길두봉 와이케, 자네만큼 순박한 사람도 드물지.

금금용 아뉴, 아뉴… 지는 지가 잘 알어유. 남들한테 무시 안 당허려고 아는 척 있는 척허며 살았슈. 지가 얼마나 몹쓸 놈인지 필림만 끊어지믄 드러나유. 형님이 당해 보셨잖어유.

길두봉 이제 교통봉사 하는 모범운전자 아이나. 움메나 모범이겄네.

금금용 거짓말이구먼유. 모범운전자도 아니고 봉사 한 번도 헌 적 없슈.

길두봉 운전을 되우 아트하게 하면 모범운전자 아니간?

금금용 아트하게 혀본 적 한 번도 없슈.

길두봉 (뭔 소린가 싶어 어이없지만 그래도…) 교통봉사… 아트드라이버… 머이, 형편이 안돼서 못 할뿐 맘을 먹고 있는 것만도 대단한 거 아이나. 거럼. 속 깊은 남편이라고 부인이 움메나 존경하겠네.

금금용 이혼 당했슈. 교통사고 나서 입원해 있는데 도장 찍어 달라더구먼유.

길두봉 머이? 남편이 입원해 있는데 간병할 생각은 않고 도장 찍어달라니… 어디 그런 여자가 다 이싸? 애들하고 좀 말리지 않았네?

금금용 애들도 마누라 따라 갔슈. 애들 말이 아빠와 살기가 서먹서먹허겠데유.

길두봉 자네 부부 깊은 속사정이야 알 턱이 없지만 이혼 요구는 너무 한 거 아이나?

금금용 지 몸이 온전할 땐 맞아 죽을 것 같으니께 그때를 이용헌거래유. 팔뚝에 멍든 사진을 언제 찍어놨는지 제 코 앞에 던지믄서 이런 날이 오기를 기다렸다고 허데유.

길두봉 ….

금금용 지는 도시를 휘젓고 다니는 하이에나였구먼유. 손님 태우는 일이라믄 쇠고랑 차는 일 빼곤 다 혔슈. 신호 위반허고 추월허고 새치기 허고 불법 유턴허고 합승허고 승차 거부허고 골라 태우길 밥 먹듯 허믄서 죽은 돈 썩은 돈 눈 먼 돈 안 가렸구먼유. 도덕적으로 손가락질 받는 것 상관 안 혔슈. 말혔잖어유. 쇠고랑 차는 일만 아니믄 다 혔다고. 그렇게 허지 않고선 세상을 어떻게 살아갈지 막막혔구먼유.

길두봉 부인을 왜… 폭행 했댔네?

금금용 때린 내가 잘못이쥬.

길두봉 잘못이구말구.

금금용 아들 놈 둘에 딸내미 하난데 큰 놈 대학 가기 전에 빚내서 개인택시를 샀슈. 헐줄 아는 거라곤 운전 밖에 없는디 무사고로 받을 순번 안될 바엔 하루라도 일찍 사야겠다고 생각했슈. 원금 이자 갚아가며 애들 뒷바라지는 문제가 아니었슈. 워낙 무섭게 일을 혔으니께유.

길두봉 쇠고랑 차지 않을 만큼 일으해서?

금금용 그렇쥬, 근디 문제는 그 다음이구먼유. 마누라가 살림만 헐 여자가 아니란 걸 첨엔 몰랐슈. 마지막이라믄서 틀림없다믄서 또 허면 장을 지지겠다고 신신당부를 혀서 저도 살림에 보태려고 허는 것이 기특해 양장점이다, 악세사리코너다, 화장품점이다 들어주다가 저번 문신 시술허다 잡혀 들어간 것까지 네 번 엎어먹었구먼유.

길두봉 장사 수완이 없었네?

금금용 동네 여자들허고 수다 떨고 끼리끼리 놀러다니느라고 장사는 뒷전이었쥬. 말다툼이라도 헐라치믄 술 먹고 집구석을 엎어버려유.

길두봉 자네 주사가 되우 심하던데 집에서까지 그러면 어느 여자든 안 좋아하지.

금금용 마누라가 엎어유. 지가 두 마디 허믄 다섯 마디 허니께유. 사진 찍은 멍든 자국도 마누라 행패 막다가 생긴 거구먼유.

길두봉 과하게 막은 건 아이래?

금금용 맞어유. 지가 좀 과혔슈. 코앞에서 빠작빠작 대들며 복장 지를 땐 많이 때렸슈. 엄니 생각혀서 맘으로만….

길두봉 맘으로만?

금금용 아부지가 밥상을 엎고 엄니를 때린 걸 보믄서 자랐슈. 엄니는 아부지 고함에도 아무 대꾸를 안 허고 맞기만 혔슈. 난 겁이 나서 방구석에 쪼그리고 있거나 밖에 있을 땐 못 들은 척 몰래 도망가곤 혔슈. 엄니를 생각허믄 아부지가 죽어줬으믄 혔슈. 군인이 되믄 총을 갖고 나와서 아부지를 쏴 죽일 맘도 먹었으니께유.

길두봉 아이들이 걸릴 텐데 부인을 다시 만나볼 생각은 안 했네?

금금용 퇴원하고 바로 찾아갔쥬. 애비 노릇은 혀야것다 싶었쥬. 애들은 없고 얼음장 같이 냉냉허데유. 가망 없는 것 같유. 살림살이도 다 가져갔고 가게 보증금까지 빼 갔더라구유.

길두봉 (벌컥 화를 내며) 이기이기 우타된 여자가… (성질을 자제하고 금금용의 어깨를 다독이며) 나한테 비하면 부처님 가운데 토막이구만. 좀 참고 지내보래. 이 나이 돼보이까 세상 말들이 순하게 들리더라고. 지금 힘들다고 뭔 일 쌔리치지 말고 좀 더 나이를 먹어보래. 우리 소학교 때 구구단 외운다고 좀 힘들었나. 중학교 갈쯤이면 저절로 외워지는 걸 손바닥 꽤나 맞지 않았네.

금금용 그렇쥬, 참아야쥬. 혼자서라도 살긴 살아야니께유. 그래서 누님한테서 밑반찬 얻어오는 길이구먼유.

길두봉 (왼 다리를 주무르며) 여 앉아서 보이까 한 평쯤 되는 택시 안에서 봤던 거이 다시 뵈는데, 세상은 다리로만 걷는 기 아니란 걸 알았싸. 두 다리로 멀쩡이 걸어가는 사람도 사실은 똑띠 걷는 기 몇 개 안돼. 추억이 아프고 세상이 버리고 생각은 저쪽에 떨어져있고 현실은 안타깝고… 세상에 태어난 생명은 우쨌든지 할 기 있다는 것도 알았싸. 하고 싶은 것, 해야 할 것, 할 수 있는 껏 하고 그거이 거둬질 때까지 좋은·거든 뭐든 사는 쪽으로 느끼고 생각하고 반응해이돼. 살아있는 거는 머이든 소중한 거이까.

렉카가 오르막길을 올라오는지 멀리서 경광등 불빛이 간헐적으로 비치고 한두 차례 비상 사이렌도 들린다. 그 소리에 가게에 있던 한길섶과 상태와 화영이 밖으로 나와 길두봉과 금금용과 함께 렉카가 올라오는 윗길을 바라본다.

일 개 소대 병력쯤 되는 안개가 계단 쪽으로 밀도 짙게 엄습해 간다.

렉카의 굵직한 부하 걸린 속도음. 점점 가까이 들리는 소음. 윗길 정상쯤일 테고 이제 정지해야 한다고 생각될 즘, 덜커덩 텅텅텅 계단을 굴러 내려가

다 앞서 처박힌 택시를 덮치는 소음. 모두 서로를 쳐다보는 황당한 표정들.
짙은 경광등 불빛은 45도 각도로 무대를 돌고… 새벽닭 회치는 소리가 세
번 나는 사이, 무대 위 사람들의 행동과 대사는 슬라이드 사진의 한 컷처럼
차례로 이뤄진 뒤 동작은 정지된다.

화　영　(급히 계단 쪽으로 뛰어갈 듯) 오빠….

강상태　(길두봉을 한 번 쳐다본 뒤 계단 쪽으로 뛰어갈 듯) 하, 어어어이없
　　　　네….

길두봉　(계단 쪽으로 뛰어갈 듯) 저노무쌔이….

금금용　(문득 뭔가를 생각해내고 계단 쪽으로 뛰어갈 듯) 아이씨, 누님이 준
　　　　밑반찬….

한길섶　(무심하게 사람들 행동만을 바라본다)

무대 위 사람들이 모두 객석의 어느 한 곳으로 서서히 시선을 모은다.
안개가 가게 앞마당으로 몰려온다.
무대 위 사람들 안개에 묻힌다.
정적.
안개가 강강술래 놀이하듯 서서히 무대를 휘감아 돈다.

막 -

무지개를 사세요

김미정

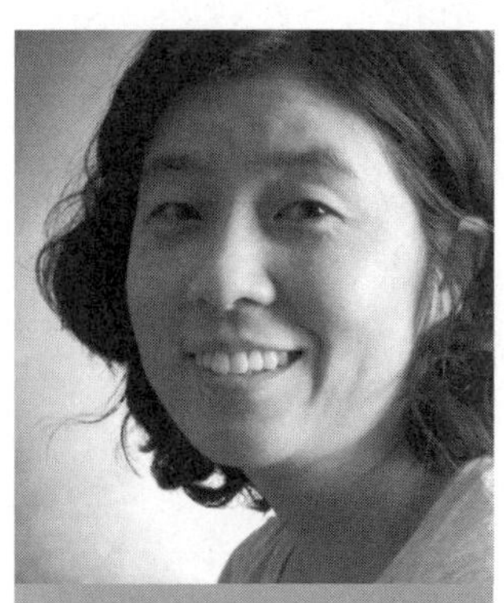

- · 1971년 대전 출생
- · 1993년 충남대학교 간호학과 졸업
- · 2005년 대전대학교 문예창작학과 대학원 석사 수료
- · 2006년 서울신문 신춘문예 희곡 부문 당선 (블랙홀)
- · 1999년–현재 극단 '돼지꿈' 극작 및 연출

등장인물

배추장수
젓갈장수
생선장수
황진이
칼장수
김선달
할머니

무 대

젓갈 파는 강경집, 황진이 식당, 동백배추, 대전생선집이 있다.
그 뒤로는 시장 거리가 있다.

1.

관객들에게 열린 연극이다.

흥겨운 음악이 나오면 배우들이 각자 장사할 것을 가지고 객석으로 등장하면서 관객들에게 물건을 판다.

황진이는 가게에 밥을 배달한다.

각자 관객들과 떠들썩하게 한바탕 논다.

배추장수(이하 배추) (배추를 들고서) 요거, 요 배추 한번 잡숴봐. 고소한 것이 신혼집 참기름 냄새에 비할겨? 아삭한 것이 입안에 들어오면 그냥 녹아. 요 배추가 또 얼마나 용한지 알어? 이 배추가 우리 애 셋 학교 다 보냈어.

생선장수(이하 생선) (노래로) 비가 오나 눈이 오나 바람이 부나…. 새벽 세 시면 농수산 시장가요. 가서 싱싱한 생선으로 골라서 차에다 실어놓고 가만히 바라보면 생선 눈깔들이 어찌나 초롱초롱하고 이쁜지. 어떨 땐 그놈들이 반 토막 내지는 세 토막이 나서 사람들 입으로 들어갈 생각하면 눈물이 다 난다니께요.

상인들 에이! 설마! (웃는다)

생　선 말이 그렇다는 거지.

젓갈장수(이하 젓갈) 이 근방에서 우리 집에서 파는 젓갈 안 먹어본 사람 있으면 나와 보라구 해. 없을 걸? 우리 집에서 파는 멸치 넣고 된장 안 끓여 먹어 본 사람 있으면 나와 보라구 해.

상인들 없을 걸? (웃는다)

황진이 (사람들에게 밥 배달을 하면서) 오늘 된장찌개에도 멸치 넣었어요.

배 추   그라고 다들 고마워. 이번에 시장번영회장으로 나를 탁 뽑아
        줘서.

젓 갈   고맙긴 뭐. 지난번에 사간 멸치는 맛있었어?

배 추   그려, 강경댁이 공짜로 뽑아줬겄어?

황진이   지금 온 시장이 재개발된다는 소문 때문에 초상집인데 시장
        번영회장이 뭔 소용이에요? 나두요. 이 황진이도요. 이제 밥
        장사 때려치울 판이라구요.

생 선   이번엔 후보가 배추성님 혼자뿐이었잖아요.

배 추   야. 니는 어째 그렇게 아픈 디를 콕콕 찌르는 데는 일등이냐?
        사실 니 말이 틀린 말은 아녀. 나가 요번에는 비록 재개발 땜
        시 아무도 시장번영회장을 안 한다고 혀서 단독 후보로다 시
        장번영회장이 되었지만, 요 시장 안의 누구보다도 일 잘허고
        인심 좋고 인기 많은 나가 왜 여지껏 시장번영회장 자리를
        못혔는지 아냐?

황진이   알아도 몰라요.

배 추   그건 바로 내가 여자이기 때문이여. 여자라고 안되겄다 허는
        고런 쓰잘데기 없는 생각들을 한 게 나가 시장 번영회장이
        못 된 것이여.

황진이   그 말은 맞아요. 대부분의 사람들이 제 얼굴만 보고도 팔자
        오지게 쎄게 생겼다고들 해요. 미인박수이라나 뭐라나?

배 추   야야, 니가 그렇게 문자를 써대면 나가 기 죽을 줄 알지?

생 선   근데 왜 자꾸 니가 황진이라고 그러냐?

황진이   내가 황진이가 아니면 누가 황진이래요?

생 선   아니 앞뒤좌우를 둘러봐도 모르겠는데? 어딜 봐서 황진이
        야?

황진이   어딜 봐서 내가 황진이가 아니란 거예요? 뭐 남자들이 잘 따
        르는 것 하구, 이쁜 것 하구. 입 부은 것 말고 이쁜 것. 뭐 그

것도 사람들이 나보고 그렇게 부르는 데 어쩌란 말이에요.
그리고 내 입으로 말하기는 좀 뭐 하지만요…….

배　추　뭐 하면 허지 말어.

황진이　요 앞에서 칼 장사 하던 총각이 나랑 데이트 한번 하다가 그
게 잘 안되니까 입에 칼 물고 사흘을 우리 집 앞에서 앉아 있
었어요. 석고, 석고…….

생　선　석고상처럼?

황진이　어머 석고상이래. 무식하긴……. 석고불상! 그거 하고 앉아
있었어요.

배　추　나가 오래 살지는 않았지만 여지껏 살면서 금불상, 목불상,
석불상은 들어봤어도 석고불상은 못 들어봤다.

황진이　비는 장대같이 내리지, 내 마음은 빗물보다도 더 차갑고 촉
촉하지…….

배　추　황진이 니가 좀 축축하긴 해.

황진이　그래도 난 그 마음을 받아줄 수 없었어요.

배　추　받아주면 안 되겠지. 너는 축축헌디 석고불상 칼장수가 젖어
서 없어져 버리면 어쩐다냐?

황진이　언니! 뭐라고 자꾸 씨부려댔사요?

배　추　언니 안 죽었다! 조용히 좀 야그혀라!

황진이　제가 칼장수한테 맘을 뺏길 시간이 있나요. 그럴 시간 있으
면…….

생　선　스텝을 한 번 더 밟지. 황진이 너 요새 춤 배우러 다니느라
신났다며?

황진이　춤이 아니라 예술이에요. 아트!

황진이가 스텝을 돌린다.
음악이 나오면 생선과 배추 황진이를 따라서 춤추다가 막춤으로 바뀐다.

안 추겠다는 젓갈을 데리고 나온다.

황진이 제 흥에 겨워 춤추다가 무대 밖으로 나간다.

배　추　내가 아는 거랑 일정 부분 다른디?

생　선　뭐가요?

배　추　황진이 저것이 칼장수한테 돈 빌려 쓰고 안 갚으니까 칼장수
　　　가 돈 갚으라고 그랬다는디?

젓　갈　그게 아니라, 칼 장수 취미가 원래 비오는 날 칼 물고 앉아
　　　있는거랴, 그래야 칼 사간 사람이 험한 일을 안 저지른다.

생　선　성님들 말이 다 일리가 있긴 헌디요, 지가 아는 거랑 달러요.

배　추　넌 또 뭘 알고 있는디?

생　선　황진이가 칼장수한테 돈 주고 시킨 일이래요. 칼장수가 직업
　　　은 좀 그래도 생긴 건 구준표잖아요.

배　추　그려. 부산서도 칼 사러 온다더라.

생　선　성님 뻥 그만 치구유. 암튼, 그렇게 잘생긴 칼장수가 황진이
　　　를 사모해서 칼을 물고 앉아 있었지? 그러믄 그것이 소문이
　　　나서 누구랴? 누가 그렇게 칼장수 맘을 아프게 했댜? 그러믄
　　　서 황진이 밥집을 찾아와 볼 것 아녀요?

배　추　그러믄 그것이 상술이란 말여?

생　선　그렇지요. 구경와서 미안허니께 밥도 사먹고 그러리란 꿍수
　　　지유.

황진이 다시 들어와서 가게에 배달했던 밥그릇을 거둬가지고 나간다.

세 사람이 황진이를 쳐다본다.

배　추　저것이 그렇게 머리가 좋은 애가 아닌디?

젓　갈　그려. 생선, 니 말이 제일 말이 안 되는구먼.

생　선　나도 처음엔 안 믿었어요. 그런디 어느 날 나랑 칼장수랑 딱
　　　　마주쳤어요.

　　　　비 소리가 들리면서 머리만 구준표인 칼장수가 들어와 황진이 밥집 앞에 무
　　　　릎을 꿇고 앉는다.
　　　　배추와 젓갈은 자신의 가게에 가서 앉는다.
　　　　칼장수가 칼 가는 돌을 앞에다 두고 칼을 열심히 갈다가 칼에 이빨을 비춰보
　　　　고는 고춧가루를 뺀다.
　　　　황진이가 스텝을 밟는 척 하면서 칼장수 옆으로 와서 돈을 질러준다.

생　선　(배추와 생선에게) 비오는 날은 구질구질 혀서 우리 생선장수들
　　　　은 더 지랄이잖어요. 냄새도 나고. 커피 한잔 얻어먹으려고
　　　　황진이네 식당을 가는데 딱 걸렸지. (황진이에게) 뭐혀?

　　　　생선과 황진이가 당황한다.
　　　　황진이가 칼장수의 옆구리를 친다.
　　　　칼장수가 옛날 영화의 배우처럼 오버한다.

칼장수　황, 황진씨. 저랑 데이트 한 번 안해주시겠소?
황진이　저는 그럴 수 없는 몸이랍니다.
칼장수　그랴요? 그라믄 나가 여그서 칼을 물고 확 죽어 번질랍니다.
　　　　(칼을 문다)
황진이　흥, 그러던지 말든지.

　　　　황진이가 식당 안으로 들어가자 칼장수가 괴로움에 몸서리를 친다.

생　선　(황진이 식당으로 따라 들어가면서) 황진이는 식당 안으로 들어가

고 나도 따라 들어가는 척 하면서 칼장수를 요렇게 옆으로
봤는디, 주머니에서 돈을 꺼내서 세고 있더라고요.

칼장수가 칼을 문 채로 돈을 세더니 만족스러운 얼굴로 나간다.

배 추   칼장수 저거 완전 바보구먼. 아무리 돈이 좋아도 소문 잘못
         나면 장가는 어떻게 갈라구?
젓 갈   황진이가 책임지겄지.
생 선   사실 황진이 저도 마음이 있으니까, 그런 것도 시키고 그러
         는 거 아녀?
배 추   칼장수 인물이 아까운디?
생 선   황진이가 어때서요
배 추   쟈가 뭐 볼 거 있냐?
생 선   밥집 사장 아녀요. 사장님!
배 추   쟈, 엄마 하던 것을 물려받아서 하는 거지, 쟈 엄니 아니었으
         면 쟈는 지금 집도 절도 없을 거여, 황진이 엄마가 저거 낳고
         속 썩어 문드러져 죽었어.
생 선   황진이가 시장을 떠나서 떠돌아다니다 다시 시장으로 왔잖
         아요. 고 사이 뭔 일이 있었는지 아셔요?
배 추   자세한 내막은 모르겄는디, 쟈가 결혼을 한 번 하긴 했댜. 그
         런디 남편이 중이란 야그가 있고 박수무당이란 야그도 있
         고…….
생 선   아! 그래서 자꾸 저보고 미인 박수라고 그러나?

배추와 생선이 그 말에 우스워서 배를 잡고 웃는다.
칼장수가 갑자기 다가와서 칼을 문 채로 얼굴을 들이민다.
두 사람 깜짝 놀라 엉덩방아를 찧는다.

칼장수가 관객석을 통해 사라진다.

황진이 (놀란 사람들에게 다가와서) 장사 안해요?

세 사람 한 번 더 놀란다.

황진이 왜요?

배 추 오매 썩을 것. 장사나 하자.

각자의 자리로 가서 앉는다.

허리가 많이 구부러진 할머니가 들어온다.

배추가게 앞에 선다.

이것저것 만져본다.

할머니 배추 색깔이 왜 이려?

배 추 배추 색깔이 워디가 워뗘서 그런데요. 때깔만 좋구만…….

할머니가 배추가게에 앉는다.

할머니 다리 아프다.

배 추 그러게 허리는 고부라져서 땅에 인사를 하는구먼, 뭘 돌아댕
         겨요? 며느리 시키지…….

할머니 우리 며느리는 맨날 큰 슈퍼에 가서 잔뜩 사가지고 오긴 오
         는디 뭐든 다반 토막난 것만 사 갖구 와.

생 선 요새는 많이들 안 먹으니께 그러죠.

할머니 김치도 담글 때 담가서 쟁여놔야 맛들은 것도 먹고 신 것도
         먹고 그러는 거지 맨날 겉절이만 먹고 살어.

젓 갈 그래서 할머니가 배추 사다가 김치 담그시게요?

할머니　그려 오늘은 내가 배추 사다가 김치 담글겨.

배　추　아이고 할머니 배추 들고 어떻게 갈라구요. 배추만 사면 되나, 파도 사고 무도 사고 할머니 고부라진 허리 더 고부라져요.

할머니　그럼 배달 좀 해줘.

배　추　지는 배달 안 허는디유?

할머니　그런 게 워딨어.

배　추　워딨긴 워딨슈? 여깄지.

할머니　김치는 말여 배추가 제일로 중요혀. 배추가 맛없으면 다른 재료가 아무리 좋아도 소용없어.

배　추　왜 딴소리래유? 아까는 배추 색깔이 워떠느니, 쥐떠느니 하더니만?

할머니　나 죽으믄 우리 며느리는 맨날 중국산 김치 사서 지 애들 남편 먹일겨.내가 죽기 전에 우리 며느리헌티 김치 담그는 법 알려주고 죽을겨.

생　선　할머니 소용없슈. 요새 젊은 사람들이 누가 김치를 담근데유?

할머니　김치가 그냥 김치여?

황진이　그냥 김치가 아니면 뭐래요?

할머니　우리 어렸을 때는 신 김치 한쪽이래도 있으믄 그거 가지고 적도 부쳐먹고 고구마 삶아서 얹어 먹고 그랬어. 이웃이 애 기를 나도 김치 한 포기 가져다주는 게 인심이었단 말여. 김 치가 제일 중요혔어.

황진이　어머 감동적이다.

배　추　아 내말이 그 말유.

생　선　할머니 집이 워딘데유?

할머니　엎어지믄 코 닿을 때여.

생　선　엎어지믄 코 닿을 데라는디 배달 가유.

젓 갈　할머니, 젓갈은 필요 없어? 젓갈 사믄 내가 배달해 줄게.

할머니　젓갈은 있어.

배 추　내가 여기서 배추장사 허지만 지도 원칙이 있는 사람이어유.
　　　　배달은 안혀유.

할머니　배추 세 포기하고 파하고 무하고 쑥갓하고 해서 월마여?

배 추　아, 배달 안헌다니께유.

할머니　걱정 말어. 내가 들고 갈겨.

배 추　할머니는 이거 못 들고 가유.

할머니　괜찮어, 쉬엄쉬엄 들고 가믄 돼.

배 추　아, 며느리한티 들어오다가 사오라믄 될 걸 굳이 들고 가요?

할머니　내가 아무리 늙었어도 내 손으로 장봐서 김치는 담글 정도는
　　　　되.

배 추　거 할머니 고집은…….

배추가 이것저것 싸준다.

할머니　월마여?

배 추　배추 석단에 육천 원 허고, 파는 천원, 쑥갓은 오백원, 무는
　　　　그냥 가져가시고 육천오백 원이네유.

할머니　(치마를 걷어서 속주머니서 돈을 꺼내준다) 무는 왜 그냥 줘? 장사꾼
　　　　이 그렇게 헤프믄 못 쓰는 뱁여. 여그 칠천 원 있어.

배 추　(오백원을 거슬러 주며) 냅둬유. 내 맘이유.

할머니　(오백원을 도로 주며) 이거 도로 받고 배달해 주믄 안 될까?

배 추　오매 할머니 땜에 내가 돌겄네. 그려유. 가유. 그란디 이번
　　　　한 번뿐이어유.

할머니　고마워.

배 추　고맙긴유, 할머니 여그가 다 재개발 돼서 없어지믄 워디 가

서 배추 사가지고 김장할규?

할머니　재개발이 뭔디?

젓　갈　시장이 없어지고 할머니 며느리가 좋아하는 큰 슈퍼가 생
긴데유.

할머니　그럼 안 되지.

생　선　할머니 그럼 안 되지요?

할머니　안 되지 그럼.

배　추　안 되지 그럼.

할머니　어디다가 얘기하믄 될까?

황진이　뭘요?

할머니　시장이 없어지지 말라고 하는 거 말여.

황진이　시장한테 얘기해야 하나?

할머니　시장이 없어지지 말게 해달라고 시장한테 얘기하믄 된다 이
거지?

배　추　얘기하시게요?

할머니　오늘은 김치 담그느라 바쁘니까 내일 얘기하지.

배　추　그려요, 그려. 내일 꼭 얘기해 줘요.

할머니　가자.

배　추　워딜요?

할머니　우리 집.

배　추　야. 가게 좀 봐줘, 나 엎어지믄 코 닿을 데 배달 갔다 올 테니
께.

생　선　잘 다녀오세요.

배　추　그려.

배추와 할머니가 나가려는데 칼장수가 와서 짐을 대신 들고 할머니를 데리
고 나간다.

배 추   뭐가 지금 지나갔냐? 시방.

생 선   (의미심장하게) 칼장수 아녀?

황진이 어머…….

젓 갈   칼장수가 뭐하는 거여?

황진이 칼장수가 저래요. 저한테 잘 보이고 싶어서 그런 거죠.

배 추   우리집 배달 대신 가는디 왜 너한테 잘 보이는지는 모르겄
        다.

황진이 그게 그건 거죠. 도랑 잡고 게치고.

배 추   잉, 그려 니는 아는 거는 많은디 어째 어설픈게. 나도 그게
        뭔지는 잘 모르겄는디, 어설퍼.

황진이 고마워요. 언니.

젓 갈   시장이 재개발 된다는 말이 맞긴 맞는겨?

생 선   그렇데요.

배 추   내 말 좀 들어봐. 시장이 재개발 되믄 우리는 모다 보상금 쥐
        꼬리만큼 받고 어디 가서 장사하냐?

황진이 말하면 입 아프죠.

배 추   그러니까. 시장 번영회장인 나가 나서서 재개발을 막을 것이
        다 그거여.

생 선   어떻게요?

배 추   그거야. 뭐…….

황진이 치, 그럼 그렇지.

배 추   뭔 수가 없겄냐?

젓 갈   우리 같은 사람이야 나라에서 하라는 대로 하는 수밖에 없는
        것 아녀? 젠장.

배 추   그건 옛날 야그지. 왜, 우리한테 물어보지도 않고 재개발이
        니 뭐니 허는 거냔 말여.

생 선   그러게요, 배추, 생선 젓갈한테 물어봐야 하는 거 아니에요?

배　추　배추, 생선, 젓갈헌티 물어본다고야?

생　선　그래요. 지는요, 생선 배를 가를 때마다 꼭 물어봐유, 생선 배님을 갈라서 내장을 꺼내도 되는지 안 되는지…….

젓　갈　지랄을 한다. 그래서 생선이 뭐라디?

생　선　암말 안 해요. 그래도 물어 보는 게 예의라고 생각해요.

배　추　고것들이 말만 헐 수 있다믄 물어 보것다. 아무리 대형마트니 뭐니 생겨도 우리 시장 물건만 허냐? 싸고 싱싱허고, 고런 것들이 사람들 입으로 들어가서 살도 찌우고 머리도 좋아지게 하는 거인디, 답답허다.

젓　갈　말도 안 되는 소리 말어. 그것들이 어떻게 말을 해.

배　추　말이 그렇다는 거지, 넌 어째 입만 열면 시비여?

젓　갈　내가 언제 입만 열면 시비냐?

배　추　시방도 안 그랬냐?

젓　갈　말이 되는 소릴 해야 시비를 안 걸지.

배　추　말이 안 될 건 뭐 있냐? 칼장수도 입에 칼 물고 비오는 날 앉아 있는 세상에…….

황진이　(깜짝 놀란다)

배　추　뉴스 봐라 말 안 되는 것 천지다. 배추가 말하는 게 하나도 안 이상한 세상이여.

젓　갈　흰소리 그만하고 장사나 해라.

배추가 젓갈에게 눈을 흘긴다.

황진이　그러지 말고, 우리 집에 가서 커피 한 잔씩들 해요.

배　추　(괜히 황진이한테 화풀이한다) 장사 안 허냐!

황진이　(젓갈 쪽으로 엎어지며) 엄마야! 염통 떨어질 뻔 했네.

생　선　칼장수헌티 봐 달라고 하면 되잖어요. 황진이 니가 부탁 좀 해.

황진이 제가 왜요?

생　선 알믄서 그러냐? 니들은 끈끈헌 사이 아녀? 요 앞에 칼 물고 앉아 있으라고 혀.

황진이 어머, 어머, 어머.

배　추 어머, 어머 하지 말고 가자. 가서 우리 허심탄회허게 야그해서 대책을 세워야지.

젓　갈 대책이 뭐 있어.

배　추 여편네가 끝까지! 시장번영회장으로서 나가 한 번 잘해 보겠다는 디 초칠겨?

젓　갈 …….

생　선 성님, 그러지 말고 가요. 황진이는 칼장수한테 얘기하고 와.

황진이 언니! 칼장수 배달 갔잖아요.

생　선 그렇지, 너한테 잘 보이려고 배추성님네 배달 갔지?

황진이 언니, 자꾸 그럴래요?

생　선 아니여. (나가면서) 성님이 돈 주고 가끔 배달 알바 시키는 거쟈는 몰라요.

배　추 그려. 조것이 지만 약은 줄 알제.

배추, 생선, 웃으면서 퇴장하고 젓갈이 그 뒤를 따라 나간다.
황진이가 남아서 칼장수를 기다린다.
마침 칼장수가 들어온다.
황진이가 칼장수를 흘긴다.
칼장수가 황진이를 바라보다가 황진이가 바라보자 칼을 입에 문다.

황진이 (당황해서) 어머, 어머, 그게 아니고……. 힘들게 배달은 왜 해요? 배추언니 힘이 장사라 그까짓 배달은 일도 아닌데…….

몸 버려요. (주머니에서 박카스를 꺼내서 따준다)

칼장수가 박카스를 받는 손을 황진이가 잡고는 마치 칼장수가 잡았다는 듯이 뺀다.

황진이 어머, 왜 이래요. 진짜 나한테 맘 있는 것 아니에요?
칼장수 …….
황진이 (도망치듯이 들어가면서) 그럼 한 번 만나보든지.

칼장수가 황진이가 나간 쪽을 보더니 시장을 한 바퀴 돌아 젓갈네 가게에 앉는다.
무대가 조금 어두워지면 생선장수가 흰 상자를 들고 들어온다.

생 선 내 정신 좀 봐 꽃게 들어오는 걸 깜빡했지 뭐야.

칼장수를 바라본다.

칼장수 진주 장터 생어물 전에는
바다 밑이 깔리는 해 다 진 어스름을
울엄매의 장사 끝에 남은 고기
몇 마리의 빛 발하는 눈깔들이 속절없이 은전만큼 손 안 닿는 한이던가.
울엄매야 울엄매

생선이 꽃게에다 얼음을 채우다 말고 칼장수를 바라본다.

생 선 칼장수 아저씨, 무슨 신지 참 구슬프게도 읊네.

칼장수　별밭은 또 그리 멀리
우리 오누이의 머리 맞댄 골방 안 되어
손시리게 떨던가 손시리게 떨던가
진주 남강 맑다 해도
오명 가명
신새벽이나 별빛에 보는 것을
울엄매의 마음은 어떠했을꼬.
달빛 받은 옹기전의 옹기들같이
말없이 글썽이고 반짝이던 것이던가.

생　선　우리 집은 울 엄니도 생선장사 울 할머니도 생선장사 그 할
머니의 엄니도 생선 장사였어유. 내가 시집을 올 때 울 엄니
가 너는 지긋지긋헌 생선장사 하지 말라고 그렇게 말혔는디
내가 또 이걸 허고 있네.

생선장사가 꽃게를 쳐다보더니 갑자기 웃는다.

생　선　울 엄니 장사 나가믄 동생이랑 불도 안 들어오는 골방에서
엄니만 기다렸어유. 새벽별 보고 나간 울 엄니는 달이 떠야
돌아왔어유. 기다리다 지치믄 강가에 나가서 돌도 줍고 고무
줄놀이도 허고…….동무들아 나오너라 달맞이 가자…….

생선이 노래를 부른다.
어린아이 가면을 쓴 아이가 파란 천을 들고 고무줄놀이를 하면서 나온다.
생선이 그 아이를 바라본다.
아이가 무대에다 파란 천을 드리운다.
강물이 된다.
노란 달이 뜬다.

하얀 앞치마에 고생스러운 얼굴, 눈이 찌그러진 가면을 쓴 엄마가 달빛을 받
으며 머리에는 함지박을 이고 강을 따라서 들어온다.
생선과 아이가 엄마를 바라본다.
아이가 엄마에게 달려가 안긴다.

생 선   엄마!

아이와 엄마의 모습이 실루엣으로 남다가 사라지고 달빛만이 노랗게 무대를
비춘다.
생선과 칼장수가 달빛을 바라본다.
무대가 서서히 어두워진다.

2.

무대가 밝아지면 재개발 사무실이 무대에 크게 자리 잡아 상인들을 위협하
듯 있다.
배추, 생선 젓갈, 황진이가 각자 자기 자리에 앉아서 장사를 한다.
날은 덥고 장사는 안 되고 짜증난다.
김선달이 나온다.

김선달 안녕하십니까? 구의원 김선달입니다. 이번에 다시 구의원 후
보로 나오게 되었습니다. 저를 믿어 주십시요. 그리고 밀어
주십시요.

배 추 오매. 김선달 의원님!

김선달 아! 저는 맨 밑바닥에서 여러분을 위해서 일을 해야 하는 사
람입니다. 그냥 김선달이라고 불러 주십시요.

배 추 그려? 선달이! 이게 몇 년 만이여? 기억 안나? 지난번에 내가
밀어줬잖어. 일단 앉아서 야그하자.

김선달 아닙니다. 저는 여러분을 위해서 일을 해야 하는 사람입니
다. 서 있겠습니다.

배 추 앉어!

상인들이 김선달을 억지로 앉힌다.

배 추 (황진이를 돌아보며) 내가 맨날 야그하던 김선달이여. 우리가 소
학교 동무였는디, 오메 그때는 맨날 못 먹어서 코만 찔찔 흘
리고 나한테 맞고 그랬는디 출세했지. 다 내 덕이지.

김선달 (오버해서 반갑게 배추를 안으며) 그럼 알지. 점순이잖어. 점순이.

배 추 (더 오버해서 안으며) 반갑다 동무야!

생 선 (뺑덕엄마를 억지로 뜯어 말리며) 민망해서 못 봐주겠네. 의원님이
참으셔요.

황진이 어머! 눈 뜨고는 못 보겠네.

배 추 (눈치를 주며) 가만 있어!

김선달 하하하하하! 이렇게 동창도 만나고 하니까 힘이 두 배로 솟
는군요.

배 추 그런디 선달이, 내가 뽑긴 뽑았는디 그 이후로 나가 오늘 처
음 보네. 짤린 줄 알았어.

황진이 그러니까 말로만 듣던 배추언니 동창이자 구의원이라는 김
선달? (눈치를 보며) 의원님?

김선달 제가 바로 그 김선달입니다. 하하하! 저, 고생 많이 했습니
다. 누구보다도 여러분의 고충을 잘 알고 있지요.

생 선 저희 고충을 잘 아신다고요? 그렇겠죠. 그런데 여기가 다 재
개발 된다는데 그건 어떻게 생각하시는지…….

배 추 오메, 오메 맞네. 맞어. 선달이 자네는 어쩔 셈인가? 이번에
삼십 년 동안 장사해 온 우리 시장이 재개발 된다는디? (따지
듯이) 쥐꼬리만한 보상금 받고 떨어져 나가라면서 이상한 것
들이 싸돌아다니는디.

김선달 걱정을 마십시오! 우리는 더 이상 이런 냄새나는 개천 옆 시
장에서 골라! 골라! 이런 걸 외치면서 장사할 필요가 없는 것
입니다. 이제는 네모 반듯한 아파트상가에서 럭셔리하게 마
케팅을 해야 하는 것입니다.

상인들 아! 아! (모여서) 럭셔리?

김선달 (핸드폰 벨소리 울리고 뒤돌아 나가면서 핸드폰을 들고) 네, 네, 걱정하
지마십시오. 착착 잘 진행되고 있습니다.

배　추　(김선달 뒤통수를 향해) 그러니께 어떻게 한다는 건지 구체적으
　　　　로다 자세하게…….

　　　　김선달이 완전히 퇴장한다.

배　추　오메, 썩을 것! 저거 말만 번지르르 한 것 아녀? 구의원이 되
　　　　서도 맨 초상집, 결혼식장만 다닌다더니.
생　선　저 사람 말대로 재개발 되면 번듯한 상가에서 럭셔리하게 일
　　　　하게 될까?
배　추　귀신 콩까먹는 소리 하고 있네. 너는 보고도 모르냐? 어째 들
　　　　리는 소문도 무슨 건설업자란 딱 붙어먹는다는디. 야, 좀 수
　　　　상하지 않냐?
황진이　걱정을 마십시요! 제가 그럴 줄 알고 김선달 씨 뒷조사 좀 했
　　　　습니다.

　　　　음악이 나오면 상인들 다 같이 코러스 넣는 자세로 움직인다.

황진이　김선달 그는 누구인가?
배　추　때는 바야흐로 1980년! 격동의 시대!
생　선　찢어지게 가난한 집 맏아들이었던 그는, 홀홀 단신으로 서울
　　　　로 올라가 안해 본 것 없이 다 해봤습니다.
다 같이　(신문배달 행동 한 후 눈을 마주치고) "신문배달?"
다 같이　(공사판 막노동꾼 행동 한 후 모여서) "공사판 막노동꾼?"
다 같이　("골라, 골라" 등의 행동 한 후 모여서) "생선장사, 배추장사?"
황진이　(무대 앞에 드러누워) 그 외에도 비행기 밀기, 쇳물 온도 손가락
　　　　으로 재기,비오는 날 고압선 닦기.
다 같이　(황진이 곁으로 가서) 오메, 정말 안 해 본 것이 없구먼.

배 추 그럼 한강 물을 팔아서 돈도 벌었다는 야그도 맞는겨?

생 선 에이, 결국 물장사네. 물장사. 의원님은 물장사, 황진이는 밥
       장사.

다 같이 그럼 그렇지 (각자 자리로 돌아간다)

배 추 그럼 뭐여, 물장사해서 돈 벌어서 구의원이 되었다는 그거
       여?

황진이 그렇지요! 그 돈으로 건설업에도 투자하고, 구의원이 되었다
       는 소문이 있어요.

다 같이 에이, 그렇구만.

생 선 말을 들어 보니까 훌륭하신 분 같은데 우리한테 도움이 되지
       않을까?

배 추 도움은 무슨 도움이여, 봉이 김선달이 누구여? 사기꾼이여
       사기꾼, 멀쩡한 물을 팔아먹은 사기꾼. 우리 같이 순진한 사
       람들한테 그럴 듯하게 말해서 홀딱 넘어가게 하고 저만 잘
       먹고 잘사는 사기꾼, 그런 놈이 의원이 되면 뭐하냐? 물만 먹
       고 살래?

생 선 그려유, 성님 똥 칼라유.

배 추 그러니께 내가 시장번영회장이지. 가자구, 가서 재개발 반대
       한다는 종이쪽지도 써서 붙이고 하자구.

생 선 여기저기서 검은 옷 입고 다니는 남자들 때문에 분위기도 살
       벌한디 괜찮을까요?

배 추 겁나냐?

생 선 겁나는 게 아니라. 그 사람들 다 깡패라는디요?

배 추 야야, 김선달이 같은 의원도 재개발 한다고 찬성하고 시에서
       도 그러고 그럼 우리 시장은 누가 지키냐? 니 밥줄은 누가 지
       킬 거여?

생 선 그게……. 재개발 되믄 우리도 상가에서 번듯하게 장사 못

하남유? 의원이 거짓말 허것어유?

배 추 그려, 거짓말 허것다. 넌 우리나라에서 오십 년을 좀 안 되게 살았는디도 아직도 모르냐?

황진이 그래요. 아줌마. 제가 떠돌아 다니면서 인생 공부 좀 했다면 했는데요 배추언니 말이 맞아요.

생 선 그려?

배 추 가자구. 가서 뭐라도 해야지.

생 선 그려요.

황진이 (나가면서 젓갈에게) 언니, 안가요?

젓 갈 난 좀 더 있다 갈께. 먼저 가.

황진이 네, 얼른 오세요. 그나저나 칼씨 애는 어디 간 거야?

황진이가 퇴장한다.

젓 갈 (혼자 있다가 집에 전화를 건다) 엄만데, 할머니는 좀 어떠냐? 다리 좀 주물러 드리고, 한쪽으로만 너무 눕혀 놓으면 안 되니 뒤척뒤척 해드리고. (사이) 뭐라고! 그놈의 여편네는 방세 올려준 지가 언젠데 또 올려달랴? 엄마가 알아서 할께. (사이) 국 데워서 할머니랑 한술 떠. 엄마 조금 있다가 갈께. 끊어. 아이고, 여기 젓갈 떨이여. 언능 사가. 싸게 줄께… 아… 맛이라도 좀 보고 가……. 에휴……. 이놈의 오줌은 시도때도없어.

젓갈이 배를 부여잡고 무대 뒤쪽으로 가다가 재개발 부스에서 나오는 선글라스 낀 남자와 마주친다.
남자가 재개발 사무실을 뒤로 돌리니 커다란 대형빌딩의 현수막 붙어 있다.
젓갈 무엇에 홀린 듯이 현수막을 바라본다.

갑작스러운 암전.

어수선한 음악 나오면서 다시 밝아진 무대에는 재개발 건물이 무대의 가운데를 차지하고 가게들이 한 쪽으로 밀려 있다.

재개발 반대 플래카드와 팻말 등이 여기저기 찢긴 채로 세워져 있다.

선글라스 남자가 007가방을 열어 서류를 꺼내어 내밀고, 젓갈과 생선이 도장을 찍는다.

배추와 황진이가 이 장면을 목격하며 무대 양쪽에서 들어온다.

남자는 황급히 퇴장한다.

황진이   (사라진 남자 쪽을 가르키며) 저 인간 재개발 도장 받으러 다니는 인간 아녜요?

배 추   (젓갈을 노려보며) 그래 말이다. 어째 요상한 냄새가 나네 그려. 냄새가…….

젓 갈   젓갈집이 젓갈냄새가 나는 게 뭣이 요상한감.

배 추   그러니께 내 말인즉슨! 젓갈집이 젓갈 냄새가 안나고 어째 이다지 썩은 내가 나냔 말여.

황진이   언니, 안 그래도 젓갈언니가 재개발업자랑 점심 자주 먹고 도장 찍었다는 소문이 있어요.

젓 갈   뭐라고, 너 어따 대고 그런 말도 안되는 소리를 하고 있어. 봤어? 니가 봤냐고?

황진이는 움찔한다.

배 추   이봐. 강경댁, 왜 엄한 황진이를 잡고 그랴. 알 만헌 사람은 다 알어야. 저 넓은 하늘을 손바닥으로 가릴 수 있겠어.

황진이   어머, 언니. 언니가 문자를 썼어, 문자를.

배 추   그러니께, 니가 시방 너만 잘 먹고 잘살라고 종이짝에 도장을 꽉 찍었단 말이지.

생　선　저, 그게요. 우리 상가가 럭셔리하게 바뀌고, 그러면 손님들도 많이 오고 그런다고 해서…….

배　추　너도 찍었어야? 하나는 알고, 둘은 모르는구만. 도장 찍어줄 때는 고렇코롬 말허지만 진짜로는 턱도 없어야. 종이짝을 봐라. 그 말이 써 있나. 나는 얼마만 받고 떠나겄다 이렇게 돼 있지.

생　선　아녀요. 약속했어요. 약속했다구요. 여기에 시장 대신 큰 쇼핑센터가 생기면 그 안에서 장사할 수 있게 해준다고요.

황진이　어떻게?

배　추　그게 속은 거라는 거야. 생선이야 워낙 순진허니까 속았다 치고 (젓갈을 몰아세우며) 돈이라면 머리가 팽팽 돌아가는 젓갈은 뭘 얻어 먹었길래 도장을 찍었다냐?

젓　갈　얻어먹긴 뭘 얻어먹어. 이 인간아. 너야말로 번영회장이 되었는데도 얻어먹을 게 없어서 지금 훼방이지?

배　추　뭐라구, 남몰래 뒷구멍에서 몰래 해 먹은 게 누군데 그래?

젓　갈　내가 뭘 해먹었냐? 너, 증거 대봐. 증거 있어?

배　추　몰래 해먹은 게 증거가 어딨겠냐? 이 날도둑아.

젓　갈　날도둑은 누가 날도둑이여? 니가 한게 뭐 있냐? 시장번영회장이면 상인들을 위해서 뭐라도 하나 해야지. 무식하게 큰소리나 치고 다니면서 한 게 뭐 있냐?

배　추　무식해? 넌 얼마나 똑똑한디? 월마나? 그렇게 똑똑해서 늙은 시어머니 다 죽어가는 디 병원에도 한번 안 가 보고 송장 만들었냐?

젓　갈　뭐여? 니가 뭘 안다고 지껄이냐, 지껄이길. 남이야 시어머닐 송장을 만들든 잡아먹든 니가 뭔 상관이라고 지껄이냐? 넌 그래 그래서 세 번씩이나 결혼하고 씨 다른 자식만 셋 뒀냐?

배　추　이년이 말이면 단 줄 알어? 남 이사 세 번을 결혼을 하든 팥
　　　　으로 된장을 담그든 뭔 상관이여?
젓　갈　부끄러워서 어떻게 얼굴을 들고 다니냐? 화냥년이라고 손가
　　　　락질 받으면서 어떻게 시장번영회장을 허냐?
배　추　뭐? 화냥년? 너 이년 오늘 죽어봐라!

배추와 젓갈이 격렬하게 싸운다.
생선과 황진이가 말리다가 뒤로 나가떨어진다.
생선과 황진이가 가까스로 두 사람을 뜯어 말린다.

황진이　젓갈언니가 시어머니를 잡아먹지는 않았잖아요.
생　선　(말리며) 성님 왜 그려요? 배추성님이 화냥년은 아니지요.
배　추　그려 너 말 잘했다. 너는 알 것이다. 내가 얼마나 지지리도
　　　　박복했는지. 이쁜 것도 죄여? 사람 좋은 것도 죄여? 나는 가
　　　　만 있는디 꽃에 나비가 꼬이듯이 달려드는 걸 어쩌냐? 그리
　　　　고들 다들 바람 따라 구름 따라 가버렸어야. 애만 셋 남기고
　　　　그것도 아무짝에도 쓸모없는 사내새끼들로 말여. 난 말여,
　　　　노래 중에 이미자의 동백아가씨 노래가 제일 좋아. 딱 내 노
　　　　래여. 그리움에 지쳐서 울다 지쳐서 내 맘은 멍이 들었어야.
황진이　그만들 하세요. 챙피하게 왜 이러세요.
젓　갈　(가슴을 치며) 챙피해? 챙피하긴 뭐가 챙피해. 니가 뭐가 챙피
　　　　해? 시어머니 제대로 된 병원 한번 못 데려가고 하루하루 말
　　　　려 죽이는 나보다 챙피해? 아이고 내 팔자야!

젓갈이 운다.

배　추　헤일 수 없이 수많은 밤을 내 가슴 쓸어내는 아픔에 겨

워…….

젓 갈 노래가 나온다! 너는 노래가 나와!

배 추 내 노래는 동백꽃처럼 붉어야. 피눈물이여.

젓 갈 니 노래가 동백꽃이면 내 눈물은 별이다. 별.

생선과 황진이가 쭈그려 앉는다.

생 선 요기 시장사람들 중에 성님들 사연 모르는 사람들이 어디 있나요? 지가 알고 황진이가 알어요.

황진이 그래요. 남들이 저보고 미인 박수라고 할 때도 저는 눈 하나 깜빡 안하고 떳떳하게 고개를 쳐들고 다니잖아요.

생선이 황진이를 발로 찬다.

젓 갈 시장이 재개발 되면 그나마 우리 식구는 굶어 죽어. 울 엄니도 죽어.

생 선 (젓갈의 말이 이해가 안 된다) 그 노인네 죽는 게 도와 주는거예요…….

젓 갈 그런 소리 말어. 엄니가 들어.

황진이 듣긴 여기서 어떻게 들어요.

젓 갈 울 엄니 눈을 가만히 들여다보고 있으면 나를 이렇게 쳐다보고 뭐라고 하는디, 입을 달싹달싹 거리면서 뭐라고 하는디 그게 꼭 죽여달란 소리같어. ‘엄니,죽고 싶어요?’ ‘그려, 죽고 싶다.’ ‘엄니 진짜유?’ ‘그려.’ ‘그럼 죽어유. 낼 아침에 깨나지 말고 죽어유. 우리 소희 고생시키지 말고 죽어유’ 엄니가 웃네. 입은 헤 벌리고 웃으면서 눈에서는 눈물이 흐르네. 다음날 일어나서 젤 먼저 엄니를 들여다봐. 엄니가 죽었

을까? 아이고 살어 있네 울 엄니가. 그냥 살어 있어. 그러고
십년이여. 그러고 십년. 모진 게 목숨이고 모진 게 사는 겨.

생선과 황진이가 눈물을 닦는다.

배　추　그걸 알면서 찍었냐? 그걸 알면서 도장 찍었어?
생　선　그건 아니구요, 우리 상가가 럭셔리하게 바뀌면…….
황진이　꼴뚜기 아줌마, 왜 이래. 그렇게는 안 된다고 얘기했잖어.
배　추　생선까지 끌어들여 도장 찍게 하고 얼마 먹었나?
생　선　저 형님은 돈을 드실 분이 아니잖아요. 왜 이러셔요. 형님.
배　추　야, 니가 몰라서 그려, 직접 가서 물어봐.
생　선　성님. 돈 드신 거 아니죠? 네? (사이, 믿기지 않은 듯이) 정말이에
요? (흥분해서) 아니 왜 돈을 드셨남요? 여기가 재개발 되면 럭
셔리 하게 장사할 수 있다고 했잖아요. 다 같이 잘살게 사람
들 설득하자고 했잖아요. 말 좀 해보세요.
배　추　강경댁, 우리가 시장 밥 같이 먹은 게 삼십 년인데. 어째 상
의도 없이 그랬냐? 생선 팔아넘긴 돈으로 너만 잘 먹고 잘 살
수 있을 것 같아? 다음에 누구 팔래? 나랑 황진이도 팔래?
젓　갈　(계속 외면하고 있다가 말문을 연다) 엄니 때문에……. 어디 요양병
원이라도 맡기려면 목돈이 필요했어. 어쩌냐? 배추 니 말대
로 시어머니 잡어 먹게 생겼는데…….

재개발 사무실에 건설현장용 모자를 쓴 김선달의 실루엣이 보인다.

생　선　(통장을 꺼내서) 여기 좀 봐요. 의원님! 그 때 밥 먹으면서 했던
말이 맞지요? 왜 말이 없어요? 아니에요? 거짓말이었어요?
김선달　가구, 전자제품, 명품관, 지하에 대형마트.

생 선 아이고……. 대형마트 들어서면 우리는 어쩐데요? 이 돈 가져가요. 필요없으니까 가져가라구요. 도장 찍은 것 물러줘요.

배 추 선달이! 자네가 재개발에 열나게 찬성하는 이유가 뭐여? 도대체?

황진이 뭐긴 뭐겠어요. 사돈에 팔촌까지 다 대일건설에서 근무하던데.

생 선 물어봤어요? 우리헌티 물어 봤냐구요? 의원님이 뭐하는 거래요? 그런 거 안 물어봐주고?

젓 갈 도장 찍은 것 물러줘요! 미안해요. 내가 생각이 짧았어요. 생선이랑 지랑 도장 찍은 것 물러줘요.

배 추 여그 상인들 중에 새로 생긴다는 쇼핑센터인가 뭔가에서 장사할 수 있는 사람이 한 사람이라도 있으면 내 손에 장을 지져!

핸드폰 벨소리 울린다.

김선달이 전화를 받으면서 웃으며 나간다.

젓 갈 (주저앉으며) 아이고 내가 죽일 년이여. 돈 몇 푼에 내가 정신이 돌아 버렸어.

생 선 (덩달아 주저앉으며) 성님! 이제 어쩌면 좋아요.

배 추 재개발이 뭐여? 사람들 잘살라고 허는 거 아녀? 그럼 잘살게 해줘야지. 벼룩의 간을 빼다가 누구헌티 쳐바르고 우리같이 가진 것 없고 빽없는 사람들은 더 구석으로 들어가서 꼭꼭 숨어 살란 말여? 보이지도 말란 말여?

젓갈은 넋이 나간 것처럼 있고 나머지가 재개발 건물을 밖으로 밖으로 밀어

내려고 애쓴다.

젓　갈　(절박하게 울면서 자신의 장사도구를 엎는다) 아이고 이놈의 신세 이
　　　놈의 신세.

　　　경찰 사이렌 소리가 요란하게 들린다.
　　　무대가 연기로 차기 시작한다.
　　　여기저기 콜록거리는 소리가 들린다.

황진이　언니, 매워요.
배　추　그러게, 요것들이 뭔 짓을 하는 거냐?
생　선　엄마야. 성님 요게 뭐래요. 동그랗게 생긴 게 막 돌아당겨요.
배　추　이게 최루탄인가 보다.

　　　연기로 인해 무대는 아무것도 보이지 않게 된다.

황진이　언니 젓갈언니네 불났어요.
배　추　뭐여? 이것들이 생지랄을 한다. 생지랄을 해.
황진이　다른 가게에 옮겨 붙기 전에 빨리 불 꺼야 돼요.
생　선　아이구, 어쩌면 좋아.
배　추　아이고 이것들이 사람 잡네. 119에 신고하고. 우선 우리끼리
　　　라도 불을 꺼야지. 생선네 호스 있잖아 가지고 오구, 황진이
　　　네랑 다른 사람들은 그릇이란 그릇은 죄다 가져와서 물을 담
　　　어서 끄자고.
황진이　언니 매워서 못하겠어요. 불이야! 불이야!
젓　갈　아이고 우리 젓갈, 우리 젓갈! 나는 망했네. 나는 망했어.
생　선　성님, 정신 차려요.

황진이　언니, 정신 차려 곰한테 물려도 정신만 차리면 된다잖아.

젓　갈　금쪽같은 내 젓갈. 내 젓갈.

연기가 점점 걷힌다.

배추와 황진이는 대야를 들고 서 있고 생선은 호스를 들고 서 있다.

어느새 칼장수 들어와 같이 불 끄고 있다.

젓갈네 가게는 난장판이다.

젓갈은 거의 실신 직전이다.

사이렌 소리가 커진다.

젓갈이 재개발 사무실을 바라보더니 달려들어 현수막을 찢는다.

젓　갈　사람도 아녀. 사람도!

3.

젓갈이 희미한 실루엣 보이면서 무대 가운데에 앉아있다.
창살같이 차가운 그림자가 젓갈의 주변에 드리운다.

젓 갈 잘살라고 그러는 것도 아녀. 그냥 하루하루 먹고 살면 되는
거지. 내가 언제 여행을 한 번 가고 싶다고 했냐, 아님 누런
금반지라도 끼고 밍크코트라도 입고 싶다고 했냐. 바라는 것
없어. 그냥 울 엄니, 내 새끼랑 먹고 살기만 하믄 되는 거여.
그러다 보면 언젠가 나도 이 지긋지긋한 젓갈장사 때려치울
수 있을 것 같았어. 아녀, 아녀. 죽을 때까지 이 장사, 해도
좋아. 그냥 하게만 하면 좋아. 그게 욕심이여? 뭐가 그렇게
큰 욕심이라고 그것도 못허게 하는겨?

다른 사람들의 실루엣이 보인다.

생 선 소고기국이 독약이었네 독약!
배 추 가만 있어 봐. 소고기국?
황진이 그거 미국소에요. 나는 그럴 줄 알고 안 먹었잖아요.
배 추 뭣이여? 얻어먹으려면 한우를 얻어먹지 꼴 난 미국소냐?

생선 기죽어서 고개 숙인다.

배 추 별이 참 밝다.
생 선 성님은 별이 보여요? 나는 벽밖에 안 보이는디?

배 추   저 별이 우리 젓갈 눈물이다.

젓 갈   니 눈물은 동백꽃이라면서.

상인들 하나둘씩 웃다가 박장대소를 하고 웃는다.

황진이   우리 비록 사람들 입으로 들어가는 신세지만 시장 바구니 들
고 와서 눈 맞추는 사람들이 좋아.

생 선   우리 시장노래자랑 나가서 상탄 거 아녀? 조용필 노래로 가
사만 바꿔서 나갔잖어.

황진이   농부들 눈에 눈물 맺히게 하는 배추.
어부들 이마 주름지게 한 생선.

다같이   시장 시장 시장 아름다운 이 거리.
시장 시장 시장 그리움이 남는 곳.
시장 시장 시장 사랑으로 남으리.
젓갈 짠내는 금빛의 향기. 시장.

생 선   (물고기 흉내내며) 시장이 재개발 되면 우리는 어디로 가는 거
지?

배 추   형광등이 환하게 비추는 그런 곳에서 뽐내고 있을 까?

젓 갈   우리 주인들은 어디로 갈까?

생 선   어디로 갈까?

상인들 촉촉한 눈으로 서로를 쳐다본다.

배 추   참 요상도 하다. 불 낸 건 우리가 아닌디, 불 끈 건 우린디 왜
우리가 여기 이렇게 잡혀 있는 거여.

생 선   저는 태어나서 처음으로 유치장 와 봐유.

배 추   그럼, 태어나서 두 번째로 온 사람도 있다냐?

황진이   (이상하게 웃으며) 어머, 언니.

생 선   황진이 니는 와봤어?

황진이   그렇다기보다는 밥장사 하다보니까…….

배 추   야가 인생이 그다지 곧지가 않은 애여.

황진이   (말 돌리며) 칼씨는 어디 있어요?

배 추   갸는 남자 유치장에 있겠지.

생 선   왜? 그새 보고 싶어서?

황진이   그렇다기보다는…….

생 선   야야, 배추성님 애기 못 들었어?

황진이   뭐요?

생 선   보낼 때는 보내더라도 있을 때는 잡아라.

황진이   (외운다)

젓 갈   지랄들 한다.

생 선   그나저나 우리는 어떻게 된대요?

배 추   오래는 있겠냐? 조금 있다가 나가겠지.

생 선   생선들 다 썩겠네. (사이) 성님, 진짜로 재개발이 되겠죠?

젓 갈   아녀.

생 선   네?

젓 갈   이제는 이판사판이여. 무슨 수를 써서라도 막아야지.

배 추   뭔 수로 막는다냐?

젓 갈   김선달이 같은 의원은 갈아치우고 좋은 의원 뽑아서 막고 시
          장도 구청장도 좋은 사람들로 뽑으면 안 되겠냐?

배 추   말이야 쉽다.

젓 갈   그러니께 배추 니가 요번에 구의원 나가라.

배 추   내가?

젓 갈   그려. 시장번영회장도 했는디 못할 것 뭐 있냐?

황진이   배추 성님은 스캔들이 많아서 안 될 걸요? 저라면 모를까?

생 선 황진이 니는 칼장수랑 스캔들 무지허게 났더라?

황진이 어머. 정말이요?

배 추 나같이 무식한 년이 뭔 의원을 허냐?

젓 갈 무식하면 어뗘? 서민들 맘 알아주는 의원이 진짜 의원이지.

배 추 야야, 아무리 그려도. 우리가 빽이 있냐. 돈이 있냐?

젓 갈 의원을 빽하고 돈으로 뽑냐? 사람들 맴 움직이믄 되는겨.

생 선 그려요. 성님, 성님이 나서 봐유.

배 추 될 걸 하자고 햐.

젓 갈 해보지도 않고 어떻게 아냐? 될지 안될지? 내가 시장서 독하
다는 애기 듣고 살믄서 요렇게 억울한 경우는 처음 당해 봤
다. 재개발 되믄 억울해서도 못 산다 내가.

배 추 젓갈 너…….

젓 갈 까짓것 한번 해보자. 우리한테 남은 기회는 그것뿐인 것 같다.

생 선 성님!

황진이 언니!

배 추 ……. 나도 모르겄다. 내가 그렇게 잘나서 의원으로 밀어준
다는디 한번 해보자. 까짓거.

젓 갈 그래!

네 사람이 의미 있게 서로를 쳐다본다.

창살의 그림자가 서서히 걷힌다.

무대가 환하게 밝아지면 시장이 활기차게 그 거리를 드러낸다.

네 사람이 뒤돌아서서 시장 거리를 바라본다.

칼장수가 마치 무협영화의 한 장면처럼 칼을 움직이며 지나간다.

그 뒤를 지나가는 상인들과 장 보러 온 사람들의 모습이 활기차다.

생선의 엄마와 어린 생선의 모습도 보인다.

몸을 잘 못 쓰는 젓갈의 어머니도 보인다.

배추 사러 온 할머니도 보인다.

사람들이 망가진 시장을 원래의 모습으로 돌려놓고 네 사람을 바라본다.

네 사람이 사람들 속으로 활기차게 들어간다.

무대가 서서히 어두워진다.

(막)

환상의 죽음

한숙희

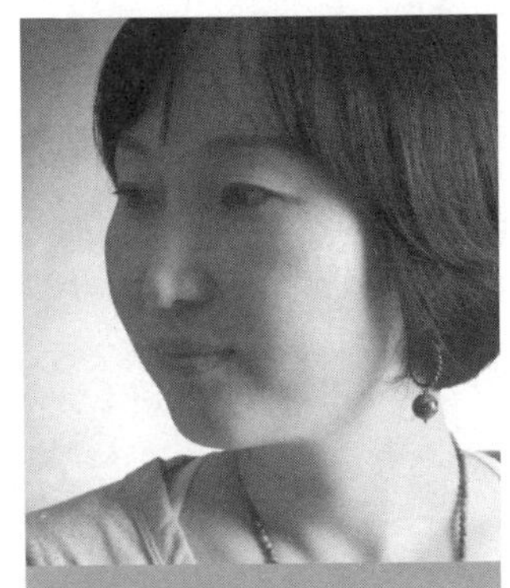

- 2004년 월간문학 신인상 〈무상〉
- 2006년 한국희곡작가협회 신춘문예 당선 〈소나무 아래 잠들다〉
- 2006년 거창국제연극제 세계초연공모 우수상 〈범재리 풍경〉
- 공연작품 : 소나무 아래 잠들다, 범재리 풍경, 블랙 코메디 (각색), 평양 1907 (각색)

등장인물
남편
아내

무대
집안. 댄스 교습실.

1.

아내, 화초를 걸레로 열심히 한참동안 닦는다.

남편, 우편물을 잔뜩 쥐고 들어와서는 탁자 위에 던진다.

그리고는 윗옷을 벗는다.

아내, 던지는 소리에 일어난다.

아내　옷 받아 달라는 방법이 참으로 여러 가지네요.

아내, 일어나 옷을 받는다.

남편　우편함 주둥이가 꽉 차도록 뭐했어?

아내　먹고 없어지는 것도 아니고, 당신이 챙겨 왔음 됐잖아요.

남편　오늘 유식이 안 만났으면 동창회도 못 나갈 뻔 했잖아? 우편물로 발송했다길래 혹시나 하고 봤더니 요것들이 턱 빠진 주둥이에 꽉 물려서는.

아내　구해서 왔으면 됐지, 뭘 자꾸 읊고 그래요.

남편　동창회에 못 나갈 뻔 했다니까.

아내　낼 가면 될 일을 뭐가 분통해서 트집을 잡아요?

남편　뭘 하느라 세금고지서가 쌓이도록 놔둔 거냐고?

아내　낼 동창회 가는 길에 세금 좀 내줘요.

남편　당신이 할 일을 왜 내가 해?

아내　부부 사이에 네가 할 일 내가 할 일이 어디 있어요.

남편　이… 이 사람이! 내가 누구로 보여?

아내　누군 누구예요. 고등학교 은사님이시고, 나의 첫사랑이자 남편이고, 애들 아버지시죠.

남편　뭐가 불만이야? 내가 퇴직하고 집에 있으니까 다른 여자들처럼 귀찮아서 이러는 거야?

아내　유식선생님 사모님은 좋겠어요. 그렇게 온화하고 자상하고 누구처럼 소리 한번 안 지르는 남편하고 사시니. 나이는 내가 훨씬 적은데도 주름은 내가 더 많으니……

남편　나도 어디 나가면 자상하단 소리 많이 듣는다고. 이거, 왜 이래?

아내　그럼요, 어디 나가면 그러지요. 내가 그거에 속아 결혼해 여적 이러고 살고 있잖아요.

남편　나랑 결혼해 사모님 소리 들어가며 지금까지 불편함 없이 살았음 됐지, 뭐가 불만이어서 투정을 부리는 거야?

아내　맞아요. 내가 뭔 말하면 다 투정이지요. 난 의견도 없고, 결정권도 없는 무지랭이보다 더 심한… 피곤하실 텐데 씻고 푹 주무셔요.

남편　왜 말을 하다말고 그래?

아내　맞다니까요, 당신 말이 전부 온전히 다 맞아서… 그래요.

남편　… 물 좀 줘봐?

아내　그러지요. (물을 가져다주며) 저기… 이번 주 내로 미자가 부부동반으로 저녁 먹자고 하던데…

남편　저번 주에 당신하고 저녁 먹지 않았어?

아내　고향으로 내려갈 건가봐요. 그래서 가기 전에 얼굴이나 보자고.

남편　누구 말처럼 그 훌륭하신 의사 분께서 왜? 의료사고 낸 거야? 내 그럴 줄 알았지? 마누라 자식한테 신경 쓰고, 이젠 손자들에게까지 자상 떠느라 일이나 제대로 했겠어?

아내, 남편을 한심스러운 듯 바라본다.

남편　왜? 사고 실수 한번 없이 사는 내가 너무 존경스러워?

아내　… 자세한 얘기는 안 하는데 좀 아프대요.

남편　누가? 미자가?

아내　남편이 아파 요양차 가는 거래요.

남편　하기야 중이 제 머리 못 깎는다고, 내가 건강검진을 언제 했더라? 퇴직 전에 하고 나왔어야 했는데. 미자 부부랑 만나는 거 얼른 날 잡아.

아내　안 만날 것 같이 하시더니… 잘 생각했어요. 저번 주에 만나서는 건강검진 받으라고 하두 성화를 부려서 얼떨결에 했잖아요, 그것도 당신 좋아하는 꽁짜로.

남편　난 아는 사람이라 DC 좀 받을까 했더니, 그럼 나도 그냥 해 줄까나?

아내　그리 돈 좋아하시는 분이 촌지는 왜 안 받으셨나 몰라? 모르지. 나 몰래 받아서는 딴 주머니 찼을지.

남편　날 뭘로 보고 그런 소릴 하는 거야?

아내　아이고, 깜짝이야!

남편　학부모들 찾아가 물어봐? 감히 날 뭘로 보고.

아내　… 알… 알았어요. 제가 잘못 했어요. 그놈의 성질은!

남편　뭐야?

아내　아… 아니에요. 아이고! 요샌 왜 이리 피곤한지… 저 먼저 들어가 잘게요.

아내, 방으로 들어가며 화초를 만지는 손길이 마치 연인 같다.

아내　넌 좋겠다. 성질부리는 남편 안 둬서. 푹 자고 낼 만나자.

남편　　저… 저… 저 사람이.

남편, 텔레비전을 켠다.

남편　　감히 날 뭘로 보고 그딴 소릴. 그나저나 당장 가서 건강검진
　　　　부터 받아야겠군! 미자가 안 됐어. 어디 보자, 바둑은 안 하
　　　　나? 골프는? (아내에게) 케이블 신청하란 게 언젠데 아직이야?
　　　　또 깜빡한 거야? 벌써 잠들었어? 아무튼 남편 잘 만나 편한
　　　　세상 살고 있다니까!

남편, 테이블 위에 던져 놓은 우편물을 확인한다.

남편　　석 달을 쉬었으면 적응할 만도 됐는데 아직도 애들 소리가
　　　　귀에 쟁쟁하니!

남편, 건강 진단서를 본다.

남편　　건강검진 받았다고 하더니 벌써… (긴 사이) 어… 떡… 하지?

사이.

아내, 깊은 잠을 이루지 못하고 일어나 거실로 나온다.

아내　　얼른 안 주무시고 뭐 해요?
남편　　….
아내　　왜요? 아까 화가 여적 안 풀렸어요? 나이 들면 좀 나을까 싶
　　　　었더니… 어찌 된 것이 당신은 일년 삼백 육십오 일 중 삼백

육십 일을 화랑 같이 산대요.

아내, 남편의 목 뒤를 주무른다.

아내　이놈의 혈압은 삼십 육십사 일을 올라와 있으니, 어때요? 좀 내려가는 거 같아요? 좀 내려가는 것 같냐고요?

남편, 물끄러미 아내를 바라만 보고 있다.

아내　왜요? 내가 또 뭐 화나는 짓 했어요? 그래요, 내가 잘못했어요.

남편　낼… 아니 지금 당장 병원 가자.

아내　지금 몇 신 줄은 알아요? 하루 늦게 받는다고 해서 죽진 않을 테니 내일 가요.

남편　아냐. 지금 당장 가야 돼. 당신 얼른 옷 입어.

아내　건강 검진 받으려면 몇 시간 동안 속도 비워야 되고 하는데, 낼 가요.

남편　당… 당신 바로 받았다며?

아내　그때야 내가 속이 좀 안 좋아 아무 것도 안 먹은 체라 그런 거고요.

남편　지금 가자니까?

아내　지금 가도 검사 못 받는다니까요. 그리고 심야에는 당신 그 아까워하는 돈이 더 나온다고요. 작년인가 재작년인가 자다가 맹장으로 응급수술 받고는 심야할증 붙어 돈이 배로 나왔다고 구박했던 거 생각 안나요?

남편　얼른 가자고.

아내　죽고 사는 일도 아니고 지금 가도 검사 못 받는다니까요.

남편　암이라잖아? 아닌데 분명 아닌데, 아닌 거 확인하러 가야 한
　　　다고.

아내　….

남편　오진이야, 분명.

　　아내, 탁자 위에 있는 건강 진단서를 본다.

　　한참을 들여다보고는 소리 내어 웃는다.

남편　왜… 왜 그래? 왜 이러는 거야, 당신?

아내　….

남편　괜… 괜찮아? 오진이라니까. 요새 의사들이 군기가 빠져서,
　　　아… 아니 그러니까 정신을 똑바로 차리고… 왜 자꾸 웃고
　　　그래?

아내　….

남편　정신까지 놓으면 안 돼. 일어나. 병원에 가보자고. 가서 오진
　　　을 확인해 보자고.

　　아내, 환한 표정으로 진단서를 다시 들여다본다.

남편　얼른 안 일어나고 뭐해?

　　남편, 아내를 일으킨다.

　　아내, 남편의 손을 뿌리치며 더 크게 웃는다.

　　아내, 건강진단서를 품에 꼬옥 안고서는 방안으로 들어간다.

　　남편, 아내 뒤를 쫓는다.

　　아내, 건강진단서를 장롱 서랍 깊숙이 넣어둔다.

남편   … (황당하고 무서운 표정을 지으며) 여보, 병원 갑시다.

아내   병원에 전화해서 물어봐줘요. 나 얼마 있다가 죽는지.

남편   살 궁리를 해야지, 왜 죽는단 말부터 해?

아내   어서요.

남편   잠깐! 위급한 상황이면 병원서 연락을 준다던데….

남편, 일어나 휴대폰을 찾다가 거실에 둔 것을 기억하고는 전화수화기를 들고는 버튼을 누른다.

남편   전화기까지 왜 말썽이야?

아내   참! 보이스 피싱인지 뭔지 요상한 전화들이 하두 오길래 코드 뽑아놨어요?

남편   얼마나 됐는데?

아내   좀 됐어요.

남편, 전화코드를 꽂아 병원으로 전화해 아내의 상태를 묻는다.

남편   그럼 휴대폰이라도… 제가 원래 모르는 번호는 안 받아서… 그래서 얼마나….

남편, 통화를 마치고도 전화수화기를 손에 든 채 있다.

사이.

아내   얼마나 있다 죽는데요?

남편   … 병… 병원에 얼른 가… 가자.

아내   얼마 남았대요?

남편   ….

아내   일 년? 육 개월? 삼 개월?
남편   여보?

남편, 아내를 붙잡고는 자신도 모르게 눈물을 흘린다.
아내, 티슈를 뽑아 남편의 눈물을 닦아주다가 티슈를 통째 무릎에 놔준다.

아내   당신 혼자 잘 살 수 있을 테니 겁내지 말아요.
남편   (화를 내며) 뭐라는 거야?
아내   이젠 당신 성질 누가 받아 줄까요?
남편   이 여자가!
아내   이대로의 당신 성질로는 그 누구도 사흘을 못 버티고 도망갈
       거니까 집에 들여서 살지는 말아요.
남편   돌았어?
아내   그냥 데이트나 해가면서 친구삼아 지내라고요.
남편   걱정 마! 당신보다 건강하고, 더 예쁘고 말 잘 듣는 마누라
       얻어 살 테니.
아내   혼자 산단 소린 안 하네요.
남편   자꾸 속을 긁으니까 그러잖아.
아내   에이! 진심이면서.
남편   분명 오진이야! 그러지 않고는 이러고 히히델 수가 없어. 다
       른 병원 가보자. 육 개월 정도는 버틸 거라 했는데, 당신 벌
       써 이러지 마!
아내   육 개월은 너무 긴데….
남편   길어? 나하고 같이 사는 게 그렇게 싫었어? 왜 자꾸 이상한
       소릴 해.
아내   오늘 이 기쁜 소식을 듣자고 어젯밤 그 꿈을… 당신 내 꿈 잘
       맞는 거 알죠?

남편　　….

아내　　꿈에 보이더라고요.

남편　　하지 마!

아내　　돌아가신 어머니가 내 꺼라며 땅을 파고 계시더라고요.

남편　　말하지 말라고.

아내　　혹시나 했는데, 육 개월이라니… 별로네요.

남편　　곧 죽게 됐다는데 별로라니 그건 뭔 소리야?

아내　　삼 개월? 한 달 정도면 주변정리 깔끔하게 끝낼 수 있는데…
　　　　너무 길어요.

남편　　못 쓰게 된 게 위가 아니라 머리군. 가자고.

　　　　남편, 아내의 손을 억지로 붙잡는다.
　　　　아내, 거세게 뿌리친다.

남편　　가서 오진임을 확실히 알아보자고.

아내　　학교서 건강검진 받을 때면 돈 아까워 당신 혼자 할 땐 언제
　　　　고 받은 건강검진을 또 받으래요.

남편　　당신은 늘 어리고 젊은 줄로만… 미안해!

아내　　내일 해가 어디서 뜨려나?

남편　　매년 내가 해보니 별거 아니더라고. 그래서 그냥… 병원에
　　　　가보자.

아내　　당신 걱정 받는 기분도 괜찮은데요!

　　　　남편, 다시 아내의 손을 붙잡는다.
　　　　아내, 버틴다.

남편　　오진한 거야. 위가 아니라 머리가 망가지고 있어. 알츠하이

머나… 뭐… 치매… 아니… 머리가 망가져가는 이상한 병을
갖고 있는 게 분명해. 그 증상을 위암으로 오진한 게 분명하
다고.

아내 하던 대로 해요. 넘치는 관심이 오히려 부담스러워요.

남편, 때릴 듯 손을 올린다.

아내 그 손은 뭔가요? 다른 건 몰라도 손찌검은 안 하더니 아픈 사
람, 때리려고요?

남편, 스스로 놀라며 얼른 손을 내린다.

아내 기왕 올린 거 한 대 때려요. 혹시 알아요, 육 개월이 오 개월
이 될지.

남편 당신, 왜 자꾸 날 화나게 만들어?

아내 화는 금물. 나처럼 화를 참아 사는 것도 문제지만 내는 것도
문제래요. 마음을 차분히 후~~ 따라 해봐요. 양반 다리를 하
고 앉아 손을 이렇게 모으고는 배꼽 아래에 놓고 들이쉬고
내쉬고.

남편 뭐하는 짓이야?

아내 이러면 화가 가라앉는대요.

남편 당신이나 열심히 해서 화를 가라앉히지 왜 참고 살았네 어쨌
네 그래?

아내 엊그제 TV서 알았어요. 얼른 해 봐요. (혼잣말) 외롭고 재미없
는 세상 너무 오래 살까봐 걱정이었는데… (남편에게) 남은 시
간은 내 맘대로 하며 살 거니까 방해 말아요.

남편 이건 아니야! 누군가 장난치고 있는 게 분명해. 아픈 게 아니

라 날 놀려대고 있는 거라고.

남편, 치밀어오는 화를 누그러뜨리려 주변을 왔다 갔다 한다.

아내　(아픈 부위를 움켜쥐더니) 아차! 보톡스 먹는 걸 깜빡했네.

아내, 약을 꺼내어 들고는 물을 마시려 식탁으로 향한다.
남편, 놀란 표정으로 아내를 쳐다본다.
아내, 물과 함께 약을 먹는다.
그리고는 거울을 보며 얼굴을 요리조리 살핀다.

남편　약국서 준 약 먹는 거보다 병원서 처방해준 약 먹는 게…. 병
　　　원에 가자.
아내　보톡스나 맞아 볼까나!

남편, 괴성을 지른다.

아내　왜 그래요?
남편　내가 먼저 죽을 것 같아. 요상해진 당신 탓에 내가 미쳐서 돌
　　　아가겠다고.
아내　미칠 필요까진 없어요. 그래 봤자 몇 번을 맞겠어요. 눈가며
　　　입주위에다 볼도 좀 하고, 미간도 하고. 세상에! 세월에 장사
　　　가 없다고 하더니, 눈 처진 것 좀 봐.

남편, 다시 괴성을 지르며 소파에 드러눕는다.

아내　고만 좀 해요. 성형수술은 안 할 테니까.

아내, 탁자에 있는 전화기를 향해 걷는다.

아내　　걸리적거리게 왜 이러고 있어요. (수첩을 뒤적거리며) 미자 사위가 성형외과에 있다고 했는데 좀 깎아주려나! 여기 있네. 미자냐?

2.

집안이 조금은 어질러져 있다.
남편, 게걸스럽게 라면을 먹고 있다.

남편 뭐라도 먹어둬야… 에휴! 퇴직하고 몇 달만 푹 쉬고는 여행
다니면서 그동안 못해 준 거 해주며 살라했는데.

남편, 밥솥을 노려본다.

남편 어떻게 돈 버는 일보다 전기밥솥 작동법이 더 어려워.

전과 달리 얼굴이 부은 아내, 일부러 씩씩하게 들어온다.
놀란 남편, 부리나케 다가가 부축한다.

남편 아퍼? 통증이 온 거야? 얼굴이 왜 이렇게 부었어? 그러게 집
에 있으라고 했잖아.
아내 괜… 찮아요.
남편 약… 약 어디 있어? 물… 물 부터….

남편, 아내 가방에서 약을 찾는다.

아내 수선 떨지 말아요. 보톡스 안 먹어도 돼요.
남편 보톡스 얘기가 아니잖아. 진통제 어디 있냐고?
아내 어때요?

남편   난 괜찮아. 내 걱정은 마.
아내   앞에 지퍼 열어 봐요.
남편   여기? 거울밖에 없는데.
아내   그거 줘요.

아내, 거울을 낚아챈다.

남편   지금 이 상황에 거울을 왜 보려 하는 거야?
아내   (혼잣말) 이번 진통제는 좀 낫겠지 뭐… (사이) 곱게 죽는 게 소
       원이었는데….

아내, 거울을 한참동안 바라보다가 남편 눈치를 살피고는 이내 밝은 표정을
짓는다.

아내   효과가 바로 오니까 좋네. 돈이 좋긴 좋구나!
남편   통증 때문에 부은 게 아니야? 뭐야? 기어코 그놈의 보톡스
       맞은 거야?
아내   얼마 안 해요. 미자 사위가 약값만 받고 해줬어요. 역시 인맥
       이 좋긴하더라고요.
남편   지금 그딴 거나 맞고 다닐 때야? 꼼짝 말고 쉬면서 하루라도
       더 살 궁리를 해야지, 진짜로 머리가 어떻게 된 거 아니야?
아내   미자 신랑이 폐암이라네요. 별 거 아니라기에 그런 줄만 알
       았는데, 방사선 치료 받은 지 꽤 된 모양이더라고요. 나이도
       있고 몸이 버텨내질 못하고 해서 고향으로 내려가나 봐요.
남편   의사도 별수 없구만!
아내   고통스러워하는 남편이 안쓰럽다가도 자신의 몸이 힘들면
       왜 그런 병이 걸려서 날 힘들게 하나 단 몇 분 몇 초 동안이

라도 원망하게 된다고, 자신을 자책하고 있더라고요. 암튼, 방사선 치료 안 받게 된 게 얼마나 다행인지, 안 그래요?

남편　그걸 질문이라고 하는 거야? 당신한테 내가 묻고 싶어? 어떻게 사람이 달라져도 이렇게 달라질 수가 있어?

아내　죽을 때가 돼서 그런가보다 하고 웬만하면 그냥 넘어가줘요. 따지기 대왕마마인 당신하고 삼십 년을 참고 살아줬는데, 좀 봐줘요.

남편　시끄러.

아내　아이고, 깜짝이야! 죽기 전에 귀부터 멀게 생겼네. 내가 아프긴 해도 귀는 아직 멀쩡하니까 조심 해줘요.

남편　뭐야?

아내　(거울을 보며) 귀청 떨어질 소리에 부풀려 놓은 거 안 꺼지려나 모르겠네.

남편　뭐라고?

아내　농담이에요.

남편, 가슴을 두드린다.

남편　이러다 내가 먼저 죽고 말지.

아내　그렇게 두드린다고 죽진 않으니까 걱정 말고, 드시던 라면이나 마저 드세요.

남편　밥은 먹고 다니는 거야?

아내　남편이 챙겨주질 않으니 먹을 리가 있나요.

남편　당신 나랑 사는 게 그렇게 지옥이었어? 왜 그래? 왜 이렇게 막 나가는 거야? 일이 어찌됐든 먹을 건 먹어야지.

아내　먹었어요.

남편　이젠 생전 안 하던 거짓말까지 하는 거야?

아내　거짓말 아니에요. 미자가 사줘서 먹었어요. 밖에서 파는 죽
　　　　이 그렇게 맛있는 줄 몰랐어요. 세상 살기 이렇게 좋은 줄 모
　　　　르고 밥은 집에서만 먹는 줄로 알고만 살았으니.

　　　　남편, 식탁으로 가서 라면 그릇을 치운다.

남편　전기밥솥 설명서 어디 있어?

아내　뭐 하게요? 당신, 밥 하게요?

남편　만사를 제치고 돌아다니는데 굶지 않으려면 아쉬운 사람이
　　　　우물을 파야지 어쩌겠어.

아내　내일은 신문을 꼭 봐야겠어요.

남편　….

아내　오늘이 국경일로 정해졌나 보려고요. 참 별일이 다 있네요.

남편　싸돌아다니지만 말고 밥 잘 먹고, 약 잘 챙겨 먹도록 해. 오
　　　　늘 약은 먹은 거야?

　　　　아내, 어질러진 식탁 위에서 티슈를 찾는다.

아내　가만 있어봐. 이게 어디 간 거야? 여깄다. (티슈로 닦으며) 눈물
　　　　이 앞을 가려 당신이 보이질 않네요.

　　　　남편, 아내에게 다가와 이마를 짚어보고 얼굴을 살핀다.
　　　　아내, 남편 손을 뿌리친다.

남편　그냥 넘어 갈 것이 아니라, 당신 좀 이상해. 예전의 당신이 절
　　　　대 아니라고. 병원에 한번 가보게. 이거 분명 약 부작용이야.

아내　살 날이 얼마 남지 않은 사람한테 똑같은 말 반복하게 하지

말고, 청소 좀 해요. 하루를 살다 죽더라도 깨끗해야지, 이래

같고 어디 죽을 맛 나겠어요?

남편　내가 생각해 봤는데 일주일에 몇 번씩 도우미를 부르는 게

어떨까?

아내　돈 쓸 데가 없어서 그런 데다 써요? 노는 손 놔둬서 어디다

쓰게요?

남편　그래도 그렇지, 어떻게 아픈 사람에게 집안일을 하게 하나.

내 아무리 사는 동안 당신에게 무심했어도 그건 아니라고

봐.

아내　누가 내가 한대요?

남편　그럼?

아내　당신 있잖아요.

남편　내가 어떻게 살림을… 밥 정도는 어떻게 몰라도 청소며 빨래

에다 반찬을 만들고… 난 그거 못해. 퇴직금 받은 거랑 연금

이랑 해서 그 정도를 여유부리며 살 수 있으니까 그렇게 하

자고.

아내　여유 부리며요?

남편　그래. 이 나이에 통장에 잔고가 넉넉히 있는 사람 드물고, 헛

짓 않고 열심히 살아온 사람 드물어. 다행인 줄 알아.

아내　말이 다르네요.

남편　뭐가 또?

아내　당신, 재작년인가 힘들다고 도우미 좀 붙여 달라고 했을 때

뭐라 그랬어요? 몸을 자꾸 움직여 줘야 노화가 늦게 온다면

서요.

남편　그땐 당신이 건강할 때 얘기고….

아내　사람이 그러면 못 써요. 당신 말대로 더 늙지 않으려면 당신

이 해요.

남편 난 못해. 삼십 년 넘게 애들만 가르치던 사람이 어떻게 살림을… 도저히 못하니까 맘대로 해.

아내 못하긴 왜 못해요. 왜, 뭐가 떨어질까봐 그래요. 그거 떨어져도 이젠 어디다 쓸데도 없으니까 괜찮아요.

남편 이놈의 마누라가… 어디 채신머리없이.

아내 그럼, 내가 하지요. 이래 죽나 저래 죽나 매한가지. 죽는 그날까지 청소하고, 밥하고, 빨래하다 죽지요.

아내, 팔을 걷어붙이며 식탁을 정리하고, 설거지를 하러 부엌으로 향한다.

아내 육 개월 남은 인생, 걸레 쥔 채 하직 해주지요.

남편 그럼, 애들 불러.

아내 뭐 하게요?

남편 애들 불러 같이 살자고. 그럼 당신 좋고, 나 좋고….

아내 애들한테 얘기한 건 아니지요?

남편 하지 말라며.

아내 내가 기운 떨어져 겨우 말 할 정도가 되면 그때 얘기해요. 이별 준비는 해야 하니까요. 지금부터 힘들게 하지 말자고요.

남편 애들 생각만 끔찍이 하지 말고 나도 좀 생각해달라고.

아내 죽을 날 받아 놓은 사람한테 할 소리는 아니네요.

남편 그게 아니라… 나도 힘들어. 당신 아프단 말에 나도 기운이 뚝 떨어진다고. 여기 가슴도 콱 막혀서는 물도 안 넘어가.

아내 지금 당신이 먹은 라면 그릇 씻고 있는 중이거든요.

남편 그럼 난 어쩌라고.

아내 잊었어요? 빨래는 세탁기가 하고, 밥은 밥솥이 하고, 청소는 청소기가 한다면서요.

남편 그건… 내가 몰랐을 때 했던 얘기고… 가만… 뭐야, 지금 복수하는 거야?

아내　뭐 눈엔 뭐가 보인다고 하더니. 이러다가 눈이나 제대로 감을 수 있으려나 모르겠네요.

남편　궁시렁대지 말고, 말해봐. 그동안 나한테 이랬으니 너도 당해봐라 그거야?

아내　와서 들어요.

남편　왜 말을 돌려.

아내　그럼, 말던지요.

남편　설명서 달라니까.

아내　이 밥솥 나이가 얼만데 여적 설명서가 있겠어요. 당신이 그렇게도 읊어 대시던 '알기 쉽게 설명할 테니 잽싸게 입력할 것.' 알겠지요?

남편, 마지못해 아내에게 다가간다.

아내　이렇게 뚜껑을 닫고는 잊지 말고 오른쪽으로 돌려줘요. 우린 잡곡밥을 먹으니까 여기를 한번, 두 번, 세 번을 눌러줘요. 밥이 다 되어 가면 김이 나오고, 마지막으로 '삐삐삐' 하고 소리가 나면 끝났다는 신호예요. 그리고는 밥을 살살 뒤적거려줘요. 안 그러면 떡밥 되니. 명심해요.

남편　뭐가 이렇게 복잡해.

아내　'잽싸게 입력 할 것.' 무슨 말인지 알겠지요? 당분간 밥 할 때마다 알려 줄 테니 걱정 말아요.

아내, 청소기를 가져와 설명한다.

아내　이건 간단하니까 걱정 마요. 여기 이것만 누르면….

청소기 소리 요란하다.

아내　요기 요 앞에 공사 하느라 먼지가 많으니까, 당분간은 두 번씩 돌려줘요. 그리고 세탁기는….

남편　신났고만, 신났어. 그동안 못 부려먹어 얼마나 한이 맺혔을까!

아내　(소파에 누우며) 그래요. 한이 맺힌 거 다 풀고 죽을 거니까 각오해요.

남편　힘들어? 그러니까 왜 싸돌아다니고 그래.

아내　싸돌아다녀서 힘든 게 아니라, 당신 개조 시키는 게 더 힘이 드네요.

남편　여기 이러고 있지 말고, 방에가 침대에 누워.

아내　앞으로는 여기서 잘 거예요.

남편　침대가 불편해? 치워버릴까?

아내　너무 편해요. 너무 편해서 깊이 잠들어 못 일어 날까봐 그러니까 여기서 자게 그냥 둬요.

아내, 잠이 든다.

남편　생각보다 잘 이겨내는 것 같아 다행이야.

남편, 청소기를 치우고는 아내가 잠이 든 것을 확인한다.
그리고는 이불을 덮어주고 방으로 들어간다.
아내, 일어나 남편이 잠이 든 것을 확인 후 블루스 연습을 한다.
엉성한 동작을 반복한다.

3.

어둠 속에서 소리만 들린다.

아내　여보, 이거 어때요?

남편　괜찮아.

아내　이건요?

남편　그것두.

아내　어머, 어머. 이거 탤런트 김미모 씨가 입었던 옷이네. 우아하지 않아요?

남편　응, 이것두.

아내　여보?

남편　괜찮다고.

아내　우아하냐고요?

남편　우아해.

아내　이거 전부 싸주세요.

남편　당신?

밝아진다.

아내, 콧노래를 부르며 소파에 앉는다.

남편, 양손 가득히 쇼핑백을 들고서 낑낑거리며 들어온다.

아내　당신, 운동 좀 해야겠어요. 그래가지고 어디 새장가는 갈 수 있겠어요.

남편, 쇼핑백을 탁자에 올려놓고는 소파에 풀썩 주저앉는다.

남편　나, 물.

아내, 쇼핑백에서 옷이며 가방을 꺼내어 입고 메어 본다.
흡족한 표정이다.

남편　나… 물 좀.
아내　물, 하면 갖다 주는 시절은 지났어요. 새장가 가고 싶으면 당장 그 버릇부터 고쳐요. 안 그러면 사흘도 안 살고 도망간다니까요.
남편　젊어서도 안 하던 짐꾼노릇을 다 늙어서 하느라 목이 마르다고.
아내　앞으로 밥 얻어먹고 살라면 이런 것도 해야 된다고요. 그동안 착한 마누라 얻어서 편하게 산 줄 알아요.
남편　눈물 나게 고맙네!
아내　그 재킷도 맘에 들었는데. 쇼핑 할 땐 돈 좀 넉넉히 들고 다니자고요.
남편　카드 줬잖아. 줄 땐 안사고 웬 투정이야?
아내　카드는 싫어요.
남편　누가 현금을 들고 다녀. 나중에 고지서 나오면 통장서 자동으로 빠져 나가는 거 알면서 왜 그래?
아내　나중에 뭐하는 건 싫어서 그래요.
남편　… 옷을 몇 벌이나 산 줄 알아? 가방을 몇 개나 산 줄 아냐고? 앞으로 들어갈 돈도 많은데….
아내　새장가 가서 쓸 돈은 남겨 둘 테니까 걱정 말아요. 밀린 월급 한꺼번에 줬다 생각해요. 그동안 나 안 먹고 안 쓰고 한 거 알지요? 이 집 이거 내 노력의 흔적이라고요.

남편　　내가 그 돈 버느라 얼마나 힘들었는지 알아? 요새 애들 다루기가 얼마나 힘든 줄 아냐고? 월급만으론 집장만은 꿈도 못 꿔 보충수업이며, 궂은 일 도맡아 수당 받아가며 그것도 모자라 대출까지 받아 장만한 거야. 퇴직하기 전에 대출금 갚으려고 예우 해준답시고 3학년 안 준다는 거 반협박해 맡아서는… 당신이나 애들에게는 늘 미안 했지만 그래도 집 하나만은 남겨주고 싶었다고.

아내　　당신 열심히 산 거 잘 알아요. 하지만 아이들과 난 아빠 없는 남편 없는 시간을 보내야만 했어요. 다 자란 아이들이 독립해 나간 후엔 당신의 결실물인 이 집에서 외로움을 친구삼아 살았다고요.

남편　　남들도 다 그렇게 살아. 당신만 유독… 그래, 알아. 내가 좀 심했다는 거. 그러니까 지금부터 우리 둘이 그동안 못한 거 하나씩 실행해 가며 살자. 그렇게 살아보자고.

아내　　글쎄요….

남편　　진짜야. 앞으로 그러고 살 거야. 믿어, 믿어보라고.

아내　　당신이 프러포즈할 때가 생각나네요. '평생 행복하게 해줄 테니, 결혼 하자.'

남편　　앞으로 진짜 행복하게 해줄게.

아내　　당신이 행복하게 안 해줘도 지금은 충분히 행복하니까 방해만 말아줘요. 나 하는 대로 그냥 내버려둬 달라고요.

남편, 일어나 우유를 찾아 마신다.

남편　　알았어, 알았어. 어떻게 된 게 한마디 하면 열 마디를 해.

아내　　그 말 내가 당신한테 쓰던 말인지는 알지요? 로열티 내고 써요. 근데 요즘 당신 안 마시던 우유를 마시네요?

남편	이거… 당신 보살피… 아니 영양 보충하는 거야. 그건 그렇고, 하루에 한 끼 챙겨 먹기도 버거운데 사람 쓰자.
아내	조금만 바지런하면 살림하는 거 나름 괜찮아요.
남편	취미 없어.
아내	취미란 건 붙이면 되는 거예요. 돈 써가며 취미랍시고 골프니 뭐니 하러 다니는 것보다 돈 아끼는 이것에 취미 붙이는 게 훨씬 낫다고요.
남편	표도 안 나는 거.
아내	깨끗한 건 표 안 나도, 지저분한 건 금방 표 나요. 당신 나름 노력 중이라는 거 내가 알아 줄 테니 열심히 해봐요. 그리고 새장가 가려면 이런 것도 열심히 해두는 게 도움 될 거예요.
남편	새장가 가지 말라고 할 때는 언제고?
아내	'열심히'!
남편	참 나! 너무 고마워 눈물이 앞을 가리는군!

아내, 다른 새 옷으로 갈아입는다.

| 아내 | 별말씀을요. 그러고 보면 아끼면 똥 된다는 거 말 누가 만들었는지 걸작이에요. 까딱 잘못했으면 이런 옷도 못 입어보고 죽을 뻔했잖아요. 어때요, 아직은 괜찮죠? |

남편, 좋아하는 아내 모습에 아무 말 없이 물끄러미 바라보기만 한다.
사이.
남편, 눈물이 나오려 하자 얼른 고개를 돌린다.

| 아내 | 왜요. 영 아니에요? 다른 걸로 입어 볼까요? |
| 남편 | 아… 아니야. 당신이 달라보여서… 딴 사람을 보고 착각한 |

건 아닌가 내 눈을 의심하는 중이야.

아내 하긴, 내가 좀 옷걸이가 되긴 하죠. 내 나이에 이렇게 늘씬하고, 이렇게 팽팽한 여자 있으면 나와 보라 그래요.

남편 젊은 사람들 보단 못해도 그 정도면 뭐… 근데… 미자 사위 돌팔이 아냐?

아내 ….

남편 어떻게 나날이 얼굴이 더 팽창해. 모르는 사람이 보면 부은 줄 알겠어. 불량품이나 날짜 지난 걸로 맞힌 거 아냐.

아내, 거울을 보며 얼굴을 이리저리 살핀다.
그리고는 물끄러미 거울을 응시한다.

남편 이래서 아는 사람이 더 무서운 거라니까. 혼자 못 갈 것 같으면 같이 가줘?

아내 ….

남편 창수엄마?

아내 ….

남편 당신… 괜… 찮은… 거야?

아내 나, 아직 괜찮죠?

남편 괜찮아.

아내 당신 아내로서 나 아직 괜찮지요?

남편 그럼.

남편, 밥솥을 열어본다.

남편 밥 차릴까?

아내 난 괜찮아요. 배고프면 당신이나 먹어요.

남편, 먹을까 말까 잠깐 고민하다가 이내 밥솥 뚜껑을 닫는다.

아내 왜요. 혼자 먹기 싫어서 그래요? 옆에 있어줄 테니 들어요.

남편 됐어.

아내 연습 해둬요. 혼자 먹는데도 익숙해야지요.

남편 왜 자꾸 그런 소릴… 새장가 가라며?

아내 갈 건가 봐요?

남편 갈 거야. 가서 무쟈게 행복하게 사랑 나누며 살 거야.

아내 그 발끈하는 성질 고치고요.

남편 내 성질이 어때서 자꾸 성질 탓을 해.

아내 잘 생각해봐요. 우리가 살면서 싸운 적이 몇 번이나 돼요? 아
      마 생각 안 날 걸요.

남편 ….

아내 신혼 때 대화 나누다가 의견이 다르면 학생 다루듯 혼내기부
      터 했다고요. 그러기를 몇 번 반복하다가 내 의견이란 건 없
      어졌지요. ‘그래서 내 의견이란 건 이 세상에 존재치 않는 거
      다.’ 생각하고 살았어요.

남편 난 이래도 좋다, 저래도 좋다 하는 당신 성격이 싫었어. 도대
      체가 의견이라는 게 없고, 생각 없이 사는 사람 같았어.

아내 앞으론 하고 싶은 말 하고, 하고 싶은 거 해가면서 살 거니까
      몇 달만 참아줘요.

남편 그런 식으로 얘기하지 마!

아내 봐요. 또 발끈하잖아요. 아휴! 나나 되니까 당신이랑 살았지,
      좀 고쳐 봐요.

남편 육십 년 넘게 이러고 살았는데 어떻게 바꾸라는 거야?

아내 맘만 달리 먹으면 바꿔져요. 그 마음이란 녀석만 잘 달래면
      의외로 쉽다고요.

남편　　이젠 안 된다고.

아내　　'자꾸 안 된단 소리만 말고, 시도 해봐. 세상이 달라진다고.'
당신이 하던 말 중 하나예요.

남편　　당신 치다꺼리하며 사는 것으로도 충분히 다른 세상을 살고
있으니까 강요 마.

아내　　치다꺼리요? 아프다고 드러누워 병 수발을 들게 한 것도 아
닌데 뭘 치다꺼리 한다는 거예요?

남편　　봐. 말꼬리 잡아 따지는 거. 이거 들어주는 것도 치다꺼리야.

남편, 여기저기 널브러져 있는 옷가지며 가방을 정리한다.

남편　　이거 보이지? 나 이런 것도 하고 있어.

아내　　쳇!

남편, 정리한 것을 옷장에 넣으려다 가격표를 떼려한다.

아내, 황급히 옷을 낚아챈다.

아내　　그냥 둬요.

남편　　필요 없는 건 바로 버려야 두 번 일 안 한다고.

아내　　혹… 시 맘 변하면 아까 그 재킷으로 바꿀지 모르니까 놔둬요.

남편　　그럼, 이 가방은….

아내　　그것도요.

남편, 아내의 큰 목소리에 난감해 한다.

남편　　아… 알았어. 그러니 목소리 낮춰. 당신, 다른 면모가 새록새
록 드러나고 있는 건 알지? 이런 거 감추고 사느라 꽤나 힘들

었겠어.

아내　그래서 병들었잖아요.

남편　농으로도 그런 소리 마! 그렇지 않아도 죄책감이 크니까.

아내　그나마 다행이네요.

남편　뭐라고?

아내　지금 난 현재, 현재가 중요해요. 그래서 열심히 사는 중이니까 당신이 좀 봐줘요.

남편　그놈의 현재 소리, 남이 들으면 애인 이름이 현재인줄 알겠어.

아내　그거 알아요? 요샌요, 애인 없으면 외계인이래요.

남편　그래서 외계인 안 되려 애인 만들겠다고.

아내　남들은 친구처럼 애인처럼 잘들 지낸다던데… 좋았던 순간들이 생각이 나질 않아요. 같이 산 삼십 년이 넘은 세월 눈 마주치며 얘기한 시간이 얼마나 될 것 같아요? 십 년은 될까요? 오 년? 삼 년?

남편　남들도 다 그렇게 살아. 처자식 먹여 살리는 일이 그렇게 쉬운 줄 아냐고. 내 삶도 힘들었다는 걸 알아야지.

아내　알아요. 이해한다고요. 그러니까 지금껏 당신과 살았지요. 나중을 위해 참으라는 당신의 말, 그 말만 믿고 살았는데… 근데 당신은 점점 다른 사람처럼 느껴졌어요.

남편　뭐가 다른 사람이야? 나이가 들어가니까 그러는 거지.

아내　그것도 생각해봤어요. 검은 머리보다 흰 머리가 더 많고, 말도 거칠어진 당신… 이것 때문만은 아닐 거예요. 내 문젠 것 같아요. 당신을 향한 예전의 감정이 기억나질 않는다고요.

남편　그래서, 다른 사람을 만나겠다고?

아내　'소귀에 경 읽기 고만!'

남편　왜 자꾸 내 흉내를 내?

아내　당신을 향한 감정을 기억하고 싶다는 거예요.

남편, 아내를 끌어안아 입을 맞춘 후 애무를 한다.

아내	뭐 하는 거예요?
남편	그 감정을 기억하고 싶다면서 이리와 봐. 아직은 나 괜찮다고.
아내	그런 말이 아니잖아요.
남편	뭐가 아냐?
아내	….
남편	그럼, 어쩌라고?
아내	그새 잊었어요? 나 아파요. 이 가슴에다 당신을 향한 내 마음을 품고 싶다고요.
남편	내가 도망가고 없는 것도 아니잖아. 생길 거야. 다시 생기게 해줄게.
아내	나 곧 죽는다고요.
남편	아예 방송에 내지 그래.
아내	그런 방법도 있었네요. 역시 머리 좋은 사람은 어디가 달라도 다르다니까. 내가 이럴 때가 아니지!

아내, 옷장 안을 뒤적거려 이것저것 입어본다.

남편	챙겨 놓은 옷을 왜 또 꺼내고 그래?
아내	이게 낫겠다. 역시 명품은 달라.

남편, 떨어진 옷을 다시 걸어 놓는다.

남편	어딜 또 가려고?
아내	….
남편	내 말 듣는 거야?

아내　이 순간 난, 명품이니까 방해 말아줘요.

남편　명품을 걸친다고 다 명품이 되는 건 아니야.

아내　속은 썩어가도 아직 겉은 멀쩡해요.

남편　그 말이 아니잖아, 지금.

아내, 서툴지만 슬쩍슬쩍 블루스 스텝을 밟는다.

남편　바람기가 아주 다분해. 그거 참고 사느라 병든 거 아냐?

아내, 째려본다.

남편　(혼잣말로) 병원서 하고 싶은 거 하도록 내버려두라고 했지만 저러다 혹시라도. 아이고, 속 시끄러워!

남편, 청소기를 찾아 버튼을 누른다.

남편　진짜 바람이라도 난 거 아냐? 아니야! 부작용이라 생각하자. 아픈 사람 미워 말자, 미워하지 말자.

아내　혼자 뭘 그렇게 중얼거려요? 친구 좀 만나고 올 테니 기다리지 말고 먼저 주무셔요.

남편　부작용이 저런 식으로 나타난다는 얘긴 못 들었는데 이상해, 이상해! 아니야, 아닐 거야!

남편, 청소기를 끄고는 얼른 옷을 갈아입고 나간다.
다시 들어와서는 모자와 선글라스를 찾아 쓰고는 얼른 아내를 뒤쫓는다.
사이.
음악소리.

남편　미자가 알려 준 곳이 여기가 맞는 것 같은데… 왜 이렇게 어두워? 아차!

창문을 발견한 남편, 선글라스를 벗고는 깨금발 딛고는 안을 들여다본다.

남편　다들 아주 신들이 나셨고만! 남편이 뼈골 빠져가며 벌어다 준 돈을 여기다 퍼다 들 나르고 있으니 속없는 여편네들! 요샌 구청이나 주민 센터에서도 가르쳐 준다더만 이런 어두컴컴한 데는 왜 다니는 거야? 이 사람은 어디 있는 거야? 어! 왜 짝 없이, 못난 여자들도 다 짝이 있는데 과부마냥 청승맞게 왜 저러고 있어?

음악소리, 멈춘다.
남편, 슬쩍 몸을 숨긴다.
여기저기서 '수고하셨습니다.' 소리 들린다.

남편　남들은 다 나오는데 왜 안 나와?

남편, 다시 창문을 들여다본다.
다시 음악소리 들린다.

남편　왜 혼자서 춤을 추고….

음악소리, 크게 들린다.
남편, 슬픈 표정으로 고개를 푹 숙인다.

4.

남편, 세탁한 빨래를 널고 있다.

머리며 옷, 가방, 화장으로 한껏 멋을 부린 아내, 시무룩한 표정으로 들어온다.

남편　일찍 좀 다녀.

아내　(소파에 주저앉으며) 나도 늙었나 봐요.

남편　누가 그래? 당신 팽팽해. 아직도 이쁘다고.

아내, 운다.

마스카라가 번져 검정눈물을 흘린다.

남편, 티슈를 가져다 닦아준다.

남편　왜, 무슨 일 있었어?

아내　춤이 안 늘어요.

남편　무슨 춤? 당신 춤 춰?

아내　미자가 얘기 했다면서요.

남편　(혼잣말) 진행이 빠르니 마음 단단히 먹으란 말도 해줬어.

아내　다른 사람은 금방 배우는데 왜 난 안 되냐고요. 빨리 배우려
　　　　고 비싼 교습비까지 냈는데. (혼잣말) 몸은 더 힘들어가는데 어
　　　　떡해요.

남편　사람이 왜 그렇게 한심스러워지는 거야. 그냥 편히 집에나
　　　　있으라고.

아내　학교 축제 때 난 학생이고, 당신은 내 선생님이었을 때 췄
　　　　던 춤 생각나요? 그때 그 설레였던⋯ 당신을 좋아하고 사랑

이 뭔지도 몰랐던 풋풋한 감정을 다시금 느껴보고 싶었어요. 이번엔 제대로 배워서 말이에요. 한심스럽게 굴어서 죄송해요

남편 그런 줄 몰랐어.

아내 (눈물을 흘리며) 나중 나중에 하며 미뤄놨던 당신의 사랑 듬뿍 받아 챙겨 가고 싶었는데… 추억 많이 담아 가려했는데… 당신과 보낸 추억이 뭐였고, 당신의 사랑이 뭔지, 당신을 향한 내 사랑이 어떤 건지 미각을 잃듯 모든 감각이 사라져버렸어요. 빨리 찾고 싶은데… 시간이 없는데… 외로워서 죽도록 외로워서, 죽고 싶다고… 얼른 데려가 달라고 빌었는데… (아내, 방에서 건강진단서를 가져온다) 그래서 이렇게 됐는데… 내 안의 모든 감각까지 가져가 버려 아무것도 가져갈 게 없어요. 이대로 죽긴 싫다고요.

남편 … 감각을 잃은 게 아니라 같이 한 추억도 당신에게 표현한 내 사랑이 부족해서… 미안해!

남편, 아내를 안은 채 눈물을 흘린다.

아내 잠들어 있는 당신 말고 눈 떠 있는 당신과 텔레비전이 보고 싶었고, 애들처럼 영화도 보고 싶었고, 등산도 같이 가고 싶었어요. 여행도 같이 가고 싶었는데, 이렇게 못가보고 죽을 줄 알았으면 작년에 미자가 중국 가자고 할 때 끝까지 당신 졸라서 다녀올 것 그랬어요. (사이) 당신이 데리고 간다 그랬잖아요. 중국은 물론이고 곳곳에 데려다 준다 했잖아요. 나중에 다 해준다고 그랬잖아요.

남편 지금 생각해보니 난 늘 당신을 열아홉 살의 제자 다루듯 당신을 대한 것 같구만! 미안해, 용서해줘. 아니, 용서하지 마!

사이.
아내, 힘들어한다.

남편　　괜찮아?
아내　　물 좀.

남편, 황급히 물을 가져다준다.
아내, 약을 먹고는 소파에 눕는다.

남편　　침대에 눕지는.

아내, 잠이 든다.
남편, 잠이 든 아내를 한참동안 바라본다.
사이.
남편, 무언가 생각났다는 듯 황급히 방으로 들어갔다 나온다.
수첩을 펼쳐들고는 전화를 건다.

남편　　여보세요? 나야. 다른 게 아니라 저번에 말한 춤 선생 했다던
　　　　　직원 말이야, 나 소개 좀 시켜줘라. 이윤 묻지 말고.

남편, 다시 잠들어 있는 아내를 바라본다.

남편　　아차! 내가 이러고 있을 때가 아니지.

남편, 외출하려고 옷장을 연다.
아내의 새 옷과 가방이 없다.
남편, 옷장과 집안 구석구석을 샅샅이 뒤진다.

남편　　도둑이 들어 가져갔을 리는 없을 테고. 어디다 뒀겠지 뭐.

　　　　남편, 재킷을 입고는 나가다가 다시 들어와서 종이를 찾아 몇 자 적은 후 아
　　　　내 머리맡에 두고는 다시 나간다.
　　　　저녁.
　　　　아내, 일어나서는 남편을 찾는다.

아내　　방에 있어요? 화장실도 없고, 베란다에 있나! 여보?

　　　　아내, 소파에 힘없이 앉는다.
　　　　한숨을 내쉰다.
　　　　메모를 본다.
　　　　사이.
　　　　힘이 드는지 다시 눕고는 이내 잠이 든다.
　　　　밤.
　　　　어둡다.

남편　　(소리) 도대체 왜 안 된다는 겁니까? 조심하겠다니까요. 어찌
　　　　안 될까요? 죽기 전 데려간다 그랬다고요. 젠장! 그럼, 되는
　　　　건 뭡니까? 아픈 사람 같지 않고 멀쩡하다니깐요. 선생님이
　　　　보시면 놀라 까무러지실 거라고요. (사이) 맞아요, 타국서 죽
　　　　게 할 순 없지요.

　　　　남편, 상자꾸러미를 들고 들어온다.
　　　　불을 켠다. 아내, 여전히 잠들어 있다.
　　　　남편, 어설픈 스텝을 밟으며 블루스 연습을 한다.
　　　　한참 동안.

5.

남편, 만리장성을 조립하고 있다.

조립하는 중간 중간 스텝을 밟아가며 블루스 연습을 한다.

제법이다.

아내, 콧노래를 부르며 들어온다.

남편, 블루스 연습을 멈춘다.

아내　만날 뭘 조립하는 거예요?

남편　어! 당신 뭐 좋은 일 있는 모양이네?

아내　그냥… 뭐…

남편　근사한 남자랑 춤이라도 춘 모양이야?

아내　아… 아니에요. 근사한 남자는 무슨.

남편, 지그시 웃는다.

아내, 옷장 문을 열고는 옷을 꺼낸다.

남편　뭐하게?

아내　옷 좀 갈아입으려고요.

남편　당신 스타일이 매일 바뀌어. 설마 그 옷… 집에서 입을 건 아니지?

아내　오늘따라 왜 자꾸 물어요.

아내, 옷을 갈아입고는 벗은 옷을 들고 주방으로 간다.

남편 주방엔 뭐 하러?

아내 … 잘 들으세요. 제가 뭘 먹다가 옷에 국물이 튀었거든요. 그런데 국물 튄 데는 비누보다 퐁퐁을 묻힌 칫솔로 닦으면 잘 지워지거든요. 그래서 지금 시행하려 하는데 시작해도 되나요?

남편, 일어서 아내에게 다가온다.

남편 내가 할게.

아내 아니에요. 잘못하면 반품… 아니, 국물이 번지니까 내가 할게요.

아내, 옷의 얼룩을 위한 칫솔질 한다.

남편 시킬 일 있으면 말해.

남편, 다시 무언가 조립한다.
아내, 얼룩을 지운 옷을 옷걸이에 걸어 둔다.

아내 그냥 이렇게 둬요. 잘못 손대면 큰일 나니까. 나갔다 올게요.

남편 다 저녁에 어디 가려고?

아내 자동차 극장… 아니 미자랑 영화 보기로 했어요.

남편 늦어?

아내 나가봐야… 먼저 자요. 괜히 기다리지 말고.

남편 언젠 같이 이것저것 하자더니, 요새 너무 바뻐. 내게도 같이 할 시간을 내주시지.

아내 사람 만나다보면 어쩔 수 없어요. 당신 잘 알 거 아녜요.

남편　　잘 알지. 너무 잘 알아서 탈이지.

아내　　지금 빈정대는 거예요?

남편　　감히 어느 안전이라고.

아내　　(나가며) 다녀올게요.

남편　　너무 무리하지 마. 조금만 이상하다 싶으면 전화하고. 데리러 갈 테니까.

아내　　어… 어딜 데리러 와요. 알아서 병원으로 갈 거니까 맘 푹 놓고 자요.

남편　　다녀와. (혼잣말) 너무 빠져 있는 거 아냐. 춤 가르쳐 주라고 붙여 놨더니 연애질 하는 거 아냐? 그래봤자 당신은 내 꺼야.

남편, 콧노래를 부르며 더욱 열심히 조립을 하며 스텝을 밟는다.

서서히 모형을 갖추어간다.

사이.

남편, 졸린지 눈을 깜빡거리다 바닥에서 잠이 든다.

아내, 씩씩거리며 들어온다.

아내　　뭐? 돈을 빌려 달라고. 내가 미쳤지. 허우대 멀쩡해서는. 제비가 분명해. 어디 할 짓이 없어서 여자 등쳐먹으려고. 나한테만 추자고 할 때부터 알아봤어야 했는데. 그지 발새기 같은 인간! 어머!

아내, 남편이 있는지 주위를 둘러보고는 안심한다.

아내, 옷장 문을 열어 남편 겨울 재킷에서 통장을 꺼내어 보고는 다시 집어넣는다.

아내, 거실에 있는 미완성 만리장성을 본다.

<table><tr><td>**아내**</td><td>어지간히 적적했나 보네! 내가 지금껏 무슨 짓을 하고 돌아
다닌 거야.</td></tr></table>

아내, 얼룩을 제거하고 걸어 둔 옷을 바라본다.
만리장성 모형 안에 있는 남편은 발견하지 못한다.

6.

어둡다.

아내   (소리) 왜 안 된다는 거예요. 안 입었다니까요. 사이즈가 안 맞
아서, 그러니까 여기서 입을 땐 괜찮은 것 같았는데 집에 가
서 다시 입으니까 작더라고요. 이거요? 뭐요? 난 안 보이는
데. 아니, 누가 입고는 뭘 묻혀 왔다는 거예요? 물건이 맘에
안 들어 바꾸어 달라면 일주일 전이면 무조건 바꿔주는 걸로
알고 있는데 왜 이렇게 말이 많아요. 뭐? 상습범. 내가 언제
매번 이런다는 거예요. 저번엔 재봉이 불량이었고, 그 전엔
색상이 맘에 안 들어 그런 것이고, 암튼 그래서 반품 못 시켜
주겠다 이거죠. 여기 책임자 어딨어요. 책임자 오라고 해요.

밝아진다.
만리장성 모형이 거의 완성된 모습이다.
아내, 씩씩거리며 들어온다.

아내   역시 목소리 크고 따져대는 사람은 당해 낼 장사 없다니까.
내가 그걸 뼛속까지 느껴가며 살아온 사람이야. 이거 왜 이
래!

남편, 만리장성에서 불쑥 나온다.
머리 염색을 하고, 주름도 펴진 모습이다.

남편　뭘 느꼈다고?

아내　아이고, 깜짝이야! 누구… 어머! 당신 머리 왜 그래요? 주름
　　　은 어디로…

남편　그냥 뭐…

아내　머리는 염색했을 테고, 얼굴은… 당신 보톡스 맞았어요?

남편　어때 감쪽같지?

아내　맙소사!

남편　당신 말대로 돈이 참 좋긴 좋아.

아내　미쳤어요? 그거 엄청 비싼 건데… 혹시 그새 당신, 여자 생겼
　　　어요?

남편　응.

아내　… 몇 달도 못 참고 그새… 어떤 여자예요? 젊어요?

남편　당신이 새장가 가라며.

아내　나 아직 살아있어요. 귀신 아니라고요. 세상에! 다른 건 나중
　　　나중에 하던 사람이 그 말은 어찌 냉큼 실행에 옮겨요?

남편　요즘 내가 당신 말 잘 들으려고 얼마나 노력중인 거 알지?

아내　알지요. 알고말고요. 참으로 잘 듣고 있지요.

남편　어디 다녀 와?

아내　….

남편　여보?

아내　백화점요.

남편　하루가 멀다 하고 백화점을 다니는데 사다 나른 옷이며 가방
　　　은 다 어디다 둔 거야?

아내　왜요?

남편　아니, 안 보이길래.

아내　명품이라 아무 데나 두면 안 될 것 같아서 잘 됐으니까 당신
　　　은 신경 끄세요.

남편	성질 피우기는.
아내	담배 피우는 것보단 나으니까 냅둬요.
남편	암튼 이젠 말로는 못 당하겠다니까. 그건 그렇고 이거 어때?
아내	나이가 몇인데 집짓기 놀이에요. 나중에 이거 치우려면 힘드니까 적당히 갖고 놀다 치워요.

아내, 소파에 눕는다.

남편	아퍼? 보톡스 줄까?
아내	얼마나 더 살겠다고요.
남편	화났어?
아내	….
남편	순정아?
아내	남의 이름 함부로 부르지 말아요.

남편, 아내에게 물과 약을 가져다준다.

아내	됐어요. 뭐 이 정도 가지고. 보톡스 아직 많이 남았죠? 예약한 날짜 됐다고 쪼르르 가서는 약 타오고 그러지 말아요. 당신 데이트 비용도 만만치 않을 테니.
남편	그런 말 마. 진통제며 약이 다르게 나올 수도 있어.
아내	내가 먹어 보니까 다 거기서 거기예요.
남편	그래도 다른 사람들처럼 많이 힘들어하지 않아 다행이야. 얘기 들어 보면 고통이 이만저만 아니라던데.
아내	데이트 다니느라 바쁠 텐데, 뭐 그런거 까지 신경을 쓰고 난리신지 모르겠네!
남편	아픈 거 참지 말고 약 먹어. 아끼면 똥 되는 거 알지?

아내   남이야 똥이 되든 밥이 되든. 나 졸려요.

남편   허리 안 아퍼? 방에 가 침대에 편히 눕자고.

아내   죽으면 내내 편할 거. 조금 불편해야 사는 기분 들어 그러니까 내 취미 막지 말아요. 이젠 말 고만 시켜요.

아내, 잠이 든다.

남편, 이불을 덮어준다.

그리고는 아내 손을 꼬옥 잡는다.

남편   그동안 앞만 보고 사느라 늘 옆에 있는 당신 몰라봐서 미안해. 잘 견뎌줘서 고맙다.

사이.

남편, 만리장성 모형을 완성한다.

남편   맘만 먹으면 이렇듯 되는 것을.

남편, 외출복으로 갈아입는다.

선글라스를 꺼내어 써본다.

이내 벗는다.

천안문 모형 앞에 앉아 커피를 마시며 아내가 깨기를 기다린다.

사이.

아내, 일어난다.

아내   거기서 뭐해요?

남편   깼어. 당신이랑 여행 가려고 기다리고 있었어.

아내　병원서 위험하다고 못 가게 했다면서요. 당신 여자 문제로 미안해서 그런 거라면 안 그래도 돼요. 그리고 안 되는 건 얼른 포기해야 맘이 편하니까 괜히 바람 넣지 말아줘요.

남편, 아내 옷을 갈아입힌다.

아내　뭐하는 거예요? 이 옷은 또 뭐고요.
남편　당신이랑 여행 갈려고 한 벌 샀지.
아내　미쳤어요. 이 비싼 걸….
남편　당신이 좋아하는 명품이야.
아내　가격표 어디 있어요? 영수증 어디 있냐고요?
남편　버렸지.
아내　내가 못 살아. 어디다 버렸어요?

남편, 아내에게 선글라스를 끼워준다.

아내　이것도 샀어요?
남편　물론.

아내, 통증을 느끼며 쓰러지려한다.

남편　왜, 왜? 보톡스 가져다줄까?
아내　이번엔 먹어야겠네요.

아내, 남편이 가져다 준 약을 먹는다.

남편　괜찮아?

아내　… 내 물건은 직접 살 테니까 절대로 당신이 사지 말아요. 알
　　　았어요?
남편　알았어, 알았으니까 진정해. 아픈 건 괜찮아?

아내, 숨을 몰아쉰다.

아내　됐어요. 뭐가 또 남았어요?

남편, 아내에게 신발을 신겨준다.

남편　다른 건 잘도 사더니 신발은 안 사기에 하나 샀어.
아내　(혼잣말) 신으면 반품이 안 되니까 안 샀지.

남편, 자신도 선글라스를 낀다.

아내　이젠 다 된 거죠?

아내와 남편, 팔짱을 끼고는 천안문 모형 앞에 선다.
둘은 천안문 주위를 천천히 돌며 블루스를 춘다.

남편　순정 씨, 저랑 춤 한번 추실까요?
아내　뭐하는 짓이에요? 이건 또 뭐고요? 여행 간다면서요.

남편, 아내를 리드해서는 스텝을 밟는다.
아내, 자신도 모르게 서서히 스텝을 밟으며 남편을 따라간다.

아내　이렇게 잘 추지 못했던 거 같은데, 배운 거예요? 진짜 바람난

거예요?

남편 미자 말로는 순정 씨가 제비한테 걸려들 뻔…

아내 그… 그런 적 절대로 없어요. (혼잣말) 이놈의 기지배 가만두나 봐.

남편 순정 씨, 춤 솜씨가 제법이십니다.

아내 옛날엔 제가 발을 쫌 밟았지요?

남편 쫌이라니요, 많이 밟았습니다.

아내 그때 당신, 엉덩이 쭉 빼고 췄던 거 생각나요?

남편 그땐 저도 방년 스물여섯 순진한 청년이었습니다.

아내 히! 히! 애들이 날 얼마나 부러워했다고요. 멋지고 잘 생기고 근사하고, 우리 학교 유일한 총각선생님이랑 블루스를 췄으니….

남편 다음 날 전 교장실로 불려가 엄청나게 혼이 났습니다. 애들 장난에 놀아나 뭔 짓이냐고요.

아내 미자 짓이었어요. 내가 당신을 엄청 좋아하는 줄 알고 있지도 않은 게임을 만들어서는. 미자도 당신을 좋아했지만 나를 위해 양보했어요.

남편 내 인기가 연예인 그 누구도 안 부러울 때였지요.

아내 집안 형편 때문에 가고 싶은 대학 못 가고 회사에 취직해 있는 절 찾아와줘서 너무 좋았어요. 그때 내 인생은 희망이라곤 절대로 없는 절망뿐이었거든요. 절망을 희망이란 단어로 바뀌게 해줘서 고마웠어요.

남편 … 순정 씨가 보고 싶어서 찾아간 겁니다. 그때 블루스를 춘 이후 나도 모르게 순정 씨를 사랑하게 돼 버렸거든요.

아내 고등학교 졸업한 이후부터가 아니고요? 히! 히! 히!

남편 그 웃음소리가 귓가에 맴돌아 도저히 잠을 이룰 수가 없었지요, 순정 씨.

아내   낯간지럽게 왜 자꾸 순정 씨, 순정 씨 하는 거예요.
남편   순정 씨, 사랑합니다.
아내   사랑은 무슨… 네?
남편   사랑합니다.

서서히 어두워진다.

아내   저도요.

어둠.

아내   당신 덕분에 여행 잘했어요. 좀 더 같이 못 있어줘서 미안해
       요.
남편   당신의 그 희망을 끝까지 지켜주지 못해서 미안합니다!

밝아진다.
겨울.
남편, 옷장에서 겨울 재킷을 입고는 천안문 모형을 돈다.
재킷주머니 속에 통장이 살짝 보인다.

남편   당신 없는 겨울을 보내려니 더 춥다.

막 내린다.

천사가 지나간다

천사가 지나가는 시간이라고들 한다
정신없이 수다를 떨다가 동시에 말을 멈추는 시간
하나의 이야기를 끝맺고, 다음 이야기의 가닥을 찾는 시간
혹은 찾지 못해 헤매는 시간
그때 사람들은 보이지 않는 천사가 머리 위로 지나간다고 말한다
천사 하나 천사 둘 천사 셋….
지금까지 수백의 천사들이 우리들 머리 위로 날아갔다

수백의 천사가 지나가고 나서야 이 작품집을 내게 되었다.
또 얼마큼의 천사가 지나가야 더 좋은 작품을 써낼 수 있을까

너무나 짧았던 9기 시절
천사가 지나가는 시간… 같았던 우리의 시절

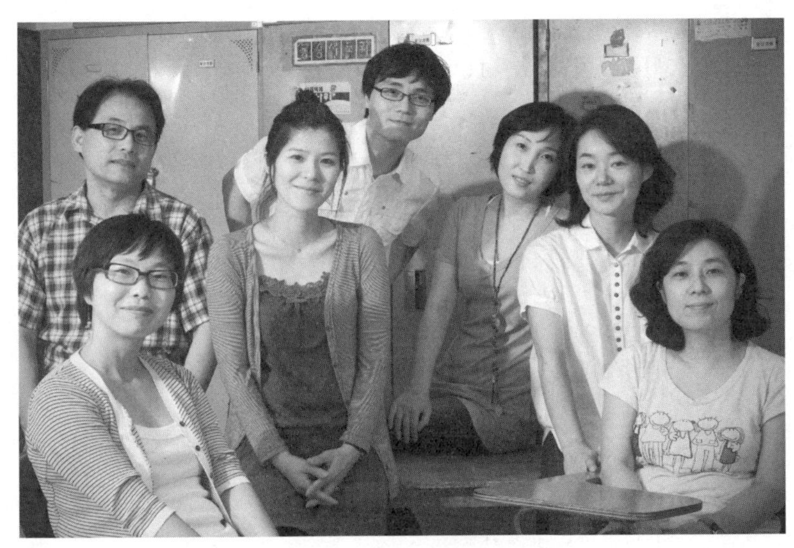

9기 극작워크숍 발표 작품과 성과
(2005~2008)

- 2005년
  최원종 – 4월20일 연쇄살인범의 열정 (제2회 대구 호러연극제 초청작)
  성금호 – 5월 4일 매일 자수하는 남자
  김성민 – 5월18일 한 줌
        – 10월19일 개고기 숲
  이 오 – 6월 1일 종이 물고기
        – 11월2일 빨간 모자 (2006 파파희곡공모 당선⟨마술도시⟩)
  김숙종 – 6월15일 꼬빠칠레, 꽃밭일레
        – 11월16일 곱추화사 등
  한숙희 – 9월 7일 소나무 아래 잠들다
  김민정 – 9월21일 등화관제
  고려산 – 10월 5일 한 밤 풀이 (2009년 한국희곡작가협회신춘문예 당선)

- 2006년
  최명숙 – 3월10일 처음 해보는 이야기
        – 5월31일 길 위의 춤
  김숙종 – 4월 5일 깊은 산 옹달샘
  한숙희 – 4월 5일 범재리 풍경 (2006년거창국제연극제희곡초연공모우수작 선정)
  전은숙 – 4월19일 코끼리에 관한 오해 (2007년 옥랑희곡상 수상)
  이   오 – 5월 3일 트렁크
        – 9월27일 저기 저 달로 가는 (부제; 고래상어)
  김미정 – 5월17일 포장마차 블루스
        – 10월11일 한계령
  고려산 – 6월14일 세상 살기 서툰 사람들의 그쪽
        – 10월25일 순정 드라마
  김재엽 – 6월28일 ⟨오늘의 책⟩은 어디로 사라졌을까
  이시원 – 9월13일 아빠, 간판맨되다 / 로드킬
  김성민 – 9월 비극의 일인자

- 2007년
  최원종 – 3월21일 청춘, 간다 (2007서울연극제 ⟨희곡아, 솟아라⟩ 희곡공모 당선)
        – 7월 센티멘탈 운동장(2009 서울국제공연예술제 국내작품초청작 선정–
        ⟨청춘의 등짝을 때려라⟩)

고려산 – 4월 5일 길섶의 섬
김성민 – 4월 우리는 사라짐으로 서로의 시간을 태운다
이오 – 4월19일 숲
김숙종 – 5월 2일 코카콜라
        – 황소개구리 두꺼비 만나다 (부제; 가정식 백반 맛있게 먹는 법)
          (2008, 2인극 페스티발 공모 당선)
        – 7월 템프파일
최명숙 – 7월 모텔 피아노
김미정 – 7월 령
김미정 – 8월 순이할머니
          10월17일 보약이 뭔지
한숙희 – 7월 잘 죽기
이시원 – 7월 이 세상의 마지막 계절 (2009 작은 신화 우리연극만들기
          희곡공모 당선–〈천국에서의 마지막 계절〉)
이시원 – 9월 다이아몬드 데이
정범철 – 7월 병신 3단 로봇
          10월10일 배우로봇 김태리 (2007 극단 파크 희곡공모 당선)
김 원 – 10월31일 햇빛 샤워

• 2008년
  고려산 – 비둘기 날리다 (제3회 대한민국청소년희곡제 교사및일반부문 당선)
  한숙희 – 환상의 죽음
  최원종 – 마냥 씩씩한 로맨스 / 두더지의 태양(제12회 신작희곡페스티발 당선)

＊2008년도는 한국극작워크숍 10기가 형성되면서 10기 위주의 작품발표가 이루어지
  다.

9기 동인 외부활동

■ 최원종

2002년 서울 신문 신춘문예 희곡부문 당선 – 내 마음의 삼류극장

- **워크숍 발표 작품**
  - 2005년 연쇄살인범의 열정
  - 2007년 청춘, 간다
  - 2007년 센티멘탈 운동장 – 청춘의 등짝을 때려라
  - 2008년 마냥 씩씩한 로맨스
  - 2008년 녹색태양 – 두더지의 태양

- **워크숍 외 경력**
  - 2007년 서울연극제 – 희곡아, 솟아라! 희곡 공모 당선– 청춘,간다
  - 2007년 서울문화재단 젊은 예술가 지원사업(NArT) 선정 – 잘 가, 청춘신기루
  - 2009년 서울국제공연예술제 국내 작품 선정– 청춘의 등짝을 때려라
  - 2009년 제 12회 신작희곡페스티벌 당선 – 두더지의 태양

■ 김숙종

2005년 한국희곡작가협회 신춘문예 당선 및 공연 – 싱싱 냉장고

- **워크숍 발표 작품**
  - 2005년 곱추화사 등
  - 2006년 깊은산 옹달샘
  - 2007년 템프파일 (9기 신작희곡낭독회 참가작)
  - 2007년 가정식 백반 맛있게 먹는 법

- **워크숍 외 경력**
  - 2006년 한국희곡작가협회 – 빌라, 샹그리라 낭독공연
  - 2009년 극단 민예 – 템프파일 공연
  - 2009년 극단 작은신화 공연 – 가정식 백반 맛있게 먹는 법

■ **이오**
2006년 동아일보 신춘문예 당선 – 아일랜드행 소포

• **워크숍 발표 작품**
  – 2006년 해와 달
  – 2006년 마술도시
  – 2007년 종이물고기
  – 2007년 숲
  – 2007년 고래상어

• **워크숍 외 경력**
  – 2006년 파파창작희곡페스티발 당선 – 마술도시
  – 2006년 아일랜드행 소포 (극단 작은신화)
  – 2007년 숲 (9기 신작희곡낭독회 참가작)
  – 2007~2008년 마음을 움직이는 요리사 (뮤지컬)
  – 2008년 고래상어 (극단 제제)
  – 2009년 고래상어 (서울문화재단 공연활성화지원금 선정)

■ **고려산**
2005년 전남일보 신춘문예 희곡 당선

• **워크숍 발표 작품**
  – 2005년 한 밤 풀이
  – 2006년 세상 살기 서툰 사람들의 그쪽
  – 2006년 순정 드라마
  – 2007년 길섶의 섬
  – 2008년 비둘기 날리다

• **워크숍 외 경력**
  – 2009년 한국희곡작가협회 신춘문예 당선
  – 2009년 제3회 대한민국청소년희곡제 교사및일반부문 당선

• **공연활동**
  눈부신 비늘
  한 밤 풀이
  솟대와 민달팽이

■ 한숙희

2006 한국희곡작가협회 신춘문예 당선 –소나무 아래 잠들다

- 워크숍 발표 작품
  - 2006년 범재리 풍경
  - 2007년 초대장
  - 2007년 잘 죽기
  - 2008년 환상의 죽음

- 워크숍 외 경력
  - 2006년 거창국제연극제 희곡 초연 공모 우수작 – 범재리 풍경
  - 2008년 평양, 1907 (각색) – 지구연극연구소 공연
  - 2009년 블랙코메디 (각색) – 극단성좌 공연(2009년서울문화재단 예술표현 활동지원작)

■ 김성민

2004년 조선일보 신춘문예 희곡 당선 – 그녀가 본 세상

- 워크숍 발표 작품
  - 2005년 한 줌
  - 2005년 개고기 숲
  - 2006년 비극의 일인자
  - 2007년 우리는 사라짐으로 서로의 시간을 태운다

- 워크숍 외 경력
  - 2006년 제9회 신작희곡페스티벌 당선– 훨 훨

■ 김미정

2006년 서울신문 신춘문예 희곡부문 당선 – 블랙홀

- 워크숍 발표 작품
  - 2006년 포장마차 블루스
  - 2006년 한계령
  - 2007년 순이 할머니
  - 2006년 보약이 뭔지
  - 2006년 령

- 2007년 령 (9기 신작희곡낭독회 참가작)

- **워크숍 외 경력 (공연활동)**
  - 2007년 보약이 뭔지
  - 2008년 낙원동 순례기 (대전연극제 출품)
  - 2008년 홈쇼핑
  - 2008년 유쾌한 구토
  - 2009년 무지개를 사세요.

■이시원
2005년 옥랑희곡상 수상 – 녹차정원

- **워크숍 발표 작품**
  - 2006년 아빠, 간판맨 되다
  - 2006년 로드킬스
  - 2007년 다이아몬드 데이
  - 2007년 키친 일기
  - 2007년 이 세상 마지막 계절 (9기 신작희곡낭독회 참가작)

- **워크숍 외 경력 (공연활동)**
  - 2007년 데이트 (극단 필통 창단작품)
  - 2007년 녹차정원 (극단 배우세상)
  - 2009년 예술의 전당 정기 공연 오페라 〈마술피리〉 각색
  - 2009년 극단 작은신화 우리연극만들기 선정 〈천국에서의 마지막 계절〉

■최명숙
2004년 한국일보 신춘문예 – 두 아이

- **워크숍 발표 작품**
  - 2005년 표현의 자유 (문예진흥원 창작활성화 기금 수여, 삼일로창고극장 30
    주년 기념공연)
  - 2006년 길 위의 춤
  - 2006년 처음 해 본 이야기 – 작, 연출로 공연
  - 2007년 세상의 모든 결혼 – 한국예술종합학교 전문사 과정 졸업 공연
  - 2007년 모텔 피아노 (9기 신작희곡낭독회 참가작)

- 2007년 사랑해선 안 될 (발표 당시 제목 '내 딸')

• **워크숍 외 경력**
  - 뮤지컬 소나기 – 서울시 뮤지컬단 공연
  - 2009년 대산 창작 기금 수여 – 그리고 또 하루

■ **이윤설**
2004년 동아일보 신춘문예 – 새로운 도시와 시민들의 합창 당선

• **워크숍 외 경력**
  - 2005년 국립극장 신작희곡페스티벌 당선 – 불가사의 숍
  - 2005년 거창국제연극제 세계초연희곡공모 대상 – 해피 오 해피
  - 2008년 파파창작희곡상 – 리얼러브 당선
  - 2009년 극단 작은신화 우리연극만들기 희곡 공모 당선 – 옆에 있어 드릴게

■ **김재엽**
2002년 한국일보 신춘문예 등단 – 페르소나

• **워크숍 발표 작품**
  - 2006년 – 오늘의 책은 어디로 갔을까

• **워크숍 외 경력**
  - 2005년~현재. 극단 〈드림 플레이〉를 창단하고 작가와 연출을 시작.

천사가 지나간다

초판 1쇄 인쇄일   2009년 10월 19일
초판 1쇄 발행일   2009년 10월 26일

엮 은 이   이재명 · 김태수
만 든 이   이정옥
만 든 곳   평민사
    서울시 서대문구 남가좌2동 370-40
    전화: (02)375-8571(代) 팩스: (02)375-8573

평민사 모든 자료를 한눈에 —
http://blog.naver.com/pyung1976
이메일: pyung1976@naver.com

등록번호   제10-328호

ISBN   978-89-7115-543-1   03800

정 가   15,000원